CHRISTINA REY

Ein kleines Stück von Afrika

Aufbruch

AF178183

Titel der Autorin:

Ein kleines Stück von Afrika – Aufbruch
Ein kleines Stück von Afrika – Hoffnung
Wie eine Perle im Ozean

Über die Autorin:

Christina Rey studierte Geschichte und Soziologie und engagiert sich in sozialen Projekten im In- und Ausland. So unterstützt sie in Ostafrika eine Schule für Straßenkinder. Ihr besonderes Interesse gilt anderen Länder und Kulturen. Bei einer Fotosafari lernte sie das facettenreiche Kenia und seine Natur kennen, auf den Malediven verbrachte sie einen nachhaltigen Tauchurlaub. Christina Rey ist außerdem eine begeisterte Fotografin.

CHRISTINA REY

EIN KLEINES

STÜCK VON

AUFBRUCH

AFRIKA

Roman

Lübbe

Die Bastei Lübbe AG verfolgt eine nachhaltige
Buchproduktion. Wir verwenden Papiere aus nachhaltiger
Forstwirtschaft und verzichten darauf, Bücher einzeln
in Folie zu verpacken. Wir stellen unsere Bücher in
Deutschland und Europa (EU) her und arbeiten mit den
Druckereien kontinuierlich an einer positiven Ökobilanz.

**NACHHALTIG
PRODUZIERT**

Vollständige Taschenbuchausgabe
der bei Bastei Lübbe erschienenen Paperbackausgabe

Dieses Werk wurde vermittelt durch
die Literarische Agentur Thomas Schlück GmbH, 30161 Hannover.

Copyright © 2024 by
Bastei Lübbe AG, Schanzenstraße 6–20, 51063 Köln

Vervielfältigungen dieses Werkes für das Text- und
Data-Mining bleiben vorbehalten.

Umschlaggestaltung: Kirstin Osenau
Einband-/Umschlagmotiv: © Richard Jenkins Photography
© Shutterstock: LukyToky | Save nature and wildlife |
jaroslava V | Jane Rix | soft_light | Al.geba | jessicahyde
Landkarte: Kirstin Osenau
Satz: hanseatenSatz-bremen, Bremen
Gesetzt aus der Adobe Garamond Pro
Druck und Verarbeitung: GGP Media GmbH, Pößneck

Printed in Germany
ISBN 978-3-404-19303-5

2   4   5   3   1

Sie finden uns im Internet unter:
luebbe.de
Bitte beachten Sie auch: lesejury.de

Sei du selbst die Veränderung, die du dir wünschst für diese Welt.
Mahatma Gandhi

Prolog

London, September 1900

Ivory Parkland Rowe hatte sich bei dem Spiel *Wer hat Angst vorm schwarzen Mann?* nie gefürchtet. Eigentlich fand sie das ziemlich unsinnig. Wieso sollte sie sich vor jemandem fürchten, der in ihrer Umgebung niemals aufgetaucht war? Zudem hatte sie den Verdacht, dass der »schwarze Mann« überhaupt nicht existierte – ebenso wie vieles andere, mit dem die Nanny ihr drohte, wenn sie ungehorsam war.

Ivory, die von vielen nur Ivy genannt wurde, war erst sieben Jahre alt, aber sie hatte ihren eigenen Kopf. So jedenfalls drückte ihre Mutter es aus, wenn Ivy nachdachte und Fragen stellte. Es klang immer etwas tadelnd.

Umso verblüffter war Ivy an jenem Nachmittag, an dem man sie und ihre ältere Schwester Rosamond in feine Kleider gesteckt hatte, um ihren Onkel Richard mit einem Knicks zu begrüßen. Neben Rosamond, die ein hellblaues Kleid mit dunkelblauen Schleifen trug, nahm Ivy in ihrem weißen Spitzenkleidchen mit rosa Schärpe vor ihren Eltern Aufstellung. Onkel Richard hatte eine Kaffeeplantage im fernen Afrika und seine Nichten bislang noch nie gesehen. Nun verbrachte er einige Tage in London und wollte bei den Parkland Rowes vorsprechen. Er kam jedoch nicht allein.

Dem Onkel, der nicht viel anders aussah als Ivys Vater, folgte ein Junge in seltsamer Aufmachung. Er trug rote Pluderhosen und ein weißes Hemd mit schwarzer Weste, aber was noch erstaunlicher war – seine Haut war schwarz. Ivy glaubte es zunächst nicht. Hatte er sich mit Schuhcreme eingeschmiert? Nein, sein Gesicht und seine Hände waren sauber. Ivy konnte nicht aufhören, den Jungen anzustarren, während er sich auf eine Handbewegung des Onkels hin neben der Tür postierte, als wartete er auf weitere Anweisungen. Sie schaffte kaum ihren Knicks, immerhin traute sie sich, nachdem ihre Mutter sie mit einem leichten Stups aufgefordert hatte, sich dem Onkel und damit dem Jungen zu nähern. Rosamond dagegen war von dem Anblick zu Tode erschrocken und versteckte sich hinter dem Rücken ihrer Mutter.

Die zog sie lachend hervor. »Du musst meine beiden Mädchen entschuldigen, Richard. Sie haben noch nie einen Afrikaner gesehen.«

Onkel Richard winkte ab. »Geh raus und warte draußen, Boy«, wandte er sich an den Jungen. »Du siehst, du machst den Mädchen Angst.«

Die großen dunklen Augen des Jungen blickten auf, als ob er etwas einwenden wollte, doch dann deutete er nur eine Verbeugung an und ging hinaus. Ivy konnte seine Unlust verstehen. Draußen regnete es seit Stunden.

Rosamond absolvierte nun auch ihren Knicks, und damit durften sie zurück in ihr Spielzimmer gehen, wo die Nanny mit dem Nachmittagstee wartete.

Ivy blieb jedoch heimlich zurück, während ihr Vater seinen Bruder herzlich begrüßte. Ihre Eltern führten den Besucher in den Salon, und sie schlich ihnen nach. Rasch versteckte sie sich hinter der Tür. Vielleicht würde Onkel Richard ja etwas über den Jungen erzählen. Tatsächlich wurde sie nicht enttäuscht.

»Wozu hast du denn den Kleinen mitgebracht?«, erkundigte sich ihre Mutter. »Reist du mit eigener Dienerschaft?«

Onkel Richard lachte. »Er ist ganz anstellig und macht sich

durchaus nützlich. Aber eigentlich gehört er Grace. Sie hat einen Narren an ihm gefressen und wollte ihn unbedingt mit nach Europa bringen. Heute besucht sie allerdings die Duchess of Brinkhurst – und die sagt, sie sei gegen Inder und Hunde allergisch. Wobei er ja weder ein Inder noch ein Hund ist, die Dame neigt zu Verallgemeinerungen. Ich hab den Jungen kurzerhand mitgenommen. Tut mir leid, wenn er die Kinder erschreckt hat.«

»Er *gehört* deiner Frau?«, fragte Ivys Mutter weiter. »Ist Sklavenhandel nicht verboten?« Ihre Stimme klang missbilligend.

»Nun leg doch nicht jedes Wort auf die Goldwaage, Hortense, das hab ich nur so gesagt«, verteidigte sich Onkel Richard. »Grace hat ihn sozusagen gefunden. Sie unterstützt die Missionare und ist mal mit ihnen in ein Zulu-Dorf gefahren, wo der Kleine im Schlamm gespielt hat. Die Leute sagten, er sei ein Waisenkind oder Findelkind oder was weiß ich, er gehöre zu niemandem. Jedenfalls kümmerten sie sich schlecht um ihn, und na ja, du kennst Grace. Sie hat ein gutes Herz, also gab sie den Leuten ein paar Münzen und nahm den Jungen mit. Unsere afrikanische Köchin versorgt ihn, und Grace spielt mit ihm, wenn sie Lust dazu hat. Er erweist sich wirklich als recht klug, spricht sogar sehr gut Englisch. Grace meint, er könne bestimmt lesen lernen …« Er lachte, als wäre das eine ziemliche Ungeheuerlichkeit.

Ivy wunderte sich. So schwer war das Lesen doch gar nicht, sie las selbst schon, und der Junge war viel größer als sie, bestimmt schon zehn oder zwölf Jahre alt.

»Wie heißt der Junge denn?«, fragte Ivys Vater.

Onkel Richard blies hörbar die Luft aus. »Es ist irgendwas Unaussprechliches, ich vergesse es immer. Aber er hört auf ›Boy‹. Nun lasst uns mal über etwas anderes reden. Kompliment zu euren Töchtern, sie sind entzückend. Vor allem die jüngere. Ein ganz reizendes Kind …«

Ivy schlich davon. Sie musste sich nicht anhören, wie niedlich sie war, das bescheinigte ihr so ziemlich jeder, der ihre schneeweiße Haut, die strahlend blauen Augen und die blonden Locken sah.

Das reinste Püppchen, pflegten die Frauen zu säuseln, besonders, wenn sie in Spitze gewandet war wie jetzt. Ivy hätte sich des Sonntagskleidchens gern entledigt. Sie mochte keine Puppe sein. Aber im Moment gab es Interessanteres zu tun – zumindest solange man sie nicht vermisste.

Ivy schlich sich durch die Empfangshalle und zur Haustür hinaus. Irgendwo hier musste der Junge sein. Schließlich fand sie ihn zusammengekauert unter einem Erkerfenster, wo es relativ trocken war. Sie schob sich näher heran.

»Bist du der schwarze Mann?«, erkundigte sie sich, als er sie entdeckte. Ivy hielt sich selten mit Vorreden auf.

Der Junge blickte sie verblüfft an. »Bin kein Mann«, sagte er. »Hab noch keinen Löwen getötet.«

»Wie meinst du das?«, fragte Ivy.

»Mama Ayana sagt, ein Junge wird zum Mann, wenn er einen Löwen tötet«, führte der Junge aus.

Ivy runzelte die Stirn. Sie bezweifelte das. Ihr Vater hortete in ihrem Landhaus mannigfaltige Jagdtrophäen, aber ein Löwe war nicht darunter. Dennoch war er zweifellos ein Mann.

»Die armen Löwen«, bemerkte sie. »Warst du schon immer so schwarz?«

Er zuckte mit den Schultern. »Ich denke, ja«, erwiderte er. »Alle Diener sind schwarz. Das ist so.«

Ivy fand auch das befremdlich. Der Butler, die Hausmädchen und Hausdiener ihrer Familie unterschieden sich in ihrer Hautfarbe nicht von ihrer Herrschaft.

»Wieso bist du so seltsam angezogen?«, fragte Ivy weiter.

Sie hatte sich neben ihn auf die Pflastersteine gesetzt, was ihrem weißen Kleid nicht sehr gut bekam. Um so etwas pflegte Ivy sich jedoch nicht zu kümmern.

Erneut zuckte der fremde Junge mit den Schultern. »Gefällt der Missus«, gab er Auskunft. »Mama Ayana sagt, ich muss der Missus dankbar sein.«

Ivy verzichtete darauf, das Thema zu vertiefen.

»Ich heiße Ivory«, verriet sie. »Das heißt Elfenbein.«

Er lächelte. »Der Zahn vom Elefanten«, bestätigte er. »So weiß wie Sie, Miss.«

Ivy schüttelte den Kopf. »Ich bin keine Miss, ich bin Ivy. Und du …«, sie lächelte strahlend, »… du bist Ebony, Ebenholz. Meine Mummy hat ein Kästchen, das ist aus Elfenbein und Ebenholz. Willst du's sehen?« Sie stand auf und reichte ihm die Hand. Der Junge ergriff sie scheu und ließ sich von ihr hochziehen. Ivy schaute fasziniert auf ihre helle Hand in seiner dunklen. »Wir müssen aber leise sein«, gemahnte sie ihn und führte ihn in Richtung Haustür, die sie wohlweislich angelehnt gelassen hatte.

Das Kästchen stand in der Empfangshalle, Besucher konnten ihre Karte darin hinterlegen. Es war wunderschön. Andächtig zog Ivy die ineinander verschlungenen Linien der Blütenranken aus Elfenbein nach, die in das Ebenholzkästchen eingelassen waren. Intarsienarbeit nannte man das, hatte ihre Mutter ihr erklärt.

»Elfenbein und Ebenholz, wie wir«, sagte sie und blickte auf ihre Hand, die immer noch die des Jungen hielt. »Schön!«

Bevor ihr neuer Freund etwas antworten konnte, öffnete sich die Tür zur Eingangshalle.

»Und das nächste Mal bringst du Grace mit«, hörte Ivy ihre Mutter.

Anscheinend verabschiedete sie gerade Onkel Richard. Und da waren die Erwachsenen auch schon! Ivy und der Junge fuhren zusammen, als Ivys Mutter sie entdeckte und einen kleinen Schrei von sich gab.

»Was soll das, Boy? Was machst du hier?«, donnerte der Onkel. »Belästigst du das Mädchen?«

»Nein! Ich hab ihm nur das Kästchen gezeigt …« Ivy hob zu einer Erklärung an.

Aber der Junge unterbrach sie. »Es tut mir leid, Master Richard«, sagte er unterwürfig. »Es war so nass draußen …«

»Ich hab ihn reingeholt!«, rief Ivy, doch niemand hörte ihr zu.

»Das wird ein Nachspiel haben«, drohte der Onkel. »Wir sprechen uns später.«

»Und du gehst auf dein Zimmer, Ivory!« Ivys Mutter hatte sich inzwischen gefasst. »Es gehört sich nicht, fremde Dienerschaft anzusprechen und mit den Kostbarkeiten zu protzen, die wir im Hause haben. Das verleitet den Jungen nur zum Stehlen …«

»Tut mir leid«, sagte Ivy.

Ihre Mutter nahm die Entschuldigung gnädig an, aber eigentlich hatte Ivy sie an den Jungen gerichtet.

Der sah nicht mehr auf, sondern folgte seinem Herrn mit gesenktem Kopf nach draußen. Ivy hoffte, dass er nicht zu hart bestraft wurde.

Zehn Jahre später ...

1

Ivy summte vor sich hin, als der Zug nach London in den Bahnhof von High Wycombe einfuhr – nicht unbedingt deshalb, weil sie guter Laune war, sondern hauptsächlich, um das Geplapper ihrer Schwester und deren Freundinnen auf dem Bahnsteig auszublenden. Rosamond, Melissa und Diane waren so aufgeregt darüber, die Schule endlich verlassen zu können, dass sie pausenlos redeten. Ihre Gespräche kreisten eigentlich seit Monaten um dasselbe Thema: ihr Debüt in der bevorstehenden Ballsaison. Nun war es gerade erst Juli, und die Vorstellungen der Debütantinnen bei Hofe fanden erst im Oktober statt. Das hinderte die Mädchen jedoch nicht daran, stundenlang darüber zu reden. Meist diskutierten sie Rosamonds Dilemma, das wiederum mit ihr, Ivy, zusammenhing.

Ivy war die jüngste der vier, sie hatten soeben alle ihre Schulzeit an der Wycombe Abbey School, einem renommierten Mädcheninternat in Buckinghamshire, beendet. Um beide Töchter zur gleichen Zeit ins Internat schicken zu können, hatten ihre Eltern Ivy ein Jahr früher als gewöhnlich und Rosamond ein Jahr später als die meisten Mädchen einschulen lassen. Ivy war nun erst siebzehn, Rosamond dagegen schon neunzehn Jahre alt und nach der allgemeinen Ansicht ihrer Schulfreundinnen über den richtigen Zeitpunkt für ein gesellschaftliches Debüt hinaus. Rosamond fürchtete jetzt, dass ihre Eltern auch die aufwendige und teure erste Ballsaison für ihre Töchter zusammenlegen wollten. Und somit redeten sich alle die Köpfe heiß darüber, ob Rosamond womöglich noch ein Jahr würde warten müssen, bis Ivy achtzehn war, oder ob Ivys Debüt vorgezogen würde.

»Es wäre Rosamond gegenüber schrecklich unfair, wenn sie noch länger warten müsste«, regte sich Diane auf und zupfte an ihrem Haar herum, bis sich eine dunkle Strähne aus der strengen Frisur löste, die ihre Schule vorgeschrieben hatte. Von jetzt an würden sie sich alle an der Mode orientieren, nicht mehr an verstaubten Regeln. Ihre Locken in einen Knoten zu zwingen, war für Ivy jeden Morgen eine besonders langwierige Aufgabe gewesen.

»Dann sollen sie besser Ivy dieses Jahr debütieren lassen.«

»Aber Ivy ist noch ein Kind«, behauptete Melissa. Weder ihr noch Rosamond oder Diane machte es etwas aus, über Ivy zu sprechen, als wäre sie nicht zugegen. »Also, ich finde sie noch ziemlich unreif.«

Wie nebenbei bezahlte sie den Kofferträger, der ihr Gepäck in ihr Abteil brachte und auf die Ablagen hievte. Kurz darauf fuhr der Zug an.

Ivy verdrehte die Augen. Melissa war selbst gerade erst achtzehn und in der Schule nie durch besondere Klugheit aufgefallen. Ihr strenges Urteil beruhte lediglich auf gewissen Interessensunterschieden zwischen ihr und Ivy. Während Melissa am liebsten schwatzte und sich vor dem Spiegel drehte, hatte Ivy die freie Zeit zwischen den Schulstunden gern lesend im Garten des Internats verbracht und sich gefreut, wenn sich der dicke Kater ihrer Hausmutter dabei neben ihr niedergelassen und ihr Gesellschaft geleistet hatte. Melissa und Diane hatten sich darüber immer wieder gern lustig gemacht.

»Worüber soll sie sich denn mit den jungen Herren unterhalten?«, sprach Melissa jetzt weiter. »Über Pussykätzchen?«

Die drei Freundinnen lachten.

Ivy hörte wie meist über alles hinweg. Ob sie in diesem Jahr oder im nächsten debütieren sollte, war ihr ziemlich egal, sie befand sich keineswegs als zu unreif oder ungeschickt, einen formvollendeten Knicks vor dem König und der Königin zu machen. Natürlich bedeutete die förmliche Vorstellung bei Hofe, dass sie damit dem Heiratsmarkt zur Verfügung stand, doch sie musste sich nicht gleich in ihrer ersten Saison verloben.

Der Weg einer jungen Frau ihrer Gesellschaftsschicht war selbstverständlich vorgezeichnet. Etwas anderes als eine Heirat kam nicht infrage, und Ivy sah keinen Grund, sich dagegen zu wehren. Sie befürchtete nicht, als alte Jungfer zu enden, schließlich hatte man ihr von Kindheit an gesagt, wie schön sie sei mit ihrem hellen Teint, den ausdrucksvollen Augen und dem Haar, das sich lockte wie das eines Rauschgoldengels. Verglichen mit Ivys strahlendem Äußeren wirkte an Rosamond alles etwas verwaschen, die Augen waren blaugrau, das Haar war aschblond und das Gesicht etwas lang geraten. Wahrscheinlich würde sich rascher ein Bewerber um Ivys Hand finden als um Rosamonds, doch Ivy zweifelte nicht daran, dass sie letztlich beide unter die Haube kommen würden. An der Mitgift sollte es ebenfalls nicht scheitern. Die Parkland Rowes waren reich, wenn auch nur von niederem Adel. Ihre trotzdem sehr guten Beziehungen zum Königshaus verdankten sie dem Nebenerwerb ihres Vaters, der sich nicht nur um die Verwaltung der familieneigenen Ländereien kümmerte, sondern darüber hinaus Import betrieb. Er handelte – gemeinsam mit seinem Bruder Richard – mit Kaffee und Tee aus den Kolonien und genoss einen ausgezeichneten Ruf als Teekenner. So hatte er es zum Hoflieferanten gebracht. In seinem Kontor hing ein persönlicher Brief der Königin, die sich geradezu euphorisch über die Produkte seines Hauses äußerte.

Neben dem Stadthaus in London besaßen Ivys und Rosamonds Eltern ein hochherrschaftliches Landhaus in Sussex, Parkland Gardens, und Ivy freute sich darauf, dort den Sommer zu verbringen. Sofern sie überhaupt über ihr künftiges Leben als verheiratete Frau nachdachte, wünschte sie sich, einen Countrygentleman zu ehelichen, mit dem sie den größten Teil des Jahres auf dessen Landsitz verbringen konnte. Sie teilte die Liebe zur Natur mit ihrem Vater, der sie schon als Kind auf Wanderungen und lange Ausritte mitgenommen hatte. Dabei waren sie häufig von seinem Jagdaufseher begleitet worden, der Ivy auf die Vogelstimmen aufmerksam gemacht hatte, die zu hören waren, und das Wild, das sie mitunter zu Gesicht bekommen hatten.

Ivys Vater Edward Parkland Rowe – von seinen Freunden meist Ted genannt – war ein passionierter Jäger, und er hätte seine Töchter gern für das Weidwerk gewonnen. Rosamond begleitete Jagdgesellschaften allerdings nur halbherzig, Ivy streikte entschieden. Sie weigerte sich einfach, den prachtvollen Hirschen oder den imponierenden Wildschweinen mit der Absicht nachzuspüren, sie zu erschießen. Als Trophäe im Jagdzimmer ihres Vaters waren sie nicht halb so schön und beeindruckend wie in Freiheit in den Wäldern – Geweihe und ausgestopfte Tierköpfe stimmten Ivy eher traurig.

Jetzt schaute sie gelangweilt aus dem Fenster des Zuges, der die ehemaligen Schülerinnen von High Wycombe nach London brachte, und beschloss, sich die Zeit mit einem Buch zu vertreiben. Natürlich war es unhöflich, so deutlich zu zeigen, dass die Unterhaltung der anderen sie nicht interessierte, doch sie würde Diane und Melissa in diesem Sommer noch oft genug ertragen müssen – auch deren Eltern unterhielten Sommerhäuser auf dem Lande. Sie vertiefte sich in die Reisetagebücher der Wiener Schriftstellerin Ida Pfeiffer, die vier Kontinente besucht hatte und lebhaft über die Menschen und Tiere fremder Länder schrieb.

Nach einer Stunde erreichte der Zug Victoria Station, wo die Kutschen ihrer Familien auf die vier jungen Frauen warteten. Rosamond, Melissa und Diane verabschiedeten sich so wortreich, als würden sie einander nie wiedersehen, während Ivy darauf achtete, dass die Koffer in die jeweils richtigen Gefährte verladen wurden. Dabei plauderte sie mit dem Kutscher, der schon lange für ihre Familie tätig war, er hatte sie praktisch aufwachsen sehen. Wie erwartet hatte sich seit ihrem letzten Besuch nicht viel Neues ereignet. Ein Hausmädchen hatte geheiratet, die Tochter der Köchin war an seiner Stelle in Dienst genommen worden. Eins der Pferde lahmte, worüber sich der Kutscher etwas sorgte. Dafür freute sich Ivy zu hören, dass es Wendy, ihrem alten Pony, gut ging.

»Aber Sie werden jetzt ein neues Pferd brauchen, Miss Ivory«, meinte der Kutscher. »Wenn Sie im Herbst debütieren und mit den jungen Herren ausreiten wollen, brauchen Sie etwas Eleganteres als die alte Stute.« Ivy verzog das Gesicht. Sie wünschte sich ein Vollblut, mochte Wendy jedoch nicht abschieben. Der Kutscher, der das wusste, zwinkerte ihr verschwörerisch zu. »Ich habe mir erlaubt, Ihrem Vater vorzuschlagen, das Pony mit nach Parkland Gardens zu nehmen und dort auf die Weide zu stellen«, meinte er. »Es hat sich einen ruhigen Lebensabend verdient.«

Ivy lächelte. Wendy hatte zunächst Rosamond und dann ihr als Reitpony gedient und sich immer bewährt.

»Das wäre wundervoll, Max«, sagte Ivy dankbar. »Ich sehe sie schon bis zum Bauch im Gras stehen und schlemmen. Der Stallmeister in Parkland Gardens wird aufpassen müssen, dass sie nicht platzt.«

Der Kutscher hielt ihr und Rosamond nun die Tür auf und ließ sie einsteigen. Das Gespräch verstummte sofort. Mit Max hätte Ivy sich aus dem Inneren der Kutsche nur schreiend verständigen können, ihre Schwester und sie hatten sich nichts zu sagen. Sie war mit Rosamond nicht direkt verfeindet, sie teilten jedoch weder dieselben Freundinnen noch dieselben Interessen. Ivy vermutete, dass Rosamond ein wenig eifersüchtig auf sie war. Die ältere Schwester war unscheinbarer und kein solcher Sonnenschein wie sie selbst. Ihr Vater zog sie als die Jüngere oft vor, sosehr Rosamond sich auch bemühte, ihm zu gefallen, und sowenig sich ihm Ivy ihrerseits anbiederte. Rosamond stand dafür ihrer Mutter Hortense näher, doch sie hätte ihre Töchter niemals spüren lassen, dass sie eine von ihnen bevorzugte.«

Die Kutsche hielt nach kurzer Fahrt über Londons belebte Straßen vor dem imponierenden Stadthaus in Mayfair, wo sie bereits von einem Hausdiener erwartet wurden. Er begrüßte die Töchter des Hauses höflich und lud ihr Gepäck aus. Der Butler, Mr. Hargroves, öffnete ihnen die Tür und hieß sie willkommen. Ein Hausmädchen nahm ihnen Reiseumhänge und Hüte ab.

»Es ist schön, wieder hier zu sein!« Ivy strahlte und schenkte sämtlichen Angehörigen des Personals ihr warmes Lächeln. »Ich hab euch alle so vermisst!«

Mr. Hargroves, ein schwerer, nicht mehr ganz junger Mann mit dem Gesicht einer gutmütigen Bulldogge, gestand sich seinerseits ein Lächeln zu. »Auch Sie haben uns gefehlt, Miss Ivory und Miss Rosamond. Mrs. Lovelace hat all Ihre Lieblingsspeisen vorbereitet, soll ich Ihnen bestellen. Sie richtet ein Festmahl aus für heute Abend. Doch jetzt wollen Sie sicher Ihre Eltern begrüßen. Ihr Vater ist vorhin aus seinem Club zurückgekehrt, pünktlich zu Ihrer Ankunft. Die Herrschaften erwarten Sie im Salon, wir haben bereits den Tee serviert. Ich lasse frischen für Sie bringen.«

»Und Scones?«, fragte Rosamond hoffnungsvoll.

Die Teekuchen waren ihr Lieblingsgebäck, und Mrs. Lovelace, die Köchin, wusste das natürlich genau.

»Selbstverständlich«, erklärte der Butler und verbeugte sich.

Dann ging er ihnen voraus in den Salon. Es schien allerdings nicht so, als fände dort gerade ein harmonisches Teetrinken statt. Schon bevor sie eintraten, waren ärgerliche Stimmen zu vernehmen. Mr. Hargroves verharrte unschlüssig davor, anstatt die Tür zu öffnen.

»Wie bitte? Wir sollen den ganzen Herbst und Winter wegbleiben? Wie stellst du dir das vor?« Ivys Mutter, Lady Hortense, maßregelte ihren Gatten in scharfem Ton. »Wir haben zwei Töchter, Edward, Rosamond wird in diesem Herbst debütieren. Und du möchtest … Löwen jagen?«

Rosamond unterdrückte einen Juchzer, als das Wort »debütieren« fiel. Ivy spitzte die Ohren. Löwen jagen?

»George Maitland hat auch eine Tochter«, gab ihr Vater zurück.

»Und seine Frau Alicia wird ihm genau das Gleiche erzählen wie ich dir«, behauptete Ivys Mutter.

»Das glaube ich nicht«, widersprach ihr Vater. »Er wird sie einfach mitnehmen.«

Ivy konnte sich das verschmitzte Lächeln auf seinem Gesicht sehr gut vorstellen. Mrs. Maitland war, ebenso wie ihre Tochter Diane, eine passionierte Jägerin. Wenn es tatsächlich um einen Jagdausflug ging, würden die beiden den König stehen lassen und all die jungen Herren der besseren Gesellschaft dazu. Aber eine Jagd, die den ganzen Herbst und den Winter über andauerte?

»Ich mache jedenfalls nicht mit bei diesem gefährlichen Irrsinn.«

Ihre Mutter wechselte in den bestimmten Ton, in dem sie unliebsame Gespräche gewöhnlich zu beenden pflegte. Ivy und ihr Vater hatten ihr meist nicht viel entgegenzusetzen – und Rosamond versuchte es erst gar nicht.

An diesem Tag jedoch schien ihr Vater nicht mehr ganz nüchtern zu sein, was ihn mutig machte. Und ganz offensichtlich brannte er für seinen Plan.

»Dann lässt du es eben«, entgegnete er, ebenso entschlossen wie seine Hortense. »Bleib hier, stell Rosamond dem König vor, dazu werde ich ja nicht wirklich gebraucht. Genieß mit ihr die Ballsaison, aber lass Ivy bei mir. Ivy ist noch viel zu jung für den Heiratsmarkt. Ich werde sie mitnehmen …«

»Sie ist zu jung, um zu debütieren, aber nicht zu jung, um auf Elefanten zu schießen?«, fragte Ivys Mutter spöttisch. »Ich werde mir das nicht länger anhören, Edward. Aus dir spricht der Brandy!«

Bevor Ivys Vater etwas erwidern konnte, klopfte Mr. Hargroves entschlossen an die Tür. Ihm musste zu Bewusstsein gekommen sein, dass sein Zögern als Lauschen gelten konnte – ein absolut ungehöriges Verhalten für das Personal und natürlich auch für sie selbst und Rosamond. Als ihre Eltern wie erwartet verstummten, öffnete er die Tür.

»Mylady, Sir, Ihre Töchter! Miss Rosamond und Miss Ivory sind soeben eingetroffen.«

Der Butler gab den Weg frei, und Rosamond vergaß sofort, dass man es möglichst geheim hielt, wenn man andere Leute belauscht hatte.

»Mummy!« Sie fiel ihrer Mutter um den Hals. »Es ist also wahr? Ich werde diesen Herbst debütieren?«

Ivy näherte sich ihrem Vater weniger euphorisch. »Ich glaube nicht«, sagte sie besorgt, »dass ich Elefanten erschießen möchte.«

Er musterte sie liebevoll. Ihr Vater war ein nicht sehr großer Mann, der schon ein wenig zur Korpulenz neigte, aber nichtsdestotrotz sowohl auf der Jagd als auch auf dem Pferderücken eine recht gute Figur machte. Sein Gesicht war rund, freundlich und jetzt ein wenig gerötet, seine blauen Augen blickten dennoch völlig klar. Er mochte ein oder zwei Brandy gehabt haben, betrunken war er sicher nicht.

»Meine liebe Ivy«, begrüßte er sie freudig und lächelte ihr verschwörerisch zu. »Ich weiß, dass dir die Jagd nicht behagt. Aber ich glaube einfach nicht, dass du lieber vor dem König knicksen und jede zweite Nacht mit irgendwelchen Jungspunden Walzer tanzen willst, als mich zu begleiten.«

»In den Zoologischen Garten?«, fragte Ivy, nun mehr als neugierig. Wo sonst sollte man Elefanten und Löwen finden? Im Tierpark war es allerdings nicht üblich, sie zu erschießen.

Ihr Vater lachte herzlich. »Nein, Kleines, viel besser! Wir fahren nach Afrika und gehen auf Safari.«

2

Ivy freute sich, als das Hausmädchen einen Teller voller Scones brachte und allen frischen Tee einschenkte. Der Versuch von Rosamond und ihrer Mutter, das Gespräch auf den erfolgreichen Schulabschluss und die kommende Ballsaison zu richten, scheiterte. Ihr Vater ließ sich einfach nicht daran hindern, von seinen Plänen zu künden.

»Wir hatten eine Vortragsveranstaltung im Club«, erzählte er. Wie seine Freunde gehörte auch er einem exklusiven Herrenclub an. »Major Bannon hat von seiner Reise nach Kenia im letzten Winter berichtet, auf Bitten des Veranstalters. Es handelt sich um eine Agentur, die Großwildjagden organisiert: Newland, Tarlton & Co. Sie durfte sogar die Reise von Theodore Roosevelt im letzten Jahr planen. Major Bannon war jedenfalls äußerst beeindruckt. Die Agentur stellt alles, von Waffen über Fährtenleser und Träger bis hin zu einer hervorragenden Küche und exzellenter Bedienung im Jagdlager.«

»Wir müssen aber trotzdem in einem Zelt schlafen, oder?«, fragte Ivy, unsicher, ob sie die Aussicht auf dieses Abenteuer begeisterte oder eher mit Furcht erfüllte. Sie hatte natürlich noch nie im Freien genächtigt.

Ihr Vater lachte. »Was man so Zelt nennt ... Also Major Bannon versicherte, er habe selbst in den besten Häusern selten so luxuriös genächtigt und gespeist. Die afrikanischen Diener lesen einem jeden Wunsch von den Augen ab. Sie sind vorzüglich geschult, sagt er. Die Leiter der Expedition sind selbstverständlich Weiße und erfahrene Großwildjäger, der Abschuss der interessantesten Tiere ist garantiert. Ein Präparator reist mit, um die Trophäen zu sichern. Ihr hättet das sehen müssen! Elefantenstoßzähne, Geweihe von Gazellen, sogar ein ausgestopfter Leopard! Major Bannon war äußerst erfolgreich. Und sehr, sehr zufrieden. George und Francis ...«, die beiden Herren waren die besten Freunde ihres Vaters, »... haben dann noch einen Brandy mit ihm getrunken, und ich hab mich dazugesellt. Was soll ich sagen? Wir haben Blut geleckt!«

»Im wahrsten Sinne des Wortes«, bemerkte Ivys Mutter. »Reicht es euch nicht mehr, die armen Kreaturen in euren eigenen Jagdgebieten abzuschießen?«

Auch ihre Mutter war keine Freundin der Jagd. Vor allem hasste sie die Trophäen ihres Mannes, die er in jedem Raum ihres Landhauses stolz zur Schau stellte.

»Das ist doch was ganz anderes«, behauptete ihr Vater. »Afrika! Der Schwarze Kontinent! Löwen, Tiger ... die Herausforderungen sind viel größer.«

»Tiger gibt's dort nicht«, wagte Ivy ihn zu berichtigen. »Da müssten wir nach Indien. Und du weißt, dass ich nicht jagen mag ... Obwohl ich mir die Tiere zu gern einmal ansehen würde.« Ihr Ton wurde sehnsüchtig. In vielen der Reiseberichte, die sie so gern las, war von Elefanten und Nashörnern die Rede gewesen. Diesen Tieren einmal in der Wirklichkeit gegenüberzustehen musste traumhaft sein.

»Du fährst also mit?«, fragte ihr Vater hoffnungsvoll. »Du weißt, ich zwinge dich nicht zu schießen ...«

Ivy lächelte. Sie würde ihn nicht darauf hinweisen, dass er sie, sollte er sie nötigen, eine Jagdflinte zu benutzen, jedenfalls niemals zwingen konnte zu treffen. Es würde völlig unsinnig sein, sie gegen ihren Willen damit auszurüsten.

»Ivory fährt allenfalls mit, wenn noch andere Damen mitreisen«, mischte ihre Mutter sich ein. »Auf keinen Fall lasse ich sie allein mit dir und deinen Kumpanen in die Wildnis.«

Ivys Vater winkte lachend ab. »Natürlich nicht.«

Er schien sich absolut sicher, dass Alicia und Diane Maitland mit dabei sein würden. Keine von ihnen würde der Aussicht widerstehen können, einem Löwen mit einer Waffe in der Hand zu begegnen.

Am nächsten Tag begab sich Ivys Vater mit seinen Freunden George Maitland und Francis Main Carruthers zum Piccadilly Circus, wo die Agentur Newland, Tarlton & Co. ein Büro unterhielt. Er war äußerst beschwingt und roch schon wieder nach Brandy, als er nach einigen Stunden zurückkehrte.

»Ein wirklich ganz hervorragender Service«, berichtete er seiner Familie beim Lunch. »Wir haben die Safari bis in kleinste Einzelheiten durchgeplant, es wird uns an nichts fehlen … Sie garantieren sogar Abschüsse. Ich habe direkt einen Löwen gebucht. Ach ja, es geht übrigens nach Kenia. Von London aus über Marseille nach Aden, dann die ostafrikanische Küste runter nach Mombasa und von dort per Zug in die kenianische Stadt Nairobi. Da unterhält die Agentur ihr Hauptquartier. In den Busch geht es zu Pferde …«

»Und wer kommt nun mit?«, fragte Ivy.

Auch sie zweifelte kaum daran, dass Diane die Safari der Ballsaison vorziehen würde. Wobei sie nicht wusste, ob sie sich darüber freuen sollte, gleichaltrige Gesellschaft zu haben. Sie mochte Diane schon im Alltag nicht allzu sehr, ihre Jagdbegeisterung empfand sie als abstoßend. Sie hatte die Freundin ihrer Schwester oft bei Jagdeinladungen erlebt, wo es ihr nicht blutrünstig genug zugehen konnte. Diane schoss gern und gut, dazu liebte sie die Reitjagd, an deren Ende der Fuchs von der Hundemeute gerissen wurde.

»Wie ich gestern schon sagte«, bemerkte ihre Mutter, »wenn sich keine weibliche Begleitung findet, bleibt Ivory zu Hause. Und wie mir Rosamond versicherte, kann Diane es kaum erwarten zu debütieren.«

»Seit gestern kann sie es kaum erwarten, einen Elefanten zu schießen«, erklärte ihr Vater triumphierend. »Genau wie ihre Mutter. Das Mädchen wird einfach ein Jahr später debütieren. Wollt ihr es euch nicht auch noch überlegen? Hortense? Rosamond? Das ist doch die Chance deines Lebens, Rosie! Ich könnte mir dich gut mit einem selbst erlegten Leoparden vorstellen!«

Rosamond, die es hasste, wenn man sie Rosie nannte, schüttelte entschlossen den Kopf. »Ich bin neunzehn«, erinnerte sie ihren Vater. »Wenn ich in diesem Jahr nicht debütiere, wann dann? Und es reizt mich keinesfalls, in einem Zelt zu schlafen und womöglich von wilden Tieren gefressen zu werden. Schlimm genug, dass Diane das ihrer ersten Saison vorzieht! Ich finde es persönlich … nicht ladylike!« Geziert legte sie Messer und Gabel auf ihrem Teller ab.

Letzteres war nicht unbedingt zutreffend. Die Jagd galt in englischen Adelskreisen auch bei Damen als angesehene Freizeitbeschäftigung. Bei Newland, Tarlton & Co. war man auf mitreisende Frauen eingerichtet.

»Nun gut, Rosie«, erwiderte ihr Vater. »Wenn ich dich nicht umstimmen kann, ist das so. Und du, Ivy, wirst dir ein Zelt mit Diane teilen. Man hat uns im Übrigen versichert, dass den Damen nur die umgänglichsten und angenehmsten Pferde zugeteilt würden. Wir werden eine wunderbare Zeit haben! Du wirst deine Meinung doch nicht noch ändern, Ivy?«

Besorgt beobachtete ihr Vater, wie sich ihre Stirn bei der Aussicht umwölkte, zusammen mit Diane wohnen zu müssen.

Ivy schüttelte den Kopf. Sie hatte begonnen, sich auf das Abenteuer zu freuen. Wenn sie Afrika und seine vielfältige Tierwelt jemals sehen wollte, so kam sie um die gemeinsame Reise mit Jägern nicht herum. Es war zwar gut möglich, dass ihr künftiger Gatte ebenfalls reisefreudig sein würde, doch darauf, einen Mann zu finden, der nicht jagte, konnte sie nicht hoffen.

Die Safari sollte im Oktober 1910 beginnen, etwa zur gleichen Zeit wie die Ballsaison. Beide Unternehmungen bedurften aufwendiger Vorbereitungen – Ivys Mutter hielt es kaum auf ihrem Landsitz. Alle zwei Wochen musste sie mit ihren Töchtern nach London zur Anprobe – Rosamond erhielt Abendgarderobe und Kleidung für nachmittägliche Aktivitäten wie Teegesellschaften oder leibesertüchtigende wie Reitjagden. Ivy wurde für die Safari ausgestattet, mit Röcken und Jacken im traditionellen Khaki, hellen Blusen, Sonnenhüten und Safarihelmen mit Schleiern, die vor Insekten schützten. Die Agentur hatte ihrer Familie eine Schneiderwerkstatt genannt, die auf Safarikleidung spezialisiert war. Die Schneiderin, die Ivy beriet, erwies sich als sehr erfahren.

»Alle Welt fürchtet sich vor Löwen und Elefanten, Miss Ivory«, erläuterte sie, »aber die sind gar nicht so gefährlich. Viel schlimmer sind die Stechmücken. Sie übertragen die Schlafkrankheit, ein lebensgefährliches Fieber. Also schützen Sie Gesicht und Hals mit Schleiern, tragen Sie auf der Jagd Handschuhe und festes Schuhwerk. Ich fertige Ihnen die Kleider aus leichtestem Stoff, der aber dennoch fest genug ist, um den Mücken keine Chance zu geben. Und ...«, sie lächelte Ivy verstohlen zu und dämpfte die Stimme, um ihre Mutter nicht mithören zu lassen, »... wenn Sie es wünschen, nähe ich Ihnen einen Rock, der das Reiten im Herrensitz erlaubt. Viele Damen ziehen das im Busch vor, es ist sicherer und komfortabler ... Auf der Jagd fragt niemand nach Eleganz und Schicklichkeit ...«

Ivy nahm das Angebot dankbar an. Sie war schon oft im Herrensitz auf Wendy geritten und hatte ähnlich empfunden.

Neben der Safariausstattung brauchte natürlich auch sie elegantere Kleidung – für die Schiffsreise zum Beispiel, mitunter ging es auf der Überfahrt recht förmlich zu. Zum Dinner trug man elegante Garderobe, Deckspiele erforderten legere Kleidung wie Röcke und Blusen. Letztendlich benötigte sie zwei Reisetruhen für ihre Ausstattung.

Die Jagdfreunde verwandten mehr Zeit auf die Auswahl ihrer Waffen als auf die ihrer Kleidung. Zwar konnte die Agentur die Jagdbüchsen und Flinten vor Ort stellen, doch zumindest ein eigenes Gewehr wollte jeder von ihnen mit nach Afrika nehmen. Ivys Vater entschied sich für eine .405 Winchester aus den Vereinigten Staaten, mit der schon Roosevelt auf Safari gegangen war. Er bestand darauf, sie auf der Hirschjagd auszuprobieren, obwohl sein Jagdaufseher abriet. Das riesige Kaliber zerfetzte den Kopf des prächtigen Hirsches dann tatsächlich so, dass er nicht mehr als Trophäe zu präparieren war. Ihr Vater, der auf das Herz gezielt hatte, ärgerte sich einerseits, sah es allerdings andererseits als bewiesen an, dass er mit seiner neuen Jagdwaffe auch Elefanten und Nashörner problemlos würde erlegen können.

Bei all diesen Aktivitäten verging der Sommer schnell – die üblichen Einladungen und Vergnügungen verkürzten Ivy die Zeit. Sie sah sich zu ihrer Überraschung verfolgt von Simon Main Carruthers, dem siebzehnjährigen Sohn des dritten Expeditionsteilnehmers und Freundes ihres Vaters – Francis Main Carruthers. Auch Simon sollte mit auf Safari und suchte nun schon im Vorfeld die Nähe der teilnehmenden jungen Damen. Diane hatte ihn gleich rüde abblitzen lassen, Ivy war duldsamer, trotzdem wurde es ihr bald zu viel. Genau wie Diane konnte Simon es nicht abwarten, die afrikanische Tierwelt zu dezimieren, und schwärmte schon jetzt von den zu erwartenden Trophäen. Dass Ivy nicht schießen mochte, glaubte er kaum, deutete es jedoch als mädchenhafte Empfindsamkeit und fand es »ganz reizend«.

Ivy graute es schon vor der gemeinsamen Reise mit dem jungen Charmeur, der sie mit Aufmerksamkeiten und Schmeicheleien überschüttete.

Und dann war es endlich so weit. Ivy sah im Hafen von London zu, wie ihr Vater das Verladen ihres Gepäcks in den Bauch eines Dampfers namens *African Lady* kontrollierte. Während Diane sich tränenreich von Rosamond verabschiedete, stieß ein junger Mann zu ihrer Reisegesellschaft.

»Mr. Parkland Rowe?«, wandte er sich an Ivys Vater. »Mein Name ist Gerrit Harper. Ich möchte Sie im Namen von Newland, Tarlton & Co. herzlich zu Ihrer Reise willkommen heißen.«

Angenehm überrascht wandte Ivys Vater sich um. »Ich wusste gar nicht, dass uns schon ab London ein Begleiter gestellt wird«, sagte er. »Darf ich Ihnen meine Tochter vorstellen? Miss Ivory Parkland Rowe …«

»Angenehm!«

Gerrit Harper verbeugte sich förmlich. Er war ein hochgewachsener, sehr schlanker Mann mit lockigem hellbraunem Haar, das kurz geschnitten war. Seine Augen waren von einem dunklen Grün. Er trug eine leichte Leinenhose, obwohl es in London bereits ziemlich kalt war, er schien wohl eine rasche Wetterbesserung zu erwarten. »Ich freue mich, Ihre Bekanntschaft zu machen. Meine Begleitung Ihrer Reise, Mr. Parkland Rowe, ist ein zusätzlicher Service. Er ergibt sich daraus, dass ich nach längerem Englandaufenthalt nach Kenia zurückkehre, um meine Arbeit für Newland, Tarlton & Co. wieder aufzunehmen. Ich war früher bereits für die Agentur tätig und kann Ihnen folglich alle Fragen beantworten, die vielleicht noch offen sind.«

Er lächelte gewinnend, obwohl Ivy meinte, einen traurigen Zug in seinen Gesichtszügen zu bemerken.

Jetzt näherten sich Diane und ihre Eltern, Diane musterte Harper mit offensichtlichem Interesse. Als er seine Vorstellung wiederholte, strahlte sie ihn an.

»Wir haben sicher viele Fragen«, gurrte sie. »Dies ist für uns ja ein einziges großes Abenteuer. Werden Sie gemeinsam mit uns speisen, Mr. Harper?«

Ivy seufzte innerlich. Diane wollte möglichst schnell herausfinden, ob der Angestellte der Agentur ebenfalls erster Klasse reiste oder ob man ihn aufs Zwischendeck verbannen würde. Dabei hätte sie eigentlich gleich bemerken müssen, dass es auf der *African Lady* überhaupt kein Zwischendeck gab. Schließlich reisten keine mittellosen Auswanderer nach Afrika. Die Passagiere waren ausnahmslos Vergnügungsreisende oder Kaufleute sowie aus Europa stammende Familien, die in Afrika lebten und den afrikanischen Winter für eine Reise in ihre alte Heimat genutzt hatten. In ihrer Begleitung waren die einzigen Afrikaner an Bord des Schiffes – ein junger Mann diente einem der Reisenden als Kammerdiener, und eine junge Frau kümmerte sich um die Kinder eines Paares.

Ivy kam ihre Begegnung mit dem Jungen, den sie Ebony genannt hatte, erneut in den Kopf. In all den Jahren hatte sie ihn schon fast vergessen, jetzt erinnerte sie sich wieder. »Alle Diener sind schwarz«, hatte er gesagt. In Afrika schien das zuzutreffen.

Als das Schiff ablegte, spielte eine Musikkapelle am Kai, und obwohl die Passagiere an der Reling sowie die zurückbleibenden Angehörigen, die eifrig Taschentücher zum Abschied schwenkten, die eine oder andere Träne vergossen, war die Stimmung geprägt von Freude und Erwartung.

Ivy und Diane bezogen ihre Kabine – zu Ivys Leidwesen mussten sie sich schon auf dem Schiff die Unterkunft teilen –, und Diane schwatzte über Gerrit Harper.

»Er ist der erste Großwildjäger, den wir kennenlernen«, begeisterte sie sich. »Es wird unglaublich interessant sein zu hören, was er zu erzählen hat.«

Ivy runzelte die Stirn. Einen Großwildjäger hatte sie sich stets anders vorgestellt als den eher friedlich wirkenden Mr. Harper. Sie merkte an, dass er vielleicht in anderer Position für die Agentur tätig war.

Diane wollte davon jedoch nichts hören. »Warum er wohl in England war«, rätselte sie. »Glaubst du, ich kann ihn das fragen? Oder wäre das zu neugierig?«

»Vielleicht ein bisschen zu persönlich«, bemerkte Ivy und legte die Kleider aus ihrem Reisekoffer in ihren Teil des schmalen Schranks, der in die enge Kabine eingebaut war. »Er wird seine Gründe gehabt haben, und wenn er sie uns nicht gleich genannt hat, will er vielleicht nicht darüber reden.«

»Die Reise ist ja noch lang«, meinte Diane unbekümmert und musterte ihre Garderobe. »Das rosa Kleid für heute Abend oder das mattgrüne?«

Diane bevorzugte Kleider in Pastellfarben, die ihr dunkles Haar, wie sie befand, besonders zur Geltung kommen ließen. Sie trug es nicht mehr streng aufgesteckt, sondern im Nacken mit einer Schmuckspange zusammengefasst. Die Locken fielen ihr über die Schultern und ließen sie fast südländisch wirken. Ihr Teint war jedoch hell, ihre Augen waren blau. Ich bin ein Schneewittchentyp, pflegte sie von sich selbst zu sagen.

Ivy konnte sich die Freundin ihrer Schwester beim besten Willen nicht in der Rolle der Märchenfigur vorstellen. Diane hätte die Zwerge ganz sicher nicht bekocht – allenfalls wäre sie ausgezogen, um ihnen einen Braten zu schießen.

Natürlich trafen sie Harper beim Abendessen, doch er unterhielt sich angeregt mit ihren Vätern, die alles Mögliche über Newland, Tarlton & Co. wissen wollten. Viel Neues erfuhren sie dabei nicht. Victor Newland und die Tarlton-Brüder waren Veteranen des Burenkrieges und danach in Afrika geblieben. Mit einem Startkapital von zweihundert Pfund gründeten sie zunächst ein Mischunternehmen aus Grundstücksagentur, Viehhandel und Safariausstattung, schließlich konzentrierten sie sich auf Letzteres.

»Wir organisieren Jagdsafaris und wissenschaftliche Exkursionen«, erklärte Harper. »Das Unternehmen hat sowohl Jäger als auch Tierpräparatoren und Biologen unter Vertrag. Sie werden zweifellos auf Ihre Kosten kommen.«

Ivys Vater und seine Freunde waren hocherfreut und begossen den Beginn der Reise mit Champagner. Sie bemerkten kaum, dass Ivy und Diane sich früh zurückzogen, Simon blieb bei den Männern und erprobte seine Trinkfestigkeit.

Am nächsten Morgen war Simon Main Carruthers seekrank und blieb es während der gesamten Reise. Ivy dankte dem Himmel, dass sie sich deshalb nur mit Diane zu beschäftigen hatte – und die schien entschlossen zu sein, so viel Zeit wie möglich mit Mr. Harper zu verbringen. Auch der zog sich meist früh von den abendlichen Gesellschaften zurück, und Diane ließ nie die Gelegenheit zu einem Versuch aus, ihm an Deck noch eine kleine Plauderei aufzuzwingen. Der junge Mann verhielt sich höflich, zeigte jedoch kein Interesse an einem Flirt.

Ivy fand Dianes Verhalten nur peinlich.

Die Reise nach Nairobi sollte einige Wochen dauern – der längste Teil war die Schiffsreise von Marseille nach Aden. Die Besatzung des Schiffes tat allerdings alles, um bei den betuchten Gästen keine Langeweile aufkommen zu lassen. Die Reisenden versuchten sich in Shuffleboard, Bingo-Runden wurden organisiert, die Männer spielten am Abend Karten.

Am vierten Tag – man gelangte langsam in ruhigere Gewässer – bauten einige Matrosen eine Anlage zum Tonscheibenschießen auf. Besonders die Jäger unter den Passagieren waren sofort Feuer und Flamme.

»Und du willst wirklich nicht mitmachen?«, wandte Diane sich an Ivy, nachdem sie nach drei Versuchen endlich die erste Scheibe getroffen hatte.

Mrs. Maitland erwies sich als treffsicherer und schaffte es schon beim zweiten Versuch. Danach schossen die Männer – zu ihrem Unmut meistens daneben ...

»Ich mach mir nichts draus«, antwortete Ivy wahrheitsgemäß.

Sie befürchtete, dass der Krach der abgefeuerten Schüsse die Delfine verjagen würde, die das Schiff zu ihrer Begeisterung seit dem Vortag begleiteten.

»Ich dachte, dir ginge es nur darum, keine Tiere zu erschießen«, drängte Diane weiter. »Hier sind es doch nur Tonscheiben ...« Sie gab Ivy ihr Gewehr. »Nun mach schon! Versuch es. Vielleicht kommst du ja auf den Geschmack.«

Ivy sah, dass ihr Vater ihr zuzwinkerte. Er wusste im Gegensatz zu Diane, dass Ivy keinesfalls zum ersten Mal auf Tonscheiben schoss.

»Komm, Ivy!«, forderte er sie auf. »Es macht Spaß.«

Ivy machte es nicht wirklich Spaß, doch sie wusste, dass ihr Vater gern ein bisschen mit ihr angeben wollte. Und es gab keinen Grund, ihm die Freude nicht zu machen. Sie würde ihn während der Reise noch oft genug enttäuschen, wenn sie bei ihrem Entschluss blieb, kein Tier zu töten.

Sie machte sich also kurz mit der Waffe vertraut, die in etwa den Luftbüchsen entsprach, die in Parkland Gardens Einsatz bei diesem Zeitvertreib fanden. Dann legte sie an, nickte dem Matrosen kurz zu, der die Scheiben in die Luft feuerte, und holte die Tonscheibe gleich beim ersten Schuss vom Himmel.

Diane konnte den Ausdruck völliger Verblüffung nicht unterdrücken. »Noch mal!«, forderte sie dann.

Ivy traf auch die zweite Scheibe.

»Ich hatte schon immer ein gutes Auge«, erklärte sie bescheiden und legte die Waffe beiseite.

»Du könntest die Erste sein, die einen Löwen schießt«, sagte

Diane hörbar neidisch. »Wenn dir das menschenfressende Kätzchen nur nicht so leidtäte ... Willst du wirklich keine einzige Trophäe nach Hause bringen? Bei all dem, was das hier kostet?«

Ivy ging zur Reling und schaute hinaus aufs Meer, wo sich die Delfine tummelten, unbeeindruckt von den Schüssen, die den Tonscheiben galten. Sie hätte sich lieber von Gerrit Harper etwas über sie erzählen lassen, als die Zeit mit sinnlosen Deckspielen zu verbringen. Schon in den ersten Tagen war ihr aufgefallen, wie gut der junge Mann über die Meeresfauna informiert war.

»Ich nehme meine Erinnerungen mit«, sagte sie lächelnd. »Die sind wertvoller und lebendiger als jede Trophäe. Und ja, ein Löwe ist eine Katze, eine große, respekteinflößende Katze. Nicht mehr und nicht weniger. Soweit ich weiß, reißen Löwen gewöhnlich keine Menschen. Zumindest, solange man nicht auf sie schießt. Verletzt man sie, werden sie böse, was verständlich ist. Ich werde die Löwen also nicht schießen, und sie werden mich nicht fressen. Man nennt das Diplomatie, Diane. Friedliche Koexistenz verschiedener Kulturen.«

Gerrit Harper, der sich eben näherte, musste lachen. »Sie gedenken also, Miss Ivory, unsere Botschafterin im Tierreich zu werden?«, fragte er freundlich. »Dann dürfen Sie den Elefanten nur nicht verraten, dass man Sie nach ihren Stoßzähnen benannt hat.«

Ivy lächelte zurück. Sie fand den ernsten, noch recht jungen Mann, der so viel Interessantes über ihre bevorstehende Unternehmung zu berichten wusste, sympathisch – ohne sich gleich einzubilden, in ihn verliebt zu sein wie Diane.

Die brachte sein Erscheinen jetzt immerhin auf andere Gedanken. Mit ihm zu flirten reizte sie eindeutig mehr, als Ivy zu ärgern, und so strahlte sie gleich wieder.

»Mein Name ist Diane«, erklärte sie überflüssigerweise, da Harper das natürlich schon wusste. »Wie die römische Göttin der Jagd!«

Der junge Mann nickte. »Haben Sie sich einmal Gedanken darüber gemacht, warum für die Jagd eine weibliche Gottheit zuständig war?«, erkundigte er sich. »Kriegsgötter waren immer männlich.«

»Vielleicht … weil Frauen treffsicherer sind?«, kokettierte Diane.

»Die Weisheit ist weiblich«, bemerkte Ivy. »Also nahm man vielleicht an, dass Frauen wissen, wann es sinnvoll ist, auf die Jagd zu gehen, und wann man es besser lässt.«

Gerrit Harper lachte schon wieder. »Sie sind mir eine seltsame Safarireisende, Miss Ivory! Ich bin gespannt, was Adrian dazu sagt. Für ihn ist es eine Sache der Berufsehre, dass jeder seinen Elefanten schießt.«

»Adrian?«, fragte Diane. Sie zog einen Schmollmund. »Werden denn nicht Sie uns begleiten?«

Gerrit Harper schüttelte den Kopf. »Nein, Miss Diane«, verriet er endlich, worum genau es bei seiner Arbeit für Newland, Tarlton & Co. ging. »Ich bin für wissenschaftliche Exkursionen zuständig, nicht für Jagdsafaris. Wenn ich Tiere schieße und präpariere, dann als Exponate für Museen, nicht als Jagdtrophäen. Hatte ich das noch nicht erzählt? Aber machen Sie sich keine Sorgen. Adrian Edgecumbe ist ein erfahrener Großwildjäger, vielleicht der beste Afrikas.« Er lächelte. »Und nebenbei ist er sehr charmant. Sie werden ihn zweifellos mögen.«

Damit wandte er sich von Diane ab und den Delfinen zu. Als Ivy sich neben ihn an die Reling lehnte – nicht so nah, dass es aufdringlich wirken würde, aber doch so, dass er ihr Interesse erkannte –, begann er, über das Leben der Meeressäuger zu dozieren. Ivy lauschte gebannt. Es musste faszinierend sein, die Universität zu besuchen, etwas über die Tier- und Pflanzenwelt zu lernen und sie später vielleicht selbst zu erforschen. Eine naturkundliche Expedition – selbst wenn sie mit mehr Gefahren und weniger Luxus verbunden wäre als das Vorhaben ihrer Gruppe, hätte sie weit mehr gereizt als eine Jagdsafari.

3

»Ist das jetzt schon Afrika?«, fragte Diane, als die *African Lady* in den imponierenden Hafen von Aden einlief.

Die weiße Stadt, die 1839 von den Briten erobert worden war, besaß den drittgrößten Seehafen der Welt und war entsprechend voller Leben. Darüber ragte ein gewaltiger Berg auf, der Vulkan Dschebel Schamsan. Obwohl es sehr heiß war, liefen die Einheimischen in langen weißen Hosen und Hemden oder Kaftanen herum, die Frauen hatten sich verschleiert. Ihre Hautfarbe war dunkler als die der Engländer – von denen es auch sehr viele im Hafen gab, einige waren bewaffnete Ordnungskräfte.

»Das ist der Jemen«, gab Harper Auskunft. »Er gehört zur Arabischen Halbinsel. Sehen Sie die hohen Türme in der Stadt? Das sind Minarette. Von dort aus ruft der Muezzin die Mohammedaner fünfmal täglich zum Gebet.«

»Können wir uns das angucken?«, erkundigte sich Dianes Mutter. »Oder ist es gefährlich, in die Stadt zu gehen?«

Die Reisenden verließen jetzt das Schiff und waren sofort umringt von einer Schar fliegender Händler, die ihnen Erfrischungen und Reiseandenken verkaufen wollten. Dazu gesellten sich bettelnde Kinder. Als Ivys gutmütiger Vater ihnen eine Handvoll Münzen zuwarf, wurde er beinahe von ihnen überrannt.

»Ich denke nicht, dass es gefährlich ist«, meinte Harper und erkämpfte den Damen entschlossen den Weg über die Gangway zum Pier. »Aden hat einen britischen Residenten, offiziell untersteht die

Stadt der Regierung in Bombay, wegen der wichtigen Rolle, die sie für den Indienhandel spielt. Allerdings ergibt sich gleich heute Abend die Möglichkeit zur Weiterfahrt – Sie wissen ja, wir besteigen ein kleineres Schiff, das uns nach Mombasa bringt. Zeit für Ausflüge werden wir da leider nicht haben. Und wenn Sie eine Moschee betreten wollten, müssten Sie sich verschleiern ... Frauen lässt man in Arabien nur verhüllt in die Öffentlichkeit. Ihre Schönheit soll sich zu Hause allein ihrem Gatten erschließen.«

»Wie aufregend!«, plapperte Diane.

»Bei den hier herrschenden Temperaturen«, bemerkte Ivy, »dürfte das ein zweifelhaftes Vergnügen sein. Ich nehme doch an, dass arabische Frauen ebenso transpirieren wie unsereins.«

»Ivy!« Diane gab sich peinlich berührt, ihre Mutter dagegen lachte ebenso wie Harper.

Alicia Maitland war hart im Nehmen und weit weniger prüde als die meisten Frauen der Gesellschaft. Sie zog das Leben auf dem Lande ihrem Londoner Domizil vor, widmete ihre Zeit nicht nur der Jagd, sondern auch der Pferde- und Hundezucht, und war dabei häufiger im Wachsmantel anzutreffen als im eleganten Nachmittagskleid.

»Vielleicht spricht man ja deshalb von den geheimnisvollen Düften des Orients, die den Harem angeblich erfüllen«, bemerkte Harper. »Die Produktion von Parfümen und Duftölen hat in Arabien Tradition. Bei meinem letzten Besuch hier habe ich ...« Er brach ab und räusperte sich. »Möglicherweise lässt es sich arrangieren, dass jemand von der Schiffsbesatzung rasch in die Stadt geht und eine Auswahl von Düften für Sie ersteht, meine Damen. Lassen Sie mich sehen, was ich tun kann.« Damit entfernte er sich.

Die Damen Maitland wurden nun von anderen Eindrücken gefangen genommen, und Ivy sprach Harpers Verhalten nicht weiter an. Sie meinte allerdings, sie hätte Tränen in seinen Augen gesehen. Ob er bei seiner letzten Reise nicht allein gewesen war?

Tatsächlich hatten die Reisenden keine Zeit, sich in Aden umzusehen. Ein Vertreter einer Reederei erwartete sie gleich am Kai, um sie zu einem kleineren Dampfer zu führen. Mit ihm würden sie in der Nacht den Golf von Aden durchfahren.

»Mit diesem Schiff geht's entlang der afrikanischen Küste«, erklärte Harper vor dem Abendessen und händigte den entzückten Damen tatsächlich jeweils ein fein gearbeitetes Kästchen aus, das erlesene Duftöle enthielt. »Verwenden Sie davon nur ganz wenig, die Düfte sind sehr intensiv«, riet er.

Ivy fühlte sich fast ein bisschen geheimnisvoll, nachdem sie ein wenig Rosenöl hinter ihre Ohren getupft hatte.

Das neue Schiff war nicht ganz so luxuriös eingerichtet wie die *African Lady*. Diane klagte über die noch engeren Kabinen, in denen sich die Hitze staute. Dafür gab es vom Deck aus mehr zu sehen. Die afrikanische Küste präsentierte sich sehr abwechslungsreich – es gab Wüsten, Strände, Steilküsten und schließlich Wälder. Ansiedlungen von Menschen sahen sie kaum, die Orte mussten mehr im Inland liegen.

Nach drei Tagen auf See erreichten sie endlich Mombasa und damit Kenia, das Ziel ihrer Reise. Hier waren Afrikaner mit dem Be- und Entladen der Schiffe im Hafen beschäftigt – meist beaufsichtigt von britischen Schiffsoffizieren. Kenia war zwar keine britische Kolonie, doch die Küste war vom Sultan an die Imperial British East Africa Company verpachtet. Auch an diesem Ort hatten die Briten also großen Einfluss. Die Stadt Mombasa wirkte jedoch anders als Aden – nicht weiß, sondern ziemlich bunt. Die Hafenarbeiter und fliegenden Händler kleideten sich westlich, meist trugen sie Leinenhosen und bunte Hemden, wenn sie nicht gleich mit freiem Oberkörper schafften. Die Reisenden wurden weniger bedrängt als in Aden, was die Unternehmungslust von Dianes Mutter verstärkte.

»Können wir hier in die Stadt?«, fragte sie Harper.

Am Hafen standen Eselskarren und Pferdefuhrwerke zum Transport von Menschen und Waren bereit.

Der junge Mann nickte. »Ich führe Sie gern ein bisschen herum«, erbot er sich. »Wir werden in einem Hotel übernachten, der Zug nach Nairobi geht erst morgen. Lassen Sie mich nur erst dafür sorgen, dass unser Gepäck dorthin gebracht wird, dann kann es losgehen. Es sei denn, Sie möchten sich noch frisch machen. Wir können das Hotel gleich zusammen aufsuchen.«

Sowohl Mrs. Maitland als auch Ivy wollten zunächst etwas erleben, und Diane fügte sich. Simon Main Carruthers, dem es auf der Schiffsfahrt von Aden nach Mombasa nicht so schlecht ergangen war wie auf der ersten Reiseetappe, wollte sie ebenfalls begleiten. Während Ivys Vater und seine Freunde in einer kleinen Bar mit Blick auf den Hafen mit dem berühmten Mombasa Club Gin auf die bislang sichere Reise anstießen, folgte die kleine Gruppe Gerrit Harper durch die engen Gassen der Stadt.

»Die alte Stadt ist auf einem Korallenriff erbaut«, erklärte er, und die Besucher staunten über die Farben der Häuser, changierend zwischen milchweiß, vanillefarben und verschiedenen Rot- bis Brauntönen. Dazwischen fanden sich bunte Holzhäuser mit Veranden, auf denen rote Akazien wuchsen, und über allem prangte eine alte Festung aus der Zeit, in der sich Portugiesen und Araber erbitterte Kämpfe geliefert hatten. Alles war voller Leben, die Reisenden beobachteten fasziniert die Menschen, die in offenen Werkstätten ihrem Handwerk nachgingen, Eselskarren bepackten und durch die Gassen lenkten und dabei lachten und plauderten.

»Die Arbeiter und Handwerker hier in Mombasa kommen aus verschiedenen Gegenden Kenias, sie gehören unterschiedlichen Stämmen an«, erklärte Harper. »Für Newland, Tarlton & Co. arbeiten größtenteils Kikuyu und Kamba, die in der Gegend von Nairobi ortsansässig sind. Die sehr großen, sehr schlanken Menschen sind Massai, die leben eigentlich in der Masai Mara an der

Grenze zu Tansania sowie in der Gegend des Kedong Valley bei Kijabe. Und die Frauen mit den Turbanen gehören zu den Somali – das sind Mohammedaner.«

Die Massai zogen die Aufmerksamkeit der Frauen auf sich, da sie auch in der Stadt in traditioneller Kleidung umherliefen. Sie trugen bunte Tücher um den Körper gewunden, die Männer führten Speere mit sich.

Harper führte sie über einen gut besuchten Markt im Schatten ausladender Mangobäume. Frauen stellten hier den Großteil der Verkäuferinnen und Kundinnen. Sie trugen Kleider aus farbenfrohen Stoffen, oft Turbane, jedoch keine Schleier. Zurückhaltung schien man nicht von ihnen zu fordern, sie feilschten und lachten miteinander. Manche hatten sich Kleinkinder in Tüchern auf den Rücken gebunden. Die Verkäuferinnen erlaubten nicht nur ihren Kundinnen, sondern auch den neugierigen Engländerinnen, die Früchte zu probieren, die sie in großen Körben feilhielten. Harper kaufte Bananen, Mangos und Papayas.

»Sehr süß! Sehr gut!«, erprobte eine der Frauen ihr Englisch an Ivy.

Ivy wies auf das Baby im Tragetuch und sagte: »Auch sehr süß!«

Die einheimischen Frauen wollten sich darüber ausschütten vor Lachen. »Englische Frau essen Babys?«, bemerkte die Frau kichernd.

Das Wort süß kannte sie wohl nur im Zusammenhang mit ihren Waren.

Auch die bunten Stoffe, aus denen die Kleider der Frauen waren, wurden auf dem Markt feilgehalten, Ivy konnte sich kaum zurückhalten.

Mrs. Maitland runzelte die Stirn. »Du willst dir daraus nicht wirklich Kleider machen lassen, Ivy! Wo willst du die tragen? Beim Dinner in London oder beim Picknick auf dem Rasen von Parkland Gardens?«

Ivy musste ihr recht geben, aber London und Sussex waren ihr inzwischen so fern, dass sie sich den Nebel und Regen und die in England vorherrschenden gedeckten Farben kaum noch vorstellen konnte. Zu genüsslich tauchte sie ein in das quirlige Leben in diesem Land, in dem ihr alle freundlich erschienen. Die Frauen lachten, ihre dunklen Augen blitzten, und über allem leuchtete die Sonne. Die Luft schmeckte salzig nach Meer.

Einige Stände weiter rührte eine rundliche Frau mit einem leuchtend roten Turban auf dem Kopf in einem riesigen Topf. Es roch würzig, sie betrieb eine Garküche. Als Ivy sich neugierig näherte, winkte die junge Frau sie näher und gab ihr eine Probe des Gerichts in ein Schüsselchen, um sie probieren zu lassen.

»Du willst davon doch nicht essen!«, entsetzte sich Diane. »Wer weiß, was da drin ist ...«

Harper nickte ihr jedoch zu, und Ivy führte den hölzernen Löffel vorsichtig in den Eintopf. Sie kostete unsicher, dann lächelte sie.

»Linsen!«, erkannte sie. »Ganz anders gewürzt als zu Hause. Ein bisschen scharf, aber sehr gut.«

Das bedeutete sie auch der Köchin, die daraufhin eine einladende Geste machte.

»Lust auf ein Mittagessen?«, fragte Harper und orderte eine Portion für jeden, dazu gab es Fladenbrot.

Ivy genoss die Mahlzeit, zu der sie sich im Schatten einer Schirmakazie niederließen. Einige kleine Jungen hatten dienstfertig eine Bank aus Steinen und Brettern für sie improvisiert. Die Reisenden belohnten sie mit ein paar Münzen.

Mrs. Maitland griff ebenfalls beherzt zu, Diane und Simon konnten sich für das fremdartige Essen nicht begeistern.

»Ich hoffe, auf der Safari bekommen wir etwas Richtiges zu essen«, murmelte Simon.

Harper beruhigte ihn. »Sie werden einen Koch mitnehmen. Wahrscheinlich sogar einen französischen, wenn der nicht gerade mit einer anderen Gruppe unterwegs ist. Mr. Newland ist sehr stolz auf seinen Maître. Aber finden Sie es nicht schade, dass Sie dann von der einheimischen Küche so wenig mitbekommen werden?«

Er bekam nur ein Schulterzucken zur Antwort.

Ivy bedankte sich noch einmal, als sie der Köchin das Geschirr zurückbrachte. Holzschüsseln und Holzlöffel. Auch dieses einfache Gedeck konnte man auf dem Markt kaufen sowie Töpfe und Küchengegenstände. Ivy mochte die Flechtarbeiten der Einheimischen und ihren bunten Perlenschmuck. Sie ließ es sich nicht nehmen, einem offenbar blinden Mann einen der Körbe abzukaufen, die er am Stand seiner Frau mit geschickten Fingern herstellte. Gleich darauf füllte sie ihn mit geschnitzten und bemalten Figuren – Elefanten, Giraffen und Zebras, die sie am nächsten Stand erwarb.

»Siehst du, ich habe schon meine Trophäen«, neckte sie Diane. »Die werden mich ausreichend an Afrika erinnern, wenn wir nach England zurückkehren. Ich muss kein Tier schießen und ausstopfen.«

Das Hotel, in dem sie die Nacht verbrachten, war sehr einfach. Ivy erinnerte sich später hauptsächlich an den riesigen Deckenventilator, der wenigstens für ein bisschen Kühlung sorgen sollte, sowie die aufwendigen Moskitonetze, mit denen die betagten Eisenbetten und die Fenster versehen waren. Der Fußboden bestand aus kahlem Zement. Diane untersuchte die gemeinsame Unterkunft akribisch auf Ungeziefer, wurde jedoch nicht fündig. Die Agentur wusste, was ihre Gäste von ihr erwarteten. Sicher hatte sie im besten Haus am Ort für sie gebucht.

Es gab eine Zugverbindung von Mombasa nach Nairobi, man war noch einmal einen ganzen Tag lang unterwegs. Die Eisenbahngesellschaft versuchte, den Gästen in der ersten Klasse allen Luxus zu bieten. Nichtsdestotrotz waren die künftigen Safariteilnehmer reisemüde. Sie waren lange unterwegs gewesen und sehnten sich danach, ihr Ziel endlich zu erreichen. Nur manchmal, wenn vom Zugfenster aus Zebra- oder Antilopenherden zu sehen waren, erwachten sie wieder aus ihrer Apathie – und alle wurden munter, als der gewaltige schneebedeckte Gipfel des Kilimandscharo in Sicht kam.

»Das ist das höchste Bergmassiv Afrikas«, erklärte Harper. »Es besteht aus drei erloschenen Vulkanen.«

»Schnee in Afrika?«, wunderte sich Ivy.

Harper lächelte. »Man kann dort sogar Skifahren«, erwiderte er. »Sie werden noch sehen, Miss Ivory, wie vielfältig Afrika ist. In diesem Land kann man sich verlieren, man kann es lieben oder hassen …«

»Ich werde es lieben!«, sagte Ivy und meinte es ernst.

Sie war jetzt schon wie berauscht von der Sonne, der fremdartigen Vegetation, dem klaren Himmel und der Weite des Landes.

Harper lächelte erneut. Diesmal wehmütig. »Manche, die es lieben«, flüsterte er, »zahlen dafür einen hohen Preis …«

Das Hauptquartier von Newland, Tarlton & Co., das sie noch am Abend kurz aufsuchten, war eine Enttäuschung für die erschöpfte kleine Gruppe. Am Bahnhof hatte ein offener Pferdewagen mit primitiven Holzsitzen auf sie gewartet, der sie ins Hotel bringen sollte, doch die Männer bestanden darauf, zumindest nachzusehen, ob sich in Bezug auf ihre Safari schon etwas tat. Die Anlagen der Company wirkten allerdings verwaist und nicht sehr einladend. Das Büro bestand aus einem ziemlich einfachen Schuppen, die Lagerhäuser waren aus Holz und Zeltplanen zusammengestückelt. Am Rande der Stadt war das Hauptquartier von Newland, Tarlton & Co. zudem nicht sehr attraktiv gelegen.

Das Land darum herum, vormals wahrscheinlich Savanne, war flach, sandig und zertreten. Hier wuchs nichts mehr, und auch sonst zeigte sich wenig von der Flora und Fauna Afrikas. Zwar zeichneten einige Schirmakazien märchenhafte Silhouetten im Licht der untergehenden Sonne, doch einheimische Tiere waren nicht zu sehen.

Nur ein paar Pferde standen in Ausläufen vor den Gebäuden, sie schauten neugierig zu den Neuankömmlingen herüber.

»Von hier geht es morgen los?«, fragte Ivys Vater skeptisch.

»Wohl eher übermorgen«, dämpfte Harper seine Erwartungen. »Da sind ja noch Vorbereitungen zu treffen. Machen Sie sich keine Sorgen, in der Frühe sieht das ganz anders aus. Ich bringe Sie jetzt ins Hotel. Sie brauchen nur Gepäck für die Nacht mitzunehmen, alles andere bleibt gleich hier. Schlafen Sie gut! Bei Tagesanbruch beginnt Ihr Abenteuer.«

Nach der langen Zugfahrt fühlte Ivy sich wie gerädert, sie schlief sofort ein.

Am kommenden Morgen weckte Diane sie voller Tatendrang. »Guten Morgen«, flötete sie. »Steh auf, Gerrit Harper hat gestern noch gesagt, wir sollen uns früh am Hauptquartier einfinden.«

Diane trug schon Khakikleidung und hielt ihren Safarihelm in der Hand. Sie ließ Ivy kaum Zeit für einen Tee – und tatsächlich wartete der Wagen, mit dem sie vom Bahnhof gekommen waren, bereits vor dem Eingang des Hotels. Der Fahrer versicherte ihnen, dass die größeren Gepäckstücke, die sie am Tag zuvor im Wagen gelassen hatten, direkt zur Agentur geliefert worden seien. Harper stieg zu ihnen ein und begrüßte sie noch einmal förmlich am Ausgangspunkt ihrer Expedition.

»Ich möchte mich im Übrigen schon mal verabschieden, falls Sie später zu beschäftigt sein werden. Wie gesagt begleite ich Ihre Safari nicht. Mr. Newland und die Tarltons werden Sie mit Adrian Edgecumbe bekannt machen. Ich wünsche Ihnen viel Spaß auf Ihrer Reise und viel Erfolg.«

Tatsächlich war das Hauptquartier der Safariausstatter an diesem Morgen nicht wiederzuerkennen. Dutzende von Männern liefen herum, die Körbe, Säcke, Truhen, Planen und Felle herausschleppten und ordneten. Eselskarren lieferten Lebensmittel an, Reis und Hülsenfrüchte in Säcken, doch auch Obst und Gemüse. Ivy fragte sich, wie viele Lasttiere man wohl brauchen würde, um all das mit in den Busch zu schleppen.

Aus dem Büro trat nun ein großer, in Khakihosen und ein weißes Hemd gekleideter Mann mit kurzem dunklem Haar und Schnauzbart. Er mochte um die vierzig Jahre alt sein und stellte sich als Leslie Tarlton vor, bevor er den Männern nacheinander die Hand schüttelte und höfliche Grüße an die Damen richtete.

»Ich darf Ihre Safari für Sie organisieren, und ich werde mein Bestes tun, um Sie so weit als möglich zufriedenzustellen.« Während er sprach, entdeckte er Harper unter den Gästen und unterbrach sich, um ihn zu begrüßen. »Gerrit! Willkommen zurück! Ich bin sehr froh, dass Sie sich uns trotz allem wieder anschließen. Und ich versichere Ihnen unser aller tiefstes Mitgefühl für Ihren Verlust.« Er legte dem jungen Mann kurz die Hand auf die Schulter.

Harper nickte gefasst. »Es war nicht Ihre Schuld«, sagte er.

Tarlton schüttelte den Kopf. »Natürlich nicht. Es war … es ist Afrika. Wir zahlen alle unseren Tribut …« Damit wandte er sich wieder seinen Gästen zu, Harper verschwand im Bürogebäude. »Ich werde Sie nun kurz über die Zusammensetzung Ihrer Expeditionsmannschaft informieren. Sie werden den Tag damit verbringen, Ihre Jagdbegleiter kennenzulernen, Ihre Waffen auszuwählen und Ihre Reittiere. Wir stellen Ihnen, neben dem Expeditionsleiter Mr. Edgecumbe, dem wohl erfahrensten Großwildjäger Afrikas, zwei weitere Jäger zur Verfügung, die Sie auf der Pirsch begleiten und anleiten. Zudem haben wir unsere Fährtenleser, alle Stammeskrieger …« Er lachte. »Es stimmt zwar nicht grundsätzlich, dass ein afrikanischer Junge einen Löwen töten muss, um ein Mann zu werden, aber glauben Sie mir: Was die Jagd angeht, verstehen die Einheimischen ihr Geschäft! Die riechen geradezu, wo sich eine Herde Elefanten herumtreibt oder ein Leopard. Insofern müssen Sie sich keine Sorgen machen. Sie werden Ihr Wild erlegen. Ach, da ist er ja, Ihr Expeditionsleiter! Darf ich vorstellen: Adrian Edgecumbe.«

Von einem großen schwarzen Pferd glitt eben in einer fließenden, eleganten Bewegung ein hochgewachsener, dunkelhaariger Mann, nach Ivys Einschätzung um die dreißig Jahre alt. Er bewegt sich wie ein Raubtier, dachte Ivy unwillkürlich. Sie musste an den federnden Schritt eines Löwen denken, die gleitenden Bewegungen eines Panthers. Er trug sein Haar länger als in Europa üblich und hatte einen Bart, der ihm ein verwegenes Aussehen gab. Seine Haut war gebräunt und sein Gesicht ... Wie ausdrucksvoll es ist, fuhr Ivy durch den Kopf, obwohl sie nicht hätte sagen können, welchen Ausdruck sie zu erkennen meinte. Edgecumbes Züge waren markant, ohne unsympathisch zu wirken – wie die Statuen, die römische und griechische Krieger darstellten. Der Mann hätte für eine davon Modell gestanden haben können. Auffällig waren zudem seine leuchtend blauen Augen. Der Blick war offen, vielleicht etwas prüfend. Er ließ ihn jetzt über die Teilnehmer der Expedition schweifen.

»Ich freue mich«, sagte er laut und mit fester Stimme, »Sie in meinem Afrika willkommen zu heißen. Ich will Sie für einige unvergessliche Wochen zum Teil meiner Welt machen, Ihnen das Gespür für dieses Land und sein Wild vermitteln. Vielleicht haben Sie alle schon ein Gewehr in der Hand gehabt. Aber erst wenn diese Reise vorbei ist, werden Sie ein wahrhafter Jäger sein!«

Durch die Gruppe ging ein Raunen, Ivy wusste nicht, was sie fühlte. Sie wollte kein Jäger werden, doch dieser Mann sprach etwas in ihr an. Wie selbstbewusst musste man sein, um ein Land so zu vereinnahmen! Meine Welt ... Das klang, als gehörte ihm Afrika. Und ganz sicher zahlte er keine Tribute. Was er wollte, nahm er sich.

4

Adrian Edgecumbe ließ seine Worte kurz auf seine Zuhörer wirken. Inzwischen näherten sich zwei weitere Männer, wie Tarlton in Khaki gekleidet.

Edgecumbe stellte sie als die Jäger vor, die seine Expedition begleiten sollten. »Rob Bingham und Theodore O'Toole sind erfahrene Großwildjäger, die schon länger als ich für Newland, Tarlton & Co. arbeiten.«

Bingham war ein eher kleiner, drahtiger Mann. Ivy schätzte, dass er wie Adrian Edgecumbe um die dreißig war. O'Toole war älter, ein schwerer, bärtiger Mann, dessen Name und rote Behaarung auf irische Abstammung schließen ließen. Sie fragte sich, warum die Leitung der Safari nicht einem von ihnen oblag, wenn sie doch schon länger im Unternehmen tätig waren. Allerdings wirkten die Jäger nicht sehr charismatisch. Vielleicht konnte Edgecumbe einfach besser mit den Kunden umgehen.

»Sind Sie … die einzigen Weißen, die mit uns reisen werden?«, erkundigte sich Dianes Mutter.

Wie Ivy am Tag zuvor schon geargwöhnt hatte, schien sich Mrs. Maitland in Gesellschaft afrikanischer Menschen nicht wirklich wohlzufühlen.

Edgecumbe setzte ein sympathisches Grinsen auf. Anscheinend waren ihm solche Fragen nichts Neues. »Es kommen noch zwei Tierpräparatoren mit, Madam, um Ihre Jagdtrophäen zu sichern. Außerdem unser allseits geschätzter Maître Gaston, unser französischer Chefkoch. Aber machen Sie sich keine Sorgen. Die Boys …«, er wies auf die afrikanischen Arbeiter, »… sind gut erzogen, zahm und höflich. Wir hatten noch nie eine Beanstandung.«

Ivy fand das Wort zahm im Zusammenhang mit Menschen seltsam, mochte jedoch nichts einwenden.

»Sie erlauben ihnen, Waffen zu tragen?«, fragte Mr. Main Carruthers mit Blick auf zwei afrikanische Männer, die eben ihre Gewehre luden.

Edgecumbe runzelte die Stirn. »Sie sind von Haus aus Jäger, Mr. Main Carruthers. Und Krieger. Wenn die Ihnen etwas tun wollten, reichte ein Messerchen oder ein Speer, der schnell geschnitzt ist. Viele Stämme tauchen die Speere vor dem Wurf in Gift. Sie werden ihnen also vertrauen müssen, sie sind Angestellte von Newland, Tarlton & Co. Mit modernen Waffen statten wir sie vor allem zu Ihrem Schutz aus. Unser Zug wird von Bewaffneten flankiert.«

Mr. Main Carruthers schwieg, anscheinend peinlich berührt. Schließlich hatte er mit seiner Frage zugegeben, sich vor den Afrikanern zu fürchten.

»Und nun bitte ich Sie, die Waffen zu holen, die Sie mitgebracht haben. Der Schießstand und unsere Waffenkammer sind hinter den Lagerhallen. Rob, Theo und ich werden Ihre Waffen sichten und Sie mit weiteren Gewehren aus unseren Beständen ausstatten. Ich bringe mein Pferd weg und sehe Sie dort in ein paar Minuten.«

Der Rappe hatte neben ihm gewartet und folgte ihm nun zu den Ställen. Die Safariteilnehmer schauten sich unsicher an, doch Mr. Bingham bestätigte ihnen, ihre Reisetruhen mit den Gewehren seien bereits eingetroffen. Man hatte sie direkt vom Schiff zum Ausgangspunkt der Safari bringen lassen. Bingham führte die Reisegruppe in eins der Lagerhäuser. Ivy blieb zurück und schaute zu, wie Mr. Tarlton seine Arbeiter herumscheuchte. Dabei fiel ihr auf, dass er in einer sehr reduzierten Sprache mit ihnen kommunizierte und manchmal die Hände zu Hilfe nahm, um ihnen etwas zu verdeutlichen. »Du, Zelt, da!«, sagte er zum Beispiel, formte mit den Händen ein Dach und wies auf einen Ballen Planen, den einer der Männer zu etlichen anderen legen sollte. Er schien zudem die Namen der Arbeiter nicht zu kennen. Wenn er einen ansprach, rief er ihn »Boy«.

Die Männer waren mit der Uniform der Company bekleidet, blaue Shorts und weiße Hemden mit Firmenemblem. Die festen Schuhe, die ihnen ihr Arbeitgeber ebenfalls stellte, trugen die meisten nicht an den Füßen, sondern mit den Schnürbändern zusammengebunden um den Hals. Sie bewegten sich barfuß absolut behände, wahrscheinlich hätten sie sich nicht mal an steinigem Gelände oder Dornen gestört. Wenn sie Mr. Tarlton ansprachen, sagten sie »Bwana« oder »Chef«, einer nannte ihn einfach Tarlton.

Dem Unternehmer schien die Anrede egal zu sein. Er war sich der Loyalität seiner Leute offenbar sicher. Ivy fiel allerdings auf, dass die Atmosphäre eine gänzlich andere war als auf dem Markt im Mombasa. Die Männer lachten nicht – Freude an ihrer Arbeit empfanden sie anscheinend nicht. Eher wirkten sie furchtsam bemüht, ihren Chef zufriedenzustellen. Trotz der Hitze bewegten sie sich fast immer im Laufschritt.

Ivy sah zu, wie die Waren verpackt und auf Traggestellen verteilt wurden. Dann brachte man sie zu einer Waage, über die ein schlanker junger Afrikaner die Aufsicht führte. Die Männer standen davor an – hier wurde das Gewicht der Ausrüstung wohl gleichmäßig auf die Träger verteilt. Mitunter gab es dabei Streit, manche Männer mochten die Entscheidungen des Wiegemeisters nicht akzeptieren, der ihnen dann geduldig und wortreich die Zahlen auf der Waage erklärte. Jedem Träger wurden etwa dreißig Kilo aufgebürdet. Sie trugen sie teils auf dem Kopf, teils auf dem Rücken, viele benutzten einen Stirnriemen und setzten damit Nacken- und Schultermuskulatur ein, um die Last zu stemmen.

»Das ist ja eine halbe Armee«, brach es aus Ivy heraus. »Was schleppen wir da nur alles mit in die Wildnis! Wie viele Leute brauchen wir dafür?«

Sie richtete die Worte an niemand Bestimmten, ging eigentlich davon aus, dass sie ohnehin keiner verstand. Umso verwunderter war sie, als der Wiegemeister antwortete.

»Gut zweihundert Mann, Memsahib«, sagte er in tadellosem Englisch. »Man rechnet etwa dreißig Träger auf jeden Safarigast.«

Ivy sah ihn verwundert an, empfand es aber als unhöflich, ihn nach seinen Sprachkenntnissen zu fragen. »Und dazu kommen noch die Leute für die Küche und die Fährtenleser?«, erkundigte sie sich stattdessen.

Der junge Wiegemeister lächelte und ließ dabei strahlend weiße Zähne sehen. »Das nun doch nicht, Memsahib. Die Boys übernehmen verschiedene andere Aufgaben, wenn das Lager aufgebaut ist. Hinzu kommt allerdings noch Wachpersonal, das die Träger begleitet. Wir bewegen uns immerhin durch die Wildnis, Memsahib, und Sie müssen geschützt sein, falls wir einmal einen Löwen oder Leoparden aufschrecken sollten oder ein Nashorn. Nashörner sind sehr gefährlich.« Ivy fragte sich, ob afrikanische Tiere wirklich unerschrocken genug waren, um nicht das Weite zu suchen, wenn sich eine Karawane von über zweihundert Menschen näherte. Der junge Mann schien ihre Gedanken zu lesen. »Die Gefahr eines Angriffs ist allgemein nicht besonders groß«, bemerkte er mit leicht spöttischem Unterton. »Mr. Tarlton geht es hauptsächlich darum, dass seine Gäste sich sicher fühlen.«

Ivy erwiderte sein Lächeln fast etwas verschwörerisch. »Ich hab keine große Angst«, sagte sie.

Bevor der Wiegemeister noch etwas erwidern konnte, sahen sie Adrian Edgecumbe auf sich zukommen, der junge Mann wandte sich sofort wieder beflissen seiner Arbeit zu. Ivy sah dem Expeditionsleiter freundlich entgegen. Edgecumbes Miene verhieß jedoch nichts Gutes.

»Was machen Sie hier, Miss Parkland Rowe? Sollten Sie sich nicht am Schießstand einfinden, um Ihre Waffen zugeteilt zu bekommen?« Seine Stimme klang streng.

Ivy schüttelte den Kopf. »Ich jage nicht, Mr. Edgecumbe«, erklärte sie. »Deshalb habe ich auch kein Gewehr. Ich bin nur mitgekommen, weil ich Afrika kennenlernen will … die Tiere sehen …«

Edgecumbe stieß scharf die Luft aus. »Afrika, Miss Parkland Rowe, ist identisch mit der Jagd. Das Gesetz des Dschungels heißt: töten oder getötet werden. Dies ist kein Land für Träumer und Fantasten. Sie können nicht unbewaffnet durch die Wildnis stolpern. Also kommen Sie jetzt mit, und holen Sie sich Ihre Flinte. Ihr Vater sagt, Sie könnten schießen. Bitte stellen Sie das auf dem Schießstand kurz unter Beweis. Ob Sie dann jagen oder nicht, ist mir egal. Ich will nur, dass Sie das Gewehr zu Ihrem eigenen Schutz mit sich führen, wenn Sie sich im und außerhalb des Lagers bewegen. Sofern Sie das ablehnen, muss ich Ihnen zwei bewaffnete Wachleute stellen, was ich höchst ungern täte, die Leute haben anderes zu tun. Reicht schon, dass dieser affektierte Franzose Zustände bekommt, wenn er ein Gewehr abfeuern soll. Wenn der seine Küche selbst bestücken müsste, gäbe es nur Gemüse. Ich darf also bitten, Miss Park…«

»Ivory«, sagte Ivy. »Nennen Sie mich Miss Ivory oder Miss Ivy. Das ist unkomplizierter.«

Sie sah, dass der junge Mann an der Waage kurz zu ihr herüberblickte, als er ihren Namen hörte, hatte jedoch keine Zeit mehr, darüber nachzudenken.

»Dann nennen Sie mich Adrian«, sagte Edgecumbe und ging ihr mit seinem geschmeidigen Schritt so schnell voraus, dass sie beinahe laufen musste, um mitzukommen.

Die erneute Erwähnung der Gefahren Afrikas rief ihr dann Gerrit Harpers geheimnisvolle Andeutung wieder ins Gedächtnis. Ivy beschloss, Mr. Adrian danach zu fragen, was ihm widerfahren war.

»Ich möchte nicht neugierig sein«, erklärte sie entschuldigend, »aber Mr. Tarlton hat vorhin Mr. Harper sein Beileid ausgesprochen …«

Adrian Edgecumbe seufzte und ging etwas langsamer. »Das ist eine traurige Geschichte«, bemerkte er dann. »Manche Leute sind für Afrika einfach nicht geschaffen. Harper brachte seine Frau Leonie mit nach Nairobi, sie war sehr schön, sehr zart … und schwach. Vielleicht auch etwas unvorsichtig. Sie erkrankte sehr bald an Malaria, und er brachte sie zurück nach England, damit sie das Sumpffieber auskurieren konnte. Leider verstarb sie. Tut mir leid für ihn.« Ivy schluckte und zupfte an dem Moskitonetz an ihrem Tropenhelm. »Die Biester fliegen hauptsächlich in der Dämmerung«, erläuterte Mr. Adrian. »Und hier im Hauptquartier haben wir ohnehin nur wenige. Tarlton versprüht Gift und verbrennt spezielles Holz, dessen Geruch sie abhalten soll. Die Einheimischen schmieren sich mit Schlamm ein … Achten Sie vor allem nachts darauf, dass Ihr Moskitonetz dicht abschließt. Dann passiert schon nichts.«

Sie hörten die Schüsse, lange bevor sie zum Schießstand kamen. Die Männer sowie Diane und ihre Mutter erprobten mit Feuereifer verschiedene Waffen. Ivys Vater war stolz darauf, dass seine Winchester von den Großwildjägern als sehr gut geeignet für die Safari befunden worden war. Diane mühte sich mit einer Elefantenbüchse ab. Sie wollte unbedingt einen der Dickhäuter erlegen, so schwer das Gewehr auch sein mochte.

Für Ivy wählte Mr. Adrian eine leichte Waffe. Die konnte sie über die Schulter hängen und sich trotzdem ziemlich frei bewegen. Alle, so verkündete er eindringlich, sollten zur Selbstverteidigung ständig eine solche Waffe tragen.

»Falls ein Löwe angreift, müssen Sie das Gewehr schnell bei der Hand haben«, erläuterte der Jäger.

Ivy widersprach nicht, sondern fügte sich und erprobte die ihr zugeteilte Flinte auf dem Schießstand. Sie brauchte eine Weile, um sich daran zu gewöhnen, traf die aufgestellten Tierbilder dann jedoch zu Mr. Adrians Zufriedenheit. Er beendete damit die Schießübung. Nach dem Lunch sollte es an die Auswahl der Pferde gehen.

»Ich hoffe, das Reiten ist Ihnen nicht genauso zuwider wie das Schießen«, bemerkte Mr. Adrian Ivy gegenüber, als er die Gäste zum Büro begleitete, vor dem ein Barbecue für sie angerichtet war.

Ivy schüttelte den Kopf. »Nein«, erklärte sie. »Ich mag Pferde. Ihr Rappe hat mir sehr gut gefallen.«

Mr. Adrian grinste. »Das glaub ich gern«, meinte er. »Ein Vollblut, Überbleibsel aus dem Burenkrieg. Ich weiß nicht, was seinem ursprünglichen Besitzer zugestoßen ist. Aber Raven hat Glück gehabt. Den Buren waren die Engländer und ihre Pferde so verhasst, dass sie die meisten Beutepferde gleich abgeschlachtet haben. Seltsames Volk … Na ja, sehen wir mal, was wir Ihnen gleich für ein Pferd zuteilen.«

5

Ivy saß auf einem hübschen Apfelschimmel, als die Safariteilnehmer sich am nächsten Tag bei Sonnenaufgang zum Aufbruch versammelten. Er war nicht allzu groß und ziemlich lebhaft, Ivy mochte ihn gleich. Sie würde im Herrensitz reiten – wozu sich auch Diane entschloss, wohl weil Adrian Edgecumbe Ivys Entscheidung für den Herrensattel ausdrücklich begrüßte. Gerrit Harper war in dem Moment vergessen, in dem Diane Mr. Adrian kennengelernt hatte. Den gesamten vergangenen Abend hatte sie Ivy von ihm vorgeschwärmt.

Lediglich Mrs. Maitland hing der alten Schule nach und wollte ihre Stute im Damensattel reiten. »Wir werden die Zivilisation auch in der Wildnis nicht aufgeben«, sagte sie nachdrücklich, als Mr. Adrian sie darauf ansprach.

Sie war allerdings eine so gute Reiterin, dass sie in England selbst schwierigste Reitjagden im Seitsitz bestritt. Mr. Adrian widersprach ihrer Entscheidung also nicht. Er bedauerte, den Teilnehmern keine edleren Pferde zur Verfügung stellen zu können.

»So was haben wir hier gar nicht«, erklärte er auf Anfrage von Ivys Vater, der gern ein Vollblut oder ein größeres, feuriges Warmblut wie zu Hause bei der Reitjagd geritten hätte. »Raven ist mein privates Reitpferd. Für die Expedition stellt die Agentur geländegängige Pferde, wir haben die Burenponys ganz gezielt aus Südafrika geholt. Ein paar sind mit größeren Pferden gekreuzt, um passionierten Reitern wie Ihnen wenigstens ein bisschen entgegenzukommen. Am besten für unser Vorhaben sind jedoch die reinrassigen Basuto-Ponys.«

Diane trank die Worte von seinen Lippen und war gleich bereit, ein solches Pony auszuprobieren. Sie schien damit auch recht zufrieden, während Simon, der sich für einen schneidigen Reiter hielt, über die kleinen gelassenen Pferde murrte.

Nun formierte sich jedenfalls endlich die Reisegruppe – Adrian Edgecumbe setzte sich mit seinem prachtvollen Rappen an die Spitze, darauf folgten die männlichen Safarigäste und schließlich die Frauen, flankiert von den Jägern Bingham und O'Toole. Hinter ihnen reihte sich die lange Reihe der Träger ein, den Schluss bildeten die Tierpräparatoren und der Koch.

Mr. Adrian wandte sich noch einmal um, als die Reihe stand. »Auf zur Safari!«, rief er.

»Auf zur Safari!«, riefen die Gäste voller Begeisterung.

Die Träger gaben den Gruß ebenfalls zurück, wenn auch weniger euphorisch. Dann setzte sich der Zug in Bewegung.

»Woher kommt das Wort Safari eigentlich?«, erkundigte sich Ivy bei O'Toole, der neben ihr ritt, bisher aber noch nicht das Wort an sie gerichtet hatte.

»Keine Ahnung«, brummte der Jäger.

Mr. Adrian hatte sein Pferd etwas zurückfallen lassen, um sich bei den Gästen nach ihrem Befinden zu erkundigen. Jetzt warf er dem Iren einen unwilligen Blick zu.

»Safari, Miss Ivy, kommt aus dem Arabischen. *Safar* bedeutet Reise«, erläuterte er.

Ivy bedankte sich für die Aufklärung.

»Woher wissen Sie das nur alles?«, flötete Diane.

Ivy überließ sie ihrem Flirtversuch und schloss zu ihrem Vater auf, der strahlend auf einem kleinen Braunen saß. Er hatte seine Unzufriedenheit bei der Pferdezuteilung schon vergessen.

»Na, gefällt's dir?«, fragte er. »Bis jetzt, meine ich.«

Sie lächelte. »Es ist aufregend«, sagte sie. »Was ... was hältst du von Adrian Edgecumbe?«

Die Männer hatten am Abend zuvor noch lange mit den Jägern zusammengesessen, als sie selbst, Diane und ihre Mutter bereits zu Bett gegangen waren. Mr. Adrian mochte etwas mehr von sich erzählt haben.

»Unserem Bwana?« Ihr Vater verwandte gut gelaunt den Titel, den die Träger für den Expeditionsleiter benutzten. »Das ist ein interessanter Mann, Ivy ... Ich hab Mr. Tarlton gestern noch ein bisschen über ihn ausgehorcht. Man will doch wissen, mit wem man's zu tun hat. Außerdem kam mir der Name bekannt vor, wobei ich mich nicht täuschte. Die Edgecumbes sind eine sehr alte, reiche Familie, schottischer Landadel. Unser Bwana ist Eton-Absolvent und studierte dann Biologie und Medizin, bevor die Abenteuerlust ihn übermannte. Laut Tarlton war er schon Seehundjäger, Walfänger und Postreiter in Südafrika, danach verlegte er sich auf die Großwildjagd und die Organisation von Safaris. Er soll der Beste sein. Wir haben Glück ...«

Ivy warf einen Blick auf den Mann, der sich mit seinem Rappen eben erneut an die Spitze der Gruppe setzte. Die Wege, über die sie bald ritten, wurden enger und unwirtlicher, sie durchquerten zunächst lichten Wald – Laubbäume mit weißen Stämmen bildeten eine Art erstarrte Märchenkulisse. Dann wurde der Busch dichter.

Adrian Edgecumbe wies seine Gäste auf riesige Ameisenhaufen hin. »Termiten«, sagte er kurz.

Ivy hätte gern mehr über das Leben der Insekten gehört, doch die Jäger schien das weniger zu interessieren. Sie wurden erst neugierig, als ein größeres Tier in der üppigen Vegetation erschien – etwas Dunkles, Langbeiniges mit großem klobigem Kopf. Die Jäger zückten reflexhaft die Gewehre, als das Tier etwas verwundert zu ihnen hinstierte. Ivy fand, dass es mit seinen großen Ohren und Hörnern einem Rind ähnelte.

»Ein Gnu«, tat Mr. Adrian kund. »Gehört zu den Kuhantilopen. Und das werden Sie jetzt bitte nicht abschießen«, wandte er sich an die Jäger. »Was um Himmels willen sollten wir hier mit dem Kadaver machen? Gnus gibt es in Kenia wie Sand am Meer. Falls Sie sich also unbedingt so einen Schädel an die Wand hängen wollen, können Sie später irgendwann eins erlegen.«

Ivys Herz flog ihm zu. Sie hätte es sehr traurig gefunden, gleich das erste Wildtier, das ihnen begegnete, getötet zu sehen. Da ihr der Expeditionsleiter an diesem Morgen zugänglicher und weniger bestimmend erschien als am Tag zuvor, wagte sie nun, ihm Fragen zu stellen. Mr. Adrian erzählte bereitwillig, dass Gnus gewöhnlich in Herden lebten, friedfertige Pflanzenfresser waren und eher wegen ihrer Haut und ihres Fleisches gejagt wurden denn als Trophäen.

»Aus den Schwänzen machte man früher Fliegenwedel«, informierte er sie launig. »Und da Sie Tiere ja am liebsten nur beobachten, Miss Ivy, dürften Sie die langen Strecken interessieren, die Gnus und andere Tiere in Afrika zurücklegen. Antilopen, Zebras und Giraffen tun sich zu riesigen Herden zusammen und wandern von der Serengeti in die Masai Mara. Das ist ein imponierender Anblick.«

Inzwischen gab es keine ausgebauten Wege mehr, Mr. Adrian führte die Gruppe über Wildfährten durch den Busch. Dabei orientierte er sich mittels eines Kompasses. Immer öfter bekamen sie Tiere zu Gesicht, meist kleine Antilopen, die mitunter erstarrt stehen blieben und über die menschliche Invasion zu staunen schienen, auch Warzenschweine. Ivy fand es lustig, wie schnell sich diese kleinen Tiere beim Anblick der Reiter aus dem Staub machten. Sie blieben leider nie lange genug, um ihre seltsamen Köpfe genauer studieren zu können.

Am Nachmittag wich der Busch Savanne – endlosem Grasland, in dem nur wenige Schirmakazien Schatten boten. Tiere sah man nicht, allerdings war es jetzt derart heiß, dass sich schon allein deshalb keine Herde zum Grasen in die Sonne gestellt hätte.

»Wir gehen frühmorgens und gegen Abend auf die Pirsch«, erklärte Adrian Edgecumbe seinen enttäuschten Gästen. »Jetzt ruht das Wild. Warten Sie auf den Sonnenuntergang. Vielleicht werden wir schon von unserem Lager aus einiges sehen.«

Etwa eine Stunde vor Sonnenuntergang – sie waren mehr als zehn Stunden geritten, und besonders Mrs. Maitland wirkte ziemlich erschöpft – erreichten sie den Ort, den Mr. Adrian für ihr erstes Nachtlager gewählt hatte. Er lag auf einem Hügel, von dem aus man die Savanne überblicken konnte. Die Schirmakazien boten ein wunderschönes Bild in der Abendsonne, das Gras leuchtete golden. Im Licht der untergehenden Sonne wirkte die Landschaft wie ein Schattenriss, das Werk eines Künstlers.

Eigentlich hätte Ivy erwartet, dass die Träger, die den Reitern mit ihren Lasten klaglos gefolgt waren, sich jetzt dankbar zu Boden sinken ließen, doch für die Männer ging die Arbeit gleich weiter. Während Mr. Adrian die Gäste und die anderen Weißen zum Sundowner einlud, wozu er einem der Träger alle Getränke abnahm, die gern als Aperitif genommen wurden, bauten einige Helfer die Zelte auf. Andere errichteten eine Tafel unter freiem Himmel, an der die Herrschaften speisen würden.

Ein kleiner Trupp zog unter der Führung O'Tooles in ein Stück Buschland. Kurze Zeit später hörte man einen Schuss. Die Frauen zuckten zusammen.

»Was war das?«, fragte Diane entsetzt. »Sind das ... sind das Wilderer?«

Bingham lachte. »Miss Diane, das Land hier gehört niemandem. Also gibt es auch keine Wilderer. Jeder kann schießen, was er will. Dieser Schuss dürfte unser Abendessen gesichert haben ... Ich bin gespannt, was es gibt.«

»Eigentlich ist das komisch«, bemerkte Ivy ihrem Vater gegenüber. Während sie den Blick über die Savanne auf sich wirken ließen, trank er einen Brandy, sie nippte an einem Glas Martini. Was die Aussicht anging, hatte Mr. Adrian nicht zu viel versprochen. Zunächst zog eine Herde Gnus über die Savanne, dann entdeckte Ivy Antilopen. Am Horizont erkannte man im letzten Licht die Silhouetten von Giraffen. »Es gibt so viel Land, und es hat gar keinen Besitzer? Was ist denn mit den Stämmen, mit den Einheimischen, die bisher hier gelebt haben oder noch leben? Erheben die gar keinen Anspruch auf den Busch?«

»Vielleicht ziehen die ja überall herum«, mutmaßte ihr Vater. »Tarlton sagte, viele von ihnen seien Nomaden.«

Ivy runzelte die Stirn. »Wir wohnen auch meistens in London und nur manchmal in Parkland Gardens. Trotzdem ist das Jagdgebiet dort in unserem Besitz …«

Ihr Vater ließ das unerwidert.

Die Arbeiter entzündeten Feuer zwischen den Zelten. Es hatte kaum eine Stunde gedauert, bis das Lager aufgebaut war.

»Sie können die Zelte nun beziehen«, erklärte Adrian Edgecumbe. »Allerdings bieten sie nicht so viel Komfort, wie Sie zweifellos erwartet haben. Wenn wir morgen unser erstes Jagdlager errichten, wird das anders sein. Hier übernachten wir nur ein Mal, da wäre es zu aufwendig, alles auszupacken und morgen wieder zu verstauen. Bitte entschuldigen Sie das Provisorium.«

Ivys Vater und die anderen Jäger schienen es ganz reizvoll zu finden, zunächst nur ein spartanisches Lager zu beziehen und ein Dinner genießen zu können, das nicht in einer Küche, sondern am Lagerfeuer zubereitet wurde. Die Frauen fanden ihre Zelte recht gemütlich. Ivy und Diane genossen es, dass Wasser zum Waschen bereitgestellt wurde. Nach dem langen Ritt drängte es sie danach, sich zu erfrischen. Auch ein Traggestell mit einem Teil ihrer Kleidung und ihren Toilettenartikeln war in ihr Zelt gebracht worden. Sie konnten sich das Haar kämmen und frische Unterwäsche anziehen. Danach fühlten sie sich erheblich besser.

Die Männer saßen am Feuer, sie hatten sich inzwischen über die Verteilung der Zelte verständigt. Alicia und George Maitland würden eines beziehen, Ivys Vater teilte sich mit Francis Main Carruthers und dessen Sohn Simon das größte. Adrian Edgecumbe hatte sein eigenes Zelt, ein kleines, äußerst einfaches, das er auf seinem Pferd transportierte. Die anderen Weißen teilten ein Gemeinschaftszelt. Dafür, wo sich die einheimischen Männer zum Schlafen niederließen, interessierte sich niemand.

Zum Dinner – um Stechinsekten abzuschrecken, wurden Kräuter verbrannt – gab es Steaks, die nach Huhn schmeckten, im Feuer gebratene Kartoffeln und Süßkartoffeln sowie anderes wurzelartiges Gemüse, dazu wurde Wein gereicht. Der französische Koch verstand ganz offensichtlich sein Geschäft. Er wuselte um die offenen Feuer herum und redete auf seine Helfer ein. Ivy taten die Männer leid, die jetzt noch kochen und bedienen mussten. Die meisten der Träger hatten sich an eigenen Feuern versammelt, auch von dort zog der Duft gegrillten Fleisches herüber.

»Wünschen Sie noch etwas Wein, Memsahib?«, vernahm Ivy eine warme, tiefe Stimme.

Hinter ihr stand einer der Boys in der Manier eines geschulten Dieners. Es war der Mann, der am Vortag die Waage kontrolliert hatte. Ivy wunderte sich darüber, wie sehr sie sich freute, ihn wiederzusehen. Sie fühlte sich unwohl unter all den Dienern und Arbeitern, mit denen sie kein Wort sprechen konnte und die von Mr. Adrian und seinen Männern überhaupt nicht beachtet wurden. Allenfalls brüllte der Maître sie unfreundlich an, wenn ihm etwas nicht passte.

»Sehr gern«, antwortete sie und gab dann ihren Gefühlen Ausdruck. »Wie schön, dass Sie uns begleiten!«

»Stets zu Ihren Diensten, Memsahib«, antwortete er förmlich und füllte ihr Glas.

Ivy wollte sich bedanken, doch sein kühler Ton ließ sie innehalten. Offenbar war es ein Fauxpas gewesen, ihn persönlich anzusprechen.

»Boy! Mehr Wein, Boy!« Mr. Main Carruthers hatte sich die Art der weißen Jäger, die Diener anzusprechen, bereits zu eigen gemacht. Zu einem Hausdiener in England hätte er »bitte« angefügt.

Da sie nach dem langen Ritt todmüde waren, wurde die Tafel früh aufgehoben. Ivy und Diane gingen in ihr Zelt und legten sich auf ihre Feldbetten. Diane klagte darüber, wie unbequem sie waren, schlief dann jedoch sehr schnell ein. Ivy dagegen lag noch lange wach und hörte auf die Laute der Wildnis. Fremdartige Stimmen von Nachtvögeln, Rascheln, Rufe, die sie nicht zuordnen konnte, eine Art Brüllen, das klang, als riefe ein einsamer Löwe. Sie verspürte keine Angst, nur Neugier und Vorfreude. Am liebsten hätte sie das Zelt verlassen und wäre eingetaucht in diese von fremden Wesen bevölkerte Nacht.

Am nächsten Morgen wachte Ivy sehr früh auf. Da sie von draußen Stimmen hörte und vermutete, dass die Arbeiter schon mit dem Abbau des Lagers begonnen hatten, beschloss sie aufzustehen. Sie schlug das Moskitonetz zurück und schlüpfte in ihre Safarikleidung einschließlich Helm und Netz – man hatte ihr ja gesagt, dass die Moskitos in der Morgen- und Abenddämmerung aktiv waren.

Tatsächlich wurde bereits wieder gepackt – allerdings nicht rund um die Zelte der Gäste, denen man wohl noch etwas Ruhe gönnen wollte. Einige Männer striegelten die Pferde, andere bereiteten das Frühstück vor, der junge Afrikaner mit den hervorragenden Englischkenntnissen schien alles zu organisieren. Er wirkte erschrocken, als Ivy ihm ein fröhliches Guten Morgen zurief. Dann blickte er sich kurz um, als ob er sich vergewissern wollte, dass niemand sie beobachtete, und lächelte ihr zu.

»Sie sind früh auf, Memsahib«, sagte er höflich. »Darf ich mich um einen Kaffee oder Tee für Sie kümmern?«

Ivy schüttelte den Kopf. »Nein, lassen Sie sich nicht stören. Ich wollte nur … ich wollte mich ein bisschen umsehen. In der Nacht war es so laut, ich meinte sogar, einen Löwen gehört zu haben.«

»Es tut mir leid, dass die Nachtruhe von Memsahib gestört wurde«, erklärte er. »Es war nichts Beängstigendes, nur eine Horde Paviane, die auf Reste vom Dinner gehofft haben. Sie sind ebenso neugierig wie frech. Ein diebisches Pack!« Sein Lächeln strafte die harten Worte Lügen.

»Affen?«, fragte Ivy begeistert. »Oh, die müssen Sie mir zeigen! Ich hab schon mal bei einem Drehorgelmann ein Äffchen gesehen. Es war unglaublich niedlich …«

»Paviane können bedrohlich sein. Sie sollten sich ihnen nicht zu unbekümmert nähern, Memsahib …« Der junge Mann warf den Arbeitern einige Worte in ihrer Sprache zu und wandte sich anschließend an Ivy. »Ich zeige Ihnen etwas, das Ihnen gefallen wird«, bot er freundlich an. »Kommen Sie.«

Er hängte sich ein Gewehr um – Ivy fiel ein, dass sie ihres im Zelt vergessen hatte – und führte sie aus dem Lager hinaus ein paar Schritte in den Busch. Dort machte er ihr ein Zeichen zu schweigen. Er wies auf eine Lichtung, über die ein riesiger Vogel schritt. Hingerissen beobachtete sie einen Strauß, der seine Flügel ausbreitete, und als sie hinter und neben ihm auch noch Küken entdeckte, konnte sie sich vor Begeisterung kaum halten. Zehn oder zwölf kleine Strauße, einer niedlicher als der andere. Der erwachsene Laufvogel wandte sich ihnen zu, um sie bei der Futtersuche anzuleiten. Er schien sorgsam darüber zu wachen, dass keines verloren ging.

»So eine gute Mutter«, wisperte Ivy.

»Das ist der Vater«, verbesserte sie ihr Begleiter. »Die Hähne haben ein schwarzes Gefieder, die Hennen ein braunes. Er war es, den Sie heute Nacht gehört haben. Die Laute ähneln tatsächlich einem Brüllen.«

»Und wo ist die Mutter?«, erkundigte sich Ivy.

Der junge Mann blickte bedauernd. »Die Henne war unser Abendessen«, teilte er ihr kurz mit. »Ich weiß nicht, ob Mr. O'Toole nicht gesehen hat, dass sie Küken führte, oder ob es ihm egal war … Straußensteaks sind eine Delikatesse.«

Ivy blickte ihn entsetzt an. Ihr wurde augenblicklich übel. »Und … jetzt?«, fragte sie.

»Der Hahn wird die Kleinen allein großziehen«, erwiderte ihr Begleiter. »Machen Sie sich keine Sorgen. Es tut mir leid, ich wollte Sie nicht erschrecken.«

»Werden wir unser … Essen … immer selbst schießen?«, fragte Ivy, obwohl sie sich dabei etwas dumm vorkam. Es war ja offensichtlich, wie die Jagdgesellschaft ernährt werden würde.

»In gewisser Weise«, gab der junge Mann Auskunft. »Bei den Tieren, die Sie als Trophäen erlegen, fällt in der Regel genügend Fleisch an. Wir müssen nicht speziell für die Tafel jagen.« Er lächelte, bevor sie etwas einwenden konnte. »Oh, ich weiß, Sie jagen nicht … ich wollte nicht lauschen, aber bei Ihrem Gespräch mit dem Bwana stand ich daneben. Das ist selten, dass jemand, der herkommt, nicht jagt.«

Er wandte sich in Richtung Lager. Die Straußenfamilie verschwand im Buschwerk. Ivy schenkte ihrem Begleiter einen verschmitzten Blick.

»Haben Sie Ihren Löwen denn schon erlegt, was Sie zum Mann machte?«, fragte sie.

Er blickte sie sehr ernst an. »Die Männer hier erlegen die Löwen nicht mehr selbst, sie führen weiße Jäger zu ihnen und lassen diese es tun. Das ist gewinnbringender, wenn auch unserer Männlichkeit nicht allzu zuträglich.« Dann wurde sein Tonfall leichter. »Gestatten Sie, Memsahib, ich muss mich jetzt um das Frühstück kümmern.«

Nachdenklich folgte Ivy ihm zurück zum Lager.

6

Der zweite Tag der Safari verlief ähnlich wie der erste. Adrian Edgecumbe führte die Expedition durch Waldstücke und die Savanne weiter in den Busch. Sie überquerten Flussläufe – ihr Leiter schien die Furten zu kennen, es war nie notwendig, Flöße zu bauen –, und die Safariteilnehmer sahen immer öfter Tiere. Wie am Tag zuvor hauptsächlich Antilopen und Gnus, doch mitunter auch Zebras, die besonders Mrs. Maitland begeisterten. Die Pferdezüchterin verglich sie mit den in Europa heimischen Ponys.

»Kann man sie nicht zähmen und reiten?«, fragte sie.

Mr. Adrian schüttelte den Kopf. »Es wird immer mal wieder versucht, aber es ist schwierig. Zebras haben ihren eigenen Kopf, und der Rücken prädestiniert sie nicht so sehr für das Tragen eines Sattels wie der des Pferdes. Wenn die Biester bocken, hat man Probleme, oben zu bleiben. Zudem: Wer sollte sie reiten? Für einen Mann sind sie zu klein und für ein Kind zu verrückt. Manchmal versuchen sich Farmer an der Kreuzung mit Pferden. Das Ergebnis ist vergleichbar mit dem Maultier, stark, doch ebenso stur. Schießen Sie eins und hängen Sie sich den Kopf in den Salon. Das sieht recht ansprechend aus.«

Ivy fand Zebras einfach nur schön – ebenso wie die Giraffen, die sie allerdings wieder nur von Weitem sahen. Sie ritt immer häufiger neben Adrian Edgecumbe, was vor allem ihrem Pferd zuzuschreiben war. Tango war ein lebhaftes Tier, er ging nicht gern hinten. Am Tag zuvor hatte Ivy ihn stets zurückgehalten, um Mr. Adrian nicht zu verärgern, inzwischen hatte sie jedoch festgestellt, dass dieser keinen besonderen Wert auf eine starre Marschordnung legte, und sie ließ ihren Wallach zu seinem Rappen aufschließen. Wenn die Beschaffenheit des Weges es zuließ, schien der Bwana nichts dagegen zu haben, mit ihr zu reden. An diesem Morgen suchte er sogar das Gespräch mit ihr.

»Was hat es eigentlich damit auf sich, dass Sie die Jagd ablehnen, Miss Ivy?«, fragte er. »Sie essen doch Fleisch, oder nicht?« Ivy musste das bejahen. »Und Sie sind ernsthaft der Meinung, es ist besser, ein Rind durch das Blut seiner Artgenossen zum Schlachter zu führen, als einen Hirsch mit einem Blattschuss zu erlegen?« Er sah sie fragend an.

Ivy wand sich. Solche Diskussionen hatte sie schon mit ihrem Vater geführt. »Nein«, erwiderte sie. »Natürlich nicht. Es geht mir nicht um das Töten an sich, es geht mir um die Freude am Töten. Ich kann nicht akzeptieren, dass man es als Spaß ansieht …«

»Viele Tiere werden aber gegessen«, sagte Mr. Adrian. »Also können Sie die Jagd genauso als Nahrungsbeschaffung ansehen wie die Schlachtung.«

Ivy seufzte. »Es macht mir dennoch zu schaffen. Wie kann man Freude daran haben, einem Tier aufzulauern und es aus dem Hinterhalt abzuschießen? Wie kann Töten ein mondäner Zeitvertreib sein? Ich meine, mein Vater und seine Freunde sind nicht Tausende von Meilen nach Afrika gereist, weil sie in England nichts zu essen hatten.«

Mr. Adrian lachte. »So gesehen dürften Sie für mich und die anderen Begleiter der Safari mehr Sympathie aufbringen, da wir aus beruflichen Gründen jagen.«

Ivy hob die Schultern. »Habe ich Ihnen bislang Anlass zu der Annahme gegeben, ich hegte Ressentiments gegen Sie?«

Er lächelte. »Werden Sie das auch dann nicht tun, wenn ich zugebe, dass ich meinen Beruf liebe?«

»Ich habe nicht über Sie zu richten, Mr. Adrian«, antwortete Ivy. »Und nicht über die anderen Jäger. Ich verstehe Sie nur nicht. Und das muss ich doch auch nicht, oder?«

Er sah sie mit einem seltsamen Blick an, den sie nicht zu deuten wusste. »Vielleicht werden Sie es ja eines Tages begreifen«, sagte er schließlich. »Ich hoffe es.«

Gegen Abend erreichten sie einen sehr schönen Ort – eine Anhöhe in Sichtweite eines Wasserlochs zwischen Busch und Savanne. Hier, so erläuterte Mr. Adrian, würde ihr erstes Jagdlager entstehen.

»Das erste?«, fragte Ivys Vater. »Ziehen wir denn herum?«

»Für Ihre Safari sind verschiedene Lager geplant«, meinte der Bwana. »Wir wollen Ihnen so viel wie möglich von Afrika zeigen.«

Ivy runzelte die Stirn. Sie tippte eher darauf, dass sich das Wild nach einigen Tagen aus der Umgebung eines Jagdlagers zurückzog. Und natürlich war es der Sicherheit und Bequemlichkeit der Jäger dann zuträglicher weiterzuziehen, als sich auf den täglichen Jagden immer tiefer in den Busch zu wagen und vom Lager zu entfernen.

Erneut bauten die Arbeiter das Lager auf, während die Jäger und Gäste ihren Sundowner genossen – mit noch atemberaubenderer Aussicht als am Abend zuvor. Nach und nach fanden sich alle Tiere der Gegend am Wasserloch ein. Der Erste war ein einsamer Nashornbulle, dann kamen eine Herde Giraffen, etliche Antilopen, Gnus und schließlich Elefanten.

Ivy vergaß fast, ihren Aperitif zu trinken, das Schauspiel am Wasserloch nahm sie gänzlich gefangen. Die Männer diskutierten derweil über die Reichweiten ihrer Gewehre. Am liebsten hätten sie ihre Flinten direkt an den arglosen Tieren erprobt.

»Ein bisschen näher ranschleichen müssten Sie sich schon«, bemerkte Mr. Adrian, das Gespräch hörbar missbilligend. »Und ich würde nicht gleich am Wasserloch schießen, wir wollen den Anblick der Tiere doch genießen, solange wir hier sind. Wenn es zu oft knallt, bleiben sie weg. Aber machen Sie sich keine Sorgen. Sie kommen schon noch zum Schuss, die Ersten von Ihnen gleich morgen. Bei Sonnenaufgang geht es auf die Jagd.«

»Was geschieht denn dann mit Ivy?«, erkundigte sich Diane gespielt besorgt. Es hatte ihr gar nicht gefallen, dass Ivy und Mr. Adrian auf dem Ritt häufig geplaudert hatten. Dianes Pony hatte nicht nach vorn aufschließen wollen, und Mr. Adrian hatte ihre Gesellschaft nicht gesucht. »Ivy will ja nicht schießen. Muss sie dann hierbleiben?«

Mr. Adrian sah Ivy an, und wie schon einmal hatte sie das Gefühl, als verharrte sein Blick etwas länger auf ihr. »Das lassen wir Miss Ivy am besten selbst entscheiden«, erklärte er. »Näher als gemeinsam mit den Jägern kommen Sie nicht an die Tiere heran, Miss Ivy. Also, auch wenn Sie nur beobachten wollen, sollten Sie uns begleiten. Ich dulde allerdings keine Störungen. Wenn Sie plötzlich schreien oder einem Schützen in den Arm fallen, waren sie das erste und das letzte Mal dabei.« Sein Blick wurde streng.

Ivy nickte, und ihr Vater beeilte sich zu versichern, dass sie schon etliche Jagden begleitet hatte, ohne sich unpassend zu verhalten. Sie fühlte sich dabei jedoch nicht gut. Es war bereits in England nicht einfach gewesen, beim Abschießen der stolzen Hirsche ruhig zu bleiben. Hier würde es ihr noch schwerer fallen.

Es dauerte diesmal etwas länger, bis das Lager errichtet war, doch dann kamen die Gäste aus dem Staunen nicht heraus. Die Betten in Dianes und Ivys Zelt waren mit bunten Decken und Kissen dekoriert, die Laken aus feinstem Leinen mit dem eingestickten Logo von Newland, Tarlton & Co. Den Boden bedeckten gewebte Teppiche, zwei Klappstühle aus Leinen waren mit Kissen gepolstert, sodass sie gemütlichen Sesseln glichen. Es gab einen Waschtisch, Wasser und Toilettenartikel standen zur Verfügung. Auf einem Tisch standen eine Karaffe Wein und eine weitere mit Wasser, ein Teller mit etwas

Obst und Käse. Außerhalb des Zeltes gab es einen eigenen Abtritt für die Frauen, etwas primitiv, aber ausreichend. Die Agentur hatte nicht übertrieben, als sie ihren Gästen einen Aufenthalt versprach, der dem Service in einem Grandhotel vergleichbar war.

Etwas von den Wohnzelten entfernt war ein Arbeitszelt für die Tierpräparatoren errichtet worden sowie ein Küchenzelt, in dem Maître Gaston bereits werkelte. Wieder gab es frisches Fleisch – diesmal hatte Bingham ein Warzenschwein erlegt. Man servierte es in Sherrysauce. Der Maître wurde seinem Ruf wirklich gerecht.

Ivy ging die Straußenmutter allerdings nicht aus dem Kopf. Sie konnte das Fleisch nicht genießen, obwohl es in der denkbar schönsten Atmosphäre auf edlem Porzellan serviert wurde. Die Tafel war erneut unter dem weiten afrikanischen Sternenhimmel errichtet worden. Diesmal erhellten nur Gaslampen die Tische, was das Himmelslicht noch intensiver wirken ließ. Wieder wurden Kräuter verbrannt. Ivy suchte nach vertrauten Sternbildern, doch von diesem Kontinent aus sah man andere Sterne. Ob auch die Afrikaner Horoskope erstellten? Sie ertappte sich dabei, dass sie ihren morgendlichen Begleiter gern danach gefragt hätte.

Der junge Mann servierte an diesem Abend ebenfalls den Wein, und Ivy schaffte es, kurz mit ihm zu reden, als sie sich auf den Abtritt begab.

»Ich wollte Ihnen noch mal für heute Morgen danken«, sagte sie. »Sie haben mir eine große Freude gemacht. Ich muss nur immer an den Straußenwitwer denken. Er tut mir so leid.«

»Stets zu Ihren Diensten, Memsahib«, erwiderte der junge Mann erneut, und diesmal klang es weniger geschäftsmäßig, eher freundlich vertraut.

Es schien, als wollte er noch etwas hinzufügen, aber dann traf ihn wohl ein Blick Adrian Edgecumbes, und er beeilte sich, die neue Weinflasche zu öffnen, die er in den Händen hielt. Ivy nahm an, dass es den Bediensteten verboten war, mit den Gästen zu reden, und fragte sich, was für einen Sinn so ein Verbot haben sollte. Vielleicht erschrecken sich ja viele Gäste, wenn einer der Afrikaner sich an sie wendet, dachte Ivy. Mrs. Maitland waren die fremden Männer immer noch unheimlich.

Die Nacht verlief nicht ruhiger als die vergangene, obwohl diesmal kein Straußenhahn nach seiner verlorenen Henne rief. Der Busch war niemals wirklich still, mannigfache Laute verrieten das Leben um das Lager herum. Wieder wäre Ivy am liebsten nach draußen gegangen, um ihnen nachzuspüren, doch das hatte Mr. Adrian streng verboten. Die Gäste durften sich nur tagsüber und während des Dinners im Innenbereich des Lagers frei bewegen. Taten sie es abends oder nachts, gesellte sich ihnen ganz selbstverständlich ein Wachmann mit einer Waffe hinzu.

Ivy nahm an, dass auch vor ihrem Zelt jemand Wache hielt. Die afrikanischen Wildtiere waren nicht an Menschen gewöhnt, sie fürchteten sich nicht davor, sich bei Nacht in ihrem Lager umzusehen. Natürlich ging nicht von allen Gefahr aus – Ivy war begeistert, als sie nach dem Weckruf bei Tagesanbruch aus dem Zelt linste und zwei Antilopen zwischen den Aufbauten grasen sah. Die Wachleute schauten ihnen unbesorgt zu.

Es gab nur einen kurzen Imbiss, Kaffee und Tee bei Sonnenaufgang, bevor man zur Jagd aufbrach. Begleitet von Mr. Adrian, O'Toole und Bingham sowie jeweils zwei afrikanischen Fährtensuchern zogen die Gäste in Zweier- oder Dreiergruppen los. Mr. Adrian gesellte sich zu den Damen – wohl um sich zu vergewissern, dass sie den Anforderungen der Safari gewachsen waren. Ivy, Diane und Mrs. Maitland folgten ihm in einem weiten Bogen um das Wasserloch herum. Ab und zu hielten sie inne, und die Fährtensucher prüften Spuren oder Dung auf dem Boden. Sie besprachen sich dann kurz mit Mr. Adrian, der die endgültige Richtung angab, beziehungsweise bestimmte, welcher Spur man folgte.

Er zeigte sich während der Wanderung als sehr höflich und plauderte gewandt mit den weiblichen Gästen. Diane berichtete von ihren Jagderfahrungen in England – sie hatte ihre erste Fuchsjagd schon mit fünf Jahren bestritten – und stellte immer wieder ziemlich naive Fragen, die ihrem Begleiter schmeicheln sollten.

»Es muss so aufregend sein, vom Jagen zu leben! Was war das größte Tier, das Sie bisher erlegt haben, Bwana?«, wollte sie wissen.

Mr. Adrian antwortete gelassen, als wären sie nicht auf einem Jagdausflug durch den afrikanischen Busch, sondern auf einem Spaziergang im Park. Wenn sie die Menschen reden hörten, mussten die Tiere entlang ihrer Route das Weite suchen, doch Mr. Adrian wies seine Gäste nicht darauf hin, besser zu schweigen. Er schien weder mit Überraschungen zu rechnen noch Gefahren zu fürchten. Diese Jagd war genau geplant.

Nach einer guten Stunde Marsch durch unebenes Gelände, vorbei an skurril anmutenden Termitenhügeln, über Baumstämme und durch Tümpel, die auf den nächsten Regen warteten, um zu Wasserlöchern für die Tiere anzuschwellen, suchte Mr. Adrian Deckung in den Ausläufern des Buschlandes und bedeutete seinen Gästen, ruhig zu sein. Vor ihnen tat sich Grasland auf, darauf rastete eine Herde großer Antilopen.

»Große Kudus«, wisperte Mr. Adrian. »Unsere afrikanischen Fährtensucher haben die Herde gestern schon ausgekundschaftet. Es ist ein Bock dabei, der den Abschuss lohnt. Also warten wir jetzt mal ab, ob er sich zeigt.«

Die meisten Tiere in der eher kleinen Gruppe waren weiblich – sie hatten kein Gehörn, waren für die Jäger also wenig interessant. Ivy bewunderte jedoch ihre Größe, ihre geschmeidigen Bewegungen und die seltsame Fellzeichnung – etliche Querstreifen zierten die Rücken der graubraunen Tiere. Kitze tollten zwischen ihren Müttern umher, es war ein Bild des Friedens.

Dann erschien der Bock, vielleicht aufgeschreckt von einem der

Fährtenleser, der seit einigen Minuten verschwunden war. Vermutlich trieb er das Tier genau ins Schussfeld der Jäger. Es war wunderschön, groß wie ein Burenpony, das Gesicht fein gezeichnet, weiß und braun. Die eigentlich großen Ohren wirkten klein im Verhältnis zu seinen gewaltigen Hörnern. Sie wanden sich wie eine Schraube, Ivy zählte drei Umdrehungen, und sie waren sicher fast einen Meter lang.

Der Bock blickte in Richtung der Jäger. Diane, ihre Mutter und Mr. Adrian legten an. Der Bwana würde den Frauen den Vorzug lassen, doch dem Tier den Fangschuss geben, falls sie es verfehlten.

Diane verfehlte den Bock nicht. Sie kam als Erste zum Schuss und erledigte ihr blutiges Werk bravourös. Der Bock erstarrte, schien nicht zu verstehen, was mit ihm geschah, und fiel tödlich getroffen zu Boden. Die anderen Antilopen flohen in den Busch – wo eben noch ein friedliches Familienleben zu bewundern gewesen war, lag jetzt nur noch der sterbende Bock.

»Perfekt!«, lobte Mr. Adrian, während das Tier verendete. Er sprach ein paar Worte mit den Fährtensuchern und gratulierte Diane. Ihre Mutter war begeistert und sehr stolz. Ivy hatte Tränen in den Augen. Im Gefolge der Jäger ging sie zu dem Bock, Mr. Adrian vergewisserte sich, dass er wirklich tot war. »Blattschuss, Miss Diane! Sie machen Ihrem Namen alle Ehre!«

Mrs. Maitland lächelte, riss einen Zweig von einem Busch und tauchte ihn in das Blut des Bocks. Dann strich sie damit über die Wange ihrer Tochter.

»Ein altes englisches Ritual, gewöhnlich zur Feier der ersten Fuchsjagd durchgeführt«, erklärte sie, obwohl ihr Begleiter das sicher wusste. »Ich denke, auch hier ist es angebracht. Der erste Abschuss, Diane!«

Ivy konnte nicht hinsehen. Sie hatte das Ritual schon in England barbarisch gefunden, und als sie selbst ihm als Kind unterworfen worden war – der Teilnahme an der Meutejagd hatte sie sich als gute Reiterin nicht entziehen können –, hatte sie sich anschließend übergeben und dann nicht aufhören können, sich zu waschen. Sie meinte, das Blut auf den Wangen heute noch zu spüren, und fragte sich, ob die Beobachtung der Antilopen die Übelkeit wert war, die jetzt schon wieder in ihr hochkam.

»Was geschieht nun?«, fragte sie aufgewühlt.

Mr. Adrian wandte sich ihr zu. »Jetzt begeben wir uns zurück zum Lager. Die Sonne steht schon recht hoch, ich denke nicht, dass wir noch einen Abschuss versuchen sollten. Feiern wir lieber Miss Dianes Erfolg und hoffen wir auf eine gute Jagd heute Abend.«

»Und der … der Bock?« Ivy legte vorsichtig die Hand auf die noch warme Schulter des Tieres.

»Den werden die Träger abholen. Sie können den Transport gern begleiten, Miss Diane. Und dann müssen Sie entscheiden, wie er präpariert werden soll. Also ich würde den Kopf ausstopfen lassen. Ein so prachtvolles Tier …«

Ivy stolperte hinter den anderen zurück durch den Busch. Die anderen Jäger waren noch nicht zurück, erschienen aber nur wenig später und hatten ebenfalls Erfolg gehabt. Ivys Vater hatte eine Impala erlegt, die Schwarzfersenantilope war ebenfalls ein Bock mit gewaltigem Gehörn. Simon hatte einen Zebrahengst geschossen. Der Anblick des toten Zebras berührte Ivy noch mehr als der der Böcke. Sie war erlegte Hirsche und Rehe gewöhnt, aber in England schoss niemand auf Pferde oder Esel.

Simon wollte unbedingt das Fell des Tieres, das eine besonders schöne Streifenfärbung aufwies. »Das legen wir zu Hause vor den Kamin«, erklärte er mit stolzgeschwellter Brust.

Ivy beschloss, während des abendlichen Jagdganges im Lager zu bleiben.

Diane war natürlich die Heldin des Tages und wurde schon beim Jagdfrühstück, das nach der Pirsch das Mittagessen ersetzte, von allen gefeiert. Nach einer ausgiebigen Mittagsruhe baute einer der Tierpräparatoren eine Kamera auf und ließ die erfolgreichen Schützen vor den Kadavern ihrer Beute posieren. Diane hob mithilfe der Männer den Kopf des Bockes an und hielt ihn in die Kamera, Simon setzte sich auf das Zebra. Ivys Vater verhielt sich zurückhaltender und ließ sich gemeinsam mit seinen Jagdfreunden hinter der toten Antilope fotografieren.

Ivy wandte sich angeekelt ab und traf am Rande der Szenerie auf Mr. Adrian. Er saß an einem Klapptisch vor seinem primitiven Zelt, rauchte und blickte erkennbar missbilligend auf die Gäste und ihre Vorstellung.

Ivy sprach ihn an. »Das gefällt Ihnen nicht?«, fragte sie mit scharfem Unterton. »Und gestern Abend hat es Ihnen nicht gepasst, dass Ihre Gäste auf die Tiere am Wasserloch schießen wollten. Könnte es womöglich sein, dass Ihnen die Tiere leidtun?«

Mr. Adrian blickte ihr ernst in die Augen. »Sagen wir, ich bedaure, dass man ihren Geistern nicht den Respekt entgegenbringt, den sie verdienen«, bemerkte er.

Ivy runzelte die Stirn. »Wie meinen Sie das?«

»Der Mensch hat immer gejagt, Miss Ivy, aber unsere Vorfahren, und heute noch viele der Stämme Afrikas, haben die Tiere respektiert. Es gab und gibt Rituale, um ihre Geister zu befrieden, und das wird stets mit großem Ernst betrieben. Für mich ist die Präparation der Tiere ein solches Ritual. Man erinnert sich an sie, holt sie gleichsam ins Leben zurück. Dieses alberne Zurschaustellen dort ist damit nicht vergleichbar. Sobald sie Großtiere erlegen, werden die Heldenposen noch skurriler werden ...« Mr. Adrian wandte sich ab. Sicher sollte er so nicht vor den Gästen sprechen, doch Ivy hatte nicht das Gefühl, als bedauerte er seine Worte. Dieser Mann sprach aus, was er dachte. Er war nicht von Newland, Tarlton & Co. abhängig. Jetzt sah er sie wieder an. »Und was die Tiere am Wasserloch angeht ... Ich genieße ihre Beobachtung nicht weniger als Sie, Miss Ivy. Ich bewundere sie, ihre Schönheit, ihre Gewandtheit. Wenn man sie nur als Beute sieht, dann versäumt man ...« Er überlegte.

»... die Berührung mit ihren Geistern?«, fragte Ivy.

Adrian Edgecumbe lächelte. »Sie wären eine gute Jägerin, Miss Ivy. Sie verstehen, worauf es ankommt.«

Ivy runzelte die Stirn. »Sie meinen, Sie berühren ihren Geist, und dann schießen Sie sie ab?«, fragte sie.

»Auf die Berührung ihrer Geister folgt die Macht über sie. Ich kann ein Tier töten oder es lassen. Das ist der Reiz, Miss Ivy. Die Macht über den Geist der Beute. Etwas, das viele Jäger nie erspüren und vielleicht auch nicht erspüren wollen. Nicht jeder ist stark genug dafür ...«

Er stand auf. Vielleicht meinte er, zu viel gesagt zu haben, Ivy zu tief in die Welt seiner Gedanken und Gefühle hatte schauen lassen.

Ivy blieb irritiert zurück. Adrian Edgecumbe faszinierte sie immer mehr. Manchmal hatte sie das Gefühl, ihm ähnlich zu sein, eine verwandte Seele in ihm zu erkennen, doch dann erschrak sie erneut über die Abgründe, die sich in seinen Gedanken auftaten. Einen Menschen wie ihn hatte sie nie zuvor getroffen.

7

Kurz vor Einbruch der Dämmerung machten sich die Jäger auf den Weg zur zweiten Pirsch des Tages. Ivy täuschte Kopfschmerzen vor. Diane unterstellte ihr Neid auf ihren erfolgreichen Abschuss.

»Du könntest auch erfolgreich jagen, Ivy! Stattdessen jammerst du und verdirbst allen den Spaß.«

Mr. Adrian äußerte sich nicht zu Ivys Verweigerung, die kleine Gruppe zu begleiten. Er wünschte ihr nur einen schönen Abend und zog dann mit Diane und ihrer Mutter in den Busch.

Ivy machte es sich mit dem Reisetagebuch, das zu führen sie begonnen hatte, auf der Anhöhe mit Blick auf das Wasserloch gemütlich. Bald würden hier die ersten Tiere erscheinen, vielleicht mehr als am Abend zuvor, da es im Lager der Menschen ruhiger war. Sie würde sie zwar nur von Weitem beobachten können, aber das machte ihr nicht viel aus. Immerhin würde sie von Kommentaren wie »Was für ein kapitaler Bock!« verschont bleiben.

Kurze Zeit nachdem sie sich gesetzt hatte, erschien der junge Mann, der den Wein serviert hatte, mit einem Glas Martini.

»Ich hörte, Memsahib fühle sich nicht wohl. Möchten Sie trotzdem einen Dämmerschoppen, oder wünschen Sie irgendetwas anderes? Ich kann auch Tee bringen …«

Ivy lächelte ihm zu. »Nein, nein danke. Ich bin nicht krank. Ich hab nur jetzt schon genug von der Jagd. Insofern genieße ich hier die Aussicht. Sicher kommen gleich ein paar Tiere.«

Der junge Mann schien kurz zu überlegen. »Wenn … wenn Sie

die Tiere lieber von Nahem sehen würden, Memsahib, kann ich Sie gern führen«, meinte er. »Um das Wasserloch herum bieten sich genügend Deckungsmöglichkeiten.«

»Aber wir sollen sie doch nicht vertreiben«, wandte Ivy ein. »Mr. Edgecumbe hat mich ausdrücklich darauf hingewiesen, dass ich die Jagd nicht sabotieren darf.« Sie nahm einen Schluck von ihrem Martini.

Der junge Mann schüttelte den Kopf. »Wir vertreiben sie nicht«, sagte er selbstbewusst. »Sie werden nichts von unserer Anwesenheit bemerken, das verspreche ich Ihnen. Ich bin zwar selbst kein großer Jäger, aber sich an ein Wasserloch anzuschleichen und dort einige Zeit versteckt zu bleiben, ist nicht schwierig. Die Jäger werden im Busch ja auch erst bemerkt, wenn sie schießen.«

Dem Argument hatte Ivy nichts entgegenzusetzen. Während sie auf die Anweisung ihres Begleiters hin sicherheitshalber ihre Flinte holte, dachte sie kurz darüber nach, wie es sich mit der Schicklichkeit verhielt. Wollte sie wirklich mit einem ihr unbekannten Mann, der im Rang zudem weit unter ihr stand, allein in die Wildnis Afrikas aufbrechen?

Als Ivy mit Helm, Moskitonetz und einer Jacke als Schutz gegen die Abendkälte zurück auf die Anhöhe kam, wartete dort allerdings nicht nur ihr englischsprachiger Freund, sondern zudem ein etwas kleinerer, viel älterer Mann.

»Kymani, einer unserer Fährtenleser«, stellte der junge Mann ihn vor. »Er wird uns begleiten und darauf achten, dass wir uns richtig verhalten.« Er sagte etwas zu Kymani, der daraufhin lächelte. »Er versteht es, auch Weiße unsichtbar zu machen«, erklärte er Ivy.

Sie lächelte ebenfalls.

Der Weg zum Wasserloch war nicht weit. Sie erreichten es etwa zur selben Zeit wie eine Herde Gnus, die an diesem Abend als Erste ihren Durst dort stillen wollten. Kymani hieß Ivy und ihren Begleiter im dichten Buschwerk zu verharren. Der Ausblick auf die Tiere war umwerfend, Ivy konnte sie hören und meinte, sogar ihren Geruch wahrnehmen zu können. Gespannt beobachtete sie gleich darauf Zebras und Impalas – und dann traten zwei Giraffen aus dem Wald. Ivy konnte nicht fassen, wie groß sie waren. Zwar hatte sie Beschreibungen gelesen und Bilder gesehen, aber jetzt war sie nur wenige Meter von ihnen entfernt, und ihre Präsenz überwältigte sie.

»Zwei Bullen«, flüsterte der junge Mann.

Kymani war im Busch verschwunden, wohl um nach einem noch besseren Ausguck zu suchen. Kurz darauf erschienen zwei weitere der riesigen Tiere, nur wenig kleiner als die ersten. Sie waren weiblich, und zu Ivys grenzenlosem Entzücken führten sie Jungtiere. Schon die Kleinen mussten die Vorderbeine weit spreizen, um den Kopf bis zum Wasser senken zu können. Ivy bewunderte die Hörner der Tiere und ihre Zeichnung, die bei jeder Giraffe etwas anders war, ebenso wie bei jedem Zebra.

Die Giraffen suchten das Weite, als sich nun ein Nashornbulle näherte, wohl derselbe, den sie am Tag zuvor gesehen hatten. Ivys Begleiter wirkte plötzlich angespannt und nahm sicherheitshalber das Gewehr von der Schulter. Nashörner galten als gefährlicher als Löwen und Leoparden, das hatte er ihr ja schon erklärt. Das gewaltige Tier nahm jedoch ebenso wenig Notiz von ihnen wie die anderen, und Ivy spürte auch keine Furcht. Sie genoss den Anblick seiner schartigen Haut, des gewaltigen Hornes und der kleinen Augen.

Über das ganze Gesicht grinsend vor Entdeckungsfreude kam Kymani zurück, er winkte ihnen zu, ihm zu folgen. Ivys Begleiter reichte ihr seine Hand, als sie über einen holprigen Pfad durch den Busch schlichen, sie nahm sie vertrauensvoll – und fühlte sich jäh an etwas erinnert. Doch bevor sie darüber nachdenken konnte, wies ihnen Kymani einen weiteren Aussichtspunkt an, diesmal mit Blick auf eine versteckte re Bucht innerhalb des Wasserloches. Was sie nun beobachten konnte, überstieg all ihre Erwartungen. Im dunklen Wasser sah Ivy eine Gruppe Elefanten – Kühe und Jungtiere. Sie waren ganz offensichtlich nicht nur hier, um ihren Durst zu stillen, sondern genossen ein gemeinsames Bad. Die Jungtiere standen bis zu den Bäuchen im Wasser, sie bespritzten sich gegenseitig damit, indem sie es in ihre Rüssel hochzogen und dann ausprusteten. Die Erwachsenen waren nicht ganz so ausgelassen, benutzten die Rüssel aber ebenfalls, um sich selbst eine Erfrischung zu verschaffen.

Ivy hatte sich noch nie so aufgeregt und glücklich gefühlt wie in der verzauberten Stunde, in der sie den Dickhäutern beim Spiel zusehen durfte. Gleichzeitig wuchs ihre Dankbarkeit gegenüber ihren Begleitern, die sicher keine Erlaubnis für dieses Unternehmen eingeholt hatten.

»Das war wundervoll«, flüsterte sie fast andächtig dem jungen Mann zu, als die Elefanten weiterzogen. »Ich ... ich kann Ihnen gar nicht genug danken ...« Plötzlich fiel ihr etwas ein. »Wie heißen Sie eigentlich?«, fragte sie. »Ich weiß Ihren Namen gar nicht.«

Der junge Mann lächelte. Ivy sah ihm zum ersten Mal direkt in sein Gesicht. Seine Nase war breiter als die der meisten Europäer, die Lippen waren voller. Vor allem die lachenden dunklen Augen sprachen sie an. Sein Haar war schwarz und kraus, sicher nicht leicht zu bändigen. Ihr leuchtete ein, warum viele Einheimische, auch die Frauen, die sie bisher gesehen hatten, ihr Haar kurz trugen.

Sein Ausdruck wurde spitzbübisch. »Sie selbst haben mir einmal einen Namen gegeben«, bemerkte er zu ihrer Überraschung. »Erinnern Sie sich nicht? Es ist allerdings sehr lange her. Wir waren noch Kinder.«

Ivy runzelte die Stirn, dann fiel es ihr wie Schuppen von den Augen. »Das ... das waren Sie?«, fragte sie ungläubig. »Der Junge in unserem Stadthaus? Den mein Onkel Richard mitgebracht hat? Verzeihen Sie mir, ich habe Sie nicht erkannt!«

»Ebony«, sagte er. »Sie nannten mich Ebony. Ich hätte Sie auch nicht erkannt, bis Sie sich dem Bwana als Ivory vorstellten. Ich denke, der Name ist selten.«

»Das ist er wirklich.« Ivy versuchte, sich die Begegnung noch einmal vor Augen zu führen, wobei sie errötete. »Tut mir leid. Ich war damals sicher nicht sehr … taktvoll.«

»Taktvoll«, bemerkte der junge Mann bedauernd, »ist kein Wort, das jemandem wie mir etwas sagt. Und ich kann mich auch an gar nicht viel erinnern. Nur daran, dass ich Sie dauernd anstarren musste. Ich hatte noch nie ein weißes Kind gesehen. Und dann noch eines mit Haaren wie Gold. So etwas kannte ich nur aus der Missionsschule, da wurden Engel so beschrieben.«

Ivy lachte peinlich berührt. »Ich bin doch kein Engel …«

»Und ich kein schwarzer Mann, vor dem man sich fürchten muss«, gab der junge Mann zurück. »Ihre Schwester versteckte sich damals hinter dem Rücken Ihrer Mutter, daran erinnere ich mich noch. Aber Sie …«

»Ich wollte gern alles über Sie wissen«, meinte Ivy. »Ich bin einfach unfassbar neugierig. Es tut mir leid, wenn ich Ihnen zu nahe getreten bin.«

»Das sind Sie nicht«, versicherte er ihr. »Im Gegenteil. Sie haben mich sehr beeindruckt. Und ich bin ebenfalls neugierig, obwohl ich es nicht sein dürfte.«

Jetzt war es an ihm zu erröten. Ivy spürte es mehr, als dass sie es erkennen konnte.

»Das ist doch nichts Schlimmes«, erklärte sie. »Und man muss ja auch nicht ›neugierig‹ sagen. Sagen wir einfach ›wissbegierig‹.« Sie lächelte freundlich.

Er gab das Lächeln nicht zurück. »Was für Sie ›wissbegierig‹ ist, Miss Ivory, das ist bei mir unangemessenes Interesse an den Belangen der Herrschaft. Es steht mir nicht zu, etwas von Ihnen wissen zu wollen. Ich habe nur Ihre Wünsche zu erfüllen.«

»Das erwarten wir von unseren Dienstboten. Aber Sie waren nicht mein Diener. Und jetzt … jetzt sind Sie eigentlich auch nicht mein Diener. Jedenfalls nicht hier im Busch. An diesem Ort sind wir zwei Menschen, und der eine zeigt dem anderen sein Land.«

»Es ist nicht so einfach …«, murmelte er.

Ivy gab sich einen Ruck. Wahrscheinlich gehörte sich überhaupt nicht, was sie jetzt tun würde, es erschien ihr dennoch als das einzig Richtige. Sie streckte dem jungen Mann die Hand entgegen.

»Wir fangen jetzt einfach noch mal an«, sagte sie und sprach dann förmlich weiter. »Ich bin Ivory Parkland Rowe, Engländerin und zum ersten Mal in Afrika. Ich freue mich, dass Sie mich an den Schönheiten Ihres Landes teilhaben lassen.«

Der Mann sah sie ungläubig an, dann schlug er jedoch ein. Ivy fühlte sich zurückversetzt an den Tag, an dem sie ihm zum ersten Mal die Hand gegeben hatte – Ebenholz und Elfenbein.

»Mein Name ist Sanele Zulu«, stellte er sich genauso förmlich vor. »Den Nachnamen hat man mir gegeben, weil ich eigentlich aus Zululand komme, das liegt in Südafrika. Ich freue mich, Ihre Bekanntschaft zu machen. Ihr Besuch ist Afrika eine große Ehre.«

Ivy lächelte. »Danke«, sagte sie. »Und jetzt müssen wir wohl gehen, oder?«

Kymani stand schon seit geraumer Zeit hinter ihnen. Er unterbrach ihr Gespräch in der für ihn fremden Sprache nicht, aber er zeigte wachsende Ungeduld. Es wurde dunkel und damit gefährlich im Busch.

»Das müssen wir«, bestätigte Sanele. »Die Jäger werden bald zurück sein. Und ich muss die Tafel für das Dinner vorbereiten. Die Kikuyu sind Jäger und Nomaden, wie man einen Tisch festlich deckt, können sie sich nicht merken. Sie sehen keinen Sinn darin. Eine Tischkultur haben sie nicht entwickelt.«

Ivy lachte. »Mir erscheint der festlich gedeckte Tisch in der Wildnis auch etwas skurril«, erklärte sie. »Kein Nomadenvolk würde Porzellan mit sich herumtragen und Gläser aus Kristall. Kikuyu ist der Name eines Stammes?«

Sanele nickte. »Kamba ebenfalls. Unsere Träger sind größtenteils Kikuyu und Kamba. Dies war einmal ihr Land. Ihr Jagdgebiet. Aber die Weißen reißen alles an sich.«

»Warum wehren sie sich nicht?«, fragte Ivy.

Er zuckte die Schultern. »Es hat wohl auch Vorteile«, erwiderte er. »Ich habe mein ganzes Leben bei den Weißen verbracht und viel von ihnen gelernt, nicht nur zu schreiben und zu lesen. Ich weiß nicht, ob ich ein Dasein als Stammeskrieger vorziehen würde. Zumindest gelüstet es mich nicht danach, einen Löwen zu töten.«

»Ebenso wenig wie mich.«

Ivy lächelte. Das hatte Mr. Adrian also gemeint. Nun verstand sie eher, wie sich der Brauch, einen Jungen zum Mann zu machen, entwickelt hatte. Es ging nicht um Mut oder Treffsicherheit. Es ging um die Macht des Menschen über das Tier.

8

Die Jäger waren auch bei ihrem zweiten Ausflug in den Busch erfolgreich. Jeder von ihnen hatte seine erste Trophäe erbeutet – verschiedene Antilopenarten oder Zebras.

In den nächsten Tagen, so erläuterte ihnen Mr. Adrian beim Dinner, würde es schwieriger werden. Sie würden den Fährten von Leoparden und Löwen folgen, Nashörnern und Elefanten nachstellen.

Ivys Vater war Feuer und Flamme. Er hatte, wie er ihr später erzählte, schwer den Eindruck gehabt, man hätte ihnen bisher das Wild auf dem Präsentierteller serviert.

»Jeder Dummkopf kann ein Zebra schießen«, bemerkte er und bezog sich wohl auf den jungen Simon, der ihm mit seiner großspurigen Art ähnlich auf die Nerven ging wie Diane Ivy. »Da kann man ja gleich ein Pony erlegen. Richtiges Wild, Nashörner, Elefanten, all das, was ich hier in Afrika vor die Flinte bekommen wollte, haben wir heute gar nicht gesehen.« Ivy hätte ihn am liebsten in ihr Geheimnis eingeweiht, aber das kam natürlich nicht infrage. Also nickte sie bedauernd, als er schließlich meinte, sie hätte wohl auch nicht viel vom ersten Jagdtag gehabt. »Die Tiere nur aus der Entfernung zu sehen, ist doch nichts«, meinte er. »Komm morgen früh mit mir mit. Ich gehe mit Francis und Adrian Edgecumbe auf Löwenjagd.«

Ivy hatte nicht Nein sagen können und folgte also wieder bei Sonnenaufgang dem Bwana. Adrian Edgecumbe lächelte, als sie sich anschloss.

»Also doch wieder Lust auf Jagd, Miss Ivy?«, fragte er unerwartet freundlich. »Heute wird es Ihnen besser gefallen. Ich hatte gestern zumindest den Eindruck, dass Sie der Jagdgöttin nicht so sehr anhängen …« Mr. Adrian sah sie vielsagend und mit kaum verhohlenem Grinsen an. »In afrikanischen Religionen ist der Jagdgott meist männlich. Er heißt Oshosi und zeichnet sich neben seiner Treffsicherheit durch Bescheidenheit und Aufrichtigkeit aus.«

Ivy musste sich das Lachen verkneifen. Das hatte er mit Diane Maitland zumindest nicht gemeinsam. Und sie hatte sich am Tag zuvor nicht getäuscht. Auch dem Bwana hatten Dianes Plaudereien den Ausflug verdorben.

An diesem Tag gestaltete sich der Weg durch den Busch interessanter, wohl deshalb, weil ihr Führer die männlichen Jäger ernster nahm. Mr. Adrian wies auf Wildwechsel hin und zeigte Ivys Vater und Mr. Main Carruthers die Kotspuren verschiedener Tiere, die den Jägern halfen, auf ihrer Fährte zu bleiben. Wenn Ivy Fragen stellte, beantwortete er sie sachlich und umfassend. Er schien jeden Baum und jeden Busch, jeden Käfer und jeden Vogel benennen zu können. Ivys Respekt für ihn wuchs mit jeder Meile, die sie zurücklegten, und schließlich fand der Kikuyu-Fährtensucher Anzeichen dafür, dass sie das Revier eines Löwen betraten. Sie sahen Reste von gerissenem Wild, Kot und Spuren seiner Tatzen. Es sei auf jeden Fall ein Einzelgänger, also mit ziemlicher Sicherheit männlich, der Menge des Kotes nach müsse es ein großes Tier sein, erklärte Mr. Adrian. Auch dass sie kein anderes Wild in der Gegend sahen, wies darauf hin.

Zum Abschuss des Löwen kam es an diesem Morgen allerdings nicht. Die Jäger spürten ihm nur nach, versuchten, seine bevorzugten Fressplätze zu finden und das Wasserloch, aus dem er trank.

Hier hatte er gut erkennbare Pfotenabdrücke hinterlassen. Ivys Vater und sein Jagdfreund frohlockten – allem Anschein nach handelte es sich wirklich um ein gewaltiges Tier.

Auch den anderen Jagdgruppen war das Glück nicht allzu hold gewesen. Die Maitlands – das Ehepaar war diesmal gemeinsam mit O'Toole unterwegs – hatten ein Nashorn gesichtet, der Bulle hatte die Bedrohung jedoch bemerkt und sich aus dem Staub gemacht. Der Fährtensucher würde es am Abend noch einmal versuchen.

Simon und Diane, geführt von Bingham, hatten sich unerwartet gut miteinander amüsiert und je einen Pavian erlegt. Als Trophäe taugte ein Affe zwar kaum, aber gelegentlich schossen die Jäger einen zur Abschreckung, um die gefräßigen Horden von den Vorräten im Lager fernzuhalten. Simon und Diane hatten das gern für Bingham übernommen, obwohl es gar nicht nötig gewesen wäre. Die Affen hatten sich dem Lager nicht einmal genähert. Mr. Adrian war deshalb auch nicht begeistert. Er machte Bingham und den jungen Jägern unmissverständlich deutlich, dass er es für überflüssig hielt, Tiere zu erlegen, die man weder ausstopfen noch essen konnte.

Ivy nahm das sehr für ihn ein, obwohl sie auch ein gewisses Verständnis für Bingham aufbrachte. Diane und Simon wären von einer Pirsch ohne Abschuss mit ziemlicher Sicherheit gelangweilt gewesen, und der Jäger hätte mit Beschwerden rechnen müssen.

Sie selbst schwankte am Abend zwischen einer weiteren Löwenjagd mit ihrem Vater und der Hoffnung auf einen erneuten Ausflug mit Sanele zum Wasserloch. Sie entschied sich für Letzteres, als ihr Vater und Mr. Main Carruthers sich beim zweiten Jagdausflug des Tages Mr. und Mrs. Maitland anschlossen. Das Nashorn war näher am Lager gesehen worden, während es zum Revier des Löwen zwei Stunden Fußmarsch waren. Weder ihr Vater noch sein Freund mochten ihn ein zweites Mal an einem Tag auf sich nehmen. Adrian Edgecumbe nahm das kommentarlos hin, er machte sich mit seinem Fährtensucher allein auf den Weg. Ivy fragte sich, wozu das gut sein sollte. Mr. Adrian sollte den Löwen schließlich nicht selbst erschießen, sondern ihrem Vater zum Abschuss verhelfen.

Tatsächlich war Ivy dann die Einzige der Jagdgesellschaft, die an diesem Tag Löwen sah, und sie konnte noch nicht einmal davon erzählen.

Sanele und Kymani kamen eine halbe Stunde nach dem Abzug der Jäger zu ihrem Zelt, verschwörerisch lächelnd. Kymani schien sie zu mögen – sie war ja auch die einzige Weiße, die mit einem der Seinen sprach. Am Tag zuvor hatte sie Sanele nach dem Kikuyu-Wort für »danke« gefragt und den Fährtensucher außerdem mit ein paar Münzen belohnt, das hatte ihn sichtlich gefreut. Nun übersetzte Sanele, dass er etwas ganz Besonderes gefunden habe. Kymani tanzte geradezu durch den Busch, bis er am anderen Ende des Wasserlochs wachsam wurde und seinen Begleitern Zeichen machte, sich möglichst ohne einen Laut zu bewegen. Ihre Belohnung war die Aussicht auf eine Gruppe Löwinnen und ihre Jungen bei der Abendmahlzeit. Sie mussten eine Gazelle gerissen haben, und nun taten sich Mütter und Kinder an dem Fleisch gütlich. Danach spielten die Kleinen miteinander wie Katzenjunge, sie waren genauso niedlich, tapsig und noch ungeschickt. Wenn eines es zu wild trieb, gab das andere ein erschrecktes Maunzen von sich und floh zu seiner Mutter, die es beruhigend leckte.

Ivy konnte sich kaum losreißen, doch als die Dämmerung hereinbrach, wies Kymani sie darauf hin, dass es sicherer wäre, sich jetzt zurückzuziehen. Genauso leise wie auf dem Hinweg tasteten sie sich durch den lichten Wald und bezogen noch für eine halbe Stunde ihr Versteck vom Vortag mit Blick auf das Wasserloch. Hier herrschte wieder reges Treiben. Antilopen, Zebras und Warzenschweine kamen diesmal in Sicht.

Ivy bedankte sich erneut bei ihren Führern und nahm ihr Gespräch mit Sanele wieder auf. Noch immer war sie neugierig.

»Haben Sie denn nun lesen gelernt?«, fragte sie.

Sie erinnerte sich daran, dass ihr Onkel das bei einem Afrikanerjungen für gänzlich unmöglich gehalten hatte.

»Natürlich«, gab Sanele bereitwillig Auskunft. »Madam hat sich zwar über die ersten zwei Unterrichtsstunden hinaus keine große Mühe mehr gegeben – es war nur eine Laune von ihr, es mir beibringen zu wollen. Die Fibel lag jedoch immer da, und das Prinzip, dass Buchstaben für Laute stehen, hatte ich schon beim ersten Mal begriffen. Ich hab's mir dann selbst beigebracht. Und Ihr Onkel hatte eine umfangreiche Bibliothek, die unverschlossen war. Nyambura Mama Ayana, so hieß die Köchin, die sich hauptsächlich um mich gekümmert hat, war zwar entsetzt, dass ich mir dort ein Buch nach dem anderen auslieh, aber davon habe ich mich nicht beeindrucken lassen.« Er lächelte. »Ich war eben neugierig.«

»Wissbegierig«, verbesserte Ivy. »Wurden Sie nie ertappt?«

»Es war mir ja nicht direkt verboten«, erwiderte Sanele. »Wenn die Herrschaft mich in der Bibliothek sah, tat ich so, als sähe ich mir nur Bilder an. Es hat sowieso niemanden interessiert, was ich trieb, wenn die Madam mich gerade nicht brauchte.«

»Wofür hat Tante Grace Sie denn überhaupt gebraucht?«, fragte Ivy. »Sie waren doch noch ein kleiner Junge. Mussten Sie arbeiten?«

»Ich habe mich nützlich gemacht«, sagte Sanele. »Madam lobte mich, wenn ich sie bediente oder ihr Luft zufächelte oder später ihren Freundinnen Tee servierte. Ich war wie ein gut erzogenes Hündchen ...«

Ivy verzog das Gesicht. »Das ... das muss schlimm gewesen sein.«

Er hob die Schultern. »Ich empfand es nicht als schlimm, ich kannte es ja nicht anders. Und ich bin nie geschlagen und angeschrien worden wie die Jungen auf der Straße oder die Arbeiter auf den Feldern, Miss Ivory. Die Jungen und Mädchen der Kikuyu, die auf den Kaffeeplantagen aufwuchsen, hatten es deutlich schlechter.

Die mussten schon mit neun oder zehn Jahren pflücken, und das war wirklich harte Arbeit.«

»Sie sind meiner Tante also dankbar dafür, dass sie Sie … gekauft hat?«, fragte Ivy verwundert.

»Ich kann mich an mein Dorf gar nicht mehr erinnern«, erklärte Sanele, »auch wenn ich die Sprache der Zulu noch verstehe. Ich erinnere mich jedoch nur an Mama Ayana und die Madam. Wie ich in deren Besitz gekommen bin, weiß ich nicht. Gut möglich, dass meine Familie mich nicht gegen Geld hergegeben hat, sondern aus irgendwelchen anderen Gründen. Also sagen wir, ich bin Ihrer Tante nicht dankbar, aber auch nicht böse.«

»Und irgendwann sind Sie weggegangen«, sagte Ivy.

Sanele nickte. »Madam verlor das Interesse an mir, als ich nicht mehr niedlich war, doch ich wurde als Hausdiener exzellent geschult. Schließlich setzte Ihr Onkel sich zur Ruhe, verkaufte die Plantage und brauchte nun viel weniger Personal. Eigentlich hoffte ich, irgendwo als Hausdiener oder sogar Butler eine Arbeit zu finden – doch ein zu kluger Afrikaner ist nicht erwünscht, das wurde mir oft genug klargemacht. Letztlich empfahl mich Ihr Onkel, ein begeisterter Safarigast, der Agentur Newland, Tarlton & Co. Ich kann hier nicht klagen. Ich werde geschätzt, in leitenden Positionen eingesetzt …«

»Aber Sie schleppen auch als Träger dreißig Kilo Gewicht, wenn wir unterwegs sind«, bemerkte Ivy.

»Das macht mir nicht viel aus«, erwiderte er. »Allerdings hätte ich gern einen Namen. Wenn die Weißen Sanele nicht behalten können, sollen sie mich doch Sam nennen, wie es einige schon tun. Nur nicht einfach Boy.«

Ivy verstand. Sie hätte gern Saneles Hand genommen, doch sie hielt sich zurück. Sie waren keine Kinder mehr. Eine Berührung hätte er falsch verstehen können.

Ihr Vater erlegte am nächsten Tag seinen Löwen, womit er als Erster in der Gruppe einen der Big Five getötet hatte – dazu gehörten neben dem Löwen der Elefant, der Büffel, das Nashorn und der Leopard, die Großwildarten, die am schwierigsten und gefährlichsten zu jagen waren.

Der Nashornbulle führte Alicia und George weiter an der Nase herum. Den Löwen jedoch hatten sie gleich nach der anstrengenden Tour in seinem Revier gefunden. Ivy hatte sich am Morgen ihrem Vater und Mr. Adrian angeschlossen, im Stillen hoffend, dass der Löwe sich auch diesmal nicht blicken ließ. Das Tier hatte sich hingegen an einem der Plätze befunden, an dem sie am Tag zuvor Reste seiner Mahlzeiten gefunden hatten, und kaute zufrieden am Schenkel eines toten Zebras.

Ivys Vater hatte in Ruhe auf ihn anlegen können, und auch Mr. Adrian hatte sein Gewehr auf die Beute gerichtet. Er hatte das damit erklärt, dass mitunter einer der Jäger im letzten Moment in Panik geriet, den Schuss verfehlte oder das Tier nur verletzte. Jemand musste die Büchse bereithalten, falls das aufgeschreckte Wild den Jäger angriff.

Ivys Vater war allerdings nicht übertrieben aufgeregt gewesen. Mit einem Schuss hatte er das Tier getötet, einen prachtvollen, nicht mehr ganz jungen Löwen mit üppiger Mähne.

Während des restlichen Tages konnte er sich vor Stolz kaum halten. Wieder und wieder ließ er sich mit dem toten Tier fotografieren, nachdem es ins Lager geschafft worden war. Er setzte seinen Fuß auf den Körper der Raubkatze und hob triumphierend das Gewehr.

Ivy versuchte, nicht hinzusehen.

Adrian Edgecumbe nahm sich am nächsten Tag der Maitlands an, und nach zwei Tagen Pirsch erlegte Diane einen Leoparden – neben dem Löwen, den Ivys Vater geschossen hatte, der Höhepunkt der bisherigen Jagd. Dabei war der Abschuss eher Zufall gewesen, eigentlich war immer noch der Nashornbulle Ziel der Jäger. Ivy war erneut Zeugin, sie hatte sich auf Mr. Adrians Einladung hin der Gruppe angeschlossen und es gleich wieder bereut, weil Diane immer noch versuchte, den Bwana zu bezirzen.

Mr. Adrian entschied, nur noch kurze Zeit in der unmittelbaren Umgebung des Lagers zu jagen und dann weiterzuziehen. Vorher erlaubte er seinen Jägern, dem Wild an der Wasserstelle aufzulauern. Ivy sah traurig zu, wie die von ihr und Sanele über die vergangenen Tage hinweg beobachteten Tiere Opfer der Jäger wurden. George Maitland schoss den Nashornbullen, Francis Main Carruthers erlegte stolz einen Elefanten.

»Nun musst du aber auch einmal schießen!« Diane hatte Ivy während all der Zeit keine Ruhe gelassen, die anderen Jagdteilnehmer fragten ebenfalls immer wieder nach, ob sie nicht doch zur Waffe greifen wolle. »Komm, du hast noch keine einzige Trophäe. Dabei kannst du es. Das wissen wir alle. Los, Ivy, wenigstens eine kleine Antilope!«

»Vielleicht gewinnen Sie ja Freude an der Jagd, wenn Sie es ausprobieren«, versuchte es auch Adrian Edgecumbe. »Falls das später in England geschieht, werden Sie zeit Ihres Lebens bereuen, die Chance hier nicht genutzt zu haben.«

Ivy warf ihm einen unwilligen Blick zu, doch dann dachte sie an seine Worte bei ihrer letzten Unterhaltung: »Ich kann ein Tier töten oder es lassen …« Sie konnte entscheiden. Und zudem kam ihr eben eine interessante Idee. An diesem Abend sollte zum letzten Mal am Wasserloch gejagt werden. Wenn sie die Erste wäre, die zum Schuss kam, konnte sie ein paarmal in die Luft feuern und damit sämtliche Tiere vom Wasserloch und aus der Umgebung vertreiben.

»Komm, Ivy, versuch es«, sagte ihr Vater ermutigend.

Ivy nickte.

Die Schützen platzierten sich in genau dem Versteck, das Sanele und Ivy an fast jedem der letzten Abende für ihre Beobachtungen der Tiere genutzt hatten. Es war sicher – und es gab mehreren Jägern die Möglichkeit, gleichzeitig zum Schuss zu kommen. Adrian Edgecumbe wies seinen Gästen und den Berufsjägern Plätze an und ermahnte sie, den Schießstand nicht zu verlassen. Er selbst stellte sich neben Ivy, sie hob halbherzig ihre Waffe. Wenn sie an diesem Tag nachgab, würden die anderen sie während der ganzen Reise nicht mehr in Ruhe lassen. Andererseits – wenn sie ihnen allen die Jagd verdarb, indem sie die Tiere vertrieb … Vielleicht legte dann niemand mehr Wert auf ihre Anwesenheit.

Der erste veritable Bock, der sich zeigte, war eine Schwarzfersenantilope, eine Unterart der Impalas. Die Tiere waren wunderschön, hellbraun und zierlich wie Rehe. Sie hatten edle Köpfe, die Hörner der Böcke zeigten die Form einer Leier. Ivy blutete das Herz, als sie auf den Bock anhielt. Sie würde ihn auf keinen Fall töten, doch schon in seine Richtung zu schießen und ihn zu erschrecken, erschien ihr wie ein Sakrileg.

»Nun los!«, ermutigte sie Mr. Adrian. »Auf drei!« Er begann langsam zu zählen.

Ivy zielte gehorsam – und zog das Gewehr leicht hoch, bevor sie schoss. Der Schuss war laut, lauter als sie vermutet hätte, und sie fuhr zusammen, doch sie konnte das Tier nicht verletzt haben. Als sie das Gewehr sinken ließ, erwartete sie, es davonspringen zu sehen.

Fassungslos sah sie zu, wie der Bock schwankte. Er hob noch kurz den Kopf, bevor er zusammenbrach.

»Gratuliere, Miss Ivy!«, freute sich Adrian Edgecumbe. »Blattschuss! Perfekt.«

»Woher wissen Sie das?«, fragte Ivy benommen.

Der Jäger konnte von ihrem Standort aus auf keinen Fall gesehen haben, wo genau sie das Tier getroffen hatte.

»Na ja …«

Zum ersten Mal, seit sie ihn kannte, war Adrian Edgecumbe um Worte verlegen. Ivy verstand, und ihr Entsetzen wich Wut – einer Wut, wie sie sie kaum jemals empfunden hatte.

»Sie waren das!« Sie warf sich herum. »Machen Sie das immer so? Halten Sie Ihre Gäste immer so zum Narren?«

Der Jäger blickte sie an, als verstünde er sie nicht, dann begriff er.

»Sie … haben nicht wirklich gezielt?«, fragte er leise.

Ivys Augen schienen Blitze zu schleudern.

»Wenn ich ziele, Mr. Adrian, dann treffe ich auch. Also erzählen Sie mir nichts! Ich war das nicht, Mr. Adrian. Und einem natürlichen Tod ist das Tier wohl auch nicht erlegen.«

Adrian Edgecumbe erblasste unter seiner Sonnenbräune. »Bitte verraten Sie nichts«, bat er eindringlich. »Es ist … es ist nicht so, dass ich die Jäger aus Europa nicht achte. Aber bei den ersten Schüssen sind sie meist so aufgeregt. Und ich will nicht, dass sie …«

»Die Trophäen verderben?«, fragte Ivy erbost. »Dem prachtvollen Bock womöglich den halben Kopf abschießen, sodass man ihn nicht mehr an die Wand hängen kann?«

»Ich will nicht, dass die Tiere leiden«, erwiderte Mr. Adrian mit fester Stimme. »Es ist kein Spaß, einem angeschossenen Tier durch den Busch zu folgen. Zudem ist es nicht ungefährlich. Auch die Löwen werden ja auf die Blutspur aufmerksam … die Hyänen … Wenn ich dagegen ein bisschen nachhelfe, hat das Tier einen raschen Tod.«

»Sie machen das jedenfalls sehr geschickt«, meinte Ivy etwas besänftigt. »Ich habe nichts gemerkt, als Diane …«

»Miss Diane ist eine hervorragende Schützin«, sagte Adrian Edgecumbe steif.

Ivy verzog das Gesicht zu einem traurigen Lächeln. »Ein Ruf, an dem ihr zweifellos viel gelegen ist«, bemerkte sie. »Und wie gesagt: Im gleichen Moment abzudrücken wie der andere und dabei so perfekt zu treffen … Kompliment, Mr. Adrian. Sie nehmen dem Schützen dabei nur die Wahl, die Ihnen doch angeblich so wichtig ist. Die Entscheidung zwischen Leben und Tod. Nicht ich, sondern Sie haben sie getroffen. Machen Sie das auf keinen Fall wieder, sonst lasse ich Sie auffliegen. Sie werden von jetzt an akzeptieren, dass ich kein Tier töten will, Mr. Adrian! Ich fordere Respekt nicht nur vor den Tieren, sondern auch vor mir!«

Sie wandte sich zum Gehen, Tränen der Trauer um das Tier in den Augen, das ihretwegen gestorben war. Außerdem empfand sie tiefe Enttäuschung. Sie hatte begonnen, sich Adrian Edgecumbe näher zu fühlen, und nun hatte er sie verraten.

9

In den nächsten drei Tagen, in denen die Jagdgesellschaft weiterzog, hielt Adrian Edgecumbe Abstand von Ivy – und auch sie legte keinen Wert auf seine Gesellschaft. Da sie sich zudem von den anderen Jagdteilnehmern zurückzog, fühlte sie sich ziemlich einsam. Wieder ging es durch Waldgebiete, vorbei an einem glasklaren See, dann bergauf in ein gebirgigeres, steinigeres Gebiet und über eine Hochebene. Für die Nächte wurde erneut nur ein provisorisches Lager aufgeschlagen und das Zelt für die Tierpräparatoren, die mit der Beute der letzten Tage noch lange beschäftigt sein würden. Während des Rittes schliefen sie auf ihren Pferden fast ein. Ivy fiel auf, dass Adrian Edgecumbe sich an den beiden Abenden der Reise früh zurückzog. Die Rolle, die Jagdgäste mit Anekdoten aus dem Leben eines Großwildjägers zu unterhalten, fiel damit Bingham zu. O'Toole blieb schweigsam.

Mit Sanele hatte Ivy kein persönliches Wort mehr gesprochen, nachdem das Jagdlager abgebrochen worden war. Er war mit der Aufsicht über die Arbeiten beschäftigt. Dabei hätte sie ihm gern über die Umstände des Abschusses des Antilopenbocks berichtet. Der Afrikaner beobachtete sie jedoch, obwohl er nicht in ihre Nähe kam. So musste er bemerken, dass sie das Fleisch, das zum Dinner gegrillt wurde, kaum herunterbekam – zu sehr hing ihr die Vorstellung an, es stammte vielleicht von dem Bock, den Mr. Adrian an ihrer Stelle geschossen hatte. Ivy war überrascht, als ihr einer der Männer am zweiten Abend eine Schüssel mit einem aromatisch riechenden Bohnengericht brachte.

»Zulu sagt, Sie besser essen das. Ist nicht Tier«, raunte der Diener ihr zu.

Ivy bedankte sich überrascht – und zauberte ein Lächeln auf sein Gesicht, weil sie es auf Kikuyu tat. Der Eintopf, der wohl aus den Töpfen stammte, die über den Feuern schmorten, war äußerst wohlschmeckend, wenn auch recht scharf gewürzt. Hungrig nach dem langen Ritt löffelte sie die Schüssel leer.

Nach dem dreitägigen Ritt wurde das zweite Basislager der Safari errichtet, und die Gäste genossen erneut den Luxus eines erstklassigen Hotels. Diesmal lagerte man nicht auf einer Ebene, sondern in einem Waldstück nahe an einem Fluss, der Nairobi hieß wie die Stadt.

»Ob es da Krokodile gibt?«, fragte Ivys Vater eifrig. »Also wenn ja, dann will ich eins schießen. Das wäre mal eine Trophäe!«

Adrian Edgecumbe hielt das Flussufer für gefährlich und warnte seine Gäste ausdrücklich, sich ohne Begleitung eines bewaffneten Einheimischen dorthin zu begeben. Auch innerhalb des Lagers legte er hier mehr Wert auf Vorsicht. Die Zelte waren auf einer Lichtung aufgestellt, nicht ganz nah beieinander. Es sei noch wichtiger als bisher, erklärte Mr. Adrian, dass die Gäste sich nach dem Dunkelwerden nicht allein im Lager bewegten und selbst tagsüber nie unbewaffnet.

Der Fluss diente natürlich als Tränke für die Wildtiere, und wieder konnte man sie vom Lager aus von Weitem betrachten. Ivy war gespannt, ob Sanele sie erneut zur Tierbeobachtung einladen würde. Sie blieb gleich am ersten Morgen im Lager und verzichtete auf die Begleitung ihres Vaters bei der Jagd im neuen Gebiet. Er und die Maitlands wollten einen Elefanten erlegen, Adrian Edgecumbe zog mit ihnen los und schien enttäuscht darüber, dass Ivy sich nicht anschloss.

»Sie haben die Dickhäuter doch noch nie von Nahem gesehen«, sprach er sie an. »Hier gibt es große Herden …«

Ivy behauptete, sich nach den Tagen auf dem Pferd wie zerschlagen zu fühlen und einfach Ruhe zu brauchen, obwohl sie nicht annahm, dass er ihr glaubte.

Als die Jäger aufgebrochen waren, schlenderte sie im Lager umher und stellte schnell fest, dass emsige Geschäftigkeit herrschte. Die Männer fällten Bäume und bauten Flöße.

»Kann man hier tatsächlich Krokodile jagen?«, fragte sie Sanele, als sie ihn endlich fand. Er half, die gefällten Bäume zum Flussufer zu bringen.

»Und Flusspferde«, bestätigte er. »Deshalb wird das Lager so schwer bewacht. Sie kommen nachts aus dem Wasser und suchen ihre Weidegebiete auf – man geht besser auf Nummer sicher. Tagsüber im Fluss sind sie meistens schläfrig, sie greifen selten an. Wenn allerdings doch, sind sie sehr gefährlich. Passen Sie auf jeden Fall auf, Miss Ivory …«

»Dann zeigen Sie mir keine Flusspferde?«, fragte sie enttäuscht.

Sanele lächelte. »Im Gegenteil, ich wollte eigentlich gleich ein Floß mit Ihnen besteigen. Kofi …«, er wies auf einen kleinen Mann, der die Baumstämme mithilfe einer Art Flachschnur zusammenfügte, »… ist ein erfahrener Floßschiffer. Er kennt den Fluss …«

Der Mann sagte etwas, Sanele winkte ab.

»Was hat er gefragt?«, erkundigte sich Ivy. »Ob ich … ob ich schwimmen kann?«

Sanele lächelte, ebenso Kofi, als er ihm ihre Frage übersetzte.

»Nein, schwimmen müssen wir sicher nicht«, erklärte er dann. »Kofi wollte sich nur vergewissern, dass Sie die Tiere nicht schießen. Sonst bekämen wir Ärger mit dem Bwana.«

Ivy errötete. »Sie … Sie wissen doch, dass ich nicht schieße. Jedenfalls nicht auf Tiere. Ich …«

Rasch erzählte sie von Adrian Edgecumbes Betrugsmanöver. Saneles ungläubiger Blick verriet, dass er davon bisher nichts geahnt hatte.

»Und ich hatte mich schon gewundert«, bemerkte er. »Bei anderen Bwana … da sind meist etliche Träger auf der Suche nach angeschossenen Tieren. Die Kikuyu sind Jäger, wie gesagt, einigermaßen verstehen sie sich alle auf Spurensuche. Aber beim Bwana Adrian wird das Wild von jedem Safarigast sofort tödlich getroffen …«

Ivy biss sich auf die Lippen. »Dann meinen Sie auch, dass dies im Sinne der Tiere ist?«, fragte sie. »Weil Mr. Adrian nicht will, dass sie leiden …«

Sanele zuckte mit den Schultern. »Es ist auf jeden Fall ein gnädigerer Tod, als sich noch Stunden durch den Busch zu schleppen und langsam zu verenden. Aber natürlich ist es auch im Sinne des Bwana, nicht tagelang einen verletzten Löwen suchen zu müssen. Und die Gäste fühlen sich als gute Jäger und sind zufrieden.«

Ivy begann, Adrian Edgecumbe zu verzeihen. Sie hatte seine Absichten falsch eingeschätzt. Im Grunde war sein Handeln nicht verwerflich.

Als Sanele ihr auf das schwankende Floß half, das Kofi mithilfe eines Steckens in Gang setzte, schlug ihr das Herz bis zum Hals. Sie fuhren entlang des schilfbewachsenen Ufers flussaufwärts, Ivy hatte das Gefühl, dass sie eine ziemlich weite Strecke zurücklegten. Kurz bevor der Wald Grasland wich, wies ihr Führer grinsend ans Ufer. Ivy stockte der Atem, als sie das Krokodil bemerkte, das dort unbeweglich lag und wohl seine letzte Mahlzeit verdaute.

»Es kann sehr schnell sehr lebendig werden«, erklärte Sanele leise. »Wir schrecken es besser nicht auf.«

Ivy überlegte, ob es wirklich mit der Ehre ihres Vaters als Waidmann zu verbinden war, ein Tier zu schießen, das wie tot dalag und sich auch von vorbeifahrenden Flößen und den jetzt in Sicht kommenden Flusspferden nicht stören ließ. Kofi hielt ausreichenden Abstand zu den riesigen Tieren mit ihren gewaltigen Mäulern, um sie nicht zu erschrecken, aber auch sie schienen nicht zu Panikreaktionen zu neigen. Meistens lagen sie einfach im Wasser, ab und zu riss eines das Maul auf und ließ gefährlich wirkende Zähne sehen.

»Sie fressen aber kein Fleisch?«, vergewisserte sich Ivy.

Sanele lächelte. »Nein, sie haben einiges mit Ihnen gemeinsam, Miss Ivory. Sie sind wehrhaft, aber nur zur Selbstverteidigung. Nicht mal ein Krokodil wagt sich an sie heran.«

Ivy lachte. »Ist ja sehr schmeichelhaft, der Vergleich«, neckte sie ihn und winkte lächelnd ab, als er sich daraufhin entschuldigte.

Auch nach all den gemeinsamen Ausflügen war Sanele noch vorsichtig.

Die Jäger kamen erst am Abend zurück, der Maître hatte ihnen ein Picknick mitgegeben, da Adrian Edgecumbe sie darauf aufmerksam gemacht hatte, dass sie den ganzen Tag unterwegs sein würden. Sie berichteten stolz von zwei Abschüssen: Diane hatte den ersehnten Elefanten erlegt, Ivys Vater als Erster einen Büffel.

»Sooo groß!«, erklärte er und zog die Arme weit auseinander, um Kopf und Gehörn des Tieres anzudeuten.

Ivy konnte sich gut vorstellen, was ihre Mutter dazu sagen würde, wenn diese Trophäe demnächst im Entree ihres Hauses hing. Der afrikanische Büffel war sicher ein imposantes Tier, aber kaum schön zu nennen.

10

Der Kopf des Impalabocks, den Adrian Edgecumbe an Ivys Stelle erlegt hatte, war dagegen wunderschön. Der Bwana nahm sie am nächsten Morgen vor dem Frühstück zur Seite und überreichte ihr die fertig präparierte Trophäe.

»So schnell?«, wunderte sich Ivy.

Der Großwildjäger nickte, allerdings eher zurückhaltend als triumphierend. »Ich habe ihn selbst für Sie präpariert, Miss Ivy«, sagte er. »In den letzten Nächten. Es war ... sozusagen mein Opfer. Mein Versuch, den Geist des Tieres zu befrieden. Und den Ihren, Miss Ivy.« Er sah sie mit ernstem Blick an.

Ivy nickte ebenso ernst. Sie hatte ihm ja bereits vergeben. Und wieder zogen seine Augen sie in seinen Bann.

»Ich werde nichts sagen«, erklärte sie. »Ich hab darüber nachgedacht und ... also ich verstehe Sie. Warum Menschen alles und jedes auf sich nehmen, nur um solche Trophäen zu erlangen, werde ich dagegen nie verstehen.«

»Sie haben das Zeug dazu, doch Sie sind keine Jägerin«, sagte Mr. Adrian.

»Muss ich das sein?«, fragte Ivy.

Sie hatte plötzlich einen beunruhigenden Gedanken. Musste sie jagen, um seiner Welt zuzugehören? Und warum fragte sie sich das überhaupt?

Er antwortete nicht, doch er sah sie lange an. Bedauernd? Fragend? Wieder vermochte sie seinen Ausdruck nicht zu deuten. Nur gleichgültig war er sicher nicht. Adrian Edgecumbe brachte Ivy durcheinander – und ihm schien es mit ihr nicht anders zu gehen.

Ivy begleitete die Jäger auf eine Flussfahrt. Ein Flusspferd zu schießen musste zusätzlich vergütet werden, es war wohl nicht ganz ungefährlich, den Kadaver später zu bergen und ins Lager zu transportieren. Adrian Edgecumbe wollte zunächst herausfinden, wer von seinen Gästen bereit war, für diese außergewöhnliche Trophäe eine Sonderzahlung zu leisten.

Wie erwartet gab es kaum einen unter den Jägern, der darauf verzichten wollte. Allerdings waren sich sowohl die Maitlands als auch die Main Carruthers einig, dass ein Flusspferd pro Familie ausreichend war. Mr. Maitland fand, er müsse seine Frau und Tochter als Jäger vertreten, Mr. Main Carruthers verzichtete zugunsten seines Sohnes.

Ivy genoss die Fahrt erneut, zumal Mr. Adrian zu den Flusspferden eine Menge zu erzählen hatte. Sie sahen schließlich zwei Krokodile, das eine lag bewegungslos am Ufer, das andere im Wasser, sodass kaum mehr als seine Augen herausragten. Ob eines davon das war, das sie am Tag zuvor mit Sanele beobachtet hatte, konnte Ivy nicht erkennen.

Mrs. Maitland wollte unbedingt eine Krokodilhaut, und Ivys Vater wünschte sich eine ausgestopfte Panzerechse. Adrian Edgecumbe berichtete, dass es am Amazonas, wo es viele Krokodile gab, als eine Art Sport galt, mit ihnen zu ringen. Unterschwellig gab er seinen Gästen damit wohl zu verstehen, dass das schlichte Abschießen eines friedlich daliegenden Tieres als weniger sportlich zu gelten hatte.

Während die anderen noch einmal auf Büffeljagd gingen, verbrachte Ivy den restlichen Tag im Lager. Sanele war nicht zu finden. Vermutlich war er mit anderen Trägern unterwegs, um die Stoßzähne des am Vortag geschossenen Elefanten und die Kadaver der anderen Tiere zu bergen. Adrian Edgecumbe hatte dazu vierzig Mann abgestellt. Ivy mochte an die Einzelheiten ihrer blutigen Arbeit gar nicht denken. Zudem war es weit bis zum Abschussort – es würde eine Strapaze sein, das Elfenbein und den toten Büffel ins Lager zu transportieren.

Ivy vergnügte sich mit der Beobachtung einer Gruppe kleiner graubrauner Affen. Grüne Meerkatzen hatte Mr. Adrian sie genannt und als Plage bezeichnet. Tatsächlich waren die Äffchen noch frecher als die Paviane, allerdings nicht so bedrohlich. Sie schlichen sich ins Küchenzelt und stibitzten dem Maître eine Zuckerdose, die sie dann mit List und Tücke zu öffnen versuchten. Ivy amüsierte sich königlich, zumal der Chefkoch einen theatralischen Wutanfall bekam, als ein weiteres Äffchen mit ein paar Süßkartoffeln davonhüpfte, die als Beilagen serviert werden sollten und für die er bereits eine raffinierte Sauce kreiert hatte. Schließlich gab einer der Küchenhelfer einige Schüsse ab, um die Störenfriede zu vertreiben. Ivy bedauerte das, obwohl es im Sinne der Tiere war. Diane und Simon hätten sicher nichts dabei gefunden, ein oder zwei der Äffchen vorgeblich zur Abschreckung zu schießen.

Büffel zu jagen schien nicht allzu schwierig zu sein. An diesem Abend wurden mehrere erlegt. Die Jäger spekulierten hauptsächlich auf die Felle. Ivy fragte sich, wie Adrian Edgecumbe den Schützen zwei Einschüsse erklärte, falls er wieder mal nachhelfen musste, wenn jemand nicht richtig traf.

Der Bwana war an diesem Tag gut aufgelegt. Er saß beim Dinner neben Ivy und bemühte sich, sie mit Jagdgeschichten zu unterhalten, über die selbst sie sich amüsieren konnte. So berichtete er launig von Erlebnissen mit Jägern, die sich ziemlich dumm anstellten, und Tieren, die dadurch entkamen. Seine Gäste lachten, fügten ihrerseits Anekdoten aus England hinzu.

»Darf ich Sie zu einem Spaziergang einladen, Miss Ivy?«, fragte der Großwildjäger sie nach dem Essen höflich. »Das Mondlicht ist heute bezaubernd, wir werden sicher einige nachtaktive Tiere sehen.«

Tatsächlich war Vollmond, er tauchte das Lager in ein unwirkliches Licht. Auch der Sternenhimmel war wieder betörend. Ivy folgte dem Bwana in den Busch, gespannt und aufgeregt. Sie glaubte nicht, dass Adrian Edgecumbe ihr zu nahe treten würde, aber das Zusammensein mit ihm übte einen Reiz auf sie aus, der über den der Tierbeobachtung hinausging.

Dann waren es jedoch wieder die Tiere, die sie in ihren Bann zogen. Buschhasen sprangen vor ihnen auf, und Ivy konnte einen Laut der Begeisterung nicht unterdrücken, als ein Stachelschwein vor ihnen aus dem Wald trat. Mr. Adrian bedeutete ihr zu schweigen und leuchtete dann ins Blätterdach eines Baumes, wo zwei gelbe Augen aufblitzten.

»Ein Galago. Man nennt diese Affenart auch Buschbabys«, wisperte er. Das Tierchen mit den kleinen Stehohren und dem buschigen langen Schwanz war unglaublich niedlich. »Falls Sie also meinen, heute Nacht einen Säugling schreien zu hören … das sind die typischen Lautäußerungen dieser kleinen Kerle.«

Ivy bedankte sich befangen für den wunderschönen Spaziergang, als ihr Begleiter sie schließlich vor ihrem Zelt zurückließ. Sie wusste nicht, was er von ihr erwartete, aber er wirkte ganz zufrieden mit ihrem freundlichen Gruß zur Guten Nacht. Dann fiel ihr jedoch noch etwas ein, was ihn vielleicht freuen würde.

»Ihre Welt, Mr. Adrian, gefällt mir ausnehmend gut.«

Er nickte und lächelte. »Das freut mich, Miss Ivy«, sagte er. »Das freut mich außerordentlich.«

Diane war fuchsteufelswild, als Ivy mit verklärt glücklichem Gesichtsausdruck zurück in ihr gemeinsames Zelt kam.

»Du wusstest genau, dass ich Adrian im Visier habe«, warf sie ihr vor. »Musstest du den Bwana *auch* noch bezirzen?«

»Wieso *auch* noch?«, erkundigte sich Ivy. »Wen habe ich denn deiner Meinung nach sonst noch bezirzt?«

»Gerrit Harper, oder?«, fragte Diane anzüglich. »Erinnerst du dich noch an ihn? Nach drei Tagen an Bord hat er dir schon aus der Hand gefressen!« Ivy wusste nicht, was sie sagen sollte. Natürlich erinnerte sie sich an den sympathischen Biologen, aber zwischen ihr und ihm war nun wirklich nichts geschehen. »Dafür, dass du nicht jagst, bist du beim Männerfang ganz erfolgreich«, fügte Diane giftig hinzu.

Ivy musste lachen. »Vielleicht versuchst du einfach mal, sie zu füttern, statt auf sie zu schießen«, schlug sie vor, als Diane, die bereits im Bett lag, sich verärgert zur Zeltwand drehte.

»Sie sollten das auch einmal Diane zeigen«, meinte Ivy, als Adrian Edgecumbe sie am nächsten Abend erneut durch die Vollmondnacht führte. Diesmal kreuzte ein Honigdachs ihren Weg – der furchtlos stehen blieb und die Menschen genauso fasziniert musterte wie sie ihn. Das Tier zeigte eine auffällige schwarz-weiße Färbung. Ivy fand, es sah aus wie ein eifriger Jurist, der zur Verhandlung eine weiße Lockenperücke aufgesetzt hatte. »Sie hat sich gestern ziemlich zurückgesetzt gefühlt. Sie würde ebenfalls gern ein Buschbaby sehen.« Es war zwar nicht das Buschbaby, das sie Ivy geneidet hatte, aber das musste sie ihrem Begleiter ja nicht erzählen.

Der Jäger schüttelte den Kopf. »Miss Diane«, sagte er, »würde zweifellos gern ein Buschbaby schießen. Oder einen Honigdachs. Die lassen sich übrigens selten blicken, da haben wir heute Abend Glück gehabt. Und wenn Sie nicht bei mir wären, wäre sogar ich in die Versuchung gekommen, ihn zu schießen. Jedes Naturkundemuseum würde eine ordentliche Summe für einen ausgestopften Honigdachs zahlen. Doch ich möchte es mir nicht mit Ihnen verderben, Miss Ivy.«

Ivy runzelte die Stirn. »Warum nicht?«, fragte sie. »Wie Sie mir schon einmal erklärt haben, ist die Jagd Ihr Broterwerb, weshalb ich keine Ressentiments gegen Sie hegen darf, wenn Sie sie ausüben. Obwohl sie Ihnen zweifelsfrei Freude macht.«

Adrian Edgecumbe lächelte. »Vielleicht machen die Spaziergänge mit Ihnen mir noch mehr Freude, Miss Ivy«, sagte er sanft. »Sie sind eine ungewöhnliche junge Frau. Ich würde ungern auf Ihre Begleitung verzichten.«

Adrian Edgecumbe und Ivy machten sich die Mondscheinspaziergänge zur Gewohnheit – was den anderen Jägern und Jagdgästen natürlich nicht verborgen blieb. Sehr bald kam es zu Neckereien, wenn sie sich von der Abendtafel erhoben. Diane machte einmal, in einer letzten Aufwallung von Ärger, Anstalten, sich anzuschließen.

»Ivy erzählt so viel von den faszinierenden Tieren, die Sie beobachten. Ich finde es nicht sehr höflich, dass Sie uns andere davon ausschließen.«

Adrian Edgecumbe unterdrückte ein Seufzen, was Ivy nicht verborgen blieb, und kündigte dann einen gemeinsamen Nachtspaziergang für den nächsten Abend an. Eine Nachtsafari, wie er erklärte.

»Aber dann müssen Sie mucksmäuschenstill sein, Miss Diane«, mahnte er. »Die nachtaktiven Tiere sind äußerst scheu, und im Dunkeln tragen die Geräusche weit.«

»Wandert ihr wirklich schweigend durch den Busch?«, erkundigte sich Ivys Vater misstrauisch bei seiner Tochter, als Diane sich nach dem Mittagessen mit ihren Eltern unterhielt und sie ungestört waren. »Im Allgemeinen haben junge Paare sich doch einiges zu sagen. Wenn sie sich ohne zu reden miteinander beschäftigen, werde ich argwöhnisch.«

Ivy lachte. »Nein, natürlich nicht. Wir sprechen viel miteinander. Mr. Adrian ist … ein ungewöhnlicher junger Mann. Ich bin gern mit ihm zusammen …«

»Und mehr ist da nicht?«, fragte ihr Vater streng.

Ivy biss sich auf die Lippen. »Ich … ich weiß nicht. Er verhält sich untadelig, ist zweifellos ein Gentleman …«

»Hast du mitunter das Gefühl, es wäre ganz nett, wenn er sich weniger gentlemanlike benehmen würde?«, examinierte ihr Vater sie.

Ivy wurde rot. »Ich … ich kann doch nicht … er kann doch nicht … Ich meine … wie sollte das gehen, er und ich?«

»Du würdest ihm also keine … äh … Übergriffe erlauben, bevor das nicht geklärt wäre?«, fragte ihr Vater.

Ivy schüttelte entschlossen den Kopf. »Ich mach dir keine Schande, Vater«, versprach sie.

Ihr Vater atmete auf und sah seinen Erziehungsauftrag damit anscheinend als erfüllt an.

Ein paar Tage später wechselte die Jagdgesellschaft erneut das Basislager. Diesmal wurde es an einem Kratersee errichtet, zwei Tagesritte vom Fluss Nairobi entfernt. Der Lake Sonachi bestach durch seine grüne Farbe, bedingt durch starken Algenwuchs. Die Gegend war reich an Vulkanen, deren Hänge und Trichter wildreich sein sollten. Eine Vielzahl an Vögeln tummelte sich am Ufer, unter anderem eine Kolonie Flamingos.

»Hier gibt's anscheinend mehr zu gucken, als zu schießen«, bemerkte Diane mit einem Seitenblick auf Ivy und Mr. Adrian.

Die Jäger fanden die Vogelwelt zwar interessant, einen Flamingo schießen wollte jedoch niemand.

»Sie werden schon auf Ihre Kosten kommen, Miss Diane«, begütigte Adrian Edgecumbe. »Dies ist ein wenig frequentiertes Jagdgebiet, obwohl es sogar Geparden beherbergt, was eher selten ist in Kenia. Leoparden sieht man hier dagegen oft. Trotzdem kann ich Ihnen natürlich keinen Abschuss garantieren. Miss Ivy, Sie werden Freude an den Stummelaffen haben, die auch nicht gerade häufig zu sehen sind. Wenn Sie einen schießen, Miss Diane, können Sie ihn ans Naturkundemuseum von London verkaufen.«

Er zwinkerte Ivy zu, die verstehend lächelte. Die Jäger zu begleiten reizte sie nicht, zumal Mr. Adrian wieder einmal die Maitlands anführte – er würde sicher zu verhindern wissen, dass Diane einen der Affen schoss. Mrs. Maitland wollte einen Geparden erlegen – für das scheue, seltene Raubtier war ihr kein Preis zu hoch.

Sanele war Ivys aufkeimende Beziehung mit Adrian Edgecumbe natürlich nicht verborgen geblieben. Sie berichtete ihm zwar nur von ihren Tiersichtungen, doch der junge Mann hatte das Leuchten in ihren Augen und das Interesse des Großwildjägers wohl nicht übersehen.

An einem der folgenden Tage sprach er sie vorsichtig an. »Miss Ivory … Sie werden Mr. Adrian doch nichts von unseren Ausflügen erzählen? Auch wenn Sie … vertrauter mit ihm werden sollten? Ich würde sonst zweifellos Ärger bekommen. Außerhalb meines Arbeitsbereichs darf ich mich den Gästen nicht nähern, und es ist Kymani und Kofi selbstverständlich nicht erlaubt, private Exkursionen anzubieten.«

Ivy versicherte ihm ihr Stillschweigen und wurde mit einzigartigen Ausflügen belohnt. Da die Jäger nun meist den ganzen Tag unterwegs waren, führten die Afrikaner auch sie über weitere Strecken zu Seen wie dem Naivashasee, einem Süßwassersee, wo es ebenfalls Flusspferde gab, vor allem jedoch Pelikane. Diese Vögel hatten es Ivy angetan. Sie wurde nicht müde, sie zu beobachten.

Adrian Edgecumbe überraschte Ivy und die anderen Reisenden in diesen Tagen mit auffälligen äußeren Veränderungen. Zunächst rasierte er sich den struppigen Bart ab, der Ivy als ein Markenzeichen der Großwildjäger erschienen war. Lediglich einen kleinen Schnäuzer, der sein markantes Gesicht betonte, ließ er stehen. Es wirkte etwas befremdlich, da die Haut unter dem Bart nicht gebräunt war, doch die afrikanische Sonne würde das sicher bald ausgleichen.

»Sie sehen ja aus wie ein Londoner Gentleman«, zog Mr. Main Carruthers ihn auf. »Wem wollen Sie damit imponieren? Etwa einer gewissen jungen Dame?«

Mitunter trug Mr. Adrian nun auch hellere Safarikleidung zum Dinner statt das traditionelle Khaki. Es war nicht zu leugnen, dass er großartig aussah. Ivy fühlte sich geschmeichelt und umworben, hatte jedoch nicht den Hauch einer Vorstellung, wie sich eine Verbindung zwischen ihr und Adrian Edgecumbe gestalten sollte. Selbst wenn er heiraten wollte – sie konnte unmöglich sein Nomadenleben teilen. Immerhin hatten sie sich bereits viel voneinander erzählt, und sie meinte, ihn zu kennen. Er war ein Abenteurer, oberflächlich war er jedoch nicht. Der Großwildjäger musste sich irgendetwas dabei denken, sie so offensichtlich zu umwerben, aber was? Womöglich ging es ihm ähnlich wie ihr – schwankend zwischen offensichtlicher Anziehung und der Frage, wie ein gemeinsames Leben zu realisieren sein könnte.

Schließlich war es eine ungewöhnliche und nicht ganz ungefährliche Begegnung, die die Beziehung zwischen Ivy und Adrian Edgecumbe voranbrachte. Wieder einmal befanden sie sich auf einem Spaziergang – noch innerhalb des Lagers, sie pflegten sich bei Nacht nie weit von den Zelten zu entfernen. Und auch in dieser Nacht leuchteten gelbe Augen im Buschwerk auf – doch diesmal nicht die eines harmlosen Äffchens. Ivy, die sie zuerst bemerkte, verhielt ihren Schritt.

»Psst!«, wisperte sie ihrem Begleiter zu und wies mit dem Kopf auf das Tier, das sie nun besser sehen konnte. Ein Katzengesicht, geflecktes Fell …

Der Jäger umfasste mit festem Griff ihren Oberarm. »Nicht weglaufen!«, zischte er.

Ivy wäre das nie eingefallen. »Ein Leopard ...«, flüsterte sie. »Oder sogar ein Gepard. Und so nah ...«

Tatsächlich waren sie kaum mehr als zehn Meter von dem Raubtier entfernt, das sich nicht bewegte, sondern sie nur anstarrte wie damals der Honigdachs. Lediglich sein Schwanz zuckte fast unmerklich zum Zeichen seiner Anspannung.

Mr. Adrian nahm langsam sein Gewehr hoch, das er wie immer schussbereit mit sich führte.

»Nicht!«, bat Ivy. »Er guckt doch nur!«

Nichtsdestotrotz legte ihr Begleiter an. Ivy fürchtete, dass er das Risiko eines Angriffs auf einen seiner Gäste nicht eingehen würde. Es kam gelegentlich vor, dass ein wildes Tier sich nachts in das Lager der Jäger verirrte und angriff, wenn jemand in Panik floh. Dies hier war ein Prachtexemplar. Wirklich ein Gepard – tatsächlich erkannte Ivy die für die Wildkatze typischen von den Augen zur Schnauze verlaufenden schwarzen Streifen. Mr. Adrian hatte ihr erzählt, dass er noch nie einen Geparden geschossen hatte. Das Tier würde also sogar seiner eigenen Trophäensammlung eine Zierde sein. Dennoch zögerte er.

Ivy sah auf sein Gewehr und wusste, dass sie handeln musste. Bislang hatte sie den Blick der Großkatze genauso still, fasziniert und angespannt erwidert – mit klopfendem Herzen, aber voller Bewunderung und einem Gefühl der allumfassenden Liebe, das sie immer empfand, wenn sie wilden Tieren nahe sein durfte. Hier in Afrika erfuhr sie es jeden Tag, und es machte sie glücklich.

»Weg da, Mieze!«, rief sie und klatschte in die Hände.

Mit einer fließenden Bewegung hob sie einen Stein auf und warf ihn nach dem Tier, das mit einem Fauchen zurückgewichen war.

Adrian schoss, eher reflexhaft als gezielt. Er wusste schon während des Abdrückens, dass er das Tier nicht treffen würde.

Das war zu viel für den Geparden. Er warf sich mit einem Grollen herum und verschwand in der Dunkelheit.

»Miss Ivy!« Adrian Edgecumbe blitzte sie an. Er war aufgebracht und machte gleichzeitig Anstalten, schützend den Arm um sie zu legen. »Sind Sie lebensmüde? Das Tier hätte uns umbringen können!«

»Ach nein«, sagte Ivy. »Die Tiere haben doch viel mehr Angst vor uns als wir vor ihnen. Wenn wir nur ein bisschen Krach machen, laufen sie davon. Deshalb wechseln wir ja dauernd das Jagdlager, geben Sie es ruhig zu. Wir machen den Tieren Angst. Den Katzen auf jeden Fall. Und selbst die Elefanten und Nashörner greifen nicht an, wenn man Abstand hält.«

»Dennoch war die Situation ... na ja ... zumindest brenzlig ...« Adrian Edgecumbe umfasste erneut ihren Arm und zog sie weiter, zurück auf die beleuchteten Zelte zu. »Wenn Sie weggelaufen wären ...«

»Bin ich aber nicht«, erklärte Ivy. »Ich laufe selten weg. Ich jage nicht, und ich lasse mich nicht jagen.«

Mr. Adrian musste lachen, und plötzlich schien sich etwas zu verändern. Er schwankte nicht mehr, zog nichts mehr in Zweifel. Er drehte sie zu sich um und sah ihr in die Augen.

»Dann werde ich das auch nicht tun«, sagte er. »Aber was kann ich machen, Ivory Parkland Rowe, damit Sie nie mehr von mir weggehen?«

Ivy war überrascht, als er sie küsste, doch sie war noch aufgeregt und erfüllt von der Begegnung mit dem Tier. Anspannung und Glücksgefühl wirkten nach – und es war wunderbar, seine warmen Lippen auf ihren zu spüren und sich in seiner Umarmung zu verlieren.

»Mach mir niemals Angst!«, sagte sie, als sie sich voneinander lösten. »Mach mir niemals Angst!«

11

»Du ... würdest mich also heiraten?«, fragte Adrian, als sie nebeneinander auf die Zelte zugingen. Ivy hätte gern seine Hand genommen, doch er hielt das Gewehr, erneut schussbereit, falls der Gepard noch einmal erschien. »Verzeih, ich müsste mich jetzt natürlich vor dir auf den Boden knien und dich förmlich um deine Hand bitten. Es erscheint mir jedoch nicht ratsam, wenn möglicherweise noch ein Gepard im Dickicht sitzt.«

Ivy lächelte über die Vorstellung und seufzte. »Sehr gern würde ich dich heiraten. Du kannst den Kniefall ja morgen nachholen. Aber wie stellst du dir ein gemeinsames Leben vor? Wo sollen wir wohnen? Oder wo soll ich wohnen, während du auf Safari gehst? Begleiten würde ich dich auf keinen Fall!«

Sie war bereit zu akzeptieren, dass der Mann, den sie vielleicht heiratete, zahlenden Gästen zu Trophäen wilder Tiere verhalf. Aber weder wollte sie langfristig in einem Zelt leben und von Ort zu Ort ziehen, noch schätzte sie die Gesellschaft eben dieser Gäste.

Adrian lächelte. »Liebste Ivy, das würde ich dir niemals zumuten. Und ich würde dich auch nicht allein lassen, um monatelang auf Safari zu gehen. Wenn du mir dein Jawort gibst, werde ich sofort bei Newland, Tarlton & Co. kündigen. Ich bin keineswegs mittellos, ich habe in den letzten Jahren immer gut verdient und das Geld in eine Farm investiert. Zu meinem Besitz zählen ein Haus und sehr viel Land in einer der schönsten Gegenden Kenias ...«

Ivy sah ihn fassungslos an. »Und das sagst du erst jetzt?«, schimpfte sie. »Du lässt mich wochenlang darüber nachdenken, ob das mit uns ... etwas Ernstes werden, ob wir zusammenleben könnten, und dann eröffnest du mir, dass du eine Farm hast, auf der wir wohnen und glücklich werden können?«

»Ich wollte mir einfach sicher sein, Ivy. Ich habe so lange allein gelebt, bin so viel umhergezogen ... Bevor ich das für eine Frau aufgeben würde, musste ich ganz genau wissen, dass sie die Richtige ist ... Und in dich habe ich mich vom ersten Augenblick an verliebt. In deine Eigenwilligkeit, deine Entschlossenheit, deine Schlagfertigkeit und deinen Witz – und deine Klugheit –, ich habe das Gefühl, von dir verstanden zu werden.« Er senkte den Kopf. »Nicht jede Frau würde es mit mir aushalten ...«

»Erzähl mir von der Farm!«, forderte Ivy. »Ist das ... Ackerland?« Sie konnte sich Adrian nicht als Bauern vorstellen. »Oder eine Kaffeeplantage, wie mein Onkel sie hatte?«

Adrian sah kurz in die Ferne. »Bislang ist das Land naturbelassen ... Wald ... Savanne ...«, erwiderte er dann. »Es liegt im Kedong Valley, einem Paradies für Tiere. Ganz ähnlich wie hier. Aber da gehört mir halt das Land ...«

Ivy suchte glücklich, wenn auch ungläubig seinen Blick. »Wir ... müssen niemandem erlauben, auf sie zu schießen?«

Adrian nickte. »Ohne unsere Genehmigung jagt niemand auf unserem Land.«

Ivy strahlte, stellte sich auf die Zehenspitzen und küsste ihn auf die Wange. »Das ist wundervoll, Adrian! Ich freue mich so. Unsere Elefanten ... Unsere Zebras ... Aber was ist zurzeit mit dem Haus? Wohnt dort jemand? Ein Verwalter oder Hausmeister?«

Adrian verneinte. »Ich will keinen Verwalter«, sagte er entschlossen. »Das gäbe nur Ärger, zwei Weiße auf einer Farm in Afrika ... Wenn für mich jemand arbeitet, dann will ich ihm auf die Finger gucken, und der Chef bin ich. Dennoch ist das Haus zurzeit bewohnt. Ich habe es der Mission zur Verfügung gestellt, den Schwestern vom Kostbaren Blut ...«

»Katholischen Ordensfrauen?«, fragte Ivy befremdet.

Sie hatte in Nairobi von dem Orden gehört, der vor allem in Deutschland und den Niederlanden Missionarinnen ausbildete und nach Afrika schickte.

»Ja, warum nicht?«, gab Adrian zurück. »Einfacher im Umgang als die meisten Missionare, freundlich statt streitbar und sehr praktisch veranlagt. Sie eröffnen Schulen, und auch sonst tun sie alles, um die Schwarzen zu zivilisieren ...«

»Und jetzt willst du sie fortschicken?«, erkundigte sich Ivy missbilligend. »Das ist nicht sehr nett. Womöglich machst du dir ... machen wir uns damit Feinde unter den Leuten, die sie schon missioniert haben.«

Adrian winkte ab. »Natürlich werden wir sie nicht vor die Tür setzen. Im Rahmen der ohnehin nötigen Umbauten werden wir eine Missionsstation für sie errichten. Da können sie weiter missionieren, was uns auch hilft. Wenn sie den Massai Englisch beibringen und das Wandern abgewöhnen, können sie bei uns arbeiten ...«

Ivy lächelte. »Du hast das alles gut durchdacht ...«, bemerkte sie.

Er nickte. »Das Einzige, was mir gefehlt hat, warst du«, sagte er zärtlich. »Wer auch immer dich zu mir geschickt hat, Gott oder die Geister der Ahnen, ich kann ihm nicht genug dafür danken.«

»Oder ihr ...«, murmelte Ivy und dachte an die Göttin der Jagd.

Edward Parkland Rowe fühlte sich sichtlich überfordert, als Adrian Edgecumbe ihn am nächsten Morgen in aller Form um die Hand seiner Tochter Ivory bat. Eigentlich war er davon ausgegangen, dass seine tüchtige Frau Hortense die Bewerber mehr oder weniger wohlwollend prüfen und dann über die Verlobung entscheiden würde. Er selbst hatte sich immer nur in der Rolle des jovialen und wohlwollenden Brautvaters gesehen, der mit dem Zukünftigen seiner Tochter einen Brandy trank, wobei Letzterer ihm zu versichern hatte, dass er sein kleines Mädchen immer gut behandeln würde. Und nun sollte er auf einmal allein entscheiden – oder zumindest so tun. Die künftigen Brautleute rechneten ganz offensichtlich nicht mit einer Ablehnung. Der Großwildjäger stand selbstbewusst vor ihm, und Ivy strahlte geradezu vor Glück. Sie erzählte von einer Farm im Kedong Valley – er sprach obendrein von einem Bankkonto in Nairobi und führte seine Herkunft aus einer der besten Familien Schottlands an.

»Ich besitze auch in Schottland noch ein bisschen Land, das mein Bruder für mich verwaltet«, erklärte er. »Die Einnahmen sind nicht sehr hoch, doch ich wollte es nicht unerwähnt lassen.«

Edward nickte. »Ivory wird natürlich eine angemessene Mitgift erhalten«, bemerkte er.

»Also sagst du ›ja‹, Vater?«, drängte Ivy.

Er biss sich auf die Lippen. »Wir müssen schon noch deine Mutter dazu hören …«, murmelte er. »Von mir aus gesehen … also, wenn es dich glücklich macht …«

»Ich kann einen Mann nach Nairobi senden, der ein Telegramm an Ihre Gattin aufgibt und dort gleich auf die Antwort wartet«, schlug Adrian vor. »Und solange …«

»Wir könnten uns schon mal verloben«, warf Ivy ein. »Vorläufig zumindest. Aber Mummy wird nichts dagegen haben, wenn mein Zukünftiger einen guten Namen hat und viel Land … Die Farm ist doch groß, Adrian, oder?«

»Fünfzehntausend Hektar«, bemerkte Adrian Edgecumbe.

Edward blieb der Mund offen stehen. »Wie wollen Sie denn das bewirtschaften?«, fragte er. »Das … das ist keine Farm, das ist ein Königreich!«

Der Großwildjäger lächelte. »Und ich biete Ivy die Krone. Also sagen Sie Ja?«

Sanele, der einzige der Diener und Träger, der lesen und schreiben konnte, wurde umgehend in Marsch gesetzt, um das Telegramm an Hortense Parkland Rowe in Nairobi aufzugeben. Ivy gab es ihm persönlich – und gestand ihrem künftigen Gatten, dass sie sich mitunter mit dem Mann, der beim Essen den Wein servierte, unterhalten habe.

»Es ging nie von ihm aus«, versicherte sie Adrian. »Ich war es, die ihn angesprochen hat. Ich war manchmal ein bisschen einsam, wenn ich nicht mit auf Safari gegangen bin, und er ist sehr zuvorkommend.«

Adrian tadelte den jungen Mann auch nicht, obwohl er zweifellos die Regeln verletzt hatte. Andererseits hätte er Ivys Ansprache auch nicht einfach überhören dürfen. Adrian ließ es tatsächlich auf sich beruhen und sprach Sanele nicht darauf an.

Am Abend organisierten die anderen Jäger gemeinsam mit dem Maître eine kleine Verlobungsfeier. Es gab Champagner, der Küchenchef übertraf sich selbst beim Dinner.

Ivy fühlte sich wie in einem Traum. Eine Verlobung unter dem Sternenhimmel in Afrika! In ihren kühnsten Träumen hätte sie sich so etwas nicht vorstellen können. Der See spiegelte sich im Mondlicht, die Silhouetten der Berge grüßten herüber, die Schatten der Flamingos wirkten wie tanzende Feen. Ihr Vater hielt aus dem Stegreif eine launige Rede, seine Freunde George und Francis sprachen ebenfalls ein paar Worte und ließen das junge Paar hochleben.

»Natürlich haben wir uns zunächst gefragt, warum der größte Jäger Afrikas sich ausgerechnet für eine Frau entscheidet, die so gar nicht zur Flinte greifen mag«, bemerkte Francis Main Carruthers. »Allerdings haben wir Ivy Parkland Rowe auf dem Schiff auf Tontauben schießen sehen, und wir wissen auch über die Treffsicherheit der anderen Damen in unserer Mitte, Alicia und Diane. Da ist es vielleicht ganz vernünftig von Mr. Adrian, sich nicht mit einer Jägerin zu verbinden. Die würde womöglich besser als er zielen, und das ist nicht gut für eine Ehe!«

Alle lachten, einschließlich Adrian, bei dem es jedoch etwas verkrampft wirkte.

Ivy ließ ihre Hand kurz über die seine gleiten. Sie beide wussten ja, worauf die Treffsicherheit der meisten Safariteilnehmer zurückzuführen war.

Mrs. Maitland bemerkte die Geste, und ihr Gesicht verzog sich unwillig.

»Wie soll es denn nun weitergehen?«, fragte sie kühl, als die Rede beendet war. »Du bist dir doch darüber im Klaren, Ted, dass Ivy und ihr Verlobter kein Zeltlager miteinander teilen können.«

Ihr Vater runzelte die Stirn. Er brauchte einen Augenblick, um den Einwand der Lady zu verstehen. Er sah seinen künftigen Schwiegersohn nachdrücklich an.

»Es sollte selbstverständlich sein, dass meine Tochter weiterhin das Zelt mit ihrer Freundin teilt, während Mr. Edgecumbe in dem seinen schläft. Sie denken nicht wirklich daran, Adrian, das Zelt mit meiner Tochter zu teilen?«

Adrian schüttelte lächelnd den Kopf. »Ich bitte Sie! Niemals käme ich auf den Gedanken, meine künftige Frau zu kompromittieren.«

Mrs. Maitland war unerbittlich. »Es ist dennoch nicht schicklich, wenn der Verlobte so zum Greifen nah ist«, beharrte sie. »Innerhalb eines Zeltlagers besteht immer die Möglichkeit für ein junges Paar, sich heimlich zurückzuziehen …«

»Es gibt hier Schlangen«, bemerkte Adrian. »Und giftige Ameisen. Man kann von Leoparden und Löwen überrascht werden. Glauben Sie wirklich, da breiten Ivy und ich eine Decke auf dem Boden im Gebüsch aus und geben uns … unschicklichen Handlungen hin?«

»Ich will Ihnen nichts unterstellen, Mr. Adrian«, erwiderte

Mrs. Maitland. »Aber in der Gesellschaft dürfte Ivory trotzdem ins Gerede kommen. In die Kolonien zu heiraten ist ja ohnehin … unkonventionell. Da sollten keine Zweifel daran aufkommen, dass das junge Paar … Ich bin mir sicher, Ted, deine Frau wird mir da recht geben.«

Ivys Vater atmete auf. »Ja, warten wir auf Hortense' Antwort. Und jetzt stoßen wir noch einmal an!«

»Wobei der Abend nicht zu lang werden sollte«, mahnte Adrian. »Morgen früh geht es wieder in die Berge. Sie wollen doch Ihren Geparden, Mrs. Maitland …«

Ivy war ihrem Verlobten dankbar, dass er den Geparden, den sie am Vortag gesehen hatten, mit keinem Wort erwähnte. Sie dachte mit großer Freude an die Begegnung mit dem Tier, die Adrian schließlich dazu ermutigt hatte, sich zu erklären. Während ein bewaffneter Wachmann sie und die maßlos enttäuschte Diane zurück zu ihrem Zelt begleitete, nahm sie sich vor, Adrian am kommenden Morgen zu fragen, ob es wohl auch Geparden auf ihrer Farm gab.

12

Sanele kehrte nach nur einer Woche mit dem Antworttelegramm von Hortense Parkland Rowe zurück. Ivys Mutter hatte einen sehr langen Text geschrieben, es musste ein Vermögen gekostet haben. Sie hatte sich gleich nach Erhalt des Schreibens ihres Mannes über die Familie Edgecumbe kundig gemacht und war voll des Lobes. Adrian galt zwar als schwarzes Schaf, da er das Abenteuerleben der Verwaltung seiner schottischen Güter vorgezogen hatte. Wenn er sich jetzt jedoch in Afrika sesshaft machen und eine passende Frau heiraten wollte, so würde die gute Gesellschaft ihm alles vergeben. Natürlich musste die Hochzeit standesgemäß erfolgen, dem Rat eines afrikakundigen Bekannten folgend schlug Ivys Mutter Nairobi als Schauplatz der Feier vor. Selbstverständlich würde sie mit Rosamond nach Afrika kommen und alles mitorganisieren, auch ein Brautkleid und einen Teil von Ivys Aussteuer würde sie mitbringen, Weiteres könnte man in Nairobi oder Mombasa erstehen. Nach ihrer Ankunft sollte Ivy sich Mutter und Schwester anschließen und mit ihnen einkaufen. All das klang sehr vielversprechend, doch am Schluss äußerte ihre Mutter moralische Bedenken über Ivys und Adrians gemeinsamen Aufenthalt im Jagdlager.

Mrs. Maitland würde triumphieren, wenn sie davon erfuhr.

Ivys Vater war verzweifelt. Hortense, so klagte er, werde jetzt sicher erwarten, dass sie die Safari abbrachen und die Zeit bis zu ihrem Eintreffen in Nairobi oder Mombasa verbrachten. Dabei war die Jagdreise noch nicht zur Hälfte vorbei, und bisher hatte er jeden Tag genossen.

»Was machen wir nur mit dir, bis deine Mutter eintrifft?«, fragte er, nachdem er auch Adrian das Schreiben gezeigt hatte. »Wir können uns da nicht einfach drüber hinwegsetzen. Alicia Maitland wird sonst in unserer gesamten Bekanntschaft herumerzählen, ihr hättet schon vor der Hochzeit zusammengelebt, und diese kleine boshafte Diane ...«

»... könnte sich sogar Lügen einfallen lassen, die das bestätigen«, meinte Ivy. »Seit der Verlobung hat sie kein Wort mit mir gesprochen. Zumindest kein freundliches.«

Adrian überlegte kurz. »Du könntest die paar Wochen auf unserer Farm verbringen«, schlug er dann vor. »Du müsstest das Haus nur mit den zwei Ordensschwestern teilen, die wohl jeder als Tugendwärterinnen akzeptieren wird. Hör zu, wir machen das so: Unser nächstes Jagdlager liegt am Mount Longonot, in der Nähe ist ein Bahnhof. Da steigen wir in den Zug, und du steigst in Kijabe aus, während ich weiter nach Nairobi fahre. Von da aus schicke ich dir ein paar Männer, die schon mal mit den Umbauarbeiten anfangen. Ich bleibe dann einen Tag in Nairobi, nehme den Zug zurück und stoße wieder zur Jagdgesellschaft, die bis dahin zum nächsten Lager weitergezogen ist.«

»Du willst Männer aus Nairobi mit auf die Farm nehmen?«, wunderte sich Ivy. »Wolltest du nicht Leute einstellen, die in der Gegend der Farm wohnen? Der Stamm heißt Massai, nicht? Vertragen die sich denn mit den Kikuyu?«

»Die werden schon miteinander auskommen«, beruhigte Adrian sie. »Die meisten Kikuyu sind getauft, also sollen sie sich in christlicher Nächstenliebe üben. Schließlich bauen sie ja zuerst eine Mission. Und ich würde nur Massai beschäftigen, doch das Land da ist kaum zivilisiert, die Stämme leben wie im Mittelalter. Die Schwestern vom Kostbaren Blut wollen das jetzt zwar ändern, aber machen wir uns nichts vor: Wer kaum je ein richtiges Haus gesehen hat, kann auch keins bauen.«

»Wovon leben sie denn bis jetzt?«, wollte Ivy wissen. »Von der Jagd? Werden sie nicht böse sein, wenn sie das auf unserem Grund nicht mehr dürfen?«

Adrian schüttelte den Kopf. »Nein, die Massai jagen kaum. Sie halten Rinder. Es sind Halbnomaden, sie ziehen mit ihren Tieren von Weidegrund zu Weidegrund. Auch über unser Land, das habe ich erlaubt. Wenn sie die Tore wieder hinter sich schließen, können die Rinder gern da grasen, während die Leute die Missionsstation besuchen. Ihr Dorf liegt allerdings außerhalb. Die Kikuyu können sich drinnen ansiedeln, dann sollte es keinen Streit geben.«

»Was meinst du mit ›ansiedeln‹?«, fragte Ivy besorgt weiter. »Ich meine, haben sie keine Familien? Was wird aus ihren Frauen und Kindern, wenn sie zu uns ins Kedong Valley kommen?«

»Die können sie mitnehmen«, erklärte Adrian überraschend. »Im Übrigen mein bestes Argument, um die Leute von Newland, Tarlton & Co. abzuwerben. Hier sehen sie ihre Frauen ja oft wochenlang nicht. Bei uns können sie sich ein Dorf aufbauen ...«

Ivy fand das trotz Adrians Erklärungen befremdlich.

»Das ist sehr ... großzügig ...«, murmelte sie unsicher.

»Ach, Ivy, das ist nichts Ungewöhnliches«, warf ihr Vater ein. »Zu den großen Besitztümern in England gehören seit eh und je Dörfer. Früher waren die Bewohner Leibeigene, heute arbeiten sie für den Großgrundbesitzer, haben eigene Läden oder Handwerksbetriebe. Ihr werdet auch weibliche Dienstboten brauchen, also ist es nur gut, wenn sich die Arbeiter und ihre Frauen bei euch ansiedeln. Und was diese Massai angeht ... Ihr müsst euch den Wilden nicht anbiedern. Fangt das gar nicht erst an. Was ihr auf eurem Land macht, haben sie zu akzeptieren. Wenn sie mit den Kikuyu streiten, ist es aus mit den Rinderweiden auf eurem Grund!«

Adrian schien das genauso zu sehen. »Ich hab Newland, Tarlton & Co. übrigens auch deinen besonderen Freund abgeworben«, bemerkte er wie nebenbei zu Ivy. »Diesen Boy, der Englisch spricht und angeblich sogar lesen kann. Wenn der so sprachbegabt ist, vermag er vielleicht zu vermitteln. Auf jeden Fall kann er zwischen uns und den Kikuyu übersetzen. Ich kann zwar ein paar Worte ihrer Sprache, aber mehr auch nicht.«

Ivy strahlte ihn an. Sie freute sich unbändig, als sie hörte, dass Sanele sie begleiten würde. Mit Adrian hätte sie sich nicht vor dem neuen Leben gefürchtet, doch erst mal ganz allein die Farm in Besitz nehmen? Wer wusste, ob die Ordensschwestern begeistert von ihrer Gesellschaft sein würden – von den Massai gar nicht zu reden. Sanele dagegen traute sie zu, alle Probleme zu lösen.

Sie traf ihn am nächsten Tag, als Adrian und die anderen Jäger erneut den Geparden nachstellten, die sich einfach nicht blicken ließen.

Sanele verließ erneut seine Arbeit im Lager und führte sie um den See herum auf eine Art Lichtung, auf der Antilopen grasten, die bei ihrem Erscheinen davonsprangen.

»Es wird mir eine Ehre sein, Sie ins Kedong Valley begleiten zu dürfen, Miss Ivory«, erklärte er förmlich, nachdem sie ihm euphorisch versichert hatte, wie sehr sie sich darüber freute, ihn bei sich zu haben. »Ich möchte auch noch herzlich zur Verlobung gratulieren. Mr. Adrian ist ein erfolgreicher Mann. Sicher wird seine Farm Ihnen sehr gefallen.«

Ivy blickte ihn ernüchtert an. »Er hat Sie doch nicht getadelt, weil Sie mit mir gesprochen haben?«

Sanele schüttelte den Kopf. »Er empfindet keinerlei Eifersucht«, bemerkte er trocken.

Ivy lachte über seinen vermeintlichen Scherz. »Er muss doch nicht eifersüchtig sein. Aber nun erzählen Sie! Was wissen Sie über das Valley? Und die Massai?«

Sanele wusste nicht sehr viel. Er hatte mit der Familie ihres Onkels bei Mombasa gelebt. Über Nairobi hinaus war er nur mit den Safarigesellschaften von Newland, Tarlton & Co. gekommen, und da wurden die Strecken im Allgemeinen so gelegt, dass sie nicht mit Einheimischen zusammentrafen.

»Von den Massai habe ich gehört, dass sie sehr große, schlanke Menschen sind, die Frauen sehr schön. Jedenfalls aus … unserer Sicht, die Weißen wissen schwarze Schönheit oftmals nicht zu schätzen. Die Männer gelten als starke Krieger …«

Ivy erinnerte sich plötzlich, Männer in Stammestracht und mit Speeren bewaffnet in Mombasa gesehen zu haben.

»Sie meinen, sie sind gefährlich?«, fragte sie.

»Jeder Mann mit einem Speer in der Hand ist gefährlich«, erwiderte Sanele. »Aber die Missionsschwestern scheinen sie bisher in Frieden gelassen zu haben … Wie das jedoch mit den Kikuyu wird …«

»Sind die Stämme verfeindet?«, erkundigte sich Ivy besorgt.

Sanele musste erneut sein mangelndes Wissen gestehen. »Ich glaube, einige ja, andere nein. Es gibt ja verschiedene Kikuyu-Stämme und sicher auch verschiedene Massai. Wenn da mal einer dem anderen ein Rind stiehlt, gibt es Krieg. Sonst sind sie wohl alle friedfertige Menschen. Die Massai sind ein Hirtenvolk. Keine Eroberer wie meine Vorfahren, die Zulu.«

»Dann bin ich gespannt«, sagte Ivy. »Bald geht es los. Wenn Mrs. Maitland bis übermorgen keinen Geparden hat, gibt Adrian es auf. O'Toole und Bingham begleiten die Jäger zu einem neuen Basislager, und Adrian begleitet mich auf seinem Weg nach Nairobi bis Kijabe.«

Sanele nickte. »Ich begebe mich mit den Männern, die er abgeworben hat, direkt zur Farm. Der Bwana bringt Ersatz aus Nairobi mit. So lange müssen die Gäste mit weniger Personal und Komfort auskommen. Das wird ihnen nicht gefallen.«

»Wie viele hat er denn abgeworben?«, fragte Ivy. Sie rechnete mit fünf oder zehn Männern.

»Mit mir dreiunddreißig«, gab Sanele Auskunft.

Ivy starrte ihn an. »Dreiunddreißig Leute? Wo will er die alle einsetzen?«

Sanele hob erneut die Schultern. »Zunächst auf dem Bau«, erwiderte er. »Die Missionsstation ...«

Ivy runzelte die Stirn. »Soll da gleich eine Kathedrale entstehen? Ich dachte an einige Hütten, die schnell hochgemauert sind. Adrian sprach natürlich auch von Umbauten am Haus ...«

»Wir werden es sehen, Miss Ivory«, versuchte Sanele sie zu beruhigen. »Auch für mich ist dies ein Abenteuer.«

Adrian und Ivy brachen ein paar Tage später auf, begleitet von vier Wachleuten. Mrs. Maitland erhob zwar erneut Einwände wegen der Schicklichkeit, aber als Adrian ihr anbot, sie könne gern als Anstandsdame mitreiten, hielt sie sich mit weiteren Bemerkungen zurück. Die Ritte zwischen den Lagern waren eine ziemliche Strapaze – Diane und ihre Mutter hatten sich schon mehrmals über die Unbequemlichkeiten durch die häufigen Ortswechsel beklagt.

Adrian schien froh, der Jagdgesellschaft für ein paar Tage entkommen zu können. Für den Ritt nach Longonot brauchten sie zu Pferde etwa zwei Tage. Der Weg war nicht weit, doch beschwerlich, da es durch gebirgiges Gelände ging. Ivy genoss den ersten Tag. Sofern die Wege breit genug dafür waren, ließ sie Tango neben Adrians Rappen gehen und hielt beim Reiten seine Hand. Wenn sie rasteten, küssten sie sich. Sie lachten und neckten sich, Ivy hatte sich nie einem Menschen so vertraut gefühlt.

Am Abend schlugen die Wachleute primitive Zelte auf. Ivy fühlte sich verrucht, als sie sich unter dem Sternenhimmel in Adrians Zelt schlich und sich an ihn schmiegte.

»Ich müsste jetzt eigentlich mein Gewehr quer zwischen uns

legen«, neckte er sie und nahm sie in die Arme. »Früher nahm man das Schwert.«

»Die Wachleute haben nichts bemerkt«, erklärte Ivy, was Adrian zum Lachen brachte.

»Ivy, Süße, natürlich ist es ihnen nicht entgangen, dass du zu mir gekommen bist. Es ist ihnen nur gleichgültig. Sie bewerten nicht, was die Bwana machen. Viele von ihnen haben übrigens mehrere Frauen, mitunter werden sie schon als Kinder verheiratet. Was heute zwischen dir und mir geschieht, bleibt ganz unter uns ...«

Ivy ließ sich küssen und liebkosen, gab die Zärtlichkeiten zurück und genoss eine verzauberte Stunde. Sie wehrte ihn jedoch ab, als er Anstalten machte, den nächsten Schritt zu gehen.

»Bewahr noch etwas für die Hochzeitsnacht auf, Liebster«, wisperte sie. »Ich will dir gern ganz gehören, aber ich hab meinem Vater versprochen, keine Dummheiten zu machen.«

»Eine Dummheit wäre, wenn du guter Hoffnung wärest vor dem Traualtar?«, fragte Adrian. »Mir würde es nichts ausmachen.«

»Meine Mutter würde es umbringen!« Ivy lachte und richtete ihre Kleidung.

»Ivy ...« Adrian wollte sie erneut auf sein Lager ziehen, doch sie ließ nicht mit sich reden. »Du kannst jetzt nicht einfach gehen ...«, stieß er unwillig hervor.

Ivy starrte ihn ernüchtert an. »Was hast du denn? Du kannst doch nicht böse sein, du ...«

»Ich mag es nicht, wenn man mit mir spielt, Ivy.« Damit drehte er sich von ihr weg.

Ivy erinnerte sich plötzlich an Diane und ihre Launen. Verärgert zog sie sich in ihr eigenes Zelt zurück. Ganz bestimmt würde sie auf dieser Reise nicht erneut die Initiative ergreifen.

Sie ritt am nächsten Tag schweigend neben Adrian her. Gegen Mittag raffte er sich dann zu einer Entschuldigung auf.

»Ich war unfreundlich gestern …«

Sie warf ihm einen wütenden Blick zu. »Du warst kindisch. Wie konntest du nur erwarten, ich würde dir vor unserer Heirat beiliegen? Ein paar Küsse zu tauschen ist eine Sache, aber die Hochzeitsnacht vorwegnehmen …«

»Ich hab dich falsch verstanden«, behauptete er. »Hab es als Angebot gesehen …«

»Ich hatte es als Geschenk gemeint«, sagte Ivy leise. »Als ein kleines Geschenk, bevor ich dir dann in der Hochzeitsnacht das größte mache …«

»Ivy, ich bin ein Jäger.« Adrian versuchte sicher zu scherzen, aber für Ivy war sein Tonfall erschreckend ernst. »Wenn ich die Beute gestellt habe, dann …«

»Und ich bin deine Beute?« Ivy spürte, wie ihr die Hitze in die Wangen stieg. »Von der du erwartest, dass sie sich bereitwillig abschießen lässt?«

»Komm, Ivy …«, Adrian hielt ihr die Hand hin, »… vergib mir. Immerhin habe ich dich nicht gezwungen.«

Sie sah ihn mit großen Augen an. »Mach mir niemals Angst, Adrian!«, sagte sie noch einmal.

In Longonot bestand Ivy darauf, Zimmer in einem Gästehaus zu nehmen und nicht noch eine Nacht im Zelt zu schlafen, bis ihr Zug am kommenden Morgen fuhr. Adrian war das nicht recht, doch er blieb höflich und verabschiedete sie mit einem Kuss vor ihrer Zimmertür. Eigentlich hätte jetzt alles wieder so sein sollen wie zuvor.

Trotzdem weinte sich Ivy in den Schlaf.

13

Sie fühlte sich erst besser, als sie schließlich im Zug nach Kijabe saßen und ein junger afrikanischer Kondukteur ihnen einen Tee brachte. Ärger und Sorgen verflogen beim Anblick der vor dem Fenster vorbeiziehenden Landschaft. Bergland, Hügel, Savannen ... Ivy betrachtete das jetzt nicht mehr mit dem staunenden Blick der Besucherin, sondern sah es als Teil ihrer neuen Heimat. Es fiel ihr so leicht, Afrika zu lieben! Und Adrian war es, der ihr diese neue Welt zum Geschenk machte. Sollte sie sich da wirklich Gedanken um ein paar Unstimmigkeiten machen? Natürlich war Adrians Entschuldigung etwas seltsam ausgefallen. Andererseits hatte er zweifellos keine große Übung darin, jemanden um Verzeihung zu bitten.

Ivy beschloss, die unschöne kleine Episode zu vergessen. Sie küsste ihn innig, bevor sie in Kijabe ausstieg, und sagte ihm, dass sie ihn vermissen würde. Sein Lächeln wärmte sie, als sie den Bahnsteig betrat.

Kijabe war ein verschlafener Ort, ehemals eine Missionsstation. Ivy schaute nach den Leuten aus, die sie abholen sollten. Adrian hatte Freunden telegrafiert und sie gebeten, sich seiner Verlobten anzunehmen. Nun stellte sie erfreut fest, dass sie bereits von einem englischen Ehepaar erwartet wurde. Peter und Susan Derringer winkten vergnügt in ihre Richtung, als sie ausstieg. Peter war ein massiger, rotgesichtiger Mann, dem die afrikanische Sonne sicher nicht allzu gut bekam. Susan hatte ihr braunes Haar aufgesteckt und trug einen breitkrempigen Hut. Ihre Haut war gebräunt, ihr Lächeln ansteckend.

»Ivory Parkland Rowe?«, fragte Peter mit dröhnender Stimme und hielt ihr eine prankengroße Hand hin. »Donnerwetter, da hat unser Adrian aber eine echte englische Rose gepflückt! Ist sie nicht ein hübsches Mädchen, Susan? Warten Sie, Ivory, lassen Sie die Tasche stehen … Boy?« Er rief nach einem Gepäckträger und wandte sich dann wieder an Ivy. »Nennen Sie mich einfach Peter und meine Frau Susan.«

»Dann müssen Sie mich Ivy nennen«, sagte sie.

Susan hieß Ivy ebenso herzlich willkommen. »Wir haben hier nicht viele weiße Frauen. Dabei wäre es schön, wenn sich mehr Familien ansiedeln würden. Dann würden auch mehr Gäste kommen. Das Valley, die Berge, Seen und Vulkanlandschaften, das alles ist wunderschön. Doch bislang organisiert in dieser Gegend noch niemand Safaris für zahlende Gäste.«

Die Derringers, das wusste Ivy von Adrian, hätten daran sicherlich Interesse gehabt. Sie führten einen Laden für Jagd- und Fischereibedarf in Kijabe.

»Nun kommen Sie, Ivy. Möchten Sie noch etwas essen oder trinken? Es gibt hier einen Country Club, der seinen Namen kaum verdient, doch einen Imbiss sollten sie da wohl servieren … Oder möchten Sie gleich weiterfahren?«

Peter Derringer hatte inzwischen zwei Boys aufgetrieben, die sich Ivys nicht unbeträchtliches Gepäck aufgeladen hatten.

»Ich hab ein paar Sandwiches eingepackt«, ließ sich Susan vernehmen. »Ich wusste doch, dass du Hunger bekommst.« Sie klopfte lächelnd auf Peters ausladenden Bauch. »Also können wir unterwegs picknicken oder auf Adrians Farm.«

Ivy war das mehr als recht. Sie hatte auf der Fahrt zwar kaum etwas gegessen, aber ihre Neugier auf die Farm war weit größer als ihr Appetit. Also folgte sie dem Paar vom Bahnsteig aus in ein primitives Bahnhofsgebäude, in dem es vor Menschen wimmelte, die Fahrkarten und Erfrischungen kauften und verkauften, Gepäck hin- und herschleppten und lauthals miteinander redeten und stritten. Die meisten waren Afrikaner – im Gegensatz zu Mombasa und Nairobi fielen Europäer hier auf. Die wenigen Engländer trugen entweder Uniform, wenn sie zu den Sicherheitskräften zählten, oder Khaki wie die Derringers. Die legere Safarikleidung war in dieser Gegend wohl im Alltag gebräuchlich. Ivy fühlte sich in ihrem dunkelblauen Reisekostüm falsch gekleidet.

Vor dem Bahnhof standen Esels- und Ochsenkarren, angespannte und gesattelte Pferde und ein glänzendes olivgrünes Automobil, zu dem Peter Derringer die Träger dirigierte.

»Peters neuestes Spielzeug«, erklärte Susan der überraschten und erfreuten Ivy. »Ein Auburn Model G. Soll geländetauglich sein, das will er heute ausprobieren. Hoffentlich bleibt es nicht mitten in der Savanne liegen. Auch deshalb nehme ich immer Proviant mit …« Sie zeigte auf einen gefüllten Picknickkorb und etliche Wasserflaschen, die sie vorsichtshalber eingepackt hatte.

Ivy stieg befangen ein. Sie war bisher nicht oft in einem Automobil gefahren und wusste nun nicht, ob sie sich auf eine unbeschwerliche Weiterreise freuen sollte oder ob diese womöglich mit einem Fußmarsch durch die Savanne endete. Die Derringers schienen auf alle Eventualitäten vorbereitet. Beide trugen festes Schuhwerk, und im Fond des Wagens lagen zwei Jagdflinten.

»Nun mach der Kleinen keine Angst«, sagte Peter. »Der Wagen fährt großartig. Und so schlecht sind die Wege nach Attenrow Farm gar nicht.«

»Attenrow Farm?«, fragte Ivy.

»Edgecumbe Farm«, verbesserte Susan ihren Mann. »Attenrow war der Vorbesitzer. Adrian hat ihm die Farm abgekauft.«

»Warum?«, erkundigte sich Ivy. »Also warum hat Attenrow die

Farm aufgegeben? Was wird hier überhaupt angebaut? Adrian hat mir noch nicht viel erzählt ...«

Peter runzelte die Stirn. »Na ja, Adrian will zwar sesshaft werden, er ist allerdings kein Farmer. Wahrscheinlich denkt er an ein ähnliches Unternehmen wie Newland, Tarlton & Co. ...«

Ivy schüttelte entschieden den Kopf. »Er hat mir versprochen, nicht mehr auf Safari zu gehen.«

»Nicht?« Peter wunderte sich erkennbar. »Aber irgendwas in der Richtung wird er schon machen. Ich kann mir nicht vorstellen, dass er jetzt Rinder züchtet oder Kaffee anbaut, zumal mit den Rindern ja schon Attenrow gescheitert ist.« Roger Attenrow, erzählte Peter launig, hatte die Farm fünfzehn Jahre zuvor gegründet und das Haus gebaut. Seine Idee, dort Rinder zu züchten, war jedoch an Missverständnissen mit den Massai gescheitert, die ihm immer wieder Tiere streitig gemacht hatten. »Die haben eine seltsame Einstellung zu ihren Viechern. Einer ihrer Götter hat ihnen gesagt, dass ihnen alle Rinder der Welt gehören sollen. Wenn sie also eins sehen, das keinem Stammesangehörigen gehört, dann neigen sie dazu, es einfach in ihren Besitz zu nehmen. Roger musste aufpassen wie ein Luchs. Außerdem hatte seine Frau Schwierigkeiten mit dem Klima. Manche Leute können sich einfach nicht den afrikanischen Bedingungen anpassen ...«

Ivy war stolz darauf, dass dies auf sie nicht zutraf, obwohl sie ihre sehr helle Haut ständig durch einen Sonnenhut schützen musste. Allerdings fragte sie sich jetzt ernsthaft, womit Adrian künftig sein Geld verdienen wollte. Bei »Farm« hatte sie natürlich an Ackerbau und Viehzucht gedacht. Aber wahrscheinlich hatte ihr Vater recht, und es lief hier wie auf den großen Gütern in England: Man hatte Pächter – in Adrians Fall die Massai und die Kikuyu –, um die man sich kümmerte, denen man beim Bau ihrer Dörfer und der Weitervermarktung ihrer erarbeiteten Güter half und von deren Pachtzahlungen man lebte. Der Gutsherr selbst züchtete vielleicht Pferde oder Rosen, richtete Feste aus und Jagdausflüge.

So ganz würde sie Adrian wohl kaum an der Ausübung der Jagd hindern können, mit einigen Einladungen jährlich musste sie rechnen. Sie würde sich dabei um die Bewirtung der Gäste kümmern sowie die Ausbildung und Anleitung des Personals ... Ivy hatte genaue Vorstellungen davon, wie ein hochherrschaftlicher Haushalt zu führen war. Die Derringers schienen das nicht zu wissen, aber sie waren natürlich Kaufleute und keine Angehörigen der Oberschicht. Attenrow war wohl eher Farmer gewesen, er hatte allerdings viel weniger Land gehabt als jetzt Adrian, der jeden ersparten Penny in den Erwerb weiterer Ländereien gesteckt hatte.

»Wem hat das Land denn eigentlich vorher gehört?«, erkundigte sie sich jetzt. »Von wem hatte es Attenrow?«

»Von der Regierung. Die hat es beschlagnahmt, um es zur Bewirtschaftung für Einwanderer zu erschließen. Davor gehörte es niemandem ... oder den Massai, je nachdem, wie man das sieht. Sie machen sich zum Glück nicht viel daraus. Sie ziehen ja eh viel herum mit ihren Tieren. Wenn man sie daran nicht hindert, sind sie friedlich. Und das will Adrian respektieren.«

Ivy nickte. Wahrscheinlich musste man sich die Massai mit ihren Rindern ähnlich vorstellen wie die Schäfer, die auf dem Land ihres Vaters ihre Herden weiden ließen. Rinder waren zwar weniger genügsam – aber vielleicht hielt man hier auch andere Rassen als in England.

»Und es gibt wirklich Elefanten und Zebras, Giraffen und Löwen auf unserem Land?«, wechselte sie das Thema.

Peter Derringer nickte. »Reichlich, junge Lady! Die können Sie wahrscheinlich vom Haus aus grasen oder umherstreifen sehen.«

Ivy sah schon vom Automobil aus Herden von Antilopen und Büffeln, nachdem sie die Ortschaft hinter sich gelassen hatten und über breite Sandwege durch die Savanne fuhren. Die Straßen waren tatsächlich gut mit dem motorisierten Wagen zu befahren, die Tiere schien es auch nicht zu stören. Einmal lag ein Strauß mitten auf dem Weg, den Susan erst aufscheuchen musste, damit es weiterging.

»Wenn's ein Elefant gewesen wäre, hätte ich mich das nicht getraut«, sagte sie lachend.

Je weiter sie sich von Kijabe entfernten, desto spektakulärer wurde die Szenerie. Adrians Farm lag eine gute Autostunde von Kijabe entfernt im Tal von Kedong, das sich, wie Peter erzählte, zwischen zwei Armen des Ostafrikanischen Grabens erstreckte. Dabei handelte es sich um Verwerfungen der Erdkruste, entstanden durch vulkanische Aktivität vor vielen Millionen Jahren.

»Es gibt hier jetzt noch aktive Vulkane«, verriet Adrians Freund und wies auf einen imponierenden Berg zur Linken. »Der Longonot ist nicht weit von Ihrer Farm entfernt, man kann ihn besteigen. Und entlang des Grabens finden sich Seen und Flüsse, so leicht wird die Trockenzeit Ihnen nichts anhaben können.«

Ivy bewunderte vor allem die Felsformationen, die in der Ferne sichtbar wurden. Mal war das Gestein grün bewachsen, dann wieder schroff in verschiedenen Tönen von Braun. Nicht nur die atemberaubenden Ausblicke ließen die Zeit schnell vergehen. Die Derringers waren auskunftsfreudige Gesprächspartner. Sie lebten schon lange in Kenia und hatten ihre Kinder hier aufgezogen. Ihr Sohn arbeitete mit in ihrem Geschäft und war, wie Susan stolz erklärte, ein großer Jäger. Auch Peter ging gern auf Safari – schon um die Waffen zu erproben, die er verkaufte. Ivy sprach lieber nicht über ihre Vorbehalte gegenüber der Jagd. Stattdessen schnitt sie ein anderes Thema an, das ihr am Herzen lag.

»Wie … sind denn die Missionsschwestern?«, fragte sie, nachdem sie etwa die Hälfte der Strecke zurückgelegt hatten.

Bisher hatte sie nur selten katholische Ordensfrauen gesehen, als Kind hatten sie ihr immer ein bisschen Angst gemacht mit ihren schwarzen Gewändern und ihrem ernsten Auftreten. Der Gedanke, vielleicht wochenlang mit ihnen das Haus teilen zu müssen, war ihr nicht geheuer.

»Die Schwestern?« Peters Gesicht hellte sich auf. »Die sind ganz patent. Ich weiß zwar nicht, warum sie sich in der Wildnis verstecken, statt sich einen Mann zu suchen und Kinder zu bekommen, aber jedem das Seine …«

»Sie wollen doch die Massai missionieren«, warf Ivy ein.

Peter lachte. »Das ist zweifellos der Plan. Ob sich allerdings so ein gestandener Massai-Krieger von einer Nonne seine Götter ausreden lässt? Zumal, wenn er einen Gott, der ihm alle Rinder der Welt geschenkt hat, gegen einen tauschen soll, der seine Anhänger mahnt, sie sollten ihres Nächsten Vieh nicht begehren?«

Ivy musste lächeln, aber Susan unterbrach ihren Mann empört.

»Peter! Was redest du da schon wieder … Ivory muss uns für ungläubige Barbaren halten! Hören Sie nicht auf meinen Mann. Wir sind selbstverständlich anständige Christen und unterstützen die Mission.«

»Ich dachte, die Mission in Afrika sei ganz erfolgreich«, bemerkte Ivy und hielt verzückt inne, als Peter bremste, um eine Herde Giraffen über die Straße zu lassen. Zwei Jungtiere beäugten neugierig den Wagen. »Ich hörte, die meisten Kikuyu in der Gegend um Nairobi seien getauft«, fügte sie schließlich hinzu.

Peter Derringer hupte ungeduldig und fuhr dann unbeirrt fort, seine Meinung über die Mission in Afrika kundzutun.

»Meine liebe Ivy, die Schwarzen hier sind nicht dumm. Die wissen, was sie wollen, und das ist im Wesentlichen das, was wir Europäer haben: gute Kleidung, Kochgeschirr, mal einen guten Whiskey und ordentliche Jagdwaffen. Ersteres geben ihnen die Missionsmitarbeiter gleich, dafür, dass sie ihre Kinder in die Schule schicken. Sie verteilen Spenden aus Europa. Um Waffen zu bekommen, brauchen sie Geld, also einen Job bei den Weißen, und dazu müssen sie Englisch können. Grundkenntnisse im Lesen, Schreiben und Rechnen sind auch ganz nützlich. Die Kinder lernen das in den Missionsschulen, und ebenso, dass jeder, der sich taufen lässt, noch mal besonders beschenkt wird. Trotzdem werden sie nicht aufhören, an ihre alten Götter und Geister zu glauben. Sie beten die Dreifaltigkeit einfach zusätzlich an und vertrauen darauf, dass die Götter das mit den Rindern unter sich ausmachen ...«

Susan stieß scharf die Luft aus. »Peter!«, rügte sie erneut. »Was die Missionen in den letzten Jahren geleistet haben, das ...«

»Das will ich ja gar nicht bestreiten«, sagte ihr Mann begütigend. »Der Umgang mit den Einheimischen wird erheblich leichter, wenn sie Englisch sprechen und schreiben und rechnen können. Ich sag ja nur, dass ich die massenhaften Bekehrungen etwas anzweifle. Allgemein ... und speziell, wenn es um unsere Schwestern im Tal von Kedong geht. Die sprechen ja noch nicht mal Massai. In Nairobi haben sie ihnen ein paar Worte Kisuaheli beigebracht, aber das hat mit der Sprache der Massai nichts gemein.«

Ivy war zunehmend gespannt auf die Schwestern – und die Massai. Ob Sanele sich mit ihnen würde verständigen können?

»Wer ... spricht denn überhaupt diese Sprache?«, erkundigte sie sich. »Ich meine ... Adrian und ich sollten sie vielleicht erlernen.«

»Für Adrian hat immer Reggie übersetzt, unser Sohn«, gab Susan Auskunft. »Die Massai ziehen ja herum mit ihren Rindern, und ein- oder zweimal im Jahr beweiden sie die Gegend rund um unser Haus. Die Kinder haben dann zusammen gespielt, und später ist Reggie mit seinen Massai-Freunden jagen gegangen.«

»Und gibt es andere Stämme hier?«, fragte Ivy. »Adrian hat Männer von Newland, Tarlton & Co. abgeworben. Kikuyu ...«

Peter seufzte. »Die hat's hier auch mal gegeben. Bis 1895. Dann sind ein paar Hundert Massai-Krieger über sie hergefallen. Sie haben sie umgebracht, woraufhin ein Engländer sich im Alleingang die Massai vorgenommen und die Morde gerächt hat. Bekannt wurde das als Kedong-Massaker. Aber das ist lange her, seitdem geht es hier friedlich zu. Wenn Adrian wieder Kikuyu ansiedelt, wird bestimmt nichts passieren. Grün sind sich die Stämme allerdings nicht untereinander ...«

Während er noch sprach, bog Peter auf einen ebenfalls unbefestigten Seitenweg ab, und kurz danach tauchte vor ihnen ein hoher, mit Stacheldraht gesicherter Maschendrahtzaun auf. Ein windschiefer Torbogen hieß noch auf Attenrow Farm willkommen. Das Tor im Zaun war allerdings neu und stabil. Susan stieg aus, um es für den Wagen zu öffnen und hinter ihm wieder zu schließen.

»Ist die ganze Farm umzäunt?«, wunderte sich Ivy. »Das ... das muss sehr mühselig gewesen sein.«

Peter hob erneut die Schultern. »Das ganze Land wohl noch nicht, und auch nicht so aufwendig. Adrian macht das nach und nach, und gewöhnlich einfach mit Stacheldraht. Aber ich denke, er will schon Klarheit darüber schaffen, was ihm gehört. Wenn die Massai mit ihren Rindern auf sein Land wollen, müssen sie die Tore benutzen.«

Ivy fand das seltsam. Kein Großgrundbesitzer in England würde auf die Idee kommen, seinen gesamten Landbesitz einzuzäunen. Gespannt schaute sie auf die Straße, die sich weiter durch Buschland und Savanne wand. Sie schätzte, dass sie mindestens eine Meile zurücklegten, bevor sie die Gebäude der Farm erreichten. Der Anblick ließ Ivys Herz dann jedoch gleich höherschlagen. Das Farmhaus lag auf einer Anhöhe. Es war ein Natursteinhaus mit großer Veranda, etwas niedriger gelegen befanden sich Ställe und andere Wirtschaftsgebäude. Sie waren durch geschotterte Wege mit dem Haus verbunden, rechts und links von ihnen war einmal ein Garten angelegt gewesen. Jetzt war er ungepflegt und überwuchert, aber es blühten dort Blumen, die irgendjemand einmal gesetzt hatte, und Affenbrotbäume spendeten Schatten. Die Auffahrt zum Haus würde wunderschön aussehen, wenn man das etwas in Ordnung brachte.

Peter steuerte einen Schuppen an, vor dem ein grob gezimmerter Tisch und eine ebenso improvisierte Holzbank standen.

»Hier haben sich die Schwestern eingerichtet, Ivy«, erklärte Susan.

Und tatsächlich sahen sie jetzt zwei Frauen, die dabei waren, einen Gemüsegarten neben dem Schuppen zu bewirtschaften. Eine grub ein Stück Land um, die andere wässerte ein bereits bestelltes Beet. Zu Ivys Überraschung glichen sie in nichts den Nonnen, die sie in England gelegentlich gesehen hatte. Sie trugen keinen schwarzen Habit, sondern als Ordenstracht rote Röcke und weiße Blusen und schlichte Kreuze an einer roten Schnur. Auf dem Kopf hatten sie weiße Häubchen festgesteckt, ähnlich denen von Krankenschwestern. Eine der Schwestern hatte einen breiten Strohhut darübergestülpt. Die andere hatte ihren Rock hochgebunden, damit er nicht schmutzig wurde, ließ ihn aber gleich wieder schicklich herunter, als sie das Automobil kommen sah. Beide lächelten und ließen ihre Arbeit ruhen, als sie die Derringers erkannten.

»Mr. Peter und Mrs. Susan! Gott zum Gruße! Und das ist … Mrs. Edgecumbe?«

Die Schwestern sahen ihre Besucher erfreut und offen an und hießen sie herzlich willkommen. Eine von ihnen sprach Englisch mit schottischem Akzent, Ivy fiel auf, dass sie ungewöhnlich schön war. Sie war von zierlicher Gestalt und hatte ein ebenmäßiges Gesicht mit sehr hellem Teint, dem die Vielzahl an Sommersprossen erstaunlicherweise nichts von seiner Attraktivität nahm. Ihr volles Haar war rot, natürlich aufgesteckt unter der Haube, auch ihre Augenbrauen und die sehr langen Wimpern waren rostrot. Ihre großen sanften Augen leuchteten bernsteingolden.

»Schwester Maria Margaret«, stellte Susan sie vor. »Und Schwester Maria Engelberta.«

Maria Engelberta war älter als ihre sehr jung wirkende Mitschwester, doch sicher auch noch in den Zwanzigern. Sie war kräftiger, das Haar, das unter der Haube hervorlugte, war aschblond wie Rosamonds. Freundliche blaue Augen beherrschten ein eher rundes Gesicht. Um ihren Mund spielten Lachfältchen. Ihr Akzent war ziemlich hart, Ivy konnte ihn nicht einordnen.

»Miss …«, verbesserte sie die Schwester, die sie begrüßt hatte, nun etwas befangen. »Miss Ivory Parkland Rowe. Mr. Edgecumbe und ich sind verlobt. Wir werden erst zu Beginn des kommenden Jahres heiraten.« So hatte sie es mit Adrian geplant.

»Ach ja, sicher!« Maria Engelberta schlug sich lächelnd an die Stirn. »Pater Flint sagte so etwas. Er hat uns auf Geheiß von Mr. Adrian von Ihrer Ankunft in Kenntnis gesetzt. Wir freuen uns jedenfalls, Sie hier zu haben. Setzen Sie sich doch! Es wird uns ein Vergnügen sein, unser spärliches Mittagsmahl mit Ihnen zu teilen.«

Sie wies auf die Holzbank und lief ins Haus, kurz darauf kehrte sie mit zwei Schemeln als weitere Sitzmöglichkeiten zurück. Maria Margaret brachte einen Krug Wasser.

»Lassen Sie sich von uns einladen, liebe Schwestern«, sagte Susan, als sie sah, dass ihr Mann dem Getränk einen wenig begeisterten Blick zuwarf, und holte den Picknickkorb aus dem Wagen. »Ich habe Sandwiches … Wein …«

»Wein?« Maria Margaret strahlte.

Maria Engelberta guckte zunächst ein wenig unwillig, beschloss dann jedoch, die Begeisterung ihrer Mitschwester zu teilen.

»Sie dürfen Wein trinken?«, fragte Ivy vorsichtig.

Die Schwestern nickten. »Er gehört nicht gerade zu unserer alltäglichen Verpflegung«, Maria Engelberta lächelte, »aber verboten ist er uns nicht. Auch unser Herr lehnte ihn ja nicht ab. Denken Sie an die Hochzeit zu Kanaa.«

Ivy war nicht sehr bibelfest, freute sich jedoch, dass ihre künftigen Mitbewohnerinnen nicht allzu asketisch zu sein schienen.

Allerdings arm. Die beiden beobachteten mit großen Augen die Köstlichkeiten, die Susan auf den Tisch stellte.

»Und Sie sind wirklich nur zu zweit hier?«, fragte Ivy, nachdem die ältere Schwester ein Tischgebet gesprochen hatte und sie und Maria Margaret ebenso eifrig zugriffen wie Peter, den Autofahren anscheinend hungrig machte.

Die Schwester mit dem schottischen Akzent nickte. »Ja, das macht unser Orden immer so. Zwei oder drei Pionierinnen werden vorgeschickt, um sozusagen … Quartier zu machen für die Mission. Wir richten das Haus ein und knüpfen erste Kontakte zu den Einheimischen. Wenn hier nicht gleich eine ganze Armee von Missionarinnen oder Missionaren erscheint, sind sie nicht so misstrauisch.«

»Im Gegenteil«, fügte Maria Engelberta hinzu. »Sie sind neugierig. Und es kommen nicht nur die Krieger, sondern auch Frauen und Kinder. Sie sehen uns nicht als Bedrohung. Wozu unter anderem unsere Ordenstracht beiträgt. Die meisten Afrikaner mögen leuchtende Farben. Sie öffnen sich uns leichter, wenn wir bunt gekleidet sind, als wenn wir so schwarz wie Krähen daherkommen.«

»Mir gefällt das ebenfalls besser«, verkündete Maria Margaret und rechtfertigte sich gleich, als sie ein strafender Blick ihrer Mitschwester traf. »Nein, nein, ich bin nicht eitel, aber wir wollen den Menschen doch zeigen, dass Christus Freude ist und Liebe, dass er uns hilft, den Tod zu überwinden. Warum sollen wir da Trauer tragen?«

Ivy fand das sehr vernünftig, sie konnte ihre Ungeduld allerdings kaum bezähmen. Allzu gern wollte sie sich ihr künftiges Haus näher ansehen. Mit den Schwestern konnte sie in den kommenden Wochen noch lange genug plaudern.

Susan Derringer erkannte das und entschuldigte sie beide, um sie herumzuführen. Sie war mehrmals auf der Farm zu Gast gewesen, als sie noch den Attenrows gehört hatte, und sie besaß einen Schlüssel, den sie Ivy nun übergab.

»Viel Spaß! Das Haus ist wirklich schön, Eleanor Attenrow hatte einen sehr guten Geschmack. Leider haben sie und ihr Mann fast sämtliche Möbel mitgenommen oder verkauft. Sie werden sich ganz neu einrichten müssen, Ivy.«

Ivy erklärte, dass ihr das nichts ausmache, und berichtete von den geplanten Einkäufen mit ihrer Mutter und Schwester. Dann folgte sie Susan in ihr neues Zuhause und fand all ihre Erwartungen weit übertroffen. Das Haus hatte eine große Empfangshalle, es war offen und luftig, die Räume waren lichtdurchflutet. Eine zweiflügelige Glastür führte vom Salon auf eine große Terrasse, von der aus man einen atemberaubenden Blick über die Savanne hatte. Schon jetzt sah Ivy Zebras und Gnus, die einem Wasserloch zustrebten.

»Die Terrasse hat Morgensonne«, erklärte Susan. »Sie können hier wunderbar frühstücken. Wenn Adrian nicht vor Tau und Tag aufbricht, um Löwen nachzustellen.« Sie lachte.

Ivy schüttelte den Kopf. »Keine Safaris mehr. Das hat er mir versprochen.«

Es gab eine große Küche – sicher für eine Köchin und mehrere Küchenhilfen angelegt.

»Gibt es keine Dienstbotenwohnungen?«, fragte Ivy.

Susan schüttelte den Kopf. »Die hat man auf diesen Farmen nicht«, erklärte sie. »Obwohl es im oberen Stockwerk genügend Zimmer gibt, auch komfortable Räumlichkeiten für Gäste. Wir … also es ist nicht so, dass wir den Einheimischen nicht vertrauen, aber nachts im Haus haben wollen wir sie nun doch nicht. Sie wohnen irgendwo in den Wirtschaftsgebäuden oder bauen sich selbst ihre Hütten in der Manier ihrer Stämme. Ich nehme an, das wird hier auch der Fall sein, Adrian hat ja anscheinend eine kleine Armee von Kikuyu angestellt.«

Ivy nickte. »Können … können Sie sich vorstellen, wozu er die alle braucht?«, brach es aus ihr heraus.

Susan sah sie prüfend an. »Nun, zunächst für die Umbauten«, meinte sie dann. »Und später ... also da müssen Sie ihn schon selbst fragen.«

Die Erklärung hatte Adrian ihr auch gegeben, sie fragte sich jetzt allerdings, was eigentlich umzubauen war. Das Haus war perfekt – vielleicht ein bisschen renovierungsbedürftig, und der Garten musste in Ordnung gebracht werden, aber damit würden zwei oder drei Arbeiter leicht fertigwerden. Die Schwestern schienen nicht anspruchsvoll zu sein, was ihre Mission anging. Ein oder zwei schlichte Häuser würden ihnen zumindest fürs Erste genügen. Zudem war Adrian ihnen nicht verpflichtet. Er musste die Missionsgebäude nicht sofort und nicht in kürzester Zeit erstellen lassen. Warum also mehr als dreißig Arbeiter?

Bei aller Begeisterung für die Farm konnte Ivy ein ungutes Gefühl nicht abschütteln.

14

Bevor die Derringers nach Hause fuhren, entnahmen sie ihrem Wagen noch weitere Schätze. Eine große Kiste mit Weckgläsern – selbst eingekochte Leckerbissen – übergab Susan ausdrücklich an Ivy.

»Soll ich das alles allein essen?«, fragte sie verwundert.

Susan schüttelte den Kopf. »Nein, Sie dürfen den Schwestern natürlich etwas abgeben. Verhindern Sie nur, dass sie alles den Massai schenken.«

Ivy runzelte die Stirn. »Leiden die Leute denn Hunger?«, fragte sie.

Susan verneinte. »Nein, sie haben, wie gesagt, ihre Rinder. Wobei sie die nicht töten, sondern ihnen Blut abzapfen, mit Milch verdünnen und trinken. Für uns widerlich, aber sicher nahrhaft. Sie halten zudem Schafe und Ziegen, die sie schlachten. Hungern muss da niemand. Doch selbstverständlich freut sich auch der Massai über eine kleine Abwechslung wie etwa meine beliebten Mixed Pickles oder meine Antilopenpastete. Und wenn man auf die Schwestern nicht aufpasst, geben sie alles weg.«

Der Inhalt der zweiten Kiste, die Peter Derringer auslud, veranlasste die Ordensfrauen zu Freudenbekundungen. Es handelte sich um ausrangierte Kleidung, vor allem Kinderkleidung, Decken, Kochgeschirr, Spielzeug – wenn auch zum Teil schon recht ramponiert. Susan hatte unter ihren Bekannten für die Mission gesammelt.

»Das ist wunderbar! Was werden sich die Kinder freuen!« Maria Engelberta war nahe daran, Susan zu umarmen. »Wir werden gleich morgen ins Dorf gehen und sie beschenken!«

Beim Betreten der primitiven Unterkunft der Schwestern regte sich in Ivy der Gedanke, ob es nicht ratsam wäre, einen Teil der Spenden zu behalten und dazu zu verwenden, die Räume ein bisschen wohnlicher zu gestalten. Die Einrichtung war mehr als spartanisch, die wenigen Möbel ungeschickt zusammengestückelt.

»Das haben wir alles selbst gemacht«, erklärte Maria Margaret stolz. »Das Holz haben wir gefunden. Wir durften es doch verwenden, oder? Es sah aus, als würde es nicht mehr gebraucht.«

Ivy versicherte ihr, dass Adrian keinen Wert auf das Abfallholz legen würde – sie selbst hätte es allenfalls zum Anfeuern des Kamins verwendet.

Für den Bau von Betten hatte die Tischlerkunst der Schwestern nicht gereicht. Sie schliefen auf Strohsäcken auf dem Boden und machten sich gleich eifrig daran, einen solchen für Ivy zu füllen.

»Sie wollen doch sicher nicht im Haus ganz allein leben, oder, Miss Ivory?«, fragte Maria Engelberta. »Zumal wenn jetzt noch einheimische Arbeiter auf die Farm kommen. Da wären Sie ja nicht sicher.«

»Es könnten auch Tiere hereinkommen«, fügte Maria Margaret hinzu.

Ivy beäugte die Strohsäcke kritisch, besorgt darüber, ob sich darin nicht bereits Tiere aufhielten. Vor Flöhen, Läusen und anderen Krabbelinsekten fürchtete sie sich weit mehr als vor Löwen. Sogar eine Schlange konnte sich leicht in dem im Schuppen gelagerten uralten Stroh verstecken, aber daran schienen die Schwestern nicht zu denken. Guten Mutes richteten sie Ivy ihr Lager und luden sie dann ein, mit ihnen zu beten und ihr karges Abendbrot mit ihnen zu teilen. Nach dem Schlemmen um die Mittagszeit wollten sie auf keinen Fall gleich eines von Susans verführerischen Weckgläsern öffnen.

Ivy nahm also an ihrer Andacht teil und löffelte dann mit ihnen Maisbrei und Bohnen, wie sie erfuhr, das Hauptnahrungsmittel der Schwestern. Umgehend fasste sie den Entschluss, einen der in den nächsten Tagen erwarteten Arbeiter als Koch einzustellen. Selbst die einfachsten Mahlzeiten, die sie während der Safari an ihren Feuern zubereitet hatten, waren wesentlich schmackhafter gewesen als das, was die Nonnen auf den Tisch brachten.

Nach dem Essen machten sich die Schwestern daran, die Spenden aus Kijabe durchzusehen und kleine Reparaturen an der Kleidung vorzunehmen. Ivy verstand sich mehr auf feine Handarbeiten, aber einfache Nähte schaffte auch sie, und so verbrachten die Frauen noch einen gemeinsamen Näh- und Plauderabend. Die Schwestern waren recht auskunftsfreudig. Ivy erfuhr, dass man bei ihrer Anrede gewöhnlich das »Maria« weglieβ. Margaret und Engelberta waren zudem nicht die ursprünglichen Vornamen der Frauen, sondern ihre Ordensnamen. Sie hatten sie beim Ablegen der ersten Gelübde erhalten. Margaret gestand, dass ihr Taufname Fiona war, Engelberta nannte den ihren, Leonore, nur ungern. Mit dem Eintritt in den Orden sollte das gesamte Vorleben vergessen sein.

Ivy fand trotzdem heraus, dass Engelberta aus vermögendem Hause stammte, Margaret dagegen aus bettelarmen Verhältnissen. Sie hatte nur die Schule besuchen können, weil sich Ordensfrauen der Kinder der Armen annahmen. Engelberta berichtete euphorisch von dem überwältigenden Gefühl der Berufung durch Gott. Margaret wirkte von ihrer Sendung ebenso überzeugt, äußerte sich jedoch nicht gar so schwärmerisch. Ivy beschlich der Gedanke, dass sie vielleicht recht nüchtern abgewogen hatte, ob ein Leben im Orden dem Dasein der anderen Frauen in ihrer Familie vorzuziehen war oder nicht. Sie hatte ihr Noviziat früh angetreten – zunächst in einem Franziskanerinnenkloster. Dort hatte sie noch einiges an Bildung erlangt und war dann, als sich ihr die Möglichkeit bot, in den Missionsorden gewechselt. Hier schien sie nun ausgesprochen glücklich. Maria Kedong, wie die Schwestern ihre neue Missionsstation zu nennen planten, war Margarets erste Neugründung. Engelberta hatte schon zwei Stationen mitaufgebaut, doch im Gebiet anderer Stämme. Ihr Hauptproblem war die schlechte Verständigung mit den Massai.

»Wenn erst weitere Schwestern und Brüder kommen, wird sich das bessern«, erklärte Engelberta zuversichtlich. »Pater Damian und Pater Flint sprechen schon ein bisschen Massai, und vielleicht schickt uns der Orden Schwestern, die bereits mit Massai-Stämmen gearbeitet haben.«

Pater Damian oder Pater Flint, so erfuhr Ivy, kamen einmal im Monat aus Nairobi, um mit den Schwestern die Messe zu halten und Vorräte zu bringen. Pater Flint hatte die Vereinbarung mit Adrian getroffen, die Mission auf seinem Land anzusiedeln. Engelberta und Margaret kannten Ivys Verlobten gar nicht und wollten nun alles von ihm wissen. Wenn man erst mal mit ihnen warm wurde, stellte Ivy fest, unterschieden Ordensschwestern sich gar nicht so sehr von gleichaltrigen jungen Frauen »in der Welt«, wie Engelberta das ausdrückte.

Als Ivy sich schließlich auf ihrem Strohsack ausstreckte, war sie überzeugt davon, in ihrer neuen Heimat zwei Vertraute gefunden zu haben.

Sie schlief recht gut in ihrer ersten Nacht auf der Farm und freute sich darüber, genau wie im Safarilager von Vogelrufen geweckt zu werden.

Ivy entschied sich gegen die Kleidung in Khaki – sie wollte sich an kein Tier heranschleichen und brauchte keine Tarnung – und wählte einen schlichten blauen Rock und eine weiße Bluse. Den

Tropenhelm setzte sie jedoch auf, als sie sich gleich nach einem kargen Frühstück, bestehend aus Maisbrei und wässerigem Tee, mit den Schwestern auf den Weg zum Dorf der Massai machte. Nach kurzer Überlegung hatte sie beschlossen, ihre Waffe mitzunehmen, und selbstverständlich feste Schuhe angezogen. Engelberta und Margaret trugen Sandalen.

»Haben Sie kein festes Schuhwerk?«, fragte sie besorgt.

»Doch, aber Sandalen sind viel bequemer«, erklärte Margaret.

Keine der beiden schien sich der Gefahren bewusst zu sein, die im Busch auf sie lauern konnten. Bepackt mit den Spenden sowie einer Schultafel gingen sie die kurze Wanderung fröhlich an, wobei sie plauderten und auch mal ein Lied anstimmten, in dem sie Gott und seine Schöpfung priesen.

Ivy glaubte nicht, dass es ihnen damit gelang, Schlangen zu verjagen, aber das Wild hielt sicher Abstand. Giraffen, Antilopen und Zebras sah sie folglich nur von Weitem, obwohl sie zwei Stunden ohne Rast durch Savanne und Buschland gingen – zu Ivys Überraschung über zwar unbefestigte, jedoch gut erkennbare Wege.

In einer Ebene, teilweise beschattet von gewaltigen Schirmakazien, hielten die Schwestern an.

»Hier wird unsere Mission entstehen«, verkündete Engelberta begeistert. »Ein schöner Ort, nicht wahr? Ich sehe unsere Häuser schon vor mir. Ein Kirchlein, eine Schule ... und wer weiß, am Ende vielleicht ein sauberes Dorf für unsere neuen Christen.«

Als sie ihren Weg fortsetzten, berichtete sie von der Missionsstation, in der sie ausgebildet worden war, Mariannhill in Südafrika, in der es all das schon gab.

Das Dorf der Massai entsprach den Vorstellungen der Ordensfrau noch in keiner Weise. Bevor sie es erreichten, kamen sie erneut an einen stacheldrahtbewehrten Maschendrahtzaun. Sie passierten eines der Tore, die den Massai und ihren Rindern den Eintritt erlaubten. Ein ausgetretener Pfad führte zum *enkang* des hier siedelnden Stammes. *Enkang*, so erfuhr Ivy, nannte man das von einer Hecke aus Dornengestrüpp begrenzte Gelände eines Stammes. Die Hütten waren kreisförmig angeordnet und, soweit Ivy das richtig erkannte, aus getrocknetem Kuhdung gebaut.

Auf dem Dorfplatz in der Mitte herrschte reges Leben. Frauen bereiteten Essen zu, Kinder spielten, Männer kümmerten sich um die Tiere, die teils innerhalb der Absperrung standen oder außerhalb grasten. Bewacht wurde das Dorf nicht, doch die Ankunft der Schwestern blieb den Bewohnern natürlich nicht verborgen. Hunde bellten, Kinder liefen dem Besuch begeistert entgegen und nannten die Schwestern Mama Maga und Mama Enbeta. Die Kleinen schmiegten sich an ihre Röcke, plapperten in ihrer unverständlichen Sprache auf Margaret und Engelberta ein. Eins der Mädchen sah Margaret Beifall heischend an, zeigte auf einen der Mischlingshunde und sagte auf Englisch *dog*. Die junge Nonne freute sich unbändig darüber und fuhr dem Kind anerkennend durch das kurze krause Haar.

Bei den Kindern konnte man den Unterschied zwischen Jungen und Mädchen kaum erkennen. Männer als auch Frauen trugen bunte Tücher, die sie in verschiedener Manier um den Körper schlangen, schwere Ohrringe und breiten Halsschmuck, und alle waren schlank, sehnig und langgliedrig. Ihre Gesichtszüge waren ebenmäßig und ausgeprägt. Ivy glaubte, nie so viele ausnehmend schöne Menschen gesehen zu haben.

Inzwischen hatten mehrere Frauen ihre Arbeit ruhen lassen und kamen auf die Schwestern zu, um sie zu begrüßen. Ivy erschienen sie wie sehr willkommene Gäste – die Männer verhielten sich jedoch reservierter.

Schließlich löste sich einer von ihnen, ein großer, nicht mehr junger Afrikaner, der in ein rotes Tuch gewandet war, aus einer Gruppe seiner Geschlechtsgenossen. Er hielt einen Speer in der

Hand und wirkte martialisch. Ivy war plötzlich froh, ihr Gewehr mitgenommen zu haben. Sie gedachte zwar keinesfalls, davon Gebrauch zu machen, doch er sollte sehen, dass sie nicht wehrlos war.

»Neue … Mama?«, fragte er auf Englisch.

Ivy blickte irritiert. Engelberta stellte sich vor sie.

»Nein, keine Mama, keine Schwester. Dies ist Miss Ivory, sie wird Mr. Edgecumbe heiraten«, erklärte sie.

Der Mann dachte nach. »Adrian?«, fragte er. »Bwana?«

Ivy zeigte auf sich. »Frau von Bwana«, sagte sie.

Der Mann musterte sie interessiert. Dann lächelte er und sagte etwas zu seinen Stammesgenossen. Alle zeigten plötzlich Interesse an Ivy, versuchten jedoch nicht, mit ihr in Kontakt zu treten. Einer machte einen Scherz, über den die anderen lachten. Ivy nahm an, dass es sich um eine Zote gehandelt hatte. Sie wandte sich ab und Margaret zu, die eben dabei war, die Beutel mit den Geschenken zu öffnen und die Gaben an Kinder und Frauen zu verteilen. Die Beschenkten gaben Begeisterungsrufe von sich – die Männer schauten seltsam missmutig auf die offensichtliche Freude ihrer Familien.

Der Mann mit dem Speer – Ivy nahm an, dass es sich um den Häuptling oder einen hochrangigen Vertreter seines Volkes handelte – ging zu Margaret.

»Du wollen tauschen?«, fragte er.

Margaret schüttelte den Kopf. »Nein, schenken. Das schicken euch freundliche Christen aus Kijabe, die wollen, dass eure Kinder unseren Gott kennenlernen. Dürfen wir gleich ein wenig Unterricht abhalten, Patita?«

»Kinder Englisch?«, fragte der Mann.

Margaret nickte, und Engelberta baute die Tafel auf. Mit erstaunlichem Geschick begann sie zu zeichnen. Einen Mann, eine Frau, Kinder, einen Hund – auf Ivys Anregung hin fügte sie noch ein Rind hinzu. Bei den Kindern stieß das auf unverhohlene Begeisterung. Noch vor all den anderen Wörtern wollten sie das Wort für Rind wissen und versuchten sich dann darin, ebenfalls möglichst viele Kühe in den Sand zu zeichnen. Engelberta vermittelte ihnen die Worte für Kuh, Kalb und Stier und versuchte sie dann für die menschliche Familie zu interessieren.

»Mutter, Vater, Mädchen, Junge …«, versuchte sie zu erklären und malte noch ein Haus um die vier Menschen.

Bei den Kindern stieß das auf Unverständnis. Das aufgeweckte kleine Mädchen, das schon das englische Wort für Hund kannte, schüttelte den Kopf.

»Haus … Frau …«, versuchte es sich zu verständigen und zeichnete dann eine Hütte in den Sand, eine Frau und ein paar Kinder. Dann kamen zwei weitere Hütten, zwei weitere Frauen und noch einige Kinder. Den Mann zeichnete das Mädchen außerhalb.

Engelberta wurde glühend rot. »Nein, nein, das ist nicht richtig, Naeku. Das musst du lernen. Ein Mann darf nicht mehr als eine Frau haben. Und mit der wohnt er dann in einem Haus!« Sie begleitete ihre Worte mit Gesten.

Ivy wusste nicht, inwieweit das Kind verstand, aber was die kleine Naeku hatte sagen wollen, ging ihr jetzt auf. Bei den Massai konnte ein Mann mehrere Frauen heiraten, sofern er nur jeder von ihnen eine Hütte baute. Die bewohnte sie dann allein mit ihren Kindern, und er kam nur zu Besuch.

Ivy musste an Peter Derringer denken und seine Überlegungen dazu, wie unattraktiv das Christentum für einen Massai-Mann sein musste. Das erklärte die Reserviertheit der Männer. Vermutlich hatten sie schon von der neuen Religion gehört, die Margaret und Engelberta den Stammesangehörigen nahebringen wollten. Eine weitere Bemerkung des Engländers fiel ihr ein: Die Leute hier sind nicht dumm.

Ivy setzte sich zu Naeku, die erschrocken zurückgewichen war, verwundert darüber, warum Mama Enbeta plötzlich schimpfte.

»Naeku?«, fragte sie und zeigte auf das Mädchen.

Als sie Kleine nickte, zeigte sie auf sich selbst.

»Ivy«, stellte sie sich vor.

Das Kind wiederholte den Namen. Ivy zeigte daraufhin auf ein Schaf.

»*Enger*«, sagte Naeku in ihrer Sprache. Ivy sprach es langsam nach. Dann versuchte sie es mit »Frau«, einem Wort, das Naeku auf Englisch bereits kannte. Das Kind strahlte, als es verstand, dass Ivy das Wort auf Massai hören wollte. »*Enkitok!*«, rief es.

Als die Schwestern ihren Unterricht für die Kinder schließlich beendeten und als Fleißkärtchen Heiligenbilder verschenkten, kannte Ivy die Massai-Wörter für Mann und Frau, Rind, Schaf, Ziege und Löwe.

Bevor sie ging, trat sie noch einmal vor den Mann mit dem Speer.

»Ich, Ivory, *enkitok* Bwana«, sagte sie und sah ihn dabei mit festem Blick an.

Sie wollte nicht, dass hier über sie gelacht wurde. Die Männer sollten sie als Adrians Frau respektieren. Wenn sie später für Adrian arbeiten sollten, mussten sie Anweisungen von ihr entgegennehmen.

Der Mann verbeugte sich kurz und sagte etwas, das klang wie ein Gruß. Ivy merkte sich die Worte.

Am nächsten Tag kamen die Derringers noch einmal vorbei, um zu sehen, ob es ihr gut ging. Sie trug Peter vor, was der Massai zu ihr gesagt hatte. Er blickte sie anerkennend an.

»Donnerwetter, auf den müssen Sie aber Eindruck gemacht haben«, meinte er.

»Weil er höflich zu mir war?«, fragte Ivy. »Ich meine … das ist doch eine Grußformel, oder? Was heißt es denn nun?«

»Es ist eine Grußformel«, bestätigte Peter. »Aber in der Regel betrifft sie nur Männer. Übersetzt heißt es: Ich hoffe, deinen Rindern geht es gut.«

Ivy überlegte, ob es ihrer Autorität zuträglich wäre, sich eine Kuh anzuschaffen.

15

Sanele und die anderen Männer trafen eine Woche nach Ivy auf Edgecumbe Farm ein. Alle waren gut gelaunt und tatendurstig. Adrian hatte Sanele genau beschrieben, wo die Männer ihr Dorf errichten sollten, und sie machten sich gleich daran, sich dort provisorisch einzurichten.

Ivy stellte den Missionsschwestern ihren afrikanischen Freund vor und erntete Begeisterung.

»Vielleicht kann er ja mit den Massai sprechen«, hoffte Margaret.

Sanele sah mit der in vielen Jahren geübten Geduld darüber hinweg, dass sie ihn nicht direkt ansprach. »Nein, das tut mir leid, Schwester. Ich spreche Kikuyu und ein bisschen Kisuaheli«, erklärte er. »Die Massai-Sprache ist mir fremd. Ich kann allerdings die anderen Männer fragen. Die Kikuyu und die Massai waren ursprünglich verwandte Stämme. Vielleicht kommt ja jemand aus einer Familie, die noch Beziehungen unterhält.«

Der junge Mann hatte inzwischen Nachforschungen darüber angestellt, wie die Kikuyu zu ihren künftigen Nachbarn standen, und dabei Widersprüchliches gehört. Die Stämme hatten einiges gemeinsam, doch es hatte auch Auseinandersetzungen gegeben. Nach wie vor konnte er nicht voraussehen, wie es sich auf der Farm entwickeln würde. Ivy war nach ihren ersten Erfahrungen mit den Massai geneigt, ihn zu beruhigen.

»Wenn die Kikuyu für Adrian arbeiten und die Massai weiter

in Ruhe ihre Rinder hüten können, dürfte es keine großen Schwierigkeiten geben. Wenn ich nur endlich wüsste, womit Adrian so viele Angestellte beschäftigen will. Hat er Ihnen mittlerweile etwas gesagt?«

Sanele verneinte. »Er hat mir nur detaillierte Anweisungen gegeben, was den Bau der Missionsstation angeht und wo die Kikuyu ihr Dorf bauen sollen. Mehr weiß ich nicht.«

Gleich am nächsten Tag begannen Sanele und seine Leute mit der Rodung des Landes, auf dem die Missionsstation errichtet werden sollte. Ivy nahm Baumaterialien in Empfang, die in Kijabe bestellt worden waren, sowie die ersten Frauen und Kinder der Arbeiter. Sie hatte, wie wohl auch Adrian, damit gerechnet, dass die Familien der Männer erst nachkommen würden, wenn die Hütten fertig waren. Doch damit bewiesen sie beide Unkenntnis der afrikanischen Sitten. Bei vielen Stämmen oblag der Hausbau den Frauen, und die Kikuyu-Familien reisten nun an, um in der neuen Heimat damit zu beginnen. Einige hatten sich eine Zugfahrt geleistet, die meisten eine Mitfahrgelegenheit auf irgendeinem Fuhrwerk gefunden. Etliche jüngere Frauen waren zu Fuß gekommen wie zuvor ihre Männer. Alle wirkten guter Dinge, freuten sich über den Bauplatz nahe einem Waldgebiet, durch das ein Bach plätscherte, und machten sich mit Feuereifer an die Arbeit.

Ivy staunte, wie geschickt die Frauen Astwerk zu einer Art Grundgerüst zusammenbanden, um es dann mit Lehm auszufüllen und zu bedecken. Sie ging davon aus, dass es in diesen Hütten besser roch als in denen der Massai, die Kuhmist verbauten. Die Frauen schienen sich an der Primitivität der Wohnstätten jedenfalls nicht zu stören, obwohl sie in Nairobi sicher nicht in Lehmhütten gelebt hatten. Wahrscheinlich zogen sie ihre traditionelle Lebensweise Engelbertas Traum vom europäisch geprägten Dorf rund um eine Kirche vor. Ivy entschied, weiter mit den Schwestern im Schuppen zu nächtigen, möbliert war das Haus schließlich noch nicht. Sanele überraschte sie, Margaret und Engelberta jedoch kurz nach Ankunft der Kikuyu-Frauen mit aus schilfartigem Blattwerk geflochtenen Schlafmatten. Sie erwiesen sich als deutlich bequemer als die Strohsäcke und boten auch nicht so vielen Flöhen Zuflucht.

Für die Ordensschwestern fanden sich neue willkommene Betätigungsbereiche. Die Kikuyu waren noch nicht alle getauft, tatsächlich war bisher nur eine Minderheit an den christlichen Glauben herangeführt worden. Zwei der Frauen hatten schon mal in anglikanischen Kirchen geputzt. Sie wirkten Engelbertas und Margarets Lehren gegenüber wesentlich aufgeschlossener als die Massai und sprachen fast alle ein paar Worte Englisch. Ivy stellte eine von ihnen als Köchin an.

Wawira zauberte einfache, aber wohlschmeckende Gerichte, meist auf der Basis von Hülsenfrüchten. Engelberta und Margaret konnten ihre reichen Vorräte an Bohnen einbringen und wurden gleich mitbekocht. Das würde ihnen Zeit geben, täglich Schule für die Kikuyu-Kinder zu halten und auch den Müttern etwas beizubringen, die Männer hielten sich zurück. Die wenigen Christen besaßen Gesangbücher in ihrer Sprache, und so fielen nicht nur die Andachten der Schwestern sehr bald bunter aus, sondern auch die erste Messfeier mit Pater Damian, die Ivy erlebte.

Sanele hatte inzwischen unter den Männern herumgefragt und tatsächlich einen Kikuyu gefunden, dessen Großmutter Massai-Ahnen hatte. Sie hatte den Kindern in der Sprache ihrer Eltern vorgesungen und Geschichten erzählt, und der Mann, er hieß Idir, meinte, sich zumindest radebrechend mit den Massai verständigen zu können. Das war auch nötig, denn die Männer aus dem Dorf schienen sich nicht schlüssig darüber zu sein, ob die Missionsstation ein Projekt des Bwana war, dessen Wünsche sie respektierten, oder das Eindringen eines fremden Stammes in ihre Weidegründe.

Idir erkundigte sich höflich nach dem Befinden ihrer Rinder und machte ihnen dann mit vielen Worten und Gebärden klar, dass sie für den Bwana arbeiteten.

»Und dafür Geld«, erklärte er. »Damit einkaufen!«

Die Männer überlegten und diskutierten kurz unter sich, dann nickten sie. Zweifellos wussten sie, was Geld in der Welt der Weißen bedeutete.

»Idir sagt, sie möchten wissen, ob sie ebenfalls für uns arbeiten können«, berichtete Sanele am Abend Ivy vom Besuch der Massai. »Sie würden auch gern Geld verdienen. Was soll ich antworten?«

Ivy dachte kurz nach. »An sich ist das ja, was Adrian wollte. Obwohl ich nicht weiß, wofür wir noch mehr Angestellte brauchen. Nun gut, wir wollen die Massai ja friedlich stimmen. Also stell ruhig einige an, sofern sie sich nützlich machen können.«

Am nächsten Mittag kamen Margaret und Engelberta freudestrahlend von einem Besuch am Bauplatz der Mission zurück.

»Ivy, du glaubst nicht, was passiert ist!«, rief Margaret. Ivy hatte ihnen das vertrautere Du vorgeschlagen. Sie fühlte sich besonders verbunden mit den Schwestern, die wie sie in Europa aufgewachsen waren und sicherlich die einzigen englischsprachigen weiblichen Wesen waren, zu denen sie in der kommenden Zeit Kontakt haben würde. »Am Bauplatz waren drei Massai-Frauen. Sie wollten helfen! Sie haben begriffen, dass wir die Mission für sie und ihre Kinder bauen. Und sie möchten dabei sein. Ist das nicht wunderbar? Ein Zeichen dafür, dass Gott uns leitet.«

»Frauen?«, fragte Ivy. »Ich glaube, ich muss da mal nach dem Rechten sehen.«

Am Nachmittag nahm sie ihr Gewehr und machte sich auf den

Weg zum Gelände der zukünftigen Missionsstation. Sie konnte auf einem Eselskarren mitfahren, auf dem Holz transportiert wurde.

Auf der Baustelle fand sie Sanele und seinen Übersetzer in einer heftigen Diskussion mit einigen Massai-Männern, die vor ein paar eingeschüchtert wirkenden jungen Mädchen standen.

»Sie haben mir die Mädchen hergeschickt, damit sie für Geld auf dem Bau arbeiten«, erklärte Sanele ihr hilflos die Situation. »Sie selbst befinden das als unter ihrer Würde. Häuserbauen sei Frauensache.«

Ivy sah zu den jungen Mädchen, die tatsächlich höchstens fünfzehn oder sechzehn Jahre alt waren. Vermutlich eher die Töchter als die Ehefrauen der Männer.

»Kann man ihnen nicht erklären, dass die Arbeit zu schwer für sie ist?«, fragte sie. »Es ist doch was anderes, eine einfache Hütte zu bauen, als schwere Steine und Dachbalken für ein größeres Haus zu schleppen.«

»Das finden sie nicht«, meinte Sanele.

Ivy spürte, wie sich Unmut in ihr regte. Sie hatte von Anfang an das Gefühl gehabt, dass die Frauen im Dorf der Massai zu stark unter der Fuchtel ihrer Männer standen, und sich darüber geärgert, wie herablassend die Missionsschwestern behandelt wurden. Jetzt musste sie herausfinden, wie es mit dem Respekt der Männer vor der zukünftigen Frau des Bwana stand. Sie wandte sich an Idir.

»Sag ihnen, der Bwana vergibt Arbeiten an Männer. Wer Geld will, muss selbst dafür anpacken. Und dies ...«, sie improvisierte, »... wird kein Haus für eine Familie, sondern für Hirten. Die Missionare kommen als Hirten ihrer Gemeinde.« Erwartungsvoll sah sie Idir an, der bereitwillig versuchte, die Worte, die er anscheinend schon auf Englisch nicht völlig verstanden hatte, auf Massai zu übersetzen. Die Männer schienen seine Worte zumindest zu diskutieren. Sie verstand das Wort »Rinder«. »Es ist eigentlich ganz einfach«, fuhr sie fort und wies auf den Massai mit den besten Englischkenntnissen. »Du arbeiten. Du Geld. Mädchen arbeiten. Du kein Geld. Verstanden?«

Die Männer sagten etwas zu den jungen Mädchen, die demütig die Köpfe senkten und ihnen folgten, als sie sich jetzt auf den Weg zurück in ihr Dorf machten.

»Ich hoffe, euren Rindern geht es gut!«, rief Ivy ihnen nach und wandte sich dann an Sanele, der ein Lächeln nur mühsam unterdrücken konnte. »Ich meine ... man muss doch höflich bleiben!«

Es dauerte drei Tage, bis die Begehrlichkeit der Massai-Männer über ihren Stolz triumphierte. Als Ivy das nächste Mal zur Baustelle kam, arbeiteten sie bereits mit Maurerkellen, Hammer und Sägen.

»Na also, sie können es doch«, bemerkte sie Sanele gegenüber zufrieden, nachdem sie sich nach dem Befinden der Rinder ihrer Gegenüber erkundigt hatte.

Sanele wirkte nicht so angetan. Nach seinem Dafürhalten stellten sich weder Massai noch Kikuyu besonders geschickt dabei an, Mauern hochzuziehen. Bei Newland, Tarlton & Co. waren die Kikuyu als Träger sowie in der Küche, beim Bedienen der Gäste, als Spurenleser oder Helfer bei der Präparation der Beutetiere tätig gewesen. Häuser zu bauen empfanden sie als ähnlich unter ihrer Würde wie die Massai und erhoben nur keinen Einspruch, weil Sanele ihnen klarmachte, dass zwischen dem Bau der Mission und dem Aufstellen der Zelte für die Safariteilnehmer eigentlich kein Unterschied bestand. Trotzdem musste er sie ständig antreiben.

Die Massai zeigten noch weniger Eifer. Allerdings waren sie ihm in anderer Weise nützlich. Er lauschte aufmerksam auf alles, was sie miteinander sprachen, und bat sie oft, eine Redewendung oder ein Wort zu wiederholen. Auf diese Weise hoffte er, sich zumindest einen Grundwortschatz ihrer Sprache aneignen zu können.

Er tauschte sich auch mit Ivy darüber aus, die Margaret und

Engelberta weiterhin ins Dorf begleitete und mithilfe ihrer kleinen Freundin Naeku versuchte, der Sprache näherzukommen. Gemeinsam bemühten sie sich um die Erstellung einer Art Wörterbuch.

Wann immer Sanele Zeit dafür fand, rekrutierte er begabte Fährtensucher, um gemeinsam mit Ivy Exkursionen in den Busch zu unternehmen. Sie lernte zunächst das Gebiet um ihre Farm, dann auch entferntere Gegenden kennen. Adrians Land erschien ihr unermesslich groß, doch im Unterschied zu ihren Beobachtungen während der Safari, bei der das Lager alle paar Tage verlegt worden war, fand sie hier zu einer Art Vertrautheit mit den Tieren. Bald kannte sie die Lieblingsplätze dieser oder jener Elefantengruppe und wusste, wo eine Löwenmutter ihre Jungen großzog. Sie lernte, die Einzelgänger unter den Nashörnern zu unterscheiden, und wusste, an welchen Stellen man sich besser nicht zur Rast niederließ, wenn man nicht von frechen Pavianen belauert werden wollte. Ivy genoss es, sich nicht mehr als Besucherin zu fühlen, sondern als Teil des vielfältigen Lebens um sie herum. Sie war glücklich, es bewahren und schützen zu dürfen.

So verging der afrikanische Frühling, er ging in den brütend heißen Sommer über. Peter Derringer kam alle paar Tage vorbei, um zu sehen, wie es ihr ging. Er brachte Ivy Briefe von Adrian sowie von ihrer Mutter, die ihr und Rosamonds Eintreffen in der Weihnachtswoche ankündigte. Ivy sollte sie dann in Mombasa treffen. Adrian berichtete, dass die Safari sich dem Ende zuneigte. Alle waren zufrieden, die Trophäen allein ihres Vaters füllten zwanzig Kisten. Er versicherte Ivy seiner Liebe und seiner Vorfreude auf das gemeinsame Leben im Tal von Kedong. Die Hochzeitsvorbereitungen würden beginnen, sobald er wieder in Nairobi sein würde.

»Können Sie einen Brief mit zurücknehmen, wenn ich ganz schnell schreibe?«, fragte Ivy Peter, der diesmal nicht mit seiner Frau, sondern seinem Sohn gekommen war.

Reggie Derringer sah seiner Mutter ähnlicher als seinem Vater, hatte aber dessen verschmitztes Lächeln und seine lebhafte Art. Ivy fand ihn sympathisch und freute sich, ihn als Adrians Freund in Zukunft sicher öfter mal auf der Farm begrüßen zu können. Sie hatte tausend Fragen an ihn – immerhin schien er der Einzige zu sein, der die Sprache der Massai fließend beherrschte.

»Nehmen Sie sich Zeit, Ivy«, sagte Peter gelassen. »Wir sind sowieso nicht zu Besuch hier, sondern eher geschäftlich.« Er wies auf den Rücksitz seines Wagens, auf dem mehrere Kisten mit neuen Jagdflinten lagerten. »Wir wollen gleich weiter zu den Massai.«

Ivys Augen weiteten sich. »Sie wollen … ihnen Waffen verkaufen?«, fragte sie fassungslos.

»Die Initiative ging eher von den Massai aus«, erklärte der Waffenhändler. »Da sie jetzt Geld verdienen, wollen sie es auch ausgeben. Die Mission trägt für mich also schon die schönsten Früchte, ich sagte ja bereits, dass ich sie unterstütze. Adrians Kikuyu sind übrigens ebenfalls interessiert. Die Männer beider Stämme werden der Verkaufsveranstaltung in schönster Eintracht beiwohnen. Was sie nicht hindern dürfte, sich gegenseitig mit den Flinten zu beschießen, falls es dann nicht mehr so gut klappt mit der Gemeinschaft. Und erzählen Sie mir nichts von Liebe und Frieden in Christus unserem Herrn. Die Stämme verhalten sich nicht anders als die Nationen in Europa. Die bekriegen sich auch unter Anrufung desselben Gottes gegenseitig.«

»Hier sind es immerhin verschiedene Götter«, bemerkte Sanele am Abend. Er hatte den Verhandlungen beigewohnt und für die Kikuyu übersetzt. Die Derringers hatten an diesem Nachmittag ein gutes Geschäft gemacht. »Nun machen Sie nicht so ein Gesicht, Miss Ivy! Den Rindern der Massai geht es gut.«

16

Die Missionsgebäude wurden fertig, kurz bevor Ivy vor Weihnachten den Zug nach Nairobi nahm. Die Missionsschwestern konnten sich vor Freude darüber kaum halten, dass sie das Weihnachtsfest nun bereits in ihrem eigenen Heim begehen konnten, im Kreise von Mitschwestern und Patres. Drei Schwestern, von denen zwei zumindest rudimentäre Kenntnisse der Sprache der Massai hatten, waren abgeordnet, um mit Margaret und Engelberta ins Missionshaus zu ziehen. Die vier Patres, die ebenfalls gekommen waren, um Missionsarbeit zu leisten, bezogen einen schlichten Anbau, zu dem nur sie Zutritt hatten.

Zunächst war ihnen jedoch anderes wichtig. Die Ordensleute kamen mit einem großen Ochsenkarren voller Spenden aus Europa. Sie würden eine Art Warenhaus eröffnen, das sie Store nannten und in dem sie die Einheimischen willkommen hießen. Die Schwestern tauschten Dinge des täglichen Lebens, die sich die Stammesangehörigen wünschten, gegen ein paar Eier oder ein Huhn. Der eigentliche Zweck des Stores bestand jedoch darin, den Menschen näherzukommen, die sie für ihren Glauben gewinnen wollten. Während die Frauen im Store stöberten, erhielten die Kinder Unterricht in der Schule. Die Einheimischen sahen das Leben der Ordensleute, hörten sie beten und singen und nahmen das Glück und die Befriedigung wahr, die sie offensichtlich aus ihrer Aufgabe zogen. Die Schwestern veranstalteten eine Weihnachtsfeier mit Krippenspiel und Gesang, wozu sie die bereits bekehrten

Kikuyu gewonnen hatten. Danach wurden die Christen reich beschenkt – für die Heiden gab es nur eine Kleinigkeit.

»Lockangebote«, bemerkte Peter Derringer, der der Arbeit der Mission weiterhin eher kritisch gegenüberstand.

Ivy konnte an der Feier nicht teilnehmen. Sie fuhr zunächst von Kijabe nach Nairobi. Dort sah sie bei Newland, Tarlton & Co. vorbei, musste jedoch hören, dass die Safariteilnehmer noch nicht zurück waren. Sie wurden in den nächsten Tagen erwartet.

»Ich denke, die feiern Weihnachten im Busch«, meinte Newland. »Das ist immer ein besonderes Erlebnis für die Gäste. Danach geht es heim.«

Ivy trat erneut die lange Bahnreise von Nairobi nach Mombasa an und genoss wie beim ersten Mal die Aussicht auf den Kilimandscharo und die Tiere, die neben der Bahnstrecke grasten. Diesmal machte sie all das noch glücklicher, denn jetzt fühlte sie sich nicht mehr als Besucherin, sondern sah es als Teil ihrer geliebten neuen Heimat.

Ihre Mutter Hortense und ihre Schwester Rosamond trafen am ersten Weihnachtstag im Hafen von Mombasa ein, und Ivy freute sich, dass Afrika sich an diesem Tag von seiner besten Seite zeigte. Der Himmel war klar, hinter der Stadt zeigten sich die Berge, es war heiß, aber nicht unerträglich.

Ivys Mutter verließ als eine der Ersten das Schiff und zog ihre Tochter in die Arme. »Wie habe ich mich danach gesehnt, dich wiederzusehen«, sagte sie und weinte sogar ein paar Tränen. »Und dann als Verlobte … Das war einmal eine Überraschung! Du musst uns alles genau erzählen.« Sie suchte nach einem Taschentuch.

Rosamond begrüßte sie verhalten und folgte ihrer Mutter wenig begeistert, das spürte Ivy gleich. Schließlich versäumte sie durch die unerwartete Reise etliche Höhepunkte ihrer ersten Saison. Gerade um Weihnachten und Silvester herum gaben die besten Familien ihre Bälle, man besuchte Theatervorstellungen und die Oper. Andererseits hatte Rosamond natürlich die Neugier nach Afrika getrieben. Ausgerechnet sie, Ivy, die sich immer am wenigsten um eine gute Partie gesorgt hatte, hatte einen Mann gefunden, der nicht nur aus bester Familie stammte, sondern auch noch gut aussehend und interessant war. Ihre Schwester hatte nichts Besonderes zu berichten. Die Vorstellung beim König war aufregend gewesen, doch auf den Bällen, so gab sie zu, tanzte man eigentlich immer wieder zu ähnlicher Musik mit denselben Männern. Ein passender Verehrer hatte sich noch nicht gefunden. Rosamond wedelte sich mit einem Taschentuch Luft zu und beklagte sich über die Hitze.

An Ivys Berichten war sie nicht allzu sehr interessiert, was Ivy enttäuschte. Aber natürlich hoffte sie, in Nairobi Diane zu treffen und mit ihr zu klatschen. Zweifellos würde sie viel pointierter schildern, was geschehen war zwischen Ivy und Adrian Edgecumbe.

Ivys Mutter dirigierte die Träger der vielen Koffer und Kisten, die sie und Rosamond mitgebracht hatten, zu den wartenden Eselskarren, feilschte um den Preis und zog dann mit einem ganzen Konvoi von Gefährten zu dem Stadthaus, das sie über Newland, Tarlton & Co. für ein paar Wochen gemietet hatte. Mit ihrem Gepäck wäre sie in einem Hotel niemals untergekommen.

»Warte, bis du dein Hochzeitskleid siehst, Ivy! Es ist hinreißend. Bei Harrods haben sie sich selbst übertroffen. Wir hatten eine eigene Schneiderin ...«

Ihre Mutter redete während der ganzen Fahrt aufgeregt auf sie ein, und so ging es in den nächsten Tagen weiter. Ivy brachte kaum ein Wort dazwischen, war jedoch entschlossen, die Zeit zu genießen. Schließlich würde sie die Einrichtung für ihr Haus aussuchen dürfen und viele Accessoires, die es wohnlich machen sollten. Schon die Öffnung all der Kisten, die ihre Mutter mitgebracht hatte, bescherte ihr ein Weihnachtsfest, wie sie es nie so üppig erlebt hatte. Es gab seidene Unterwäsche und Bettwäsche, elegante Kleider, von denen sie meinte, sie im Busch kaum tragen zu können, Porzellan und Kristallgläser und Schalen, alles von berühmten Designern nach der neuesten Mode gestaltet.

Ivy war froh, dass ihre Mutter nicht auch noch Möbel nach Afrika hatte verschiffen lassen. In ihr offenes, luftiges Haus passten eher leichte, helle Möbel als die schweren Anrichten und Schränke, die gewaltigen Sofas und gewichtigen Esstische und Sessel, die ihre Mutter sowohl in ihrem Stadthaus in London als auch in Parkland Gardens auf dem Lande bevorzugte.

Sie verbrachten das Weihnachtsfest verwöhnt durch das Personal in ihrem angemieteten Haus. Ihre Mutter und Rosamond waren den Afrikanern gegenüber befangen und misstrauisch, aber die Köchin, die Zimmermädchen und die Zofen, die zum Personal ihrer Vermieter gehörten, waren gut geschult. Der Butler war sogar europäischer Herkunft.

Für die Tage danach kamen Einladungen von mit Adrian bekannten und befreundeten Familien – in einem Country Club wurde ein Silvesterball veranstaltet. Ivy trug eins der neuen Kleider, die ihre Mutter mitgebracht hatte, eine zarte Kreation mit viel Spitze in einem hellen Blau. Rosamond fiel in einem zartrosa Kleid etwas gegen sie ab, doch die unangefochtene Ballkönigin an diesem Abend war Diane Maitland. Zu Ivys völliger Verblüffung war es Reggie Derringer, der die junge Frau in den Saal führte, die in einem roten Kleid, das dunkle Haar raffiniert frisiert, alle Blicke auf sich zog. Ivy blickte wie hypnotisiert auf den Mann, der hinter ihr her schritt: Adrian Edgecumbe. Im Smoking sah er einfach großartig aus, und er strahlte sie an, glücklich über die gelungene Überraschung.

Ivy wäre ihm am liebsten um den Hals gefallen, aber in der

illustren Gesellschaft der besten Familien Kenias konnte sie sich nicht so gehen lassen. Sie ging ihm also nur gemessenen Schrittes entgegen, wie von innen leuchtend vor Glück, ihn wiederzusehen. Adrian küsste ihre Hand, doch in seinen Augen stand der Wunsch nach sehr viel mehr Nähe. Rasch stellte sie ihm ihre Mutter und ihre Schwester vor und genoss dann das Wiedersehen mit ihrem Vater und den anderen Safariteilnehmern.

Ihr Vater wirkte unverändert. Die Anstrengungen der mehrmonatigen Safari waren ihm nicht anzusehen, nur seine Haut war gebräunt und seine Augen strahlten. Der Aufenthalt in Afrika, so berichtete er seiner Familie, sei der Höhepunkt seines Lebens gewesen.

»Ich meine natürlich meines Lebens als Jäger«, schränkte er ein, als Ivys Mutter ihm einen unwilligen Blick zuwarf. »Adrian hatte recht, bevor man das nicht erlebt hat, kann man sich nicht wirklich Jäger nennen. Warte ab, bis du die Trophäen siehst, Hortense! Einem Löwen gegenüberzustehen, das ist … das ist einfach …« Er brach ab und schwärmte gleich darauf im Kreise seiner Freunde, die ebenfalls noch völlig im Rausch ihres großen Abenteuers gefangen waren, weiter.

Als sich Alicia Maitland Ivys Mutter näherte, nutzte Adrian die Gelegenheit, Ivy in den tropischen Garten des Clubs zu entführen.

»Du hast mir unendlich gefehlt«, flüsterte er und zog sie in die Arme.

Ivy erwiderte seine Küsse, und dann verbrachten sie eine wunderbare Ballnacht. Außer einem Pflichttanz mit ihrer Mutter und Rosamond tanzte Adrian nur mit ihr. Er machte ihr Komplimente, sie tranken Champagner und schlichen sich immer wieder von der Gesellschaft weg, um sich zu küssen.

»Haben wir jetzt eigentlich ein Hochzeitsdatum?«, fragte sie glücklich, als sie sich in einem langsamen Walzer wiegten.

Adrian nickte. »Am 20. Februar wären passende Örtlichkeiten in Nairobi frei. Dort entsteht ein neuer Country Club – noch etwas einfach, aber man hat mir versichert, dass bereits sehr schöne Feste organisiert werden. Ich hätte gern einen früheren Termin gehabt, unsere stilbewusste Mrs. Maitland hatte allerdings mal wieder etwas anzumerken.«

Er wies auf Dianes Mutter, die immer noch mit Ivys Mutter plauderte, und Ivy verzog das Gesicht.

»Ich würde sie am liebsten lynchen wegen der Geschichte mit meiner bedrohten Unschuld auf der Safari«, erklärte sie. »Obwohl es mir im Kedong Valley ganz wunderbar gefällt. Die Farm ist ein Paradies …«

Adrian lächelte. »Das hatte ich gehofft«, sagte er. »Aber um auf Mrs. Maitland zurückzukommen: Eine kürzere Verlobungszeit, so erklärte sie mir, halte man in den Kreisen ihrer und deiner Familie für absolut unschicklich.«

Ivy seufzte. »Das heißt, ich muss jetzt noch fast zwei Monate einkaufen«, rechnete sie. »Das macht ja Spaß, es ginge nur entschieden schneller, wenn meine Mutter und Rosamond nicht jede Kleinigkeit durchdiskutieren würden.«

Adrian lachte. »Arme Liebste. Und ich fürchte, da kommt nun noch deine Freundin Diane dazu. Die Maitlands wollen unbedingt bis zur Hochzeit bleiben. Sie haben schon ein Haus in Nairobi gemietet und werden uns zweifellos auf jede Gesellschaft begleiten, die vor der Hochzeit für uns gegeben wird. Und natürlich werden sie dich bei der Auswahl der Einrichtung und deiner sonstigen Aussteuer wohlwollend beraten.«

Ivy vergrub das Gesicht an seiner Brust. »Sag, dass das nicht wahr ist«, murmelte sie. »Oder lass es mich wenigstens für ein paar Stunden vergessen. Holst du mir noch ein Glas Champagner?«

Ivys Mutter war äußerst angetan von ihrem künftigen Schwiegersohn – und Rosamond offenkundig neidisch. Während des Silvesterballs hatte sie gemeinsam mit Diane Reggie Derringer umgarnt, den sie beide wohl genauso attraktiv fanden wie Adrian. Der noch sehr junge Mann aus den Kreisen der Kaufmannschaft zeigte allerdings nicht den gesellschaftlichen Schliff, mit dem Adrian mühelos bezauberte. Er war nett, doch ihm fehlte der Charme, seine Komplimente waren rührend, aber langweilig. Zweifellos fragten sie sich, wie Ivy es geschafft hatte, Adrian für sich zu gewinnen.

Ivy bemühte sich derweil, geduldig zu bleiben, während sie mit ihrer Mutter die Einrichtung ihres Hauses aussuchte. Doch es war nicht einfach. Manchmal gab sie sich einfach geschlagen, weil sie keine Kraft mehr für Diskussionen hatte. Ihre Mutter war hoffnungslos traditionell. Einmal versuchte Ivy sie für ein Sofa zu begeistern, das sie absolut perfekt für ihren Salon fand, doch ihre Mutter fand das Blumenmuster zu vulgär.

»Vielleicht findet sich ja noch etwas Besseres in Nairobi«, entschied sie schließlich.

Ivy seufzte. Sicher würden sie auch dort sämtliche Möbeltischler und Haushaltswarenläden der Stadt aufsuchen müssen, bis ihre Mutter zufrieden war.

So war es denn auch. Sie zogen aus dem Stadthaus in Mombasa um in eines in Nairobi, und nach ein paar Tagen kannten sie sämtliche Kaufläden und Tischlereien vor Ort. Als der Hochzeitstermin endlich näher rückte, begann Ivy ernstlich, Engelberta und Margaret, die wie Freundinnen für sie geworden waren, zu beneiden. Sie hatten keinerlei Aussteuer gebraucht, sondern ihrem göttlichen Ehemann nur Armut, Keuschheit und Gehorsam versprechen müssen. Sie war die ständigen Einkaufsbummel, das endlose Teetrinken mit den Maitlands und den Gattinnen der europäischen Kolonisten, die sich über den Besuch aus England unbändig freuten und sich darum rissen, die Damen Maitland und Parkland Rowe zu empfangen, gründlich leid. Nairobi gefiel ihr zudem längst nicht so gut wie Mombasa. Die Stadt wuchs schnell, seit sie zur Hauptstadt Kenias erklärt worden war, und die Häuser bestanden oft nur aus Blech. Sogar die Ämter waren in primitiven Hütten untergebracht – ein Regierungsgebäude war jedoch im Bau.

Ivy sah Adrian nur selten. Er war immer noch für Newland, Tarlton & Co. tätig, wobei Ivy nicht verstand, was er dort genau machte. Nachdem sie nun beide in Nairobi lebten, wurden sie allerdings öfter zusammen eingeladen. Sie besuchten förmliche Dinner, sogar im Hause des Gouverneurs, Polospiele und Bälle, Tierausstellungen und Gartenschauen. Ivy hatte reichlich Gelegenheit, ihre neuen Kleider vorzuführen, und Adrian wurde nicht müde, sie zu bewundern. Das Zusammensein mit ihm war ein einziger Traum – nicht mehr getrübt durch ihre Kritik an der Jagd während der Safari und durch Dianes Sticheleien. Die Unsicherheit, die sie nach den Unstimmigkeiten auf dem Ritt nach Longonot kurz gequält hatte, war verflogen.

Ivy konnte es kaum abwarten, mit Adrian zusammenzuleben und von Rosamond und Diane endlich loszukommen. Mit Diane konnte sie sich einfach nicht anfreunden – ihre Schwärmerei für Reggie Derringer hatte nur so lange gehalten, bis der junge Mann zwei Tage nach dem Ball wieder abgereist war –, und Rosamond verhielt sich irritierend. Wann immer sie mit Adrian zusammentraf, suchte sie das Gespräch mit ihm und gesellte sich unauffällig dazu, wenn er mit anderen sprach. Dabei verhielt sie sich nicht, als hätte sie vor, ihn Ivy abspenstig zu machen. Sie wirkte sogar eher abweisend, wenn Adrian ihr charmant Komplimente machte.

Eines Nachmittags, nach dem Besuch einer Vernissage, sprach Rosamond Ivy auf ihre Liebe an.

»Glaubst du wirklich, dass er für dich der Richtige ist?«, fragte sie. Sie hatten sich gemeinsam die Werke eines Künstlers angesehen, die Safariszenen zeigten. Adrian hatte sich begeistert gezeigt und sehr interessiert daran, ein Jagdbild für sein Haus zu erwerben.

Desgleichen, zum Entsetzen von Ivys Mutter, ihr Vater. »Er ist so ganz anders als du.«

Ivy runzelte verärgert die Stirn. »Woher willst du das wissen?«, gab sie zurück. »Du hast ihn nur ein paarmal getroffen.«

»Aber ich sehe doch, dass ihr nichts gemeinsam habt. Er …«

Rosamond schenkte ihnen Tee ein. Die Dienstboten hatten ihn serviert, als sie zurück in das gemietete Haus gekommen waren.

Ivy fiel ihr ins Wort. »Er liebt Afrika, er begeistert sich für die Tier- und Pflanzenwelt auf diesem Kontinent. Er ist klug und belesen, wir können uns hervorragend unterhalten … Ich finde, wir haben eine Menge gemeinsam. Möchtest du Zucker?«

Ivy hätte das Gespräch erkennbar gern beendet, doch Rosamond ließ nicht locker.

»Er ist ein Jäger«, sagte sie. »Er verdient sogar seinen Lebensunterhalt mit der Jagd.«

»Und ist gerade dabei, damit mir zuliebe aufzuhören«, erklärte Ivy selbstbewusst.

Rosamond lachte. »Das glaubst du selbst nicht, Ivy. Dieser Mann lebt für die Jagd! Es ist nicht einfach ein Hobby wie bei unserem Vater. Adrian ist Jäger durch und durch. Er kann mit jeder Waffe schießen, er kann Fallen stellen, er beherrscht jede Finte … das merkt man doch, Ivy! In seinen Bewegungen, seinem Verhalten. Und er belauert nicht nur die Tiere, auch die Menschen, mit denen er umgeht. Deshalb fällt es ihm so leicht, sie um den Finger zu wickeln.«

»Nicht mich!«, erklärte Ivy im Brustton der Überzeugung. »Ich hab ihm immer widersprochen, ich …«

»Vielleicht hat dich ja gerade das für ihn interessant gemacht«, bemerkte Rosamond. »Bei Diane brauchte er nur mit den Fingern zu schnipsen. Wahrscheinlich wäre sogar ihre Mutter seinem Charme erlegen, wenn er gewollt hätte. Unsere Mutter hat er ja auch gleich bezirzt …«

Ivy blitzte ihre Schwester an. »Rosamond, ich verbitte mir solche Ausdrücke und Unterstellungen. Er hat Mutter nicht bezirzt, sondern sie mit seinem ihm eigenen Charme und seinem guten Benehmen für sich eingenommen. Auch mir gegenüber ist er offen und zuvorkommend. Es ist eigentlich ganz einfach: Ich liebe ihn, und er liebt mich. Weshalb wir beide bereit sind, den Wünschen des anderen entgegenzukommen. Er wird für mich die Safaris aufgeben, und ich werde nichts dazu sagen, wenn er dieses scheußliche Bild mit dem toten Löwen in sein Herrenzimmer hängt. Du kannst das offenbar nicht nachvollziehen, weil du noch nie jemanden geliebt hast. Und jetzt lass mich in Ruhe, Rosamond, ich brauche keinen Rat!«

Rosamond rieb sich die Stirn. »Ivy, wir haben uns nie allzu gut verstanden, und ich war oft eifersüchtig auf dich, aber ich bin deine Schwester. Ich will dir nichts Böses. Und ich bin nicht so dumm und oberflächlich, wie du offensichtlich glaubst. Ich erkenne einen Jäger, wenn ich ihn sehe. Und ich erkenne die Beute.«

Ivy beherrschte sich eisern. Sie durfte nicht zeigen, wie sehr ihr diese Worte einen Stich gaben, glichen sie doch dem, was Adrian ihr auf dem Ritt nach Longonot gesagt hatte. »Ivy, ich bin ein Jäger ... Wenn ich die Beute gestellt habe, dann ...«

»Ich will über all das nicht mehr reden«, erklärte sie ihrer Schwester und stand auf, um das Zimmer zu verlassen. »Adrian macht mich glücklich. Und das ist alles, was zählt!«

17

Ivys und Adrians Hochzeit wurde ein rauschendes Fest – in der Gesellschaft Nairobis der Höhepunkt der Ballsaison 1910/11. Garten und Restaurant des künftigen Country Clubs waren mit tropischen Blumen geschmückt, ein anglikanischer Geistlicher traute sie und Adrian in einem Gartenpavillon. Zum Tanz im Ballsaal und auf der Gartenterrasse spielten gleich zwei Quartette auf. Wer es wünschte, konnte seine Partnerin durch Walzer und andere klassische Tänze führen, auch Foxtrott. Ivy schwebte an Adrians Arm durch den Abend. Ihr Brautkleid war eine Wolke aus Spitze und Tüll, der Brautkranz eine Krone aus Blumen, von der ihr Schleier herabhing. Er ließ viel von Ivys locker aufgesteckten blonden Locken sehen. Adrian trug einen Frack und sah darin gediegen aus, ernster und älter als im Smoking.

Sämtliche Vertreter der besseren Gesellschaft Nairobis waren gekommen, Ivys Mutter war entzückt, die gesamte Kolonialregierung begrüßen zu können. Die Derringers waren aus Kijabe angereist, Reggie war Adrians Trauzeuge. Für Ivy übernahm ihre Schwester diese Rolle. Um die Einladungen hatte Adrian sich gekümmert, Ivy hatte sich nur gewünscht, die Schwestern Engelberta und Margaret wiederzusehen. Sie war entschlossen, ihnen die Reise zu bezahlen, doch der Orden lehnte ab, sie freizustellen. Der einzige andere Mensch, den Ivy gern dabeigehabt hätte, war Sanele Zulu – aber sie sah ein, dass dies völlig unmöglich war. Afrikaner waren in einem Club nur als Dienstboten gern gesehen. Einen von ihnen zur Hochzeit einzuladen wäre eine unannehmbare Entgleisung gewesen, und tatsächlich konnte sie sich ihren Freund auch nicht unter den Männern in Frack und Smoking vorstellen. Sie kannte Sanele nur in der Dienstkleidung der Träger von Newland, Tarlton & Co. sowie in den weiten Leinenhosen, die er trug, seit Adrian ihn dort abgeworben hatte.

Die Hochzeitsnacht verbrachte das Paar im Norfolk-Hotel, dem besten Haus von Nairobi, das in Bezug auf Komfort allerdings nicht an die Safarizelte von Newland, Tarlton & Co. heranreichte, wie Ivy lachend bemerkte. Dennoch fanden sie das Bett mit Rosenblättern bedeckt, eine Flasche Champagner stand bereit, und das Zimmer war erfüllt von einem Duft nach Orangen und Zimt. Ivy küsste ihren Mann überglücklich, und Adrian erwies sich als perfekter Gentleman. Er wartete, bis eine Zofe Ivy aus dem Brautkleid geholfen hatte, und betrat das Zimmer erst, als das Mädchen sie dort allein ließ. Ivy empfing ihn strahlend, das Haar gelöst, bekleidet mit einem Spitzennachthemd.

Adrian lächelte. »Du erlaubst, dass ich dir das ausziehe?«, fragte er gemessen und konnte dann nicht schnell genug die Bänder lösen. Diesmal stieß Ivy ihn nicht zurück. Sie gab sich ganz seinen Zärtlichkeiten hin, flüsterte Liebesschwüre und hatte den kurzen Schmerz bei seinem Eindringen in sie bald vergessen. Sie war überzeugt, die glücklichste Frau der Welt zu sein, als sie schließlich in seinen Armen einschlief.

Am nächsten Morgen erwartete sie eine weitere Überraschung: Adrian übergab ihr den Schimmel Tango als Hochzeitsgeschenk.

»Du willst ja sicher mal zur Mission reiten oder zu anderen Farmen. Da brauchst du ein zuverlässiges Pferd. Aber bitte verlass nie die Pfade auf der Farm, ich will nicht, dass dir etwas zustößt«, sagte er, zufrieden, dass sie sich über sein Geschenk freute.

Ivy wusste zwar nicht, warum es abseits der Pfade gefährlich sein sollte, die Löwen waren ja nicht ausgesperrt, sie hätte ihm an diesem Morgen jedoch alles versprochen. Sie selbst hatte Adrian die Skulptur eines Löwen geschenkt, von der sie fand, dass sie sich gut in ihrem Salon machen würde. Adrian stimmte ihr zu, auch ihm gefiel das Geschöpf aus Messing.

Sie begleiteten Ivys Familie nach Mombasa, nachdem Tango und Shadow sowie ein Gespann Zugochsen, das Adrian vor der Hochzeit in Nairobi erstanden hatte, in ein Viehabteil der Bahn verladen worden waren. Sanele würde die Tiere in Kijabe abholen lassen. Die Parkland Rowes und die anderen Teilnehmer der Safari, die zur Hochzeit geblieben waren, nahmen den Nachtzug, am nächsten Morgen traten sie die beschwerliche Rückreise nach England an.

Ivys Mutter stöhnte auf, als das Verladen all der Jagdtrophäen in den Schiffsbauch anstand und die Träger Dutzende von Kisten sowie Elefantenstoßzähne und einen ausgestopften Nashornkopf an Bord schleppten.

»Könnt ihr nicht einige der ausgestopften Tieren hierbehalten?«, fragte sie Ivy und Adrian. »Zu euerm Haus würden sie bestimmt besser passen!«

Ivy schüttelte angewidert den Kopf. Adrian dagegen lachte.

»Lady Hortense, mein Haus würde ich gern mit meinen eigenen Jagdtrophäen schmücken. Die sind in Nairobi eingelagert, ich lasse sie auf die Farm bringen. Und ohne mich brüsten zu wollen: Dagegen ist die Sammlung Ihres Gatten kümmerlich …«

Ivy seufzte, aber auch damit würde sie sich abfinden können. Schließlich sollten ja keine neuen Artefakte hinzukommen.

Ivy verabschiedete sich wehmütig von ihrer Familie. In den nächsten Jahren würde sie bestimmt weder ihre Eltern noch ihre Schwester wiedersehen. Sie umarmte auch Rosamond und beschloss, ihr die Kritik an ihrem Gatten zu verzeihen. Rosamond blieb kühl. Sie schien ihre Meinung nicht geändert zu haben und Ivy übel zu nehmen, dass sie sich nicht dafür interessierte. Ivys Mutter war natürlich in Tränen aufgelöst, und selbst ihr Vater musste sich schnäuzen.

»Kopf hoch, Edward, dies muss nicht Ihre letzte Safari gewesen sein«, tröstete ihn Adrian. »Besuchen Sie uns irgendwann im Kedong Valley.«

Er nahm Ivy in den Arm, als das Schiff schließlich abfuhr.

»Bereit für die Flitterwochen?«, fragte er sanft. »Palmen und Strand?«

Bekannte von ihm besaßen ein Haus am Meer, das sie dem jungen Paar gern zur Verfügung stellten. Die Woche, die sie dort verlebten, war für Ivy ein einziger Traum. Sie hatten den langen Sandstrand ganz für sich, liebten sich dort im Mondlicht und plantschten im warmen Wasser des Indischen Ozeans. Das Personal ihrer Gastgeber servierte frischen Fisch, sie speisten unter Palmen am Strand – und Ivy hätte ewig bleiben können, hätte sie nicht gespürt, dass es Adrian drängte, nun endlich sein Haus zu beziehen und sich um sein Land zu kümmern. Die Möbel und seine Trophäen waren ihnen vorausgereist. Beide hatten genaue Angaben gemacht, wo sie aufgestellt werden sollten. Ivy dachte, dass Sanele alles arrangieren würde, Adrian hatte jedoch Reggie Derringer damit beauftragt. Sie wunderte sich darüber, dass der junge Mann sie auf der Farm erwarten würde. Er arbeitete schließlich mit seinem Vater zusammen in dessen Geschäft und sollte eigentlich anderes zu tun haben, als sich um die Einrichtung des Hauses seines Freundes zu kümmern.

Ivy und Adrian bestiegen Ende Februar den Zug nach Kijabe. Adrian behauptete, dass Zugreisen ihn müde machten, und verschlief fast die ganze Reise. Ivy dagegen freute sich, auch diesmal wieder tagsüber unterwegs zu sein, und konnte sich an der vor dem Fenster vorbeifliegenden Landschaft nicht sattsehen. Als die Reise sich langsam ihrem Ende zuneigte, schmiegte sie sich an Adrian und bedankte sich für die wunderschöne Zeit.

»Und in den nächsten Wochen erkunden wir unser eigenes Paradies«, sagte sie glücklich. »Die Reviere der Tiere … die Wasserlöcher … Ich habe versucht, eine Karte zu zeichnen, aber es ist mir nicht besonders gelungen.«

Adrian runzelte die Stirn. »Du bist in den Busch gelaufen und hast Tiere beobachtet? Bist du von Sinnen, Ivy? Ohne jeden Schutz …« Ivy winkte ab und berichtete von der Hilfe durch die Kikuyu-Fährtensucher. Adrian war trotzdem nicht begeistert. »So geht das nicht, Ivy. Du kannst nicht allein durch den Wald streifen! Die Tiere auf dem Farmland sind nicht weniger gefährlich als die in der Wildnis, im Gegenteil. Sie wurden in den letzten Jahren nicht bejagt, das macht sie hemmungslos. Bitte unterlass in Zukunft solche Abenteuer! Aber du wirst ja auch gut zu tun haben, wir haben bereits die ersten Anmeldungen …«

Anmeldungen? Ivy war verwirrt, schwieg jedoch.

Adrian stand auf, als der Zug in den Bahnhof von Kijabe einfuhr, und holte das Handgepäck von der Ablage. Ihre Fragen würden vorerst unbeantwortet bleiben müssen. Am Bahnhof wartete erneut Peter Derringer mit seinem Automobil. Die Männer umarmten sich und bestritten während der nächsten Stunde die gesamte Unterhaltung. Natürlich erkundigte sich Peter kurz nach Ivys Befinden und fragte nach der Hochzeitsreise, aber lieber wollte er sich mit Adrian über ein neues Gewehr austauschen.

»Ist vielleicht auch was für dich«, bemerkte er und berichtete über die Vorteile gegenüber herkömmlichen Jagdwaffen.

Ivy ärgerte und befremdete das Gesprächsthema. Adrian hatte ihr schließlich versprochen, dass die Jagd keine Rolle in ihrem gemeinsamen Leben spielen sollte. Oder etwa nicht? Sie versuchte, sich an den genauen Wortlaut zu erinnern. Etwas wie: Wenn wir es ihnen nicht erlauben, schießt niemand auf unserem Land ... Plötzlich erfasste es sie eisig. Wollte Adrian es doch jemandem erlauben?

Zumindest schien er selbst weiter jagen zu wollen. Ivy versuchte, sich einzureden, dass dies völlig normal war. Auch ihr Vater jagte in seinem Revier, einmal jährlich lud er die Nachbarn zur Treibjagd ein. Es war unmöglich, es den Männern gänzlich zu verbieten.

Als Peter auf die Zufahrtsstraße zu ihrer Farm einbog, konnte sie sich der Wahrheit jedoch nicht mehr verschließen. Statt des alten Hinweises auf die Attenrow Farm prangte ein neues Schild über dem Tor. EDGECUMBE PRIVATJAGDRESORT las sie.

Ivy kämpfte gegen einen Schwindel an.

»Was bedeutet das, Adrian?«, fragte sie tonlos, bemüht, ruhig zu bleiben.

Adrian lächelte. »Eine Überraschung, Liebes! Unser Geschäft. Wir werden Jagdgäste aus aller Welt empfangen.«

Ivy kämpfte mit ihrer Fassung. »Du ... du hast mir versprochen, du gingest nicht mehr auf Safari ...«

Ihr Mann nickte. »Und das halte ich auch. Das ist ja gerade die Grundlage dieser neuen Geschäftsidee. Die Gäste brauchen sich nicht mehr für Monate freizunehmen, um unter unbequemen Umständen in die Wildnis zu ziehen. Sie können das Gefühl der Safari bei uns erleben. Einige Wochen lang oder nur ein paar Tage, man kommt ja hier schnell zum Abschuss.«

»Auf eingesperrte Tiere?«, empörte sich Ivy.

»Auf einer Fläche von fünfzehntausend Hektar. Das ermöglicht eine völlig authentische Jagd. Allerdings ist alles besser kontrolliert. Wir brauchen natürlich weiterhin Fährtenleser und begleitende Jäger – Reggie hat sich entschieden, mir zu helfen. Und wir brauchen eine Gastgeberin, die den Servicebetrieb und all das überwacht. Du wirst ein wirklich großes Haus führen, Ivy, und mit sehr interessanten Menschen arbeiten ...«

Der Wagen fuhr nun auf das Haus zu, und Ivy fühlte sich an

Herrenhäuser in England erinnert, als Männer und Frauen in Dienstbotenkleidung herauskamen, um sie zu begrüßen. Unter ihnen war Sanele. Er trug die Uniform eines Hausdieners oder Butlers und wich Ivys eiskaltem Blick aus.

Vorerst war allerdings kein persönliches Wort zwischen ihnen möglich. Adrian begrüßte die Hausdiener und -dienerinnen – Ivy erkannte die Kikuyu-Frauen, die sie in den Wochen vor Weihnachten angelernt hatte. Während ihrer Abwesenheit schien sich jemand ihrer angenommen zu haben, sie wirkten sicherer und fachkundiger als davor. Ivy versuchte zu lächeln und sie freundlich zu begrüßen, aber sie hatte immer noch das Gefühl, in einem hässlichen Traum festzustecken. Dabei war das Haus, das sie nun betraten, wunderschön eingerichtet und dekoriert. Die von ihr ausgewählten Möbel passten perfekt in die Räume, und was Adrians Trophäen anging, so schmückten sie vor allem das Herrenzimmer und die Eingangshalle – dort hing der Kopf des Antilopenbocks, den Adrian an Ivys statt geschossen hatte.

»Hier werden wir die Gäste empfangen«, erklärte er ihr. »Da können sie gleich sehen, was sie erwartet.«

Auf dem Boden lagen Zebra- und Giraffenfelle. Ivy kämpfte mit der Übelkeit.

»Aber nun schau mal, was ich mir für die Gäste ausgedacht habe«, sagte Adrian begeistert und führte sie auf die Terrasse. Von hier aus konnte man auf sechs Safarizelte hinuntersehen – geräumiger als die, die sie während der Reise bewohnt hatten, fest installiert und den Gästen trotzdem die Illusion vermittelnd, sie kampierten in der Wildnis. Sie standen weit genug auseinander, um den Gästen Intimität zu bieten – in der Wildnis war das nicht immer der Fall gewesen, man hatte oft gehört, was in den anderen Zelten gesprochen worden war. Von dem Platz vor den Zelten aus war das nächstgelegene Wasserloch der Wildtiere gut einzusehen. »Wir haben da auch eine Küche«, erklärte Adrian. »Gegessen wird draußen, wie wir es im Busch gehalten haben. Allerdings habe ich noch keinen französischen Koch gefunden. Vielleicht kannst du dich ja umhören …«

»Ich soll …« Ivy fasste sich. »Adrian, ich will das alles nicht. Ich habe dir gesagt, ich möchte nicht in einem Safarilager leben. Ich verabscheue die Jagd …«

»Du wirst mit der Jagd gar nichts zu tun haben«, versuchte Adrian sie zu beruhigen. »Du wirst einfach nur die Gastgeberin für sehr illustre Gäste sein. Denn auch wenn hier weniger Kosten anfallen als bei Newland, Tarlton & Co., günstig wird der Aufenthalt nicht. Schließlich ergeben sich ja beträchtliche Vorteile gegenüber einer herkömmlichen Safari …«

Adrian begann, sie erneut aufzuzählen, aber Ivy konnte nicht an mehr Bequemlichkeit, kürzere Anreise, mehr Komfort und all das denken. Sie dachte nur daran, dass die Menschen dafür zahlen würden, Tiere zu töten, die sich ihnen nicht entziehen konnten. Sie wusste nun, warum Adrian der Zaun rund um sein Land so wichtig war.

»Ich kann nicht …«, flüsterte sie.

Aus Adrians Gesicht verschwand das Lächeln. »Ivy, lass den Unsinn«, sagte er ungehalten. »Du bist meine Frau, du wirst mich bei meinen Geschäften unterstützen. Du kanntest meinen Beruf, und ich habe dir nie versprochen, ihn aufzugeben …«

»Du sagtest, dass du bei Newland, Tarlton & Co. kündigst«, entgegnete sie.

Adrian schnaubte. »Und habe ich das nicht getan? Ich habe alles getan, was du wolltest. Du hast ein Haus, eine Farm, und nun wirst du deinen Teil der Aufgaben übernehmen, die sich im Übrigen kaum von der Führung eines großen gastfreundlichen Hauses in England unterscheiden.«

»Aber es ist … es ist, als ob du die Tiere zur Schlachtbank führen würdest«, sagte Ivy verzweifelt.

»Wogegen du nie etwas einzuwenden hattest, wenn ich dich an eins unserer ersten Gespräche erinnern darf. Lass das Gerede, Ivy. Möchtest du ein Glas Champagner? Peter? Einen Brandy?«

Peter Derringer hatte sich während ihrer Auseinandersetzung im Hintergrund gehalten. Jetzt räusperte er sich.

»Ivy, ich hatte doch schon angedeutet …«

Ivy blitzte ihn an. »Niemand hat etwas angedeutet. Niemand hat mir etwas gesagt. Weder Sie noch Susan, nicht mal Sanele. Du hast mich hintergangen, Adrian! Ihr habt mich alle hintergangen.«

Damit stürzte sie hinaus. Adrian folgte ihr nicht.

Sie flüchtete in den Pferdestall, um sich in Tangos Box auszuweinen. Schon als kleines Mädchen hatte sie sich im Pferdestall verkrochen, wenn sie sich unverstanden gefühlt hatte. Kurz darauf vernahm sie ein Räuspern und entdeckte Sanele an der Boxtür. Feindselig starrte sie ihn an.

Der junge Mann blieb respektvoll draußen. An Pferde war er nicht gewöhnt.

»Sie haben es gewusst!«, fuhr sie ihn an.

Sanele schüttelte den Kopf und stellte ein Weinbrandglas vor die Box. »Ich dachte, Sie bräuchten jetzt vielleicht einen Brandy«, sagte er. »Und ich schwöre Ihnen, ich wusste es nicht. Dass hier Zelte aufgebaut werden sollten, habe ich erst erfahren, als Mr. Reggie nach Ihrer Abfahrt nach Mombasa hierherkam und die Aufsicht übernahm. Und wozu das alles dient, musste ich mir sogar selbst zusammenreimen. Mr. Reggie ist niemand, der jemandem wie mir etwas erklärt …«

Ivy sah ihn aus tränennassen Augen an. »Was machen wir denn jetzt?«, fragte sie hilflos und griff zwischen Tangos Beinen hindurch nach dem Glas. Der Schimmel knabberte unberührt weiter sein Heu.

»Ich werde die Gäste bedienen«, erwiderte Sanele. »Mr. Reggie sagt, ich hätte die Aufsicht über die Küche, bis ein Koch gefunden ist, den Service sowie den Reinigungsdienst. Natürlich bin ich Ihnen unterstellt, Miss Ivory. Sie sind die Herrin des Hauses, die uns die Anweisungen erteilt.«

»Aber ich kann das nicht einfach so hinnehmen«, erregte sich Ivy. »Und auch noch mitmachen!«

»Was wollen Sie denn sonst tun?«, fragte Sanele. »Sie sind seine Frau. Heißt das nicht, dass Sie ihm gehören?«

Ivy vergrub das Gesicht in den Händen. Sie konnte dem nicht widersprechen. Eine Trennung oder gar Scheidung durchzusetzen war schwierig – zumal hier in den Kolonien und so kurz nach der Vermählung. Sie hatte Adrian ja auch im Grunde nichts vorzuwerfen. Außer, dass er sie in die Falle gelockt hatte wie das Wild. Ein Jäger. Sie schluchzte.

»Er will nicht, dass ich in den Busch gehe, um die Tiere zu beobachten«, flüsterte sie. »Werden Sie ... werden Sie mich trotzdem weiter dorthin begleiten? Ich kann nicht nur hier sein und zusehen, wie sie die toten Tiere bringen. Ich brauche ... wenigstens brauche ich Afrika.«

Sanele nickte. »Afrika wird Ihnen bleiben«, versprach er.

Ivy nahm den Brandy und trank langsam, Schluck für Schluck. Eigentlich mochte sie nichts Hochprozentiges, aber jetzt spürte sie, wie sich Wärme in ihrem Magen ausbreitete und ihr Herz langsam wieder ruhiger schlug.

»Die Schwestern sind übrigens noch da«, bemerkte Sanele, der ruhig abgewartet hatte, bis sie aufgehört hatte zu weinen und so weit war, nach einem Taschentuch zu suchen und sich die Tränen zu trocknen.

»Margaret und Engelberta?«, fragte Ivy verwundert. »Die wollten doch in die Mission umziehen. Ich hoffe, das gibt keinen Ärger mit Adrian.«

»Mr. Reggie hat es erlaubt«, meinte Sanele. »Die zwei missionieren ja eher die Kikuyu als die Massai – und jeden Tag zur Mission und zurück zu laufen ist sehr beschwerlich. Ich könnte mir vorstellen, dass es Mr. Adrian nicht recht wäre, wenn seine Gäste auf den Wegen im Resort häufiger Schwestern antreffen als Elefanten, und gefährlich ist es obendrein. Sie tragen ja keine Gewehre bei sich.«

»Bisher ist es nie zu Zwischenfällen gekommen«, verteidigte Ivy die friedfertigen Ordensfrauen.

»Bisher liefen da auch noch keine verschreckten oder gar angeschossenen Löwen oder Nashörner herum«, erklärte Sanele. »Jedenfalls haben sie gefragt, ob sie während der Woche nicht weiter ihren Schuppen bewohnen können, und sie machen sich ja zudem nützlich. In ihrem Garten reift das erste Gemüse, das wird der Restaurantküche zugutekommen. Und Schwester Engelberta hat sich erboten, die Hausmädchen zu schulen. Sie kommt wohl aus sehr gutem Hause, und sie hat mehr Geduld als ich.« Er lächelte. »Schwester Margaret kann etwas kochen, Mr. Reggie hat zunächst gehofft, sie könnte vielleicht den Part des Maître übernehmen. Das ist allerdings hoffnungslos, sie versteht sich nur auf einfachste schottische Gerichte … und die schmecken … eher ungewohnt.«

Ivy lächelte über seine vorsichtige Formulierung. »Sie könnte Adrians Geheimwaffe werden, sollte er mal einen Clan-Lord aus den Highlands zu Gast haben«, meinte sie.

Sanele lächelte pflichtschuldig zurück, obwohl er den Scherz nicht zu verstehen schien. Bücher über schottische Geschichte hatte die Bibliothek ihres Onkels wohl nicht enthalten.

Ivy raffte sich schließlich auf und ging zu dem Schuppen hinüber, den die Schwestern bewohnten. Wie bei ihrem ersten Besuch traf sie die beiden im Garten an. Während sie jäteten und gossen, sangen sie Marienlieder, verstummten jedoch sofort, als sie Ivy erkannten.

»Ivy! Du bist wieder da … Allerherzlichsten Glückwunsch zur Hochzeit. Wir wären so gern gekommen …«

»Mr. Reggie sagte, es sei ein wunderbares Fest gewesen …«

Die Schwestern ließen ihre Gartenwerkzeuge fallen und liefen Ivy entgegen, um sie zu beglückwünschen und zu umarmen. Als sie ihre unglückliche Miene und ihre verweinten Augen sahen, verstummten sie jedoch sofort.

»Was ist passiert, Ivy? Du hast geweint? Bist du nicht glücklich?«

Margaret legte ihr den Arm um die Schultern, woraufhin Ivy direkt wieder in Tränen ausbrach. Die Erinnerung an die Hochzeit, die wunderschönen Tage mit Adrian, während er auf der Farm an ihrer »Überraschung« hatte arbeiten lassen … Sie schluchzte. Margaret warf ihrer Mitschwester einen kurzen Blick zu, dann führten sie Ivy in den Schuppen. »Wir machen dir jetzt einen Tee, und dann erzählst du uns alles«, sagte die schottische Schwester.

Engelberta griff zur Teekanne. Seit Weihnachten hatten die Schwestern einen richtigen Tisch, stabile Stühle, Betten und sogar einen Küchenherd. Die Einrichtung war deutlich komfortabler als vorher.

»Aus der Mission«, erklärte Engelberta, als Ivy sich umsah. In einem kleinen Schrank stand irdenes Geschirr, die Schwester holte Tassen und Untertassen heraus sowie eine Zuckerdose. »Siehst du, wir sind schon richtig gute Gastgeberinnen«, scherzte sie.

Ivy nickte und nippte dankbar an dem heißen Tee, den Margaret ihr schließlich einschenkte. Sie gab großzügig zwei Löffel Zucker hinzu.

»Und nun sag, was geschehen ist! Gefällt dir das Haus nicht, das Mr. Adrian eingerichtet hat? Oder … du magst es nicht, dass dies hier eine Art … hm … Jagdlager werden soll?« Margaret kannte Ivys Missbilligung der Jagd als reines Vergnügen.

Ivy trocknete noch einmal ihre Tränen und erzählte dann alles.

»Überraschung hat er es genannt! Dabei wusste er genau, ich würde mich nicht darüber freuen, dass er aus der Farm einen … einen Schlachthof machen will. Er hat das alles hinter meinem Rücken geplant, und jetzt stellt er mich vor vollendete Tatsachen. Er braucht mich. Und er weiß genau, dass ich ihn nicht geheiratet hätte, wenn ich das gewusst hätte.«

»Bestimmt nicht?«, fragte Margaret. »Ich meine ... du warst so verliebt ...«

Engelberta sah es nüchterner. »In gewisser Weise war es natürlich unaufrichtig«, erklärte sie, »aber gelogen hat er nicht. Er hat dir nie versprochen, auf eurem Land würde nicht gejagt. Und der Vergleich mit dem Schlachthaus scheint mir auch etwas weit hergeholt. Das ist hier schließlich ein riesiges Gelände. Die Tiere werden den Jägern nicht auf dem Silbertablett serviert, sie müssen sie aufspüren.«

Margaret äußerte nun auch ihre Gedanken. »Mich erinnert das an ein sehr altes Lied, das man bei uns zu Hause singt«, sagte sie leise. »Es ist heidnisch, tut mir leid, Engelberta, aber es beruht auf einem alten Märchen. Demnach gibt es Wesen, die an Land Menschen sind und im Meer Seehunde, Selkies, und eine junge Frau verliebt sich in eines von ihnen und bringt sein Kind zur Welt. Nach einiger Zeit erscheint der Vater des Kindes bei ihr, fordert das Kind und lässt ihr eine Börse voller Gold da. Außerdem sagt er ihr ihre Zukunft voraus: *Du aber wirst einen Jäger heiraten. Ein sehr guter Jäger wird er sein. Und mit dem ersten Schuss, den er dann abfeuert, wird er mich töten und unser Kind.*«

Ivy runzelte verärgert die Stirn. »Und?«, fragte sie. »Was will uns das sagen?«

»Ich weiß nicht«, murmelte Margaret. »Vielleicht dass Männer mitunter die Träume ihrer Frauen zerstören. Oder dass ... dass die junge Frau eigentlich nur das Land liebt, das Meer, das Besondere dieser Inseln. Der Seehundmann symbolisiert vielleicht all das. Und dann holt die Wirklichkeit sie ein.«

»Du meinst, ich hätte mich vor allem in Afrika verliebt?«, fragte Ivy nachdenklich. »Und alles, was Adrian sagte, so gedeutet, dass es in meinen Traum passte?«

Margaret blickte sie mit ihren Bernsteinaugen ernst an – ernst und traurig. Und Ivy fragte sich erneut, ob die Berufung der jungen Ordensfrau nicht auch eher der Erfüllung von Träumen galt als der Mission.

18

Adrian Edgecumbes Plan ging auf. Schon bald gingen die ersten Buchungen von Jägern ein, die eine Woche oder auch nur ein Wochenende auf die Pirsch gehen und dabei garantiert erfolgreiche Jagden erleben wollten. Es gab Festpreise pro Tier, und nur sehr selten wurde ein Gast enttäuscht. Ivy vermutete allerdings, dass Adrian und Reggie sehr häufig behilflich sein mussten, um die Beute mit einem Schuss zu erlegen. Nur wenige der Gäste waren so leidenschaftliche Jäger wie Ivys Vater und seine Freunde. Sich mehrere Wochen oder Monate auf Safari zu begeben, war ihnen zu zeitaufwendig. Oft waren es Kaufleute aus Nairobi oder Mombasa oder Angestellte oder Gäste der britischen Verwaltung, die ihr Heim mit einer Jagdtrophäe schmücken wollten, ohne sich dabei allzu sehr anzustrengen. Der Gouverneur lud illustre Besucher gern zu einem Jagdausflug ein, und Geschäftsleute taten dasselbe für ihre Kunden. Auch in eine Weltreise – zurzeit fast obligatorisch für unternehmungslustige reiche Europäer, die es sich leisten konnten, ein Jahr und länger unterwegs zu sein – war die Safari jetzt zu integrieren. Adrian ließ den Abenteurern die Trophäen direkt nach Hause schicken, schließlich konnten sie keinen Elefantenzahn mit auf eine Reise nehmen, die sie bis nach Neuseeland oder Australien führte.

Was Ivy anging, so fügte sie sich in ihr Schicksal. Adrian hielt Wort: Er bezog sie nur als Gastgeberin ein, an den Jagden musste sie sich nicht beteiligen. Nicht einmal beim festlichen Dinner unter dem Sternenhimmel nach der Jagd bestand er auf ihrer Anwesenheit. Er sah es allerdings gern, wenn sie sich in eleganter Kleidung beim Sundowner kurz zu den Gästen gesellte und verbindlich mit ihnen plauderte. Sie pflegte die Gäste auch auf Edgecumbe Farm zu begrüßen – in der Eingangshalle, wo sie Adrians Trophäen bestaunten. Wenn nicht jagende Gäste mitgekommen waren, in der Regel die Frauen oder Töchter der Jäger, lud sie zum Tee oder zu Spaziergängen in die nähere Umgebung des Hauses ein oder in die kleine Siedlung der Kikuyu, die schon wie ein natürlich gewachsenes Dorf wirkte. Als Ivy beobachtete, dass die Besucherinnen die bunten Stoffe, den Schmuck und die Schnitzereien der Einheimischen bewunderten, regte sie an, diese Dinge zum Verkauf anzubieten. Die Kikuyu-Frauen fertigten Armbänder, Halsketten und Tücher, die Kikuyu-Männer kleine Ebenholzskulpturen. Am besten verkauften sich Abbildungen von Tieren, sie waren den meist gebildeten, weltoffenen Damen der gehobenen Gesellschaft eine willkommenere Erinnerung an den Aufenthalt in Afrika als die Trophäen der Männer.

Ivy stellte fest, dass sie das Zusammensein mit ihnen genoss – zumal sie dabei Menschen aus aller Welt kennenlernte. Sie sprach mit Amerikanerinnen und Australierinnen, Deutschen und Französinnen. Bald legte sie eine kleine Bibliothek in ihrem Hause an, in der sich die Gäste aktuelle Romane und Bildbände ausleihen und dann darüber diskutieren konnten. Für viele Weiße aus Nairobi, Mombasa oder anderen Gegenden Kenias oder Tansanias wurde Edgecumbe Farm zu einem idealen Ziel, um die Jagdleidenschaft des Familienoberhauptes mit dem Wunsch ihrer Frauen und Kinder nach Entspannung in ansprechender Umgebung zu verbinden.

Adrian war voll und ganz zufrieden mit der Arbeit seiner Frau, sagte es ihr oft und ließ sich von Ivys kühler Haltung ihm gegenüber nicht abhalten, sich ihr des Nachts häufig zu nähern. Sie gab sich ihm hin und genoss das Zusammensein, obwohl sie es sich selbst verübelte. Sie wollte ihrem Mann böse sein, doch immer wieder verfiel sie seinem Charme und schmolz dahin, wenn er sie berührte. Ihr Eheleben war also recht harmonisch – zumal sie sah, dass Adrian sein Resort nachhaltig verwaltete. Er ließ nicht mehr Tiere abschießen als aufwuchsen oder einwanderten. Der Zaun wies raffinierte Tore auf, durch die das Wild ins Resort herein-, aber nicht mehr hinauskonnte. Mitunter legte Adrian sogar Lockfutter aus.

Im Grunde ähnelte die Pflege seines Resorts der Arbeit des Wildhüters von Ivys Vater: Er hegte den Tierbestand und sorgte sich um das Wild, doch er entschied auch über Leben und Tod. Ivy sagte sich immer wieder, dass sie sich damit abfinden musste. Trotzdem fraß es immer noch an ihr, dass sie sich hatte hinters Licht führen und für Adrians Pläne einspannen lassen. So ließ sie es sich nicht nehmen, weiter am Leben der Tiere in ihrem Resort teilzuhaben. Sie begann mit Streifzügen in der Umgebung der Farm und weitete sie langsam aus. Sanele hätte sie dabei gern begleitet, doch er hatte mit der Leitung des Jagdresorts zu viel zu tun – abgesehen von der Küche unterstand ihm die gesamte Organisation. Lediglich der mittlerweile gefundene Koch, der aus Europa stammte, ließ sich von einem Afrikaner nichts sagen. Wenn mit ihm etwas geregelt werden musste, fiel das Ivy zu, und am liebsten besprach er sich mit Adrian selbst.

Ivy hatte inzwischen jedoch genug Vertrauen zu sich selbst und zu Afrika gefasst, um sich allein in den Busch zu wagen. Sie nahm zur Vorsicht stets ihr Gewehr mit, hatte es allerdings nie benutzen müssen. Die Wochen, in denen sie mit Sanele und den Kikuyu-Fährtensuchern unterwegs gewesen war, hatten sie gelehrt, sich von den Tieren unbemerkt anzuschleichen und Deckung zu suchen. Ein Versteck im Schilf beim Wasserloch wurde ihr Lieblingsplatz.

Um auch abgelegene Teile des Resorts aufsuchen zu können,

ohne zu lange auszubleiben, nahm Ivy schließlich sogar ihr Pferd mit – und stellte schnell fest, dass die Tiere viel zutraulicher waren, wenn sie sich gemeinsam mit Tango näherte, als wenn sie zu Fuß kam. Sie schienen auch sehr bald zu spüren, dass von ihr keine Gefahr ausging. Oft blieben sie einfach stehen und sahen fasziniert zu ihr herüber, wenn sie vorbeiritt.

Und dann kamen die Tiere auch in Ivys Leben, wie sie zuvor zu ihnen gekommen war. Es begann damit, dass die Zugochsen, die zum Transport schwerer Jagdbeute angeschafft worden waren, den Kadaver einer Elefantenkuh zur Werkstatt der Präparatoren schleppten. Zwei angestellte Weiße und ihre Kikuyu-Helfer hatten sie in einem der früheren Stallgebäude eingerichtet. Hinter dem toten Tier trabte sein Junges – ein sicher erst wenige Tage oder Wochen altes Elefantenkalb, das jämmerlich trötende Töne von sich gab und damit natürlich die Aufmerksamkeit der Bewohner der Farm auf sich zog. Ivy und einige der Kikuyu-Haus- und Küchenmädchen kamen aus dem Hauptgebäude, Adrian und ein paar Arbeiter aus der Präparationswerkstatt.

Reggie hatte die Jagd geführt, der die Elefantenkuh zum Opfer gefallen war. Er zog schon den Kopf ein, als sich Adrian näherte.

»Welcher Dummkopf hat das verbockt?«, brüllte der Bwana ihn an. »Wie kannst du eine Kuh schießen lassen, die ein Kalb führt?«

Reggie biss sich gequält auf die Lippen. »Der Earl of Warenport«, erklärte er. »Er war so aufgeregt, hat wohl überhaupt nicht auf die Anweisungen gehört und auf die Kuh angehalten, statt auf den Bullen, den wir ihm zugeteilt hatten. Zum Glück ist er wenigstens ein guter Schütze. Nicht auszudenken, wenn ich hätte nachhelfen müssen, und der Bulle wäre auch noch tödlich getroffen worden …«

Der Earl of Warenport gehörte dem Hochadel an und war ein guter Freund des britischen Kronprinzen. Entsprechend hofierte man ihn im Resort. Wenn er sich lobend über das Jagdangebot äußern würde, konnte man vielleicht sogar auf königlichen Besuch hoffen. In der Königsfamilie gab es leidenschaftliche Jäger.

Adrian verzog das Gesicht. »Und warum hast du das Junge nicht gleich erschossen?«, setzte er die Examinierung seines Mitarbeiters fort. »Du willst doch nicht etwa zugucken, wie es langsam verhungert?«

Reggie rieb sich die Stirn. »Ich fürchte, dann hätte Lady Warenport mich erschossen«, erwiderte er seufzend. »Sie hätte ihrem Mann schon beinahe den Kopf abgerissen, weil er dem Kleinen die Mutter genommen hat.« Lady Warenport war zwar selbst eine gestandene Jägerin, aber auch ihr war klar, dass es auf Dauer keine Jagd gab, wenn man den Nachwuchs und seine Mütter nicht verschonte. »Ich hatte vor, später noch mal zu dem Wasserloch zu gehen, wo der Earl sie erwischt hat, und das Kalb zu erlösen. Dass es uns nachläuft, konnte ich nicht ahnen.«

Das Elefantenkind stieß seine Mutter an und versuchte, sie zum Aufstehen zu bewegen. Es war herzzerreißend. Adrian griff nach seinem Gewehr.

»Nein, nicht!« Ivy hatte die Szene fassungslos beobachtet und griff nun ein. »Lass es leben, ich versuche, es aufzuziehen.«

Adrian sah sie unwillig an. »Wie soll das gehen?«, fragte er. »Willst du ihm die Flasche geben?«

»Warum nicht?«, gab Ivy zurück. »Unser Stallmeister in England hat mal ein mutterloses Fohlen aufgezogen. Das hat auch überlebt.«

»Mit Kuhmilch?«, wollte Reggie wissen. »Da brauchen Sie aber viel, Miss Ivy. Und wer weiß, ob er das verträgt …«

»Sie«, sagte Ivy. »Es ist ein Mädchen. Und ich will es wenigstens probieren. Erschießen könnt ihr es später immer noch.«

Adrian ließ die Flinte sinken. »Na schön«, gab er nach. »Aber keine endlosen Quälereien. Wenn du nicht schnell was findest, was sie ernährt, erlösen wir sie. Es dauert einen ja jetzt schon, wie das Tier jammert und leidet.«

Es waren Worte wie diese, die Ivy immer mal wieder die Liebe spüren ließ, die sie anfangs für Adrian empfunden hatte. Nach wie vor verstand sie nicht, wie er dieses Mitgefühl mit den Tieren damit verbinden konnte, auf sie zu schießen.

»Können wir sie in den Paddock bei den Pferdeställen bringen?«, fragte sie jetzt. »Ich kann Tango dazustellen. Dann fühlt sie sich vielleicht nicht so allein …«

Die Männer feixten über die Idee, dem Elefantenkind ein Pferd als Nanny beizugesellen, doch Ivy ließ sich nicht beirren. Schließlich rief Adrian ein paar Stallhelfer, die das Tier mit sanfter Gewalt in Richtung Paddock schoben. Es gab erneut wimmernde Töne von sich, als es Tango sah. Der Wallach beachtete den Neuankömmling kaum, aber Ivy war überzeugt davon, dass es schon beruhigend auf das Kalb wirken musste, dass er gelassen Heu fraß.

»Wir brauchen Milch«, wandte Ivy sich an die Kikuyu-Frauen, die bereitwillig in die Küche liefen, um die Vorräte zu holen. Ivy konstruierte gemeinsam mit Wawira, ihrer Köchin, die in Nairobi als Kindermädchen gearbeitet hatte und zumindest das Prinzip einer Babyflasche kannte, einen überdimensionalen Schnuller aus Plane und einem Kanister. Alle jubelten, als der kleine Elefant ihn tatsächlich ins Maul nahm. Zuerst ließ er die Milch seitlich hinauslaufen, aber dann überwand er sich und trank von der erwärmten Kuhmilch.

»Das machen wir jetzt alle zwei Stunden«, sagte Ivy zufrieden.

Ihr Nachmittagskleid war schmutzig und voller Milchflecken, doch das war ihr egal.

Leider hielt sich die Euphorie nicht lange. Ivy und ihre Helferinnen plünderten die Milchvorräte des darüber natürlich empörten Kochs, das Elefantenkind trank indes nur noch ein Mal. Beim dritten Versuch verweigerte es die Nahrung. Am nächsten Morgen wirkte es krank und hatte schweren Durchfall.

»So wird das nichts«, bemerkte Adrian. »Wir hätten es gleich erlösen sollen ...«

»Gib mir noch eine Chance«, bat Ivy verzweifelt. »Es muss etwas anderes geben ...«

»Warum fragen Sie nicht die Massai?«, regte Sanele an. Er hatte die Ankunft des kleinen Elefanten am Tag zuvor nicht miterlebt. Nun schaute er traurig auf das leidende Tier und auf Ivy, die für alle offensichtlich schon ihr Herz an das Elefantenkind gehängt hatte. »Die sind mehr Hirten als Jäger, sie sollten sich eher damit auskennen, wie man ein verwaistes Tier aufzieht, als die Kikuyu.«

Ivy fand das zumindest bedenkenswert. Auch in der Mission konnte sie fragen. Einige der Schwestern dort hatten Erfahrung mit Säuglingspflege. Vielleicht fiel ihnen ja etwas ein.

Der kleine Elefant trötete ihr unglücklich hinterher, als sie sich auf Tango schwang. Ein wenig hatte er sich wohl tatsächlich an das Pferd angeschlossen.

»Passen Sie auf die Kleine auf«, wisperte sie Sanele zu. »Lassen Sie nicht zu, dass sie erschossen wird, wenn ich weg bin ...«

Ihr afrikanischer Freund sah hilflos zu ihr auf. Was sollte er auch tun, wenn Adrian sich entschloss, das Kalb nicht länger leiden zu lassen? Ivy vertraute ihm trotzdem. Irgendwie würde Sanele es schaffen.

Ivy ließ Tango fast den ganzen Weg zur Mission galoppieren und traf dort Elisabeth an, eine Missionsschwester, die in der Krankenstation arbeitete. Sehr häufig vertrauten die Massai ihr die Kranken oder Verletzten jedoch nicht an. Eher wandten sie sich an ihre Heiler und Schamanen.

Elisabeth hatte also Zeit, sie zu beraten, tat das jedoch nicht gern.

»Was sagen Sie da?«, fragte sie entrüstet. »Sie wollen einem Elefanten Milch geben, während Kinder hungern?«

»Schwester, ich kenne hier keine hungrigen Kinder«, erwiderte

Ivy entschlossen. »Es gibt sicher viele in Nairobi oder Mombasa, aber bis man die Milch da hingebracht hätte, wäre sie sauer ... Können Sie mir nicht wenigstens einen Rat geben?«

»Ich verstehe mich nur auf Säuglinge«, erklärte die resolute Schwester. »Menschliche Säuglinge. Für die ist Kuhmilch zu fett. Wenn überhaupt, dann muss man sie verdünnen. Ziegenmilch vertragen sie besser, aber wir glauben, das führt auf Dauer zu Mangelerscheinungen wie Rachitis ...«

Ivy fand, dass für »auf Dauer« noch kein Plan gebraucht wurde. Sie musste erst einmal etwas finden, das ihr Sorgenkind bei sich behielt. Ziegenmilch sollte sich beschaffen lassen. Sie bedankte sich und ritt weiter zum Dorf der Massai. Ihre kleine Freundin Naeku lief ihr entgegen.

»Ivy! Ich ... Lied ... singen, englisch!« Naeku war die Vorzeigeschülerin der Missionsschule.

Ivy lächelte ihr zu. »Du kannst es gleich für mich singen. Aber erst muss ich mit Idir sprechen. Ich will etwas kaufen oder tauschen ...«

Die Kleine spitzte die Ohren. Diese Worte kannte inzwischen wohl jeder im Ort.

»Dann du gehen in Store«, erklärte Naeku. »Mamas haben schöne Sachen!«

»Nur keine Ziegenmilch. Verstehst du? *Enkine*.« Das Massai-Wort für Ziege hatte Ivy gleich am ersten Tag von Naeku gelernt.

Die kicherte jetzt. »Du kaufen Ziege?«

»Nein! Milch ... *Kule* ...« Ivy machte die Bewegung des Melkens. Naeku begriff schnell und brachte Ivy nicht zu einem der mürrischen Dorfvorsteher, sondern zu ein paar Frauen, die zusammensaßen und Getreide zu Mehl mahlten.

Sie versuchte, ihr Anliegen von Gesten begleitet vorzubringen, woraufhin eine der Frauen in ihre Hütte lief und eine Karaffe mit Ziegenmilch herausholte. Vielleicht ein oder zwei Liter. Sie bedeutete Ivy, sie würde ihr die Milch schenken.

Ivy bedankte sich und versuchte den Frauen dann mit Worten und Zeichen klarzumachen, dass viel mehr Milch gebraucht wurde, weil ein Elefantenkind zu versorgen war. So ganz schienen sie das nicht glauben zu können, füllten jedoch zwei Schläuche mit Milch und versprachen, am nächsten Morgen mit Nachschub auf der Farm zu sein.

Ivy ritt, so schnell sie konnte, zur Farm zurück und verhielt Tango am Paddock. Ihr Sorgenkind war nirgends zu entdecken. Die Enttäuschung traf sie wie ein Schlag. Erneut hatte Adrian ihre Wünsche nicht ernst genommen. Alles war umsonst gewesen …

Doch dann kam eine der Kikuyu-Frauen aus dem Haus. »*Njogu*, Elefant … Zelte …«, erklärte sie. »Gäste …«

Ivy fühlte Hoffnung in sich aufsteigen – und Dankbarkeit. Sanele hatte es also geschafft. Sie wusste nicht, wie er die kleine Elefantenkuh zu den Zelten der Gäste geschafft hatte, aber vor den Augen von Lady Warenport würde Adrian sie nicht erschießen. Sie forderte Wawira auf, die Ziegenmilch anzuwärmen und in die improvisierte Babyflasche zu füllen.

»Und jetzt brauchen wir nur noch Glück«, sagte sie und lief zu den Zelten der Gäste.

Es war Zeit für den Dämmerschoppen, aber zumindest die beiden Frauen unter den Jagdgästen hatten keinen Blick für die Bar. Sie wuselten um das traurig dreinblickende Elefantenkind herum und versuchten, es mit allem zu füttern, was sie in den Obstkörben in ihren Zelten fanden.

Aufgeregt wandte sich Lady Warenport an ihre Gastgeberin. »Mrs. Edgecumbe … es frisst nicht … was machen wir bloß? Dabei ist es so niedlich …«

Ivy bemühte sich um ein optimistisches Lächeln. »Die kleine Dame wartet auf ihren Sundowner«, sagte sie launig und betete um ein Wunder.

Das Elefantenkind erinnerte sich wohl an das Fläschchen – und hatte auch wieder Hunger. Ivy steckte ihm den improvisierten Sauger ins Maul, und es trank!

Die Frauen applaudierten begeistert, selbst die Männer wirkten gerührt. Dem Earl hatte Ivy mit der Adoption des kleinen Elefanten sicher den Familienfrieden gerettet.

Sanele, der eben mit Drinks erschien, wirkte skeptisch. »Wieder Milch? Und wenn sie die auch nicht verträgt?«

»Es ist Ziegenmilch«, erwiderte Ivy. »Wir verdünnen sie mit Wasser. Ich bin mir nicht sicher, dass es gelingt, aber es ist einen Versuch wert.«

Zwei Stunden später trötete ihr der kleine Elefant schon hungrig entgegen, und Ivy gab ihm die restliche Milch. Die Gäste hätten das Füttern am liebsten selbst übernommen.

»Wie nennen wir sie denn jetzt?«, fragte Lady Warenport.

Ivy lächelte. »Was heißt denn ›Ziege‹ auf Kikuyu?«, fragte sie Sanele.

Der verkniff sich ein Lachen. Als Bediensteter wurden Ernst und eigentlich auch Schweigen von ihm verlangt.

»*Bori*, Memsahib«, antwortete er schließlich.

Lady Warenport goss dem erschrockenen Elefantenkind den Rest aus ihrem Champagnerglas über den Kopf.

»Dann taufen wir dich auf den Namen Bori«, erklärte sie.

»Aber jetzt muss sie schlafen«, beschloss Ivy. Sie hätte sich am liebsten schon wesentlich früher zurückgezogen. Zu ihrer Erleichterung folgte Bori ihr und der Milchflasche auf dem Fuße. Und in dieser Nacht wurde dem Elefantenkind nicht wieder schlecht. Es stand erwartungsvoll bei Tango auf dem Paddock, als schon zu früher Stunde fünf Massai-Frauen mit Kalabassen voller Ziegenmilch erschienen. Auch sie stießen beim Anblick des Elefantenkalbs Freudenrufe aus und jubelten, als es trank.

»Die Milch brauchen wir jetzt jeden Tag«, bedeutete Ivy ihnen und plünderte die Vorräte in ihrer Küche, um die Massai-Frauen mit Bohnen, Maismehl und eingekochten Früchten zu belohnen. Auch in dem kleinen Store, den Margaret und Engelberta für die Kikuyu betrieben, wurde sie fündig. Die reich beschenkten Frauen zogen glücklich zurück in ihre Siedlung.

»Du gibst ihnen kein Geld?«, fragte Adrian.

Er kam gerade mit seinen Jagdgästen von der frühmorgendlichen Safari zurück, und die Frauen verlangten vor dem großen Frühstück, Bori zu sehen.

»Damit ihre Männer sich Jagdwaffen kaufen?«, fragte Ivy zurück. »Nein, wie ich das verstanden habe, obliegt die Sorge für die Ziegen den Frauen, die Männer kümmern sich um die Rinder. Also werde ich die Frauen belohnen – mit Dingen, die sie für sich und ihre Kinder brauchen. Ach ja, und ich muss noch herausfinden, worüber Schwester Elisabeth aus der Mission sich freuen würde. Die hat mir schließlich den entscheidenden Hinweis gegeben. Die Kikuyu schnitzen inzwischen auch Marienfiguren. Vielleicht macht sie das ja glücklich …«

19

Bori sollte nicht das einzige Tier bleiben, um das Ivy sich kümmerte. Ihr nächster Schützling wurde ein junger Pavian – dieser kein Opfer der Jagd, sondern willkürlicher Schießerei. Wie so oft machte eine Paviangruppe die Gegend unsicher, tobte über die Dächer der Gebäude, lärmte in den schattenspendenden Bäumen und unternahm kleine Raubzüge in Küche und Vorratskammern. An diesem Abend ließen sich die Affen während des Dinners sehen, und die angetrunkenen Männer machten sich einen Spaß daraus, mit ihren Jagdflinten in die Gruppe zu feuern. Ivy beobachtete das entsetzt von der Terrasse aus. Den Schreien nach zu urteilen entkamen etliche Affen verletzt – einer lag reglos am Boden.

Sanele servierte gerade den Digestif, und der wutschnaubende Adrian beauftragte ihn damit, den Kadaver zu entfernen. Er bemühte sich um Höflichkeit, machte den Gästen jedoch klar, dass im Bereich der Zelte und Häuser nicht geschossen werden durfte und dass das Erlegen von Pavianen nicht zu den Angeboten des Resorts gehörte.

»Wir erwarten von Ihnen ja auch nicht, Kakerlaken und andere Schädlinge zu töten, die Ihren Aufenthalt hier unerquicklich machen«, ließ er unmissverständlich verlauten. »Das gehört zu den Pflichten des Hauspersonals, ebenso wie die Vertreibung dieser lästigen Affen!«

Ivy sah, dass Sanele sich vorsichtig dem ausgewachsenen Pavian näherte. Diese Affenart konnte sehr aggressiv werden und beißen. Bedauerlicherweise war der tödlich getroffene Pavian ein Muttertier. Das anscheinend erst wenige Wochen alte Baby klammerte sich wimmernd an sein Fell. Als Sanele den Kadaver aufhob, vergrub das Kleine den Kopf an seiner blütenweißen Hemdbrust – das Tischpersonal servierte in einer frackähnlichen Uniform.

Ivy wusste, dass die Jäger es bedenkenlos töten würden, Paviane wurden als Plage gesehen. Je mehr davon man aus der Welt schaffte, desto besser. Trotzdem tat Sanele das Tierchen ganz bestimmt leid.

Tatsächlich klopfte er kurz darauf an die Tür ihres Hauses. Sie war schon im Schlafrock und hatte ihr Haar bereits gelöst. Sanele sah sie einen Augenblick zu lange an, bevor er den Blick senkte. Dann hielt er ihr den kleinen Affen entgegen.

»Die Mutter ist tot«, sagte er. »Sie haben die Schüsse sicher gehört.«

»Adrian?«, fragte sie.

Sie wusste, dass er vorgehabt hatte, die Affen später zu verjagen. Und sie traute ihm zu, sich bei Pavianen über die sonst eiserne Regel, kein Muttertier zu töten, hinweggesetzt zu haben.

Sanele schüttelte den Kopf. »Einer dieser …« Er schwieg rechtzeitig, wohl bevor ihm ein kritisches Wort zu den Gästen herausrutschte.

Das Äffchen schmiegte sich in Ivys Arme. Es weinte immer noch.

»Dann werde ich mal Milch warm machen«, sagte sie seufzend.

»Und baden Sie es«, riet Sanele. »Es ist garantiert voller Flöhe.«

Adrian war zunächst nicht erbaut davon, dass sich von nun an ein Paviankind am Rücken seiner Frau festklammerte, wenn sie die Gäste begrüßte. Dann jedoch stellte er fest, dass besonders die Frauen unter seinen Kunden entzückt waren. Also trug er in der nächsten Zeit dazu bei, ihr weitere Schützlinge zuzuführen. Ein Zebrafohlen, dessen Mutter verendet war, und drei Löwenjunge, deren Mutter er hatte erschießen müssen, als sie einen seiner unvorsichtigen Jagdgäste angriff. Der Mann hatte sich zu nah an ihr Lager herangewagt, und eine Löwin, die ihre Jungen in Gefahr sah, verteidigte sie. Die Kleinen spielten einige Wochen lang wie Katzenwelpen zu Ivys Füßen. Die Gäste waren begeistert von den possierlichen Tieren, die Ivy natürlich wieder in die Freiheit entließ, als sie groß genug waren, allein zurechtzukommen.

»Manchmal glaube ich, die Gäste amüsieren sich mit den zahmen Wildtieren besser als bei der Jagd«, vertraute Ivy Sanele an.

Tatsächlich rissen sich Frauen und junge Mädchen darum, dem Zebra sein Fläschchen zu geben, und lösten ihre Haarbänder, um mit den Löwenkindern zu spielen. Die Männer vergnügten sich damit, den Tieren kleine Tricks beizubringen. Bori lernte rasch, ihren Rüssel dazu zu benutzen, Damen die Hüte vom Kopf zu nehmen. Als sie das bei einem Besuch von Elisabeth tat, gab es ernsthaften Ärger. Die Nonne hatte kaum noch Haar, und Pater Damian beschwerte sich persönlich über die Missachtung ihrer geistlichen Tracht.

Kurti – der Pavian verdankte seinen Namen Engelberta, die anmerkte, er sehe ihrem Großonkel Kurt zum Verwechseln ähnlich – lernte, Spielkarten wie ein gewiefter Zocker in der Hand zu halten und auszuteilen. Leider naschte er auch gern an den Biergläsern, die in fröhlichen Poker- oder Blackjack-Runden in der Regel ebenfalls auf dem Tisch standen. Mitunter klopfte Sanele dann zu später Stunde an die Tür des Wohnhauses. »Der Bwana sagt, Sie möchten Ihren betrunkenen Affen abholen«, gab er Adrians verärgerte Bemerkung wieder, sichtlich bemüht, nicht zu lachen. Am nächsten Morgen kämpfte Kurti dann genauso mit dem Kater wie seine menschlichen Trinkgenossen. Ihn schickt man wenigstens nicht mit der Jagdflinte in den Busch, dachte Ivy.

Während der Safari mit ihrem Vater hatten die Jäger sich mit dem Alkoholgenuss stets so weit zurückgehalten, dass sie am Morgen wieder frisch waren. Für viele von Adrians Gästen galt das nicht. Wenn sie trotzdem trafen, war das sicher oft auf Adrians oder Reggies Hilfe zurückzuführen. Ivy stellten sich dazu noch weitere Fragen.

»Wieso finden sie das Wild so schnell?«, fragte sie Sanele eines Abends. Er kam mit dem Fährtensucher Kymani vorbei, um nach den Abschussplänen für den nächsten Tag zu fragen. Neben den Namen der Gäste war bei der Buchung notiert, welche Tiere sie während ihres Aufenthalts zu erlegen gedachten. *Zwei garantierte Löwen in drei Tagen …*, las sie und wunderte sich. »Als mein Vater seinen Löwen schießen wollte, ist er mit Adrian mehrere Tage lang den Spuren gefolgt. Hier ist das natürlich einfacher, ich weiß. Adrian kennt die Reviere der Löwen. Trotzdem … Ich kenne sie auch, aber ich bekomme nur alle zwei, drei Wochen einen Löwen oder Leoparden zu Gesicht …« Die Raubtiere waren extrem scheu.

Kymani, der inzwischen lange genug mit Weißen zu tun hatte, um ein bisschen Englisch zu verstehen, auch wenn er kaum ein Wort sprach, wandte sich an Sanele. Dessen Gesicht verhärtete sich, während er ihm zuhörte.

»Der Bwana füttert sie an«, übersetzte er die Worte des Fährtenlesers. »Die Träger bringen die Reste der Beutetiere, die nicht präpariert werden, gegen Morgen in die Reviere der Löwen. An bevorzugte, gut einsehbare Futterplätze. Da braucht der Bwana seine Kunden dann nur hinzuführen. Sie erlegen den Löwen beim Fressen oder gleich danach, wenn er ruht.«

Ivy sah ihn erst ungläubig, dann empört an. »Das gibt er dann tatsächlich als waidmännisches Verhalten aus? Und den Jägern fällt nicht auf, dass die angeblich gerade vom Löwen gerissene Antilope keinen Kopf mehr hat?«

Sanele fragte nach, und Kymani schüttelte den Kopf. »Darauf achten sie nicht«, übersetzte Sanele Kymanis Antwort. »Sie sehen nur den Löwen, den sie erlegen wollen …«

Es waren Vorkommnisse wie diese, die es Ivy nicht erlaubten, ihrem Mann gänzlich zu verzeihen. Ihre Ehe schien harmonisch. Sie machte ihm keine Vorwürfe mehr und wurde ihren Pflichten als Gastgeberin aufs Beste gerecht. Dennoch vertraute sie ihm nicht, und gelegentlich verachtete sie sein Verhalten. Als das erste ihrer Löwenkinder Opfer eines Jagdgastes wurde, stellte sie Adrian erbost zur Rede.

»Wie konntest du Bobby erschießen lassen? Er war doch zahm und ließ sich von jedem streicheln. Aber du gibst ihn als wildes Tier aus, das …«

»Ich war hinter einem anderen Löwen her, einem älteren«, verteidigte sich Adrian. »Der hat sich nur nicht sehen lassen. Und der Gast hatte nur ein Wochenende …«

Ivy biss sich auf die Lippen und verzichtete auf eine Antwort. Sonst hätte sie ihm auch noch vorgeworfen, die Raubtiere für die Jäger anzufüttern. Es war besser, wenn er nicht ahnte, wie viel von all dem sie wusste. Ihre Streifzüge in den Busch musste sie schließlich nach wie vor geheim halten. Sie tat, als wäre sie an allem, was die Jagd betraf, nicht interessiert.

»Woher wissen Sie eigentlich immer, wo Sie hinreiten können, ohne dem Bwana und seinen Jägern zu begegnen?«, fragte Sanele sie einmal besorgt, als sie vom Hof ritt, während Adrian und Reggie mit Gästen im Busch waren. »Ich habe immer wieder Angst, Sie könnten aus Versehen erschossen werden.«

Ivy lächelte. »Das müssen Sie nicht«, erwiderte sie unbekümmert. »Ich frage ganz einfach die Massai, wo sie in diesen Tagen ihre Rinder hüten. Die sprechen das mit Adrian ab, und er bleibt dann ganzen Regionen des Resorts fern. Land gibt es ja zum Glück genug.«

Adrian fuhr damit fort, Überschüsse aus seinem Einkommen dazu zu verwenden, Land zu kaufen. Das Gelände von Edgecumbe Farm dehnte sich immer mehr aus, und er schloss Teile des Resorts für die Jagd, damit der Tierbestand sich dort erholen konnte. Engelberta gab Ivy immer mal wieder zu verstehen, dass Adrian sich vorbildlich um sein Geschäft und die damit verbundene Hege des Wilds kümmerte. Sie empfand Ivys Abwertung seiner Arbeit als übertrieben. Ivy antwortete darauf in der Regel nicht, schließlich wollte sie sich nicht streiten. Die Ordensschwestern waren weiterhin ihre Vertrauten, und die Mission florierte, sowohl bei den Kikuyu als auch bei den Massai.

Der Orden hätte gern eine größere, freistehende Kirche bei der Station errichtet und ein Dorf nach westlicher Bauweise für die glücklich getauften Christen, doch Adrian erlaubte das nicht.

»Schulen gern, Werkstätten gern. Bringen Sie den Schwarzen ruhig was bei«, erklärte er Pater Flint, »aber lassen Sie ihnen ihre Traditionen!«

Der Missionar war empört, wie stets nach solchen Unterredungen, doch einen alternativen Standort für Kirche und Christendorf fand er nicht.

Adrian lag der traditionelle Stil der einheimischen Dörfer vor allem aus geschäftlichem Interesse am Herzen. Er stritt sich mit Ivy, der einige der Kikuyu-Frauen gestanden hatten, dass sie gern ein bisschen mehr häuslichen Komfort hätten, als ihre schlichten Hütten ihnen boten. Sie hätten das Angebot der Mission gern angenommen. Adrian lehnte das jedoch weiterhin kategorisch ab.

»Wenn wir erlauben, dass die Kikuyu ihr Hüttendorf aufgeben, können wir auch keine *ngoma* mehr veranstalten«, erklärte er.

Das Resort bot den Jägern und ihren Begleiterinnen gut organisierte Besuche im Kikuyu-Dorf an, die die Einheimischen als *ngoma* bezeichneten. Normalerweise kamen zu diesen großen traditionellen Tanzveranstaltungen Gäste aus den entferntesten Landesteilen. Das Resort führte sie lediglich für die Weißen durch, doch man bemühte sich um Authentizität. Der Tanzplatz wurde von Feuer begrenzt, die jungen Kikuyu färbten ihr Haar, ihre Haut und ihre Kleider mit hellem Rötel, sodass sie wie Statuen aus Ton wirkten, solange sie sich nicht bewegten. Die traditionellen Gesänge und Tänze – begleitet von Trommeln und Flöten – schwankten zwischen wild und erotisch. Wenn ihre Gästeschar aus allzu prüden Engländern bestand, bat Ivy die Jungen und Mädchen mitunter, zu aufreizende Gesten wegzulassen. Den Gästen wurde traditionelles afrikanisches Essen serviert – natürlich angepasst an den westlichen Magen. Man verlangte von niemandem, das Blut der Massai-Rinder zu trinken, und servierte auch keine Insekten oder gebratene Echsen.

»Für die Schau würden die Kikuyu doch sicher in ihr Dorf zurückkehren«, widersprach Ivy. Sie freute sich darüber, dass die Frauen sich ihr anvertraut und ihr damit Autorität zugeschrieben hatten. »Zumal es nur wenige Familien sind, die in die Gegend der Mission ziehen möchten.«

Die Afrikaner unterhielten die Fremden mit erkennbarer Freude. Sie waren begeisterte Gastgeber und nötigten den Besuchern immer wieder *tembu* auf, einen Zuckerrohrschnaps, der die Stimmung schnell hob, am nächsten Tag jedoch für massive Kopfschmerzen sorgte. Ivy und Sanele mussten Gastgeber und Gäste stets zurückhalten.

Adrian schüttelte dennoch den Kopf. »Das wäre nicht mehr dasselbe. Und ich möchte auf dieses Zusatzangebot auf keinen Fall verzichten. Du weißt, dass überall neue private Jagdresorts eröffnet werden. Wir müssen uns abheben, und da sind solche Veranstaltungen einfach Gold wert. Ich kenne kein zweites Jagdresort mit einem eigenen Kikuyu-Stamm. Die Frauen sollen weiter in ihren alten Hütten beten. Sag ihnen, es künde von Hochmut und Stolz, sich über die anderen Stammesmitglieder zu erheben, nur weil man getauft ist!«

Adrians und Ivys Hochzeit war inzwischen zwei Jahre her, das

Jagdresort florierte, und natürlich gab es inzwischen Nachahmer. Mit der aufkommenden Konkurrenz stiegen Adrians Erwartungen an Ivy. Seiner Meinung nach oblag es ihr, für Kultur- und Unterhaltungsprogramme zu sorgen, und so organisierte sie häufig Auftritte von Musikern aus Nairobi für ihre Gäste oder Ausstellungen einheimischer Künstler, wie etwa dem Maler von Jagdszenen, dessen Bild nach wie vor in Ivys und Adrians Schlafzimmer hing – sosehr Ivy es verabscheute. In der besonderen Atmosphäre des Jagdresorts waren die Gäste offen für alles. Ivy fand Freude an dieser Beschäftigung, gerade wenn sie den Weißen damit die ursprüngliche Kultur Afrikas näherbringen konnte. Es ärgerte sie jedoch, dass Adrian ihre Arbeit als selbstverständlich ansah – und sie war ernsthaft aufgebracht, als dann gerade eine *ngoma* für Unstimmigkeiten sorgte. Es begann damit, dass Adrian einem traditionellen Tanz der jungen Massai-Männer beiwohnte. Reggie war weiter ein besonderer Freund des Stammes und wurde auch zu Beschneidungs- und Hochzeitszeremonien eingeladen.

»Gegen die Tänze der *morani*«, so nannte man die jungen Krieger, »sind die der Kikuyu eine lahme Veranstaltung«, erklärte der junge Mann Adrian, bis der ihn schließlich begleitete und seine Einschätzung anschließend teilte.

Spontan bat er die Tänzer hinzuzukommen, wenn die Kikuyu die Gäste bewirteten, und prompt beklagten die sich darüber bei Ivy – sie mochten nicht gemeinsam mit ihren Kontrahenten feiern.

»Und sie möchten das Geld nicht mit den Massai teilen«, vermittelte sie Adrian die Beschwerde des Stammes. Die Kikuyu wurden für ihre Bemühungen selbstverständlich bezahlt. »Wenn die Massai Weiße in ihrem Dorf haben wollen, sollen sie sie zu sich einladen.«

Adrian winkte ungehalten ab. »Nein! Ihr Dorf steht auf meinem Grund und Boden. Wer hier tanzt, bestimme ich. Die Leute in den *enkang* der Massai zu bringen, wäre viel zu aufwendig, und was sie kochen, kann man den Gästen auch nicht zumuten. Sag ihnen, sie sollen sich vertragen und christlich teilen. Wozu missionieren wir sie denn, wenn sie sich immer noch verhalten wie in der Steinzeit?«

Ivy hätte dazu einiges zu bemerken gehabt, hielt sich jedoch zurück. Sie hatte längst gelernt, dass sie sich gegenüber Adrian nicht durchsetzen konnte. Was er sagte, war Gesetz auf der Farm – Ivy und Sanele oblag es, den Bediensteten seine Beschlüsse zu vermitteln und mit den Folgen fertigzuwerden. So mussten sie in der nächsten Zeit immer wieder schlichten, wenn Kikuyu- und Massai-Tänzer – meist heißblütige junge Burschen – aneinandergerieten. Sanele befürchtete, dass es irgendwann nicht mehr bei Drohgebärden mit Speeren blieb, sondern zu Blutvergießen kam.

Und dann sah Ivy eines Morgens einen Massai-Tänzer aus dem Zelt eines der Gäste kommen. Er trug noch seine traditionelle Kleidung und wirkte selbstbewusst und zufrieden.

Ivy hielt ihn auf. »Was hattest du hier zu tun?«, fragte sie in seiner Sprache.

Der junge Mann grinste. »Tanzen«, behauptete er.

Ivy runzelte die Stirn. »Die Tanzvorführung ist seit acht Stunden vorbei«, bemerkte sie.

Der Massai lächelte überlegen. »Ich tanzen für weiße Frau«, sagte er dann auf Englisch. »Nur für sie. Verstehen? Bum, bum!«

Er machte eine eindeutige Handbewegung.

Ivy war entsetzt. In dem Zelt wohnte ein amerikanisches Ehepaar. Der Mann war mit Adrian über Nacht unterwegs. Zum Angebot des Resorts gehörte seit einem Jahr ein Jagdausflug in die Berge, um Büffel zu schießen. Die riesigen Tiere gab es nicht in seinem Resort, doch in den Bergen fanden sich große Herden, und besonders das gewaltige Gehörn der Bullen war als Trophäe beliebt.

Adrian nahm ausschließlich Männer mit auf diese Ausflüge, die wenig Komfort boten. Die Teilnehmer schliefen in kleinen Zelten, kochten am offenen Feuer und genossen das Abenteuer.

Ihre Frauen schienen sich derweil anderweitig zu vergnügen.

»Die Damen finden es aufregend, einen schwarzen Mann im Bett zu haben«, erklärte Sanele kurz darauf, als Ivy aufgewühlt von ihrer Begegnung erzählte. Sie war völlig verblüfft, als sie hörte, dass er davon wusste. »Was schockiert Sie daran?«

Ivy konnte das nicht wirklich beantworten. Der Ehebruch, die Bezahlung für Liebesdienste … vielleicht auch die Vermischung von Schwarz und Weiß?

»Nichts«, antwortete sie schließlich. »Ich … ich war nur überrascht. Und … und es ist … doch ein gewisses Risiko. Wenn Mrs. Salinger jetzt ein Kind bekommt, das nicht weiß ist …«

Sanele beruhigte sie. »Mrs. Salinger ist sicherlich über fünfzig. Da kann wohl nicht viel passieren. Ich denke, der Bwana duldet das nur, wenn es nicht gefährlich ist. Die Geburt eines Kindes mit dunkler Haut nach dem Aufenthalt eines Paares im Edgecumbe Resort wäre zweifellos geschäftsschädigend.«

»Adrian duldet das?«, fragte Ivy ungläubig.

Sanele verzog das Gesicht. »Glauben Sie, hier geschieht irgendetwas ohne seine Billigung?«, fragte er. »Miss Ivory, die Gäste können bei uns nicht nur Abschüsse buchen. Wenn jemand es will, stellt das Resort ihm auch Gesellschaft, und es ist seltener, dass es die Ladys nach einem hübschen Massai-Burschen gelüstet, dem die Sache auch noch Spaß macht, als die Gentlemen nach einem Mädchen aus dem Kikuyu-Dorf. Fragen Sie die Schwestern, die wissen es. Ich … bringe die Mädchen zu ihnen, wenn sie zu sehr weinen …«

Ivy war so aufgelöst, dass sie Engelberta und Margaret bei der Morgenandacht störte.

»Wie könnt ihr davor die Augen verschließen?«, rief sie erzürnt. »Diese Mädchen sind eure Schutzbefohlenen, eure Schülerinnen! Ihr wollt, dass sie Christen werden, und macht sie zu Liebesdienerinnen?«

Margaret bekreuzigte sich. »Wir haben unsere Ordensoberen darauf aufmerksam gemacht«, sagte sie. »Also auf das, was wir annehmen. Die Mädchen sagen nie was. Aber die Art ihrer Verletzungen lässt darauf schließen, dass …«

»Sie tragen Verletzungen davon?«, fragte Ivy entsetzt.

Engelberta nickte. »Es sind ja oft noch sehr junge Mädchen«, sagte sie leise. »Pater Damian versprach, er werde mit Mr. Adrian darüber sprechen.«

»Und?«, fragte Ivy.

»Mr. Adrian sagte, er würde sich da nicht einmischen«, sagte Engelberta hart. »Die Schwarzen verheiraten ihre Mädchen jung. Und sie verleihen ihre Frauen an Gäste. Die Kirche könne ja versuchen, sie davon abzubringen, doch ihm obliege das nicht.«

»Wir haben versucht, es bei den Frauen im Dorf anzusprechen«, fügte Margaret hinzu. »Denen gefällt es nicht, aber … letztlich ist ihnen allen das Gleiche passiert. Hätten sie sich geweigert, den Mann zu heiraten, den ihr Vater ihnen ausgesucht hat, hätte das Dorf sie verdammt und gemieden. Also fügten sie sich.«

»Aber … aber es ist doch etwas anderes, sich von der Familie den Gatten wählen zu lassen, als sich an alte weiße Männer zu verkaufen«, wandte Ivy ein.

Engelberta spielte mit ihrer Haube. »Wenn ein zwölfjähriges Mädchen die vierte Frau eines dreißig Jahre älteren Mannes werden muss, ist das auch nicht einfach«, erklärte sie. »Afrika und die Sitten der Stämme … das ist eine andere Welt …«

Adrians Welt, dachte Ivy resigniert. In der sie jetzt gefangen war.

20

Drei Jahre nach ihrer Heirat musste Ivy sich eingestehen, dass sich ihre Beziehung zu Adrian zusehends verschlechterte. Dabei hatte sie selbst sich nichts vorzuwerfen. Sie kümmerte sich freundlich professionell um die nicht jagenden Gäste und vermittelte zwischen Weißen und Einheimischen. Inzwischen sprachen sowohl sie als auch Sanele recht gut Massai, und Ivys Kikuyu wurde besser. Engelberta und Margaret beherrschten die Sprache der Kikuyu weitreichend und hielten mit großem Erfolg Schulstunden ab.

Mithilfe Saneles und der Kikuyu, die auf der Farm arbeiteten, vergrößerte Ivy freudig ihren Tierpark. Die Kikuyu gaben ihr den Ehrennamen Mama wa Wanyama – Mutter der Tiere. Ivy machte das unsagbar stolz. Sie arbeitete weiterhin hart daran, die Farm zu einem schönen, einladenden Ort zu machen. Der Garten war neu bepflanzt worden, und nun blühten dort Bougainvillea, Paradiesvogelblumen und Protea-Gewächse. Einige der Affenbrotbäume hatte man stehen lassen. Oft sonnten sich bunte Eidechsen auf den Wegen, die den Gästen schon beim ersten Blick auf Edgecumbe Farm Laute der Begeisterung entlockten.

Adrian jedoch ließ den Elan, den er in den ersten Jahren gezeigt hatte, immer häufiger vermissen. Er zeigte sich launisch und rügte sowohl Ivy als auch die Angestellten wegen Kleinigkeiten in der Haushaltsführung oder im Umgang mit den Gästen. Die anfängliche Begeisterung dafür, die Kunden bestmöglich zu unterhalten, ließ er zusehends missen. Er erzählte keine launigen Geschichten mehr beim Dinner, seine Jagdausflüge mit den Gästen wurden kürzer. Nur noch selten spielte er ihnen die Pirsch mit offenem Ausgang vor, stattdessen ließ er sie so schnell wie möglich zum Schuss kommen, um zum Dinner wieder auf der Farm zu sein.

Seinen Geschäften war das nicht zuträglich, und auf die Dauer, so nahmen Ivy und Sanele an, würde er dadurch Kunden verlieren. Ivy verletzte jedoch vor allem sein Verhalten ihr gegenüber. Sie hatte das Gefühl, dass er ständig Streit suchte, er warf ihr immer häufiger vor, dass ihre Ehe bisher nicht mit Kindern gesegnet worden war.

»Du solltest dich lieber um eigenen Nachwuchs kümmern«, ging er sie zum Beispiel an, wenn er sah, wie sie sich um ihre vierbeinigen Zöglinge kümmerte. »Warum bist du noch nicht schwanger?«

Ivy fragte sich das selbst seit einiger Zeit. Sie hätte ihre Ehe nicht als glücklich bezeichnet, doch sie wurde regelmäßig vollzogen. Adrian beharrte auf seinem Recht, und sie weigerte sich nicht. Im Gegenteil, eigentlich war die körperliche Liebe das Einzige, das sie noch verband. Warum hatte sie dann noch kein Kind empfangen?

»Du weißt, dass ich es mir ebenfalls wünsche«, sagte sie bedrückt. »Ich kann das nur nicht beeinflussen …«

»Das glaube ich nicht!«, schimpfte Adrian. »Gönn dir Ruhe. Konzentrier dich. Vor allem hör auf, ständig alles übel zu nehmen und schlechte Stimmung zu verbreiten. Mein Geschäft gefällt dir nicht. Das habe ich längst begriffen. Du brauchst es nicht immer wieder zu betonen …«

Ivy schwieg zu dem ungerechtfertigten Vorwurf. Sie hatte Adrian schon lange keine Vorhaltungen mehr gemacht, und sie war selten übel gelaunt. Möglicherweise zweifelte er langsam selbst an dem, was er tat. Anders jedenfalls konnte sie sich seine gereizte Stimmung nicht erklären.

Jetzt überlegte sie, mit wem sie über ihren unerfüllten Kinderwunsch sprechen könnte. Elisabeth hätte sich natürlich angeboten, aber Ivy fürchtete sich etwas vor der resoluten Frau. Schließlich wandte sie sich bei einem Besuch in Kijabe an Susan Derringer. Die war immerhin selbst Mutter, vielleicht fiel ihr ja etwas ein.

Susan war allerdings völlig überfragt. Warum sie nur einen Sohn und eine Tochter hatte und nicht wie die einheimischen Frauen fünf bis zehn Kinder, wusste sie nicht. Sie lachte dagegen verständnisvoll, als Ivy ihr unglücklich von Adrians Launen und seinen Vorwürfen erzählte.

»Kindchen«, sagte sie freundlich. »Das hat mit Ihrer Kinderlosigkeit gar nichts zu tun. Er langweilt sich einfach. Schauen Sie, die Farm und das Resort hat er mit viel Begeisterung aufgebaut. Adrian hat sich angestrengt, Herzblut hineingesteckt. Er war ein Pionier auf dem Gebiet der Jagdresorts. Und jetzt läuft es mehr oder weniger von allein, die Abläufe wiederholen sich: Gäste empfangen, ins Revier führen, Abschuss, feiern. Für Adrian ist das kein Ansporn mehr. Er will was Neues, ein neues Land vielleicht … Zeitlebens hat er das Abenteuer gesucht. Solche Leute werden nicht sesshaft und treiben Jagdgästen das Wild vor die Flinte. Mein Reggie hat sich auch schon beklagt. Auf die Dauer wird er sicher bei Adrian kündigen.«

Ivy wäre nicht von selbst darauf gekommen, doch jetzt, da Susan es ihr vor Augen hielt, leuchtete es ihr ein. Adrian war unzufrieden und ließ seinen Ärger an ihr aus, weil sich ihm kein anderes Opfer bot. In gewisser Weise tröstete sie das. Wie es allerdings weitergehen sollte, wusste sie nicht.

Vorerst versuchte sie, Adrian aus dem Weg zu gehen und sich an seiner Stelle um die Gäste zu kümmern, wenn sie das Gefühl hatte, dass er sie vernachlässigte. Sie übernahm verstärkt die Begleitung der Ausflüge und unblutigen Unternehmungen wie die Besuche in den Dörfern der Einheimischen. Dabei stellte sie den Handel mit den jungen Kikuyu-Mädchen allerdings genauso energisch ein wie damals den Einsatz der Massai-Frauen als Arbeitskräfte beim Bau.

»Es ist möglich, meine Herren«, erklärte sie den Gästen gleich bei der ersten Begrüßung, der Adrian inzwischen immer seltener beiwohnte, »dass Ihnen von den Einheimischen unmoralische Angebote gemacht werden ihre Frauen und Mädchen betreffend. Als Gentlemen werden Sie das selbstverständlich ablehnen, zumal hier auch … gewisse gesundheitliche Bedenken bestehen, deren Natur ich nicht näher ausführen will.«

Nach dieser Warnung hielten sich die Männer entweder freiwillig zurück, oder ihre Frauen behielten sie im Blick. Die Schwestern berichteten jedenfalls nicht mehr von traumatisierten Mädchen, die nach den Übergriffigkeiten der männlichen Gäste Zuflucht bei ihnen suchten.

Im kenianischen Herbst 1914, kurz nach der Großen Regenzeit, die eigentlich von März bis Mai andauerte, dieses Mal aber schon früher endete, kündigten sich dann besonders illustre Jagdgäste im Edgecumbe Resort an. Der Gouverneur ließ Adrian mitteilen, der Maharadscha von Rajasthan und seine Gattin besuchten Afrika, und seine Hoheit habe gebeten, eine Löwenjagd für ihn zu organisieren. Mehrere Monate wollten die Majestäten jedoch nicht auf Safari gehen – so bot sich ein Aufenthalt im Jagdresort mit garantiertem Abschuss für sie an.

Der Besuch des Maharadschas riss Adrian aus seiner Lethargie. Der Herrscher galt als begeisterter Jäger, und er würde allen Ehrgeiz dareinsetzen, ihm eine authentische Jagd zu bieten. Sie sollte in ein Gebiet des Resorts führen, das seit längerer Zeit für die Gäste geschlossen gewesen war und insofern frisches Wild bot. Ein prachtvoller ausgewachsener Löwe hatte dort sein Revier und für die Zeugung von Nachwuchs gesorgt. Nun sollte er die Trophäe für den Maharadscha werden.

Die Edgecumbes begrüßten das Herrscherpaar und den Gouverneur am Abend vor der Jagd zu einem festlichen Dinner mit erstklassigen Weinen und erlesenen Speisen. Wie erwartet reiste der Maharadscha mit einer ganzen Entourage an – Diener und Dienerinnen, Leibwächter, dazu der Gouverneur, Beamte und indische Geschäftsleute aus Nairobi, die sich in der Gesellschaft des Herrscherpaares ebenso sonnten wie in der des Gouverneurs.

Ivy war stolz, dass sich die Auffahrt des Resorts und der Garten in voller Schönheit zeigten. Nach dem Regen grünte und blühte alles und bot eine wunderbare Kulisse für den Besuch der Hoheiten. Ivy trug an diesem Abend ein elegantes Kleid aus nachtblauer Seide und war überrascht, dass sich der Maharadscha schon in jagdliches Khaki gewandet hatte. Dazu trug er allerdings einen Turban. Seine Hoheit war ein mittelgroßer, etwas beleibter Mann mit einem runden Gesicht und einem freundlichen Lächeln. Er sprach fließend Englisch und hatte hervorragende Umgangsformen. Ihm folgten vier Diener oder Leibwächter, die traditionell indisch gekleidet und mit einem Säbel gegürtet waren. Die Männer platzierten sich hinter dem Maharadscha, am Dinner nahmen sie nicht teil. Ivy beschloss, ihnen später etwas zu Essen zu den Zelten bringen zu lassen. Wo genau sie nächtigen würden, wusste sie nicht, doch vielleicht hatte Adrian Sanele ja angewiesen, sich um Unterkünfte für sie zu kümmern.

Interessanter als die glutäugigen Männer der Leibgarde fand sie allerdings die Gattin des Maharadschas, die ihm folgte. Auch die Maharani trug schlichtes Khaki, was jedoch ihrer Schönheit in keiner Weise abträglich war – und auch nicht über ihre Jugend hinwegtäuschen konnte. Ivy schätzte den Maharadscha auf um die fünfzig, seine Gattin auf höchstens sechzehn Jahre. Die junge Frau, eigentlich war sie eher ein Mädchen, hatte goldbraune zarte Haut, riesige, mit Kajal umrahmte Augen und unglaublich lange Wimpern. Ihre Züge waren elfenhaft und majestätisch zugleich, die geschlossenen Lippen von dunklem Rot. Ivy musste sich bemühen, die Maharani nicht anzustarren. Das tiefschwarze Haar war in der Mitte gescheitelt und im Nacken zu einem schweren Knoten gewunden. Hätte sie es offen getragen, so schätzte Ivy, wäre es mindestens hüftlang über ihren Rücken gefallen.

Ivy und Adrian grüßten das Herrscherpaar mit einer Verbeugung, die beide höflich erwiderten. Der Maharadscha schenkte ihnen ein strahlendes Lächeln – er schien es mit der Förmlichkeit nicht übertreiben zu wollen. Schließlich war er hier unter Jägern und nicht bei einem Staatsempfang. Die Maharani blickte nicht auf, während sie sich verbeugte. Sie wirkte äußerst schüchtern. Oder schrieb ihr das Protokoll diese Haltung vor? Als die Männer nun ihren Aperitif nahmen, bediente sich die junge Frau nicht von dem von Sanele kredenzten Champagner. Sie hielt sich im Hintergrund, gesäumt von ihrer eigenen Entourage, zwei in Saris gekleidete, sehr hübsche Dienerinnen.

»Mögt Ihr keinen Champagner, Hoheit?«, sprach Ivy sie einfach an. »Vielleicht erlaubt Ihr mir dann, Euch etwas anderes bringen zu lassen? Vielleicht ein Sorbet?«

Die Maharani suchte kurz fragend den Blick ihres Gatten – und sah dann auch Ivy an, als er ihr aufmunternd zunickte.

»Ich nehme gern einen Champagner, vielen Dank«, sagte sie in langsamem, sehr korrektem Englisch. Auf eine Handbewegung hin nahm eine der Dienerinnen ein Glas von Saneles Tablett und reichte es ihrer Herrin.

Ivy lächelte ihr zu. »Ihr seid zum ersten Mal in Afrika?«, fragte sie. »Gefällt es Euch?«

Die junge Frau nippte an dem prickelnden Getränk.

»Es ist ganz anders als Indien«, sagte sie dann. »Natürlich sehr schön ...«

Mit Sicherheit hatte ihr jemand gesagt, dass sie das Land ihrer Gastgeber loben sollte.

»Das ist es«, bestätigte Ivy. »Wird Eure Hoheit den Maharadscha auf die Jagd begleiten?«

Die kleine Maharani blickte fast erschrocken. »Oh nein, nein. Ich … ich werde hierbleiben. Mit meinen Begleiterinnen …« Sie wies auf die Dienerinnen.

Ivy nickte. »Es wird mir ein Vergnügen sein, Euch hier Gesellschaft zu leisten«, sagte sie. »Wollen wir jetzt zu Tisch gehen?«

Das Essen an der Tafel der Edgecumbes war hervorragend, doch Ivy fiel auf, dass die junge Maharani ihr Fleisch und die Beilagen nur auf dem Teller umherschob. Der Maharadscha griff dagegen beherzt zu. Er schien an westliches Essen gewöhnt zu sein, während es seiner Frau erkennbar nicht schmeckte. Schließlich gab Ivy Sanele einige Anweisungen, der sich daraufhin in die Küche begab und kurze Zeit später mit einer Schüssel zurückkehrte, der ein würziger Duft nach einem Linsengericht entströmte.

Ivy lächelte und wandte sich an ihre illustren Gäste.

»Ich habe mir erlaubt, unsere einheimische Köchin, eine Frau vom Stamm der Kikuyu, darum zu bitten, unsere Tafel um ein landestypisches Gericht zu erweitern. Es ist eine eher einfache Speise, doch sie wird Euch ermöglichen, Eure Hoheiten, nicht nur den Duft und die Schönheit Afrikas, sondern auch seinen Geschmack kennenzulernen. Wenn Ihr also probieren möchtet?«

Der Gouverneur und Adrian schauten sie irritiert an. Ivys Angebot war ein Bruch des Protokolls, schon weil das scharfe afrikanische Gericht geschmacklich kaum zu den erlesenen Speisen passte, die der Koch gezaubert hatte. Der Maharadscha zeigte jedoch Neugier und ließ sich sofort etwas davon aufgeben, und über das schöne Gesicht der Maharani flog ein Lächeln, als sie kostete.

»Das schmeckt sehr gut«, sagte sie. Es war das erste Mal, dass sie sich ungefragt am Tischgespräch beteiligte. »Ein wenig wie die Speisen bei uns. Sehr … würzig.«

Ivy lächelte und sah wohlgefällig, doch etwas mitleidig zu, wie die junge Frau nun geziert mit Messer und Gabel versuchte, die Linsen zum Munde zu führen. Sanele hatte Fladenbrot dazu gebracht, und Ivy brach die Regeln noch einmal, indem sie der kleinen Fürstin vormachte, wie man das Essen mit dem Fladenbrot aufnahm und zum Munde führte. Die Maharani machte es sehr geschickt nach. Wahrscheinlich aß man in Indien auf ähnliche Art.

Ivy beauftragte Sanele unauffällig, auch die Bediensteten des Herrscherpaares von Wawira verköstigen zu lassen.

Der Nachtisch schmeckte der Maharani dann sehr gut, und schließlich führte Ivy die Majestäten in ihre Unterkünfte. Der Maharadscha wollte früh mit Adrian zur Jagd aufbrechen. Während des Aufenthaltes der Hoheiten waren keine anderen Gäste angenommen worden, die Anlage und das Personal standen ganz dem Maharadscha und seiner Entourage zur Verfügung. Wie gewünscht bezogen er und die Maharani mit ihrer jeweiligen Dienerschaft gesonderte Zelte. Zusätzliche Wachmannschaften stellten sicher, dass keine Tiere um die Zelte streiften. Das kam zwar selten vor, doch Adrian mochte keine Risiken eingehen.

Ivy vergewisserte sich, dass alles zur vollsten Zufriedenheit der Hoheiten war, und verabschiedete sich dann aufatmend. Adrian begleitete sie in ihr gemeinsames Schlafzimmer.

»Das war sehr geschickt von dir, ihnen ein afrikanisches Gericht servieren zu lassen«, äußerte er ein seltenes Lob. »Die Kleine hat ja sonst fast nichts herunterbekommen. Sie ist das erste Mal mit ihrem Mann auf Reisen. Er hat sie erst vor einem Jahr zur Frau genommen.«

Ivy nahm an, dass er das vom Gouverneur oder dessen Mitarbeitern wusste, und ärgerte sich ein wenig. Alles wäre einfacher gewesen, hätte er es ihr vor dem Empfang der Gäste mitgeteilt. Allerdings wollte sie jetzt auf keinen Fall einen Streit anfangen.

»Sie ist wunderschön«, sagte sie. »Und noch so jung … Ist sie womöglich seine … Zweitfrau?«

Ivy hielt es für möglich, dass es reichen Indern erlaubt war, mehr als eine Gattin zu ehelichen. In vielen Kulturen war das schließlich üblich. Adrian brachte die Annahme jedoch zum Lachen.

»Nein, seine zweite Frau«, klärte er Ivy auf. »Die erste ist vor längerer Zeit verstorben, und dann hat er sich in dieses Mädchen verliebt. Der Gouverneur sagt, er lese ihr jeden Wunsch von den Augen ab. Er überschüttet sie mit Schmuck und edlen Kleidern.«

»Sie scheint mir noch viel zu jung für den Platz an der Seite eines Regenten«, bemerkte Ivy. »So ein süßes, schüchternes kleines Ding … Es dauert mich, dass sie in einem goldenen Käfig leben muss.«

Adrian winkte ab. »Ach, an den Luxus wird sie sich schon gewöhnen. Mich dauert sie eher im Hinblick auf das fast unausweichliche Ende dieser Geschichte.«

Ivy runzelte die Stirn. »Du meinst, er wird sie irgendwann verstoßen?«, fragte sie.

Adrian schüttelte den Kopf. »Nein. Aber sie ist so viel jünger als er. Es ist äußerst unwahrscheinlich, dass sie ihn überleben wird. Und wenn er vor ihr zu Tode kommt … Hast du nie vom indischen Brauch der Witwenverbrennung, Sati genannt, gehört? Wenn ein Inder stirbt, so steigt seine Witwe mit seinem Leichnam auf den Scheiterhaufen und stirbt in den Flammen.«

Ivy sah ihn erschrocken an. »Ich habe schon davon gehört. Aber ich dachte … ich dachte, die Engländer hätten das verboten.«

Adrian zuckte mit den Schultern. »Tradition hält sich nicht an Verbote. Tatsächlich habe ich gehört, es sei noch allgemein üblich. Und bei einem Maharadscha … Glaub mir, die Kleine weiß, was ihr bevorsteht. Ein schrecklicher Tod oder lebenslange Verbannung, wenn sie es wagt zu fliehen.«

In Ivy kämpften Entsetzen und Empörung miteinander. »Und

da wagt der Mann zu ihr von Liebe zu sprechen?«, brach es aus ihr heraus. »Was nützt es, wenn er sie jetzt verwöhnt, aber am Ende zum Tode verurteilt?«

Adrian blieb gelassen. »Sie stammt aus einer sehr vornehmen Familie. Der Tod als Sati würde ihr bei jeder Eheschließung drohen, sofern sie ihren Gatten überlebt.«

Ivy verzog das Gesicht. »Man hätte sie mit einem jüngeren Mann verheiraten können …«

Adrian seufzte. »Sei nicht naiv, Ivy. Ihre Eltern waren von der Werbung des Maharadschas zweifellos entzückt. Wer würde seine Tochter nicht gern mit dem König oder dem Kronprinzen vermählen? Hätten die deinen gezögert?«

Ivy wollte darauf beharren, dass ihren Eltern ihr Glück weit wichtiger gewesen wäre als die königliche Partie – wagte es allerdings zu bezweifeln. Immerhin wäre es für sie ja kein Todesurteil gewesen. Sie wollte nicht glauben, dass die Eltern der Maharani da gänzlich gleichgültig waren.

In dieser Nacht schlief sie schlecht, der Gedanke an das Schicksal der jungen Frau ging ihr nicht aus dem Kopf. In ihren Träumen sah sie einen Scheiterhaufen und sich selbst und die kleine Maharani in den lodernden Flammen stehen.

21

Am nächsten Vormittag – Adrian war schon vor Tau und Tag mit seinem illustren Gast und dessen Begleitern zur Jagd aufgebrochen – ging Ivy zum Zelt der jungen Frau und bat um Einlass. Sie hörte Musik und sah nach dem Eintreten eine der Dienerinnen ein fremdartiges Saiteninstrument spielen, während die andere das glänzende schwarze Haar der Maharani zu einem dicken Zopf flocht.

»Ich hoffe, ich störe nicht, Eure Hoheit«, sagte sie und wünschte den Frauen einen guten Morgen. »Ich wollte nur fragen, ob alles nach Eurem Wunsch ist und ob Ihr vielleicht Freude daran finden könntet, ein bisschen von meinem Afrika kennenzulernen. Ihr müsst den Tag nicht im Zelt verbringen, nur weil Ihr nicht jagt. Es gibt viele Möglichkeiten, sich hier zu unterhalten. Ich würde Euch zum Beispiel gern meine vierbeinigen Schützlinge vorstellen.«

Die Maharani runzelte die Stirn. »Sie meinen … Sie betreiben einen zoologischen Garten?«

Ivy lächelte. »Nicht direkt, Hoheit, die meisten meiner Tiere lasse ich irgendwann zurück in die Wildnis bringen. Ich nehme sie auf, wenn sie verwaist sind oder verletzt, und kümmere mich um sie. Manche bleiben dann hier, andere lasse ich frei. Den meisten unserer Gäste gefällt es, sie kennenzulernen. Wenn man nicht jagt, ist das schließlich die einzige Möglichkeit, Tieren wie Zebras oder Elefanten einmal nahe zu kommen. Und lebendige Tiere sind zudem wesentlich beeindruckender als tote.«

Die Maharani schaute noch immer verdutzt. »In Indien reiten wir auf Elefanten«, erklärte sie.

Ivy nickte. »Das weiß ich, Hoheit. Und Ihr habt dort auch Affen. Doch ich denke, Ihr habt noch nie mit einem Pavian Karten gespielt.«

Ivy pfiff nach Kurti. Er hatte sich die Zeit offensichtlich mit einer Inspektion des Küchenzeltes vertrieben, sein Maul war verdächtig sahneverschmiert. Ivy wischte es mit ihrem Taschentuch sauber.

»Verbeug dich vor Ihrer Hoheit!«, wies sie das kleine Tier an, was Kurti folgsam umsetzte.

Die Maharani lachte entzückt. »Wir haben Tempelaffen in Indien«, sagte sie. »Aber die sind nicht so nett.«

Ivy holte ein Kartenspiel aus ihrer Rocktasche, woraufhin Kurti beflissen auf dem Tisch vor der Maharani Platz nahm, die Karten auffächerte und an sie beide austeilte.

Zu ihrer Verwunderung blickte die junge Inderin ernst. »Mit Karten kann man die Zukunft voraussagen«, bemerkte sie. »Ich habe davon gehört. Man nennt das Spiel Tarot …« Interessiert und ängstlich zugleich betrachtete sie die Karten, die Kurti ihr zugeteilt hatte.

Ivy schüttelte den Kopf. »Tut mir leid, Hoheit, dies sind keine Tarotkarten, nur einfache Spielkarten, um Poker oder Blackjack zu spielen. Und Kurti hat auch keine besondere Beziehung zu den Göttern, wie Ihr sie vielleicht Euren Tempelaffen zuschreibt. Er ist nur ein lustiger kleiner Kerl, dem man allerhand Kunststücke beigebracht hat.« Ivy belohnte das Äffchen mit einem Keks. »Ihr dürft ihn gern streicheln, wenn Ihr mögt.«

Die Maharani fuhr sanft über den Kopf des kleinen Kerlchens, worauf Kurti aufsprang, nach ihrer Hand griff und sie aus dem Zelt ziehen wollte.

»Er will Euch seine Freunde zeigen«, ermutigte Ivy sie. »Kommt ruhig mit.«

Gefolgt von den beiden Dienerinnen trat die Maharani in den Sonnenschein. Sie spähte zum Wasserloch hinüber, wo zwei Antilopen ihre schlanken Hälse gesenkt hatten, um ihren Durst zu stillen.

»Das sind Impalas«, erklärte Ivy. »Später werdet Ihr noch mehr Tiere sehen. Sie kommen früh morgens und abends zum Trinken.«

Kurti hüpfte auf und ab, ihm ging es wohl nicht schnell genug. Ivy gab ihm noch einen Keks und nahm die kleine Fürstin dann mit zu den Pferdeställen, wo sie von Bori mit Trompetenstößen begrüßt wurden.

Die junge Elefantenkuh trabte auf ihre Pflegemutter zu, erlaubte, dass Kurti auf ihren Rücken sprang, und machte Anstalten, der Maharani, die an diesem Morgen traditionell Sari und indischen Kopfschmuck trug, den Schleier abzunehmen. Ivy schimpfte und wurde dann fasziniert Zeugin davon, wie sich die Gattin des Maharadschas von Rajasthan in das verwandelte, was sie eigentlich noch war: ein fröhliches sechzehnjähriges Mädchen. Die Maharani kicherte, als das Elefantenkalb mit dem Rüssel nach dem Seidengespinst griff und triumphierend damit umherwedelte wie mit einer Fahne. Die verschreckten Dienerinnen versuchten, es ihm abzujagen, doch Bori trabte mit ihrer Beute fort.

Ein verwaistes Zebrafohlen, um das Ivy sich gerade kümmerte, sah darin seine Chance, zu seiner Pflegemutter durchzudringen. Es gab dabei seltsam fiepende Laute von sich und scharrte bittend vor Ivy im Sand wie ein Pferd. Ivy holte einen weiteren Leckerbissen aus ihrer Rocktasche und sah den begehrlichen Blick der Maharani.

»Darf ich es ihm geben?«, fragte sie. »Oder … oder beißt es?«

Ivy versicherte, dass Chess, wie sie das Zebra genannt hatte, ganz zahm war, und die Maharani streichelte bald selbstvergessen sein gestreiftes Fell.

»Schaut, Hoheit, unsere junge Giraffe bekommt jetzt ihr Fläschchen«, sagte Ivy, als sie sah, dass eine der Kikuyu-Frauen, die ihr bei der Versorgung der Tiere halfen, eben mit einer Saugflasche zu den Ställen kam.

Ivys größter Pflegling, ein Giraffenjunges, dessen Mutter nicht den Jägern, sondern einem Löwen zum Opfer gefallen war, erwartete sie schon. Es stupste sie ungeduldig an, bis die Kikuyu-Frau eine Leiter aufgestellt hatte, hinaufkletterte und ihm die Flasche von oben hinhielt. So konnte es in natürlicher Position trinken wie am Euter seiner Mutter.

Die Maharani fand das ausgesprochen unterhaltsam. Sie lauschte interessiert Ivys Erzählungen von der Geschichte all ihrer Tiere und bedankte sich vergnügt bei Kurti, der Bori den Schleier abgejagt hatte und damit zu Ivy und ihren Gästen zurückkehrte. Ivy nahm ihm das zarte Gespinst ab und belohnte ihn.

»Ich fürchte allerdings, er lässt sich nicht mehr verwenden«, bemerkte sie mit Blick auf das ramponierte Gewebe. Sie hoffte, dass das Bedecken des Haars für die Inderin keine religiöse Bedeutung hatte wie für die Muslime.

Die Maharani winkte ab, der Schleier schien ihr nicht wichtig zu sein. Sie schäkerte mit Kurti und dem Zebra und konnte sich kaum losreißen, als Ivy sie nun in den Stall führte, um zum Höhepunkt des Rundgangs zu kommen. Im Stroh schliefen drei Leopardenwelpen, zehn oder elf Wochen alt. Ihre Bergung hatte zu einer heftigen Auseinandersetzung zwischen Ivy und Adrian geführt. Ihm war entgangen, dass eine Leopardin im Dickicht nahe einem Wasserloch ihre Jungen aufzog – auch dies eines der Anzeichen dafür, dass ihn sein Jagdresort immer weniger interessierte. Er hatte seine Jagdgäste ganz in die Nähe des Baus geführt, woraufhin die Leopardenmutter unvermittelt angriff.

Adrian hatte zwar mit einem raschen Schuss verhindern können, dass jemand verletzt wurde, doch das Tier nicht tödlich getroffen. Als die Suche nach zwei Tagen immer noch nicht erfolgreich gewesen war, hatte Ivy sich mit Sanele zum Wasserloch begeben und die kleinen Katzen geholt. Adrian hatte sie heftig für den nicht ungefährlichen Ausflug gerügt und ihren Einwand, wie wertvoll die drei geretteten Jungleoparden waren, ignoriert. Es war ihr gelungen, alle am Leben zu erhalten und sie zu zähmen wie Hauskatzenwelpen.

Die Maharani war hingerissen. Sie mochte nicht aufhören, die Kleinen zu streicheln und mit ihnen zu spielen, und schließlich bat Ivy eine der Kikuyu-Frauen, ein Auge auf sie zu halten, damit sie sich ihren sonstigen Pflichten widmen konnte. Erst gegen Abend, als mit der Rückkehr der Jäger zu rechnen war, schaute sie erneut im Stall vorbei und sah, dass die Maharani immer noch im Stroh kauerte und die kleinen Leoparden kraulte. Sie ließ sie lachend mit ihrem langen Zopf und ihren goldenen Halsketten spielen und strahlte. Ivy wies auf die fortgeschrittene Stunde hin und darauf, dass sie sich vor dem Dinner vielleicht etwas frisch machen sollte.

»Wenn mein Mann den Löwen noch nicht geschossen hat, darf ich dann morgen wiederkommen?«, fragte sie.

Ivy nickte. Sie wusste ziemlich genau, dass Adrian noch nicht vorhatte, den Maharadscha zum Schuss kommen zu lassen. Das Ende der Jagd war erst für den kommenden Tag geplant. Wenn also nichts Unvorhersehbares passiert war, sollte die Maharani von Rajasthan noch einen halben Tag Zeit haben, einfach ein verspieltes Kind zu sein.

Wie erwartet berichteten Adrian und seine Gäste zwar von einem fabelhaften Jagdtag, der die Trophäensammlung des Maharadschas um etliche Artefakte ergänzen würde, doch noch nicht vom Abschuss des Löwen. Die Männer waren nichsdestotrotz glänzender Laune, genossen ihren Aperitif und den Wein zum festlichen Mahl unter dem Sternenhimmel, und der Maharadscha sah immer wieder wohlwollend zu seiner jungen Frau, deren Augen an diesem Abend leuchteten wie dunkle Diamanten. Er sprach sie während des Essens, das Wawira an diesem Abend mit etlichen afrikanischen Spezialitäten ergänzt hatte, mehrmals in ihrer Sprache an und lächelte, als sie antwortete. Die Majestäten zogen sich dann auf Wunsch des Maharadschas früh zurück.

»Ich will schließlich frisch sein für den folgenden Jagdtag«, erklärte der Fürst fröhlich. »Kommst du, meine Liebste?«

Die Maharani folgte ihm willig mit gesenktem Kopf.

Am nächsten Morgen suchte Sanele Ivy auf, nachdem er der Maharani und ihren Begleiterinnen Früchte und Tee zum Frühstück serviert hatte.

»Sie sollten sich um die indische Prinzessin kümmern«, raunte er ihr zu. »Ihr scheint nicht gänzlich wohl zu sein. Jedenfalls wollte sie kein Frühstück und liegt noch im Bett. Unsere Wachleute sagen, der Maharadscha habe sie in der vergangenen Nacht besucht.«

Ivy seufzte. Sie konnte sich vorstellen, dass es für die zierliche Maharani nicht allzu beglückend war, das Bett mit dem schweren, viel älteren Mann zu teilen, selbst wenn er vorsichtig mit seiner großen Liebe umging. Sie lief also zu den Missionsschwestern und holte sich einen Tiegel der Salbe, mit denen die beiden die Kikuyu-Mädchen behandelt hatten. Schließlich bat sie erneut um Einlass im Zelt der Maharani, brachte zudem einen Kräuteraufguss und erkundigte sich nach dem Befinden der Hoheit. Die junge Frau war inzwischen aufgestanden, und die Dienerinnen bemühten sich erneut um ihre Schönheitspflege und musikalische Unterhaltung. Ivy erkannte dennoch dunkle Ringe unter den Augen der Maharani.

»Hoheit, die Diener berichteten mir, dass es Euch nicht gut geht. Bitte versucht es mit diesem Tee, er wirkt belebend. Und hier ist ein Balsam, den unsere Heilkundigen gegen mannigfaltige Beschwerden einsetzen.«

Die Maharani bedankte sich höflich und trank den Tee, versicherte Ivy jedoch, sich schon besser zu fühlen.

»Ich würde die Tiere sehr gern noch einmal sehen«, sagte sie.

Ivy gönnte der jungen Herrscherin ein paar weitere unbeschwerte Stunden mit ihren vierbeinigen Spielgefährten.

Am Nachmittag kehrte die Jagdgesellschaft zurück – wie erwartet mit einem prächtigen, vom Maharadscha erlegten Löwen. Ein letztes festliches Abendessen beendete den Jagdaufenthalt der Majestäten und des höchst zufriedenen Gouverneurs.

Beim Dessert wandte sich der Maharadscha an Adrian. »Ich bin Ihnen sehr dankbar für den äußerst angenehmen Aufenthalt in Ihrem Resort und die erquickliche, erfolgreiche Jagd. Meine Gattin war ebenfalls mehr als zufrieden mit der Betreuung durch Ihr Personal und Mrs. Edgecumbe.« Er nickte Ivy anerkennend zu. »Die Maharani fand große Freude am Umgang mit den Leopardenjungen, die Ihre Gattin pflegt.«

Er machte eine vielsagende Pause, die Adrian mit der offenbar erwarteten Entgegnung füllte. »Das freut mich, Eure Hoheit«, bemerkte er. »Es wird mir und meiner Gattin eine Freude und eine Ehre sein, der Maharani eines der Tiere zu schenken, die sie derart mit Freude erfüllt haben.«

»Was?« Ivy fuhr auf. Dann wurde ihr jedoch klar, dass sie damit einen massiven Fauxpas beging. Sie atmete tief durch, bevor sie weitersprach. »Die Leoparden sind noch sehr klein, Eure Hoheit. Sie haben gerade erst angefangen, feste Nahrung zu sich zu nehmen. Es wäre besser für sie, in erfahrener Pflege zu verbleiben.«

Adrians Stirn bewölkte sich. Der Maharadscha machte eine abweisende Handbewegung, wandte sich dann jedoch mit einem freundlich herablassenden Lächeln an Ivy.

»Es ehrt Sie, dass Sie sich derart um die Tiere sorgen, doch ich kann Ihnen versichern, dass wir uns um die allerbeste Pflege kümmern werden. Falls Sie einen Diener haben, der sich bislang um die Leoparden gekümmert hat, würden wir ihn gern an unserem Hof aufnehmen und ihm seine Arbeit mehr als angemessen vergüten.«

»Meine Gattin wird sich darum kümmern«, sagte Adrian und bedachte Ivy mit einem Blick, der auch einen brüllenden Löwen zum Schweigen gebracht hätte.

Während er Brandy servieren ließ und die freudestrahlende Maharani von ihren Dienerinnen in ihr Zelt begleitet wurde, zog sich Ivy zurück. Gewöhnlich hätte die Schönheit der afrikanischen Nacht, ihre Sterne und die flirrende Luft sie selbst auf dem kurzen Spaziergang von den Zelten zum Haus in ihren Bann gezogen. In diesen Stunden ging von der Natur jedoch keine beruhigende Wirkung auf sie aus. Ivy wollte irgendwo ihren Unmut ablassen und freute sich, als sie Licht im Wohnbereich der Ordensschwestern sah. Tatsächlich las Margaret noch in ihrem Brevier, Engelberta besserte Kinderkleidchen aus.

»Der Maharadscha nimmt sich, was er will«, regte sie sich auf, nachdem sie den Schwestern von der jungen Maharani erzählt hatte. »Eine Frau oder ein Tier, alles ist für ihn nur ein Spielzeug. Und einen Sklaven zur Tierbetreuung würde er am liebsten gleich noch dazubekommen. Adrian bedauert zweifellos, dass er unsere Kikuyu nicht verschenken kann.«

Die Schwestern sahen sich wortlos an. »Wüsstest du denn eine Kikuyu-Frau, die mit nach Indien gehen würde, um sich um das Tier zu kümmern?«, fragte Margaret.

Ivy schüttelte den Kopf. »Die sind alle verheiratet und haben Kinder. Zudem sprechen sie kaum Englisch, sie würden völlig vereinsamen.«

Engelberta rieb sich die Stirn. »Wir wollten sowieso mit dir über etwas reden. Es ... es geht um Naeku, deine kleine Massai-Freundin.«

Ivy richtete sich auf. »Was ist mit ihr?«, fragte sie besorgt.

»Sie ... sie ist ziemlich verzweifelt«, meinte Margaret. »Sie soll verheiratet werden, und sie ist erst dreizehn. Natürlich will sie das nicht. Sie bat uns, dich zu fragen, ob du vielleicht eine Stellung für sie hättest. Nachdem sie uns angeboten hat, sich taufen zu lassen und dann gleich ins Kloster zu gehen ...« Die intelligente Naeku sprach inzwischen fließend Englisch. »Dafür ist sie jedoch noch zu jung ...«

»Ganz abgesehen davon, dass sie keinerlei Berufung spürt«, fügte Engelberta missmutig hinzu. »Der Gang in ein Kloster ist kein Fluchtweg.«

Ivy seufzte. »Ich kann sofort eine Stellung für sie schaffen. Aber wird der Vater das erlauben?«

»Der Vater will vierzig Rinder als Brautpreis«, sagte Margaret. »Wenn dieser Maharadscha ihm die bieten kann, vielleicht sogar ein oder zwei mehr, wäre es ihm sicher egal, ob Naeku heiratet oder verkauft wird. Bestimmt macht es ihn sogar stolz, wenn er sie einem ausländischen Würdenträger überlassen kann. Ist es schwierig, dieses Leopardenbaby zu versorgen?«

Ivy schüttelte den Kopf. »Nein, gar nicht. Man rührt Milch an und schneidet etwas Fleisch klein. Einem so klugen Mädchen wie Naeku könnte ich es in ein paar Minuten zeigen.«

»Dann lass sie holen«, erwiderte Margaret. »Und morgen erklärst du dem Maharadscha die Lage. Dir wird schon was einfallen. Naeku geht bestimmt gern mit nach Indien, so wissbegierig und aufgeschlossen, wie sie ist. Ganz abgesehen davon, dass ihr eine baldige Heirat als die reinste Hölle erscheinen muss.«

»Was sie wahrscheinlich auch wäre«, fügte Engelberta hinzu.

»Aber ich kann doch nicht zulassen, dass der Maharadscha sie kauft!«, brach es aus Ivy heraus. »Er führt sich ohnehin auf, als ob ihm die ganze Welt gehörte. Und nun soll ich mit ansehen, wie er für seine Frau eine Sklavin erwirbt?«

»Dass Patita sich eine Sklavin kauft, kannst du dagegen zulassen?«, fragte Margaret.

»Patita?« Ivy schlug entsetzt die Hände vors Gesicht. »Der alte Patita?«

Patita war der Mann aus dem Ältestenrat, der sich gewisser Englischkenntnisse rühmte. Ivy kannte ihn von ihrem ersten Besuch im Dorf, als sie sich vorgestellt hatte.

»Hat ein Auge auf sie geworfen. Vielleicht möchte er sie als Übersetzerin, weil sein Englisch nicht so gut ist und er sich dennoch überall als Vermittler verdingen will. Jedenfalls kann er den Preis mühelos zahlen …« Engelberta verzog angewidert das Gesicht. »Sie wäre seine vierte Frau.«

Sanele begab sich noch in dieser Nacht ins Dorf der Massai, und Ivy und die Kikuyu-Frauen machten Naeku mit der Versorgung der Leopardenkinder vertraut. Am Morgen präsentierten sie dem Maharadscha das Mädchen als Tierpflegerin, deren Familie sich allerdings nur gegen eine Abfindung von ihm trennen würde, zumal eine Verlobung gelöst werden müsse.

Der indische Herrscher rief es daraufhin zu sich und stellte bohrende Fragen. Eine Verlobung zu lösen war für ihn offenbar eine ernste Sache. Naeku schaffte es jedoch, ihm klarzumachen, dass bislang nur Vorverhandlungen stattgefunden hatten. Sie sei keineswegs vergeben, sagte sie, schließlich habe noch kein Rind im Zusammenhang mit ihr den Besitzer gewechselt. Durch ihr höfliches, zuvorkommendes Verhalten machte sie auf die Hoheiten einen hervorragenden Eindruck. Die Maharani freute sich darüber, dass Naeku noch so jung war. Ihre anderen Bediensteten waren viel älter als sie.

Pater Flint und Adrian vermittelten bei den Massai, und schon am Nachmittag wechselte der Gegenwert von fünfzig Rindern in die Hände von Naekus Vater.

Das Mädchen weinte vor Erleichterung und wollte Ivy aus Dankbarkeit die Hände küssen. Von der Maharani und ihrer Entourage war es fasziniert, einer so schönen Frau wollte es gern dienen. Ivy wusste nicht, was sie denken sollte. Hatte sie nun verschiedene Menschen glücklich gemacht, oder würde Naeku bald ebenso um ihr Zuhause trauern wie die kleine Leopardin, die unglücklich fiepte, als man sie von ihren Geschwistern trennte? In einem Korb auf dem Schoß der strahlenden Maharani fuhr sie gegen Abend in einem Automobil nach Nairobi. Die nun doch ein wenig furchtsame Naeku saß neben den beiden – für eine Dienerin ein Ehrenplatz.

»Aus dem Kral in die moderne Welt«, bemerkte der Gouverneur, der in ein weiteres Fahrzeug stieg. Sechs große Automobile waren gekommen, um das Fürstenpaar und seine Entourage abzuholen. Die Trophäen des Maharadschas würden gleich nach Indien verschickt werden und ungefähr zeitgleich mit den Hoheiten in Rajasthan eintreffen. Sie wollten noch ein wenig durch Afrika reisen. »Hoffentlich kommt die Kleine damit klar ...«

22

»Was halten Sie denn davon?«, fragte Ivy Sanele, der die Worte des Gouverneurs gehört hatte.

Bei der Verabschiedung so illustrer Gäste wie dem indischen Fürstenpaar pflegten alle Hausangestellten zu paradieren, zu knicksen und zu dienern. Viele von ihnen durften sich über Trinkgelder freuen, die ein Diener des Maharadschas vor Abfahrt des letzten Automobils austeilte. Wawira blickte fassungslos auf ein kleines Vermögen, das einem für sie bestimmten Umschlag entfiel, und auch die Tierpflegerinnen wurden gut honoriert. Dem Maharadscha war daran gelegen, alle großzügig zu entlohnen, die seiner jungen Frau den Aufenthalt verschönt hatten.

»Wovon?«, wollte Sanele wissen. »Davon, was Sie für das Massai-Mädchen arrangiert haben?«

Ivy nickte. »Ich frage mich, ob ich das Richtige getan habe«, erwiderte sie.

Adrian war gleich nach der Verabschiedung der Gäste fortgegangen, um die Präparation der geschossenen Tiere zu überwachen. Die Trophäen des Maharadschas sollten makellos werden. Sanele war Ivy auf ihre Bitte hin auf die Terrasse gefolgt, von der man das Wasserloch beobachten konnte. Beim Anblick der ersten, zum Trinken erscheinenden Tiere fühlte sie sich sofort besser.

»Ich freue mich für sie, dass ihr die Ehe mit diesem Patita erspart bleibt«, sagte Sanele. »Und die Reise nach Indien ist etwas, das sie mitentschieden hat. Im Gegensatz zu mir wurde sie schließlich gefragt, bevor man sie aus dem ihr vorbestimmten Leben herausriss. Ansonsten ist es zweifellos ein Dasein voller Enttäuschungen, das ihr bevorsteht ...«

Ivy blickte ihn erschrocken an. »Sie sind nicht glücklich?«, fragte sie. »Ich dachte ... ich dachte, Sie wären hier zufrieden. Und was hat Naekus Schicksal überhaupt mir Ihnen zu tun?«

Sanele suchte ihren Blick nicht. Er tat, als wäre er gebannt von zwei Elefanten, die eben zum Wasser schritten.

»Ich bin hier sehr zufrieden, Miss Ivory. Manchmal sogar glücklich, wenn nicht ...« Er brach ab. »Ich hätte so viel mehr erreichen können. Meine Ausbildung qualifiziert mich zum Butler in einem großen Haus, mein Verstand zum Studium der Medizin oder der Rechtswissenschaften. Er ist jedoch gefangen in einem schwarzen Körper. Genauso wird es mit Naeku sein. Sie ist klug, sie wird ihr Englisch vervollkommnen, sehr bald Indisch lernen, wahrscheinlich gibt es im Haushalt der Maharani Bücher, die sie lesen kann. Wäre sie weiß, stünde ihr die Welt offen, wenn sie erwachsen ist. So jedoch ... Sie wird immer eine Dienerin bleiben, und glauben Sie mir, Miss Ivory, das ist bitter.«

»Das ist ungerecht!«, rief Ivy.

»Ändern Sie es«, bemerkte Sanele mit einem schwachen Lächeln.

Ivy senkte den Blick. Sie sprach es nicht aus, doch auch sie war vom Leben enttäuscht. Sie konnte Adrians Welt ebenso wenig verlassen wie die kleine Maharani ihren goldenen Käfig und Sanele seinen Körper.

Zwei Wochen nach der Abreise des Maharadschas brachte Reggie Derringer einen Brief und ein Päckchen aus Kijabe mit auf die Farm der Edgecumbes. Der Brief war an Adrian adressiert, das Päckchen an Ivy. Beides trug das Siegel des Maharadschas von Rajasthan.

»Nun öffne schon den Umschlag!«, forderte der neugierige Reggie Adrian auf. Er hatte sie wieder mal in einem Streitgespräch angetroffen. »Meine Eltern und ich konnten uns kaum beherrschen hineinzusehen. Das Päckchen für Miss Ivy ist sicher ein Geschenk. Aber was will der Maharadscha von dir, Adrian?«

Adrian riss den Brief auf, ohne sich um das wertvolle Büttenpapier zu scheren. Ivy trug ihr Päckchen zu einem Tisch und öffnete es vorsichtig. Sie legte das dicke Einwickelpapier sorgsam beiseite und hob den Deckel eines Pappkartons. Zum Vorschein kam ein fein gestaltetes Kästchen – Ebenholz und Elfenbein, Ivy fühlte sich an ein ähnliches im Haus ihrer Eltern erinnert. Die Einlegearbeiten zeigten jedoch nicht einfach Ranken, sondern Tiermotive. Als Ivy es aufklappte, fand sie einen auf edlem, nach Rosen duftenden Seidenpapier verfassten Brief vor. Dem Umschlag entfielen zwei Fotografien und ein mit zierlicher Schrift beschriebenes Blatt.

Meine verehrte Freundin Mrs. Edgecumbe,
bei unserem Besuch in Ihrem Haus hatte ich nicht mehr
Gelegenheit, Ihnen für all die Freundlichkeit zu danken, die Sie
mir erwiesen haben. Vor allem danke ich Ihnen dafür, dass Sie
mir Ihr Kätzchen überlassen haben – ich habe es Desna genannt,
was so viel wie Geschenk bedeutet, um immer an Ihre Großmut
erinnert zu werden. Danke auch dafür, dass Sie es möglich
gemacht haben, Naeku mit uns reisen zu lassen. Wir kümmern
uns gemeinsam um Desna, und sie wird mir immer mehr zur
Freundin und Vertrauten.

Anbei eine kleine Gabe, mit der ich meiner Dankbarkeit
Ausdruck zu geben versuche, auch wenn es dem, was Sie mir
gegeben haben, niemals gerecht werden kann. Ich habe es selbst für
Sie entworfen und hoffe, dass es der Mutter der Tiere ein Lächeln
auf das Gesicht zaubert. Zudem lege ich zwei Fotografien bei,

die Desna mit ihrem neuen Halsband zeigen. Und damit ihre
Geschwister nicht eifersüchtig werden, habe ich auch für sie jeweils
ein solches Halsband anfertigen lassen. Ich trage sie ebenfalls
immer in meinem Herzen.

Ihre sehr ergebene
Ranjana, Maharani von Rajasthan

Ivy sah sich die Fotografien an, die ihre kleine Leopardin einmal neben der Maharani und einmal auf dem Schoß von Naeku zeigten. Naeku trug einen Sari und sah sehr zufrieden aus. Erneut hoffte Ivy, das Richtige für sie entschieden zu haben. Desna trug auf beiden Bildern ein Halsband, wobei die Schwarz-Weiß-Fotografie nicht erkennen ließ, woraus es gemacht war.

Ivy schnappte nach Luft, als sie nun in dem Kästchen zwei in Seidenpapier eingewickelte Halsbänder aus purem Gold fand. Die Maharani hatte ihre vierbeinigen Spielkameraden wirklich fürstlich beschenkt. Mit klopfendem Herzen öffnete sie schließlich eine Schmuckschatulle, die wohl ihr Geschenk der Maharani enthielt. Hingerissen blickte sie auf eine Goldkette, bestehend aus den aneinandergereihten Silhouetten verschiedener Tiere Afrikas. Wenn die Maharani das wirklich selbst entworfen hatte, so bewies sie damit beträchtliches künstlerisches Talent.

Ivy nahm das wunderschöne Schmuckstück vorsichtig aus der Schatulle und hätte eigentlich erwartet, dass Adrian ihr half, es anzulegen. Der starrte jedoch gemeinsam mit Reggie fasziniert auf den Brief des Maharadschas, den sie gerade zum wiederholten Mal auf sich wirken ließen.

»Wirst du fahren?«, fragte Reggie seinen Freund und Chef.

Adrian sah von der Lektüre auf. »Natürlich werde ich fahren. Eine solche Gelegenheit lässt man sich doch nicht entgehen. Erst recht nicht, wenn die Einladung vom Maharadscha von Rajasthan kommt.«

»Wohin sollst du fahren?«, fragte Ivy.

Sie war immer noch ganz versunken in die Schönheit der Goldkette für sie, die Mama wa Wanyama.

»Nach Indien«, antwortete Reggie. »Der Maharadscha hat Adrian nach Indien eingeladen. Zur Tigerjagd.«

Ivy sah ihren Mann stirnrunzelnd an. »Und das willst du annehmen? Was wird dann hier aus der Farm?«

Adrian schien seine Einladung genauso in Bann zu halten wie Ivy ihr Geschenk.

»Die musst du dann ein paar Wochen allein betreiben. Ich setze dich zum Verwalter ein, Reggie, dann kannst du gleich mal sehen, wie du mit der Selbstständigkeit zurechtkommst. Und du tust einfach das, was du immer tust, Ivy. Ich sehe da keinerlei Probleme.«

Ivy sah durchaus welche. Reggie war ein recht guter Jäger, bewies jedoch keinerlei Führungsqualitäten. Dem Personal gegenüber verhielt er sich arrogant. Er würde sicher bald mit dem Koch aneinandergeraten und auch mit Sanele nicht gut zurechtkommen. Von Kindheit an akzeptierte er die Massai, hatte jedoch von ihnen übernommen, auf alle anderen Stämme herabzublicken. Keiner der Kikuyu-Fährtensucher mochte ihn.

»Der Maharadscha lädt mich ein, gleich mit der fürstlichen Entourage nach Indien zu reisen. Er heißt mich in seinem Palast willkommen und freut sich auf meine Unterstützung bei der Jagd nach einem Tiger, der im Umfeld eines Bauerndorfs aufgefallen ist. Er reißt Nutztiere und wird auf Dauer sicher auch Menschen gefährlich werden. Seine Hoheit plant eine traditionelle Jagd, wir werden Elefanten reiten und …« Adrian konnte seine Begeisterung kaum bezähmen. »Ein Tiger! Wenn es mir gelingt, ihn zu erlegen, kann ich meine Sammlung um eine einzigartige Trophäe erweitern.«

»Es gibt viele Engländer in Indien«, bemerkte Reggie, dem der

Neid anzusehen war. »So eine seltene Trophäe ist ein Tigerfell auch wieder nicht ...«

»Wie lange soll denn das dauern?«, erkundigte sich Ivy. »Und wann wirst du fahren?«

»Nun, ich soll mich sobald wie möglich nach Mombasa begeben und die Reisegesellschaft des Maharadschas dort treffen«, erklärte Adrian. »Und wie lange die Jagd dauern wird ... so etwas kann man schlecht einschätzen, Ivy. Ich werde dir schreiben.«

Mit der Einladung des Maharadschas war Adrians Lethargie jäh verschwunden. Voller Eifer sortierte er seine Jagdwaffen und suchte sich passende Kleidung heraus. Den Jagdbetrieb des Resorts überließ er sofort Reggie und gab ihm Anweisungen bezüglich der Leitung der Farm.

»Die Aufsicht über die Küche und die Versorgung der Gäste kann ich doch übernehmen«, wandte Ivy ein. Adrian kümmerte sich schon seit längerer Zeit nicht mehr um die Unterbringung und Betreuung der Gäste über die Jagd hinaus. Was Sanele nicht regelte, organisierte sie selbst. »Das mache ich gern.«

»Aber es muss einen Verantwortlichen geben«, erklärte Adrian. »Einen Mann, der die nötige Autorität ausübt. Und falls du mir Sanele vorschlagen willst, das kommt nicht infrage. Ich will einen weißen Mann! Ihr werdet schon mit Reggie zurechtkommen. Er kennt den Betrieb ja seit den Anfängen.«

Reggie Derringer schwankte zwischen dem Neid auf Adrians Abenteuer und dem Stolz darauf, das Edgecumbe Jagdresort nun selbstständig leiten zu dürfen. Er fühlte sich sehr wichtig, als er Adrian zum Bahnhof in Kijabe brachte. Ivy fuhr nicht mit, sondern verabschiedete ihren Mann im Foyer ihres Hauses. Sie missbilligte sowohl seine Reise als auch den Einsatz Reggies als seinen Vertreter.

Bis zuletzt hatte sie mit Adrian darüber gestritten, und eigentlich waren sie beide ganz froh, dass dies nun ein Ende hatte.

Obwohl ihr Mann sie zum Abschied küsste, hatte Ivy das Gefühl, als ginge an diesem Tag etwas zwischen ihnen zu Ende. Sie winkte dem abfahrenden Automobil nicht nach.

23

Sanele schüttete gleich am folgenden Tag bei Ivy sein Herz aus. Der neue Verwalter hatte ihm aufgetragen, die Jagdgäste künftig zu wecken, indem er ihnen Tee oder Kaffee in ihrem Zelt servieren ließ.

»Um vier Uhr morgens?«, fragte Ivy verblüfft.

Bisher hatten die Fährtensucher das Wecken der Jäger übernommen, indem sie die Gäste zum Aufbruch riefen. Sie hatten sich dann an einem großen Lagerfeuer versammelt, wo Sanele oder ein anderer Bediensteter sie mit Getränken und auf Wunsch einem kleinen Imbiss erwartete. Oft genug hatten die Jäger sich dabei vom Bwana unbemerkt einen Schuss Brandy oder Whiskey in den Tee oder Kaffee geben lassen, um sich von innen zu wärmen und für die Jagd zu wappnen. Sie waren mit dieser Regelung immer zufrieden gewesen.

»Um vier Uhr morgens«, bestätigte Sanele. »Ich muss also, wenn alle Zelte belegt sind, sechs Männer dafür abstellen, und Sie wissen, dass gar nicht so viele Leute für den Service bei Tisch geschult sind.«

Den Tee so elegant zu servieren wie ein englischer Hausdiener wollte gelernt sein. Außer Sanele gab es nur zwei weitere Bedienstete, die es konnten.

»Die Mädchen ...«, wollte Ivy vorschlagen, hielt jedoch sofort inne. Ihre Kikuyu-Hausmädchen verstanden sich zwar auf das Servieren zur Teestunde, doch sie begriff, dass Sanele sie nicht allein in die Zelte der oftmals recht übergriffigen Männer schicken wollte.

»Und was ist, wenn nicht jeder mit auf die Jagd will?«, fragte sie. »Die Damen wollen sicher nicht zu nachtschlafender Zeit gestört werden.«

Sanele nickte. »Auch das habe ich Mr. Reggie zu bedenken gegeben. Zumal der Service, sich mit einem Tee und einem Imbiss am Bett wecken zu lassen, ja ohnehin eher von Damen genutzt wird.«

Ivy nickte. Das wusste der erfahrene Hausdiener besser als Reggie, der Kaufmannssohn, dessen Mutter sich den Tee wohl zeitlebens selbst gekocht hatte.

»Er hat mich daraufhin scharf gerügt und gedroht, mich von meinen Pflichten zu entbinden«, sprach Sanele weiter. »Vielleicht sprechen Sie noch einmal mit ihm, Miss Ivory …«

Ivy intervenierte also bei dem neuen Verwalter und wurde daraufhin beschuldigt, sich mit den faulen schwarzen Kerlen gemeinzumachen. Dabei hatte sie das Gefühl, es ginge Reggie gar nicht um die Sache, sondern nur darum, sich beim Personal durchzusetzen und es gleich spüren zu lassen, wer hier jetzt das Sagen hatte.

Das Problem regelte sich dann innerhalb der nächsten zwei Wochen von allein, weil die Jäger den Service ganz einfach nicht annahmen. Sie ließen ihren Tee stehen und versammelten sich lieber am Feuer, um sich dort im Kreise ihrer Jagdkumpane für die Safari zu stärken.

Andere unsinnige Anweisungen Reggies waren nicht so einfach aus der Welt zu schaffen. Es kam immer wieder zu Unstimmigkeiten zwischen ihm und dem Hauspersonal und bald natürlich mit dem ohnehin schwierigen Koch. Ivy belastete das, andererseits genoss sie ihre neue Freiheit. Von Reggie ließ sie sich nicht verbieten, in den Busch zu gehen oder zu reiten – und sie erweiterte zudem das Angebot für die nicht jagenden Gäste. Die Frauen und Kinder waren sehr an der Tierwelt Afrikas interessiert, und es war ein ungeheures Abenteuer für sie, wenn Ivy sie am frühen Abend nah an das Wasserloch heranführte und beim Spiel der Elefanten im Schlamm zuschauen ließ. Sie wurden dabei von bewaffneten Wachleuten begleitet, doch im Grunde bestand keine Gefahr. Die Tiere fühlten sich am Wasserloch sicher, und Ivy wusste aus langer Erfahrung, wo man sich verbergen konnte, ohne von ihnen wahrgenommen zu werden. Das einzige Risiko bestand darin, dass die Gäste immer mal wieder in erschrockene Aufschreie verfielen, was die Tiere vertrieb.

Der schwelende Konflikt zwischen Reggie und Sanele entlud sich an einem Abend, an dem die Kikuyu-Männer und -Frauen für die Jagdgäste tanzten. Solange Adrian die Farm geleitet und Ivy das Kulturprogramm überlassen hatte, waren die Tanzvorführungen immer im Dorf der Kikuyu erfolgt, sehr selten in der weiter entfernten Siedlung der Massai. Reggie hatte sie jedoch in den Garten der Farm verlegt – mit der Begründung, dass einige der Gäste sich unter all den Afrikanern unwohl fühlten.

»Also die Frauen, die ich ins Dorf führe, um Schnitzereien oder Schmuck zu kaufen, sind dabei immer ganz glücklich«, hatte Ivy ihm verwundert erklärt, als er ihr die Neuerung mitgeteilt hatte. »Und die Jäger sind im Busch von lauter Kikuyu-Fährtensuchern und Trägern umgeben. Wenn sie sich da nicht vor ihnen fürchten, warum dann hier?«

Reggie hatte behauptet, das habe mit dem Einbruch in den Lebensraum der einheimischen Bevölkerung zu tun, wo diese sich womöglich sicherer fühlen würde als im Busch, und somit eher zur Auflehnung neigte. »Es ist nur so ein Gefühl, Miss Ivy. Aber glauben Sie mir, die Gäste werden es uns danken.«

Ivy teilte dieses Gefühl nicht, und die Kikuyu stieß die neue Planung zudem vor den Kopf. Sie hatten die Weißen immer gern in ihrem Dorf willkommen geheißen und bewirtet. Nun fiel dieses Vergnügen und auch die Zusatzeinnahme für sie weg – Reggie entlohnte nur die Tänzer. Die Massai lud er gar nicht mehr zum Tanzen ein, da dies, so behauptete er, unter der Würde des stolzen Kriegervolkes sei. Das schürte die Konflikte zwischen den beiden Stämmen. Die Massai nahmen es den Kikuyu übel, dass sie nun nichts mehr verdienten.

Reggie hielt jedoch an seinen Anweisungen fest, und die Tanzabende hatten ihren Folklorecharakter verloren – sie wurden zu einer Art Gartenfest mit Programm. Es bewirteten jetzt nicht mehr Kikuyu-Frauen, sondern Sanele und die anderen Bediensteten, und statt des von den Afrikanern gebrauten Biers, Zuckerrohrschnapses oder Fruchtsäften und Tees gab es Champagner und Cocktails.

Reggie trank an einem dieser Abende einen Brandy mit einem Gast, der über einen etwas rüden Humor verfügte. Ständig versuchte er, die einheimischen Hausangestellten und Jagdhelfer damit in ein Gespräch zu verwickeln. Diesmal hatte er sich Sanele dazu ausgewählt.

»Und, Mr. Zulu?«, fragte er und wies auf den Platz, auf dem die jungen Kikuyu-Krieger mit ihren Speeren aufgestampft und dazu martialische Lieder gesungen hatten. »Wie ist das mit Ihnen? Tanzen Sie auch? Sie kommen aus einem anderen Stamm, oder? Wollen Sie uns jetzt nicht mal zeigen, wie man da das Tanzbein schwingt?«

Sanele wollte lachend abwiegeln. »Aber nicht doch, Mr. Bannister, Sir! Wie würde denn das aussehen, wenn ich mich hier in meiner schwarz-weißen Uniform nach den Klängen der Trommeln drehen würde? Ich sähe mehr einem tanzenden Pinguin ähnlich als einem Krieger.«

Mr. Bannister hätte jetzt sicher Ruhe gegeben, doch Reggie wandte sich mit einem sardonischen Lächeln an Sanele. »Das würde mich aber auch interessieren, Mr. Zulu!«

Ivy bestand auf die förmliche Anrede Saneles, wie es auch in England beim leitenden Hauspersonal üblich war, und bisher hatten das alle Gäste ohne Widerspruch übernommen – nur Reggie gebrauchte das »Mr. Zulu« ausschließlich mit einem ironischen Unterton. Adrian hatte Sanele weiterhin einfach Boy genannt.

»Zeigen Sie uns doch ein paar Schritte Ihrer traditionellen Tänze. Ein Baströckchen für Sie wird sich schon finden lassen.« Reggie grinste.

Sanele war peinlich berührt. Er kannte keine afrikanischen Tänze. In seiner Kindheit hatte er lediglich die Tanzveranstaltungen der weißen Siedler beobachtet.

Inzwischen waren andere Gäste aufmerksam geworden, sie begannen, Sanele weiter zu bestürmen. Bestimmt glaubten sie, jeder der afrikanischen Hausdiener könne etwas zum Programm beitragen, oder sie hielten die Bitte für einen Scherz. Einige empfanden sicher auch Freude am Quälen.

Sanele sah erkennbar hilflos zu Ivy herüber. Er konnte sich nicht weigern, zumal Reggie nun zum Befehlston überging. Andererseits brachte er es nicht über sich, Possenspiele zu zeigen wie ein dressiertes Tier. Was immer er vorführen würde – es hätte nichts mit den jahrhundertealten traditionellen Tänzen der Kikuyu oder Massai zu tun. Mehr als ein würdeloses Herumspringen konnte er nicht bieten, und man sah ihm an, dass sich alles in ihm dagegen sträubte.

Ivy hatte sich am Rande der Tanzfläche mit einigen Frauen unterhalten, den Konflikt aber aus der Ferne beobachtet und mitgehört – die Kikuyu hatten ihren ersten Tanz an diesem Abend gerade beendet und die begleitenden Trommeln waren bis zur nächsten Darbietung verstummt. Sie entschuldigte sich kurz bei den Damen und ging dann zu den disputierenden Gästen hinüber, die Sanele angingen. Ihr afrikanischer Freund hatte das natürlich würdevolle Auftreten des Butlers verloren und schien der Panik nahe.

»Ich bin nicht bei meinem Stamm aufgewachsen. Ich kenne seine Tänze nicht«, versuchte er sich erneut zu verteidigen.

Die Gäste lachten nur.

»Ach was, Mr. Zulu, ihr Afrikaner habt doch alle Musik im Blut. Nun machen Sie schon!«, rief einer der Jäger lachend.

»Sie hören es, Mr. Zulu«, sagte Reggie mit drohendem Unterton. »Wagen Sie nicht, sich zu weigern!«

Ivy dachte fieberhaft nach. Wenn sie sich jetzt vor Sanele stellte, hieß das, die offene Konfrontation mit Reggie zu suchen. Sie würden vor den Gästen streiten, sie würde mit Entlassung drohen, er auf Adrians Anweisungen beharren. Es musste eine andere Lösung geben. Schließlich schob sie sich zwischen die Jäger und ihr Opfer.

»Verzeihung, meine Herrschaften, aber hier liegt ein Missverständnis vor.« Sie wusste, dass ihre nächsten Worte Sanele verletzen würden, doch sie hoffte auf sein Vertrauen. »Selbstverständlich wird Ihnen Mr. Zulu gern einen Beweis seiner Musikalität geben. Die einzigen Tänze, die er kennt, benötigen allerdings die Mitwirkung einer Dame.« Sie wandte sich zu Sanele um. »Darf ich also bitten, Mr. Zulu?«, fragte sie und knickste wie eine Debütantin. »Und gibt es vielleicht unter den hiesigen Musikern irgendjemanden, der ein europäisches Musikstück kennt?«

Wawira, die in der Mission als Vorsängerin geschätzt wurde, nickte fröhlich. Mit kräftiger Stimme, und nach den ersten Takten begleitet durch improvisiertes Trommeln, intonierte sie die Kikuyu-Version eines Kirchenliedes.

Ivy sah Sanele auffordernd an, der daraufhin unsicher einen Arm um sie legte. Wieder verschränkten sich ihre Hände und formten die Sinfonie von Ebenholz und Elfenbein, und sie begannen, sich im Takt des Liedes zu wiegen. Wawira sang mit Inbrunst, und Sanele und Ivy fanden schnell zu einem walzerähnlichen Rhythmus. Dabei trafen sich ihre Blicke – und aller Skurrilität der Szene zum Trotz empfand Ivy eine Art Verzauberung. Sie fühlte sich wohl in Saneles Arm und hätte beinahe die Gäste um sich herum vergessen. Mutiger geworden führte Sanele sie in eine Drehung, sie sahen einander an und mussten beide lachen. Ein entspanntes, glückliches Lachen, wie von Kindern, die jemandem einen Streich spielten.

Als Wawira endete, verhielten sie voreinander, er verneigte sich vor ihr, und sie knickste erneut.

»Vielen Dank für diesen Tanz, Mr. Zulu«, sagte Ivy förmlich.

»Ich habe zu danken, Mrs. Edgecumbe«, antwortete er und verzichtete damit zum ersten Mal in Gesellschaft der Gäste auf das Memsahib. »Sie haben mir eine große Freude gemacht.«

Die Gäste um sie herum und die Kikuyu begannen begeistert zu klatschen. Der Tanz hatte sie erheitert, einigen mochte auch Ivys Initiative imponiert haben. Die Afrikaner freuten sich einfach an der Neuinterpretation des Kirchenliedes.

Einige wenige Damen unter den Gästen waren natürlich indigniert – und da die meisten von ihnen in Mombasa oder Nairobi lebten, würde sich Ivys »unpassendes Verhalten« sicher herumsprechen. Das war ihr jedoch gleichgültig. Wichtig war nur, dass es Reggie nicht gelungen war, Sanele zu demütigen.

Ivy nahm sich vor, ihn in Zukunft noch besser im Auge zu behalten.

24

Adrian war im Juni abgereist, und bis Mitte Juli hörte Ivy nichts von ihm. Sie hatte in dieser Zeit kaum Gäste aus dem Ausland, vor allem waren Verwaltungsangestellte oder Geschäftsleute aus Mombasa oder Nairobi gekommen sowie anderen Teilen Afrikas.

»Eigentlich etwas seltsam«, bemerkte sie mit Blick auf den Gästeplan, den sie wie jede Woche mit Reggie besprach.

Sie tat das ungern, doch der neue Verwalter musste wissen, wer welche Tiere »gebucht« hatte.

Reggie lächelte herablassend, wie er sich das in der letzten Zeit nicht nur beim Personal, sondern auch gegenüber der Gattin seines Arbeitgebers angewöhnt hatte.

»Lesen Sie keine Zeitungen, Miss Ivy?«, fragte er provozierend. »Sie scheinen nicht zu wissen, was in Europa vorgeht.«

Ivy las tatsächlich keine Zeitungen. Wer hätte sie auch auf die abgelegene Farm liefern sollen? Vom Geschehen in der Welt erfuhr sie allenfalls durch ihre Gäste oder aus den Briefen ihrer Familie, die das Weltgeschehen allerdings nur erwähnte, wenn es die Geschäfte ihres Vaters oder die Verwaltung von Parkland Gardens betraf.

»Es hat ein Attentat gegeben«, erinnerte sie sich jetzt, um nicht als gänzlich uninformiert dazustehen. »In … in Serbien. Der österreichische Thronfolger und seine Frau wurden getötet.«

Das hatte ihr die Frau eines der Jäger beim Nachmittagstee verraten und gleich hinzugefügt, dass die Majestäten im eigenen Land wohl nicht besonders beliebt gewesen wären. Ivy hatte der Sache keinen großen Wert beigemessen. Natürlich bedauerlich, aber es war nichts, das sie in irgendeiner Weise persönlich betraf.

»Genau deshalb wird es wahrscheinlich einen Krieg geben«, erklärte Reggie wichtig. »Die Österreicher werden das nicht auf sich beruhen lassen.«

Ivy sah ihn ungläubig an. »Österreich gegen Serbien? Haben die keine anderen Probleme? Der Attentäter ist gefasst worden, wenn ich das richtig verstanden habe. Warum wird er nicht verurteilt und der Konflikt damit beendet?«

»Es gibt diverse Schutzmächte und Bündnisse«, erwiderte Reggie. »Unter anderem sind Russland und Deutschland beteiligt. Es brodelt in Europa. Da begibt sich zurzeit wohl keiner auf Safari.«

Ivy nahm das zur Kenntnis, ohne weiter darüber nachzudenken. Sie konnte nicht an einen Krieg in Europa glauben. Sicher würde sich alles aufklären. Für das Jagdresort waren die Verluste leicht zu verkraften. Mit voll belegten Zelten war Reggie allein sowieso überfordert, gewöhnlich teilte er sich die Begleitung der Jäger ja mit Adrian.

Dann jedoch erhielt Ivy einen Brief von ihrer Schwester Rosamond, in dem auch sie Befürchtungen bezüglich eines Kriegsausbruchs äußerte. Rosamond hatte ein Jahr nach Ivy geheiratet – einen schneidigen jungen Offizier, den sie bei einer Jagd in Parkland Gardens kennengelernt hatte. Major Jeffrey Olden-Carmichael war von altem Adel und stand Adrian in Bezug auf gutes Aussehen und Abenteuerlust kaum nach. Er blieb England jedoch treu und hoffte, sich in kriegerischen Auseinandersetzungen bewähren zu können. Die Aussicht auf einen großen Krieg begeisterte ihn, während Rosamond sich eher um ihn sorgte. Sie hatte bereits ein Kind und war wieder schwanger.

… Du beklagst Dich, dass der Deine von seiner Jagdleidenschaft nicht lassen kann …, schrieb Rosamond. Das Verhältnis der Schwestern war besser geworden, nachdem Ivy sich ehrlich für ihre Ignoranz gegenüber Rosamonds Analyse der Aussichten für ihre Ehe entschuldigt hatte. Sie berichteten einander nun regelmäßig brieflich von den Freuden und Leiden ihres Ehelebens. *… doch Du musst wenigstens nicht um sein Leben fürchten, denn das Wild schießt ja im Allgemeinen nicht zurück. Der Meine ist jedoch Soldat durch und durch, nichts begeistert ihn mehr, als sich einem Feind tapfer entgegenzustellen. Ich habe mich schon entsetzlich geängstigt, als er im letzten Jahr nach Irland geschickt wurde, wo es irgendwelche Unruhen gab. Und nun droht ein richtiger Krieg, in den England womöglich eintreten wird. Es ist alles kompliziert, ich verstehe es nicht wirklich. Die Zeitungen berichten von Drohungen einer Nation gegen die andere, und Jeffrey zweifelt nicht daran, dass er sich endlich in einem echten Kampf wird beweisen können. An mich und die Kinder denkt er nicht, allenfalls spricht er von der Pflicht der Soldatenfrau, ihren Mann lachend ins Feld zu schicken. Du kannst froh sein, in Afrika so weit vom Zentrum des Geschehens entfernt zu sein. Bei Euch bleibt es sicher friedlich.*

Ivy hoffte das zumindest, ließ sich aber weiter nicht von Kriegsängsten behelligen, bis Anfang August ein Besucher bei ihr eintraf, mit dem sie nie gerechnet hätte …

Ivy sah aus dem Fenster der Eingangshalle, wie ein verbeultes, verschrammtes Automobil auf den Hof fuhr. Hinter dem Steuer erkannte sie Gerrit Harper. Der Biologe hatte sich kaum verändert, er wirkte nur nicht mehr so ausgemergelt wie damals, kurz nach dem Tod seiner Frau. Sein Lächeln war auch nicht mehr melancholisch, als er Sanele wiedererkannte und begrüßte.

»Du warst der Boy bei Newland, der Englisch sprach, nicht?«, sagte er mit einer gewissen Herzlichkeit. »Lass mich überlegen ... Sam, nicht wahr?«

Sanele gab das Lächeln ehrlich zurück. Ihm war immer egal gewesen, bei welchem Namen man ihn nannte, sofern man ihm überhaupt einen zugestand.

»Eigentlich Sanele ... Aber nennen Sie mich, wie es Ihnen beliebt, Mr. Harper. Wie schön, Sie wiederzusehen! Arbeiten Sie nicht mehr für Newland, Tarlton & Co?«

Gerrit Harper stutzte ein wenig. Es überraschte ihn wohl sichtlich, dass ein Boy es wagte, ihn nicht nur willkommen zu heißen, sondern ihm sogar Fragen zu stellen. Er rügte Sanele jedoch nicht, sondern würdigte ihn sogar einer Antwort.

»Newland, Tarlton & Co. haben erst mal geschlossen. Solange der Krieg dauert ...« Gerrit Harper stieg aus. Er trug Khakikleidung, als plante er eine Safari. Anscheinend kam er direkt vom Hauptquartier der Agentur in Nairobi.

»Gibt es denn wirklich Krieg?«, fragte Sanele weiter. »Die ... äh ... Memsahib hat so etwas angedeutet ...«

Ivy lächelte über seine Hartnäckigkeit.

Gerrit Harper gab sich einen Ruck. Er musste verstanden haben, dass Saneles offene Art auf Edgecumbe Farm geduldet wurde und dass es folglich nicht angebracht war, ihn wie einen der Arbeiter bei Newland, Tarlton & Co. einfach zu übersehen.

»Österreich hat Serbien den Krieg erklärt«, berichtete er. »Am 28. Juli. Und ich hörte gestern in Nairobi, dass nun auch Deutschland und Frankreich beteiligt sind. Mit dem Kriegseintritt weiterer Staaten ist zu rechnen. Die Welt wird brennen, Sane... Sam. Die Welt wird brennen.«

Sanele ließ das unkommentiert. »Ich werde Sie der Memsahib melden«, sagte er. »Mr. Edgecumbe ist zurzeit leider nicht anwesend ...«

Über Gerrit Harpers eben noch sorgenvolle Züge flog wieder

ein Lächeln. »Ich hab's vernommen. Auf Tigerjagd in Indien, der Teufelskerl. In Nairobi hat eigentlich nie jemand geglaubt, dass er auf Dauer sesshaft wird. Aber ja, melde mich der Memsahib. Ich freue mich genauso, Miss Ivory wiederzusehen.«

Ivy ließ sich von ihrem einstigen Reisebegleiter spontan umarmen – auch etwas, das er früher nie getan hatte. Er schien in den letzten Jahren neuen Lebensmut gefasst zu haben.

»Wer hätte das gedacht, Miss Ivory, dass Sie in Afrika bleiben! Und dann noch als Gattin von Adrian Edgecumbe. Wo Sie doch der Jagd so skeptisch gegenüberstanden. Schießen Sie immer noch nicht?«

Ivy verneinte lächelnd und bat Gerrit Harper zum Tee herein. »Wir hätten natürlich auch etwas Stärkeres«, bot sie an und wies auf die Hausbar. Der Biologe schüttelte jedoch den Kopf. Stirnrunzelnd betrachtete er Adrians Jagdtrophäen an den Wänden der Empfangshalle.

»Der reinste Tierfriedhof ist das hier«, bemerkte er. »Stört Sie das nicht?«

Ivy hob die Schultern. »Hier begrüßen wir unsere Gäste, Mr. Gerrit«, erklärte sie und hoffte, dass ihm die vertraulichere Anrede behagte. »In unseren Privaträumen gibt es keine ausgestopften Tiere. Das habe ich mir ausbedungen.«

Die Gemälde mit Jagdszenen, die Adrian dort aufgehängt hatte, behagten ihr zwar auch nicht, aber darauf waren zumindest keine Tiere abgebildet, die sie anklagend aus Glasaugen anschauten.

»Ich habe schon gehört, dass Adrian hier ein Jagdresort ins Leben gerufen hat. Eine geniale Idee, und nebenbei einer der Gründe, die mich hergeführt haben.«

Sanele servierte inzwischen Tee, und Gerrit Harper gab Zucker in seine Tasse. Ein Hausmädchen brachte eine Platte mit Scones.

»Sie planen eine Jagd, Mr. Gerrit?«, fragte Ivy enttäuscht.

Sie hatte immer ein gutes Verhältnis zu dem Biologen gehabt. Hatte er ihr doch berichtet, dass er Tiere allenfalls nur dann schieße und ausstopfen lasse, wenn sie als Exponate in einem Naturkundemuseum gebraucht wurden.

Gerrit Harper lachte. »Nein, ganz sicher nicht. So weit käme das noch, dass ich Adrian dafür bezahle, seine eingesperrten Löwen zu erschießen. Nein, mir geht's um etwas anderes, eine ganz andere Art der Dokumentation des Lebens wilder Tiere. Fotografie!«

Ivy runzelte die Stirn. Obwohl Adrian es nicht mochte, seine Jagdgäste mit ihrer Beute abzulichten, besaßen sie doch eine schwere, komplizierte Kamera, die einer der Tierpräparatoren mehr schlecht als recht bediente, wenn die Leute darauf bestanden. Sie taten es fast immer. Es wäre schlecht für das Geschäft, den Dienst nicht anzubieten.

Gerrit Harper sah ihr die Bedenken anscheinend an. »Die Kameratechnik hat in den letzten Jahren enorme Fortschritte gemacht«, erklärte er euphorisch. »Schon die Kameras von Newland, Tarlton & Co. waren veraltet. Heute gibt es Handkameras. Man kann sie überallhin mitnehmen, und sie sind viel einfacher zu handhaben. Die Belichtungszeit ist auf ein Minimum herabgesetzt, das Motiv muss also nicht stundenlang stillhalten. Die fotografische Platte wurde durch Rollfilme auf Papierbasis ersetzt ... Morgen zeige ich Ihnen meine Kamera und mache ein paar Aufnahmen von Ihnen. Ich kann sie selbst in einem transportablen Labor entwickeln. Sie werden sehen, es ist erstaunlich.«

»Und damit wollen Sie nun die wilden Tiere fotografieren?«, erkundigte sich Ivy. »Lebend?«

Harper lachte erneut. »Natürlich lebend! Ich kann dokumentieren, wie sie sich verhalten, sich bewegen, wie sie jagen und wie sie spielen. Elefanten zum Beispiel nicht nur als Produzenten von Stoßzähnen zeigen, sondern beim Baden in Wasserlöchern, beim Fressen, beim Säugen ihrer Jungen! Interessant ist es auch, die unterschiedliche Streifenform bei Zebras und Giraffen zu dokumentieren, um Individuen wiederzuerkennen und langfristig zu beobachten. Es gibt so vielfältige Möglichkeiten … Und ich wollte gern hier bei Ihnen damit beginnen, Miss Ivory, weil … Na ja, ich denke, hier ist es erheblich einfacher, die Tiere aufzuspüren. Ihre Jäger werden wissen, wo sie zu finden sind, ich brauche die Ausrüstung also nur Stunden und nicht gleich Tage durch den Busch zu schleppen.«

Ivy überlegte. All das klang vielversprechend. Sie war wirklich gespannt auf Gerrit Harpers neue Leidenschaft.

»Ich kann Ihnen die Tiere zeigen«, versprach sie ihm aufgeregt. »Viele können Sie gleich hier am Wasserloch ablichten. Und ich weiß auch, wo Löwen und Leoparden bevorzugt umherstreifen, und Nashörner, an die man sonst ja nicht leicht nah herankommt. Aber an mich sind sie gewöhnt.« Sie lächelte ihm zu. »Gehen wir morgen auf Safari?«, fragte sie.

Gerrit Harper nickte. »Ich kann's kaum erwarten«, sagte er, und Ivy wärmte sich im Blick seiner freundlichen grünen Augen.

Während sie zum Barschrank ging, um ihm einen Brandy und sich selbst einen Portwein zu holen, klopfte Sanele dezent an die Tür. Ivy wusste, dass er es war – nur ein ausgebildeter Butler konnte so diskret auf sich aufmerksam machen.

»Was ist, Sanele?«, fragte sie freundlich. »Sie können sich für heute eigentlich zurückziehen, lassen Sie nur noch ein Gästezelt für Mr. Harper richten. Oder ein Zimmer im Haus, wenn ihm das lieber ist. Sie wollen doch sicher ein paar Tage bleiben, oder Mr. Gerrit? Die Gästezelte sind erst ab morgen wieder belegt.«

»Ich soll Ihnen weiteren Besuch melden, Memsahib«, sagte Sanele, förmlich wie immer, wenn er vor Gästen mit ihr sprach. »Schwester Engelberta und Schwester Margaret. Sie wollen unbedingt mit Ihnen sprechen. Sie sind, wenn ich das so sagen darf, ganz aufgelöst. Vielleicht sollten Sie ihnen auch einen Brandy servieren, oder lassen Sie es mich tun, wenn Sie möchten.«

»Dann holen Sie sie herein«, erwiderte Ivy und informierte Gerrit Harper kurz über die Anwesenheit der beiden Missionarinnen auf ihrer Farm. »Sie kommen sonst eigentlich nie ins Haus«, erklärte sie ihm verwundert. »Wenn es etwas zu besprechen gibt, besuche meist ich sie in ihrem Quartier. Adrian lässt sie hier wohnen, aber er möchte nicht, dass sie öfter als nötig mit den Gästen zusammentreffen.«

An diesem Tag stürmten Margaret und Engelberta allerdings regelrecht das Haus, ohne der geschmackvollen Einrichtung und den weniger geschmackvollen Jagdtrophäen einen Blick zu gönnen.

»Ivy, Ivy, hast du es schon gehört? In Europa ist Krieg! Es ist Krieg!«

Ivy blickte sie an, erstaunt darüber, wie sehr sie das zu ängstigen schien. Gerrit Harper war zum Fotografieren gekommen. Also sah er Afrika bisher wohl nicht gefährdet. Sie stellte ihm die Schwestern vor.

»Was wird nun werden, Ivy?«, fragte Engelberta verzweifelt. »Werden wir bleiben können? Oder wird die Mission ausgewiesen? Viele der Schwestern und Brüder sind Österreicher und Deutsche. Wird man uns hier noch haben wollen?«

Sie selbst war Österreicherin, gehörte also zu der Nation, die den Krieg begonnen hatte. Unsicher nestelte sie an ihrem Schleier.

»Nun beruhigen Sie sich erst mal, Schwester Engelberta«, antwortete zu Ivys Verblüffung Sanele. Er war es gewohnt, mit den Schwestern auf Augenhöhe zu verkehren, und vergaß nun, wie befremdlich Gerrit Harper das finden musste. »Von einem Tag zum anderen wird man Sie nicht ausweisen, Sie tun doch nur Gutes. Und diese Farm ist so abgelegen ... Ich kann mir nicht vorstellen, dass sich hier jemand um ein paar Missionsschwestern und Patres kümmert.«

Gerrit Harper hatte die Schwestern in ihrer Ordenstracht zunächst skeptisch betrachtet, dann war sein Blick an den ungewöhnlich schönen Zügen Margarets hängengeblieben. Jetzt wandte er sich jedoch an Sanele.

»Du nimmst dir ein bisschen viel heraus, Sam. Wer hat dich nach deiner Meinung gefragt?«

Ivy begütigte, bevor Sanele antworten konnte. »Sanele wollte die Schwestern nur beruhigen, Mr. Gerrit. Wir halten hier nicht so sehr auf Förmlichkeit. Wer etwas zu sagen hat, der darf es tun. Woher wissen Sie vom Krieg, Sanele?«, erkundigte sie sich, obwohl sie sein Gespräch mit Gerrit Harper vom Fenster der Eingangshalle aus mitgehört hatte.

Sanele fasste sich. »Entschuldigen Sie meinen Einwurf, Memsahib, er war zweifellos nicht angebracht. Aber wir sollten vielleicht einmal zusammentragen, was wer vom Kriegsausbruch in Europa gehört hat. Mr. Harper hat mich vorhin darüber informiert. Und die ehrwürdigen Schwestern haben in der Mission davon gehört?«

Er füllte Gläser mit Portwein und reichte sie den Schwestern. Engelberta und Margaret nippten dankbar an dem ungewohnten Getränk.

»Pater Damian brachte die Nachricht heute aus Nairobi. Und natürlich sind alle sehr aufgeregt. Einige der Schwestern wollen nach Hause, sie fürchten sich hier vor … vor Aufständen oder was auch immer. Die Feier zur Ablegung der Ewigen Profess ist erst mal verschoben …«

Für Engelberta war das sehr wichtig. Die Ordensgemeinschaft vom Kostbaren Blut war noch nicht lange offiziell anerkannt, und bis vor Kurzem hatten die Schwestern ihr Ordensgelübde alle drei Jahre erneuern müssen. Nun sollte es ihnen endlich gestattet werden, sich dem Dienst an Gott ihr Leben lang zu weihen. Engelberta fieberte darauf hin.

»Sie wird schon irgendwann stattfinden«, begütigte Margaret. »Vorerst wird diskutiert, ob wir in Afrika bleiben oder die Arbeit in der Mission aussetzen, bis der Krieg vorbei ist. Er wird nicht lange dauern, meint Pater Damian.«

Gerrit Harper schüttelte den Kopf. »Ich fürchte, da irrt sich der

Pater«, meinte er. »Wenn all diese Bündnisse und Angriffspakte und Schutzmachtvereinbarungen zum Tragen kommen, dann wird die ganze Welt brennen.« Er versank wieder kurz in die von Sorgen geprägte Melancholie, die er draußen gezeigt hatte, bevor ihn die Begeisterung über das Wiedersehen mit Ivy und das Gespräch über die Fotografie abgelenkt hatten. »Das kann lange … sehr lange dauern. Und … es ist … es ist ein weiterer Grund meines Kommens.« Er wandte sich an Ivy. »Denn ich muss ihm recht geben«, er wies mit dem Kinn auf Sanele. »Die Gegend hier ist äußerst abgelegen. Es gibt keine Bündnisse der Kikuyu oder Massai mit irgendwelchen europäischen Mächten. Wenn Menschen den Krieg unbehelligt überstehen können, dann hier. Und was mich betrifft: Ich schieße nicht gern, erst recht nicht auf Menschen. Dieser Krieg geht mich nichts an, er geht uns alle nichts an. Deshalb … deshalb, wenn ich darf, Miss Ivory, würde ich gern eine Weile hierbleiben.«

Ivy warf Sanele einen kurzen Blick zu. Erstaunt nahm sie wahr, dass er nicht allzu begeistert wirkte. Sie selbst jedoch freute sich über Gerrit Harpers Besuch und war interessiert an seiner Arbeit. Allerdings kam ihr nun eine weitere Konsequenz des Kriegsausbruchs in den Sinn.

»Adrian wird zurückkommen«, sagte sie. »Er kann während des Krieges nicht in Indien bleiben … Aber das hat natürlich nichts mit Ihnen zu tun, Mr. Gerrit. Bleiben Sie bei uns, solange Sie möchten!«

Gerrit Harper lächelte, und Ivy erinnerte sich daran, dass sie sein Lächeln und die Grübchen, die er dabei zeigte, schon immer gemocht hatte.

»Vielleicht kann ich mich ja nützlich machen«, bot er an. »Ich habe schließlich viel Erfahrung mit der Betreuung von Safarireisenden. Natürlich mehr mit naturkundlichen Expeditionen als mit Jagdreisen, doch so ein großer Unterschied sollte da nicht bestehen.«

»Werden die Gäste in einem großen Krieg denn nicht ausbleiben?«, fragte Sanele. »Ich weiß nicht, wie es bei den Weißen ist, doch wenn sich die Stämme Afrikas bekriegen, dann bleibt jeder in seinem Dorf oder in einem Versteck. Reisen und Wanderungen würde niemand ohne Not angehen.«

Gerrit Harper winkte ab und musterte Sanele wieder, als mische sich hier ein Kind in die Angelegenheiten der Erwachsenen.

»Du tust einfach deine Arbeit, Sam!«, sagte er entschieden. »Und den anderen von euch machst du keine Angst, hörst du? Nicht dass die erschrecken und weglaufen … zu ihren Frauen womöglich …«

Ivy blitzte ihn an, bevor Sanele antworten konnte. »Die für uns arbeitenden Kikuyu haben ihr Dorf eine halbe Meile weit entfernt, ihre Frauen und Kinder sind also in der Nähe. Sie sind Sanele unterstellt, er hat hier die Funktion eines Butlers, und ich möchte Sie bitten, ihm mit der angemessenen Höflichkeit zu begegnen, Mr. Gerrit. Inwieweit wir die anderen Angestellten und Arbeiter von der Weltlage informieren, überlassen Sie bitte mir.« Sie seufzte. »Ich werde das mit Reggie besprechen müssen. Wenn Sie ihn bitte holen würden, Sanele? Und lassen Sie ein Gästezimmer für Mr. Harper im Haus richten. Wir sehen uns zum Dinner, Mr. Gerrit, heute formlos, da keine Gäste anwesend sind … Ihr seid ebenfalls eingeladen, Margaret und Engelberta, falls ihr nicht zurück in die Mission müsst. Wie ich die Patres kenne, wird es sicher die halbe Nacht Bittgottesdienste geben, um den Krieg weit wegzubeten.«

Ivy sah, dass Sanele kurz davor war, sein Gesicht zu einem Lächeln zu verziehen, sich jedoch eisern beherrschte, wie es sich für einen Butler geziemte.

»Mr. Reggie nutzt den gästefreien Tag zu einem Besuch in Kijabe«, teilte er ihr dann mit. »Er wird morgen erst zurückkehren und dann sicher mehr über die Ereignisse in Europa wissen.«

25

Es zeigte sich, dass Gerrit Harper tatsächlich eine Bereicherung für das Jagdresort war. Am Tag nach seiner Ankunft packte er seine Kamera aus, und sie erwies sich als erheblich handlicher und einfacher zu bedienen als die veralteten Modelle. Er verbrachte den Vormittag damit, Fotografien von der Farm und vor allem von Ivy zu machen – was verblüffend schnell ging, denn mit der neuen Rollfilmtechnik konnte man mehrere Bilder nacheinander belichten und den Film rasch und sogar bei Tageslicht wechseln.

Gerrit Harper lichtete den Garten ab und den Kikuyu-Gärtner, der sich darin zu schaffen machte. Er fotografierte Ivy bei der Inspektion der Gästezelte und den Ausblick von den Zelten zum Wasserloch. Schließlich nahm Ivy ihn mit zu ihren Tieren, wo er begeistert von den Motiven war, die sich ihm boten. Er fotografierte Ivy, wie sie mit dem Zebra schäkerte und der Giraffe die Flasche gab, Kurti, der auf Bori ritt, und die jungen Leoparden, bei denen man sich jetzt schon vorsehen musste, um nicht beim Spiel gekratzt zu werden. Sein Lieblingsmotiv blieb Ivy im vertrauten Umgang mit den Vierbeinern.

»Ich werde einen Artikel schreiben und ihn mit den Fotografien bei verschiedenen Zeitungen einreichen«, erklärte er. »*Mama wa Wanyama, eine Engländerin in Afrika!* Das wird eine wunderschöne Abwechslung zu all den Kriegsberichten, die demnächst sicher die Zeitungen füllen.«

Gegen Mittag trafen dann sowohl Reggie als auch die neuen Gäste ein, und Ivy fand im Verlauf des weiteren Tages weder Zeit, für Gerrit Modell zu stehen, noch sich von Reggie über Neuigkeiten den Krieg betreffend informieren zu lassen. Nach Absprache mit den Gästen erlaubte sie Harper jedoch, Aufnahmen von der Begrüßung zu machen, und er fotografierte die Gäste im Garten vor dem Haus. Dann zog er sich zurück, um die Bilder zu entwickeln – die sehr interessierten Tierpräparatoren hatten ihm dazu einen kleinen Raum in ihrer Werkstatt zur Verfügung gestellt.

Ivy nutzte die kurze Zeit zwischen der Gästebetreuung und dem Dinner, um Reggie nach Neuigkeiten zu fragen. Wie immer antwortete er nur einsilbig – und sehr viel mehr als Pater Damian wusste man in Kijabe wohl auch nicht über die Mobilmachung in den diversen europäischen Ländern. Immerhin hatte er eine Zeitung mitgebracht, die vom Kriegsausbruch berichtete. Ivy war begierig, sie zu lesen, musste sich jetzt jedoch für das festliche Begrüßungsdinner umziehen. Vielleicht würden die Gäste ja mehr zu berichten haben, sofern Krieg ein angemessenes Thema für ein Dinner war.

Das erste Thema der Tischgesellschaft waren auf jeden Fall die fertig entwickelten Fotografien, mit denen Gerrit Harper die Gäste überraschte. Er stahl damit Reggie die Schau, der das Essen gewöhnlich nutzte, um sich als Bwana vorzustellen und gehörig in Szene zu setzen. Jetzt jedenfalls vergaßen vor allem die anwesenden Frauen die Vorspeise und stürzten sich auf die Aufnahmen. Am meisten interessierten sie sich natürlich für die der eigenen Ankunft, doch auch die Ablichtungen ihrer Gastgeberin mit den Tieren erregte Aufmerksamkeit und Begeisterung.

»Können wir die Tiere ansehen?«, fragte die Tochter eines der Jäger. »Sind sie wirklich so zahm? Es muss großartig sein, einen Elefanten anzufassen!«

Ivy stellte den nicht jagenden Gästen für den nächsten Morgen einen Besuch bei ihren Tieren in Aussicht.

»Und vielleicht wird Mr. Harper uns dabei sogar mit seiner Kamera begleiten«, bemerkte sie und sah den Fotografen auffordernd an.

Die Gäste bestürmten ihn sofort mit Fragen, und er nutzte die Gelegenheit, das Gespräch zwanglos auf das Thema Krieg zu bringen, indem er die ganz neuen Möglichkeiten der Kriegsfotografie ansprach.

»Neben der Waffentechnik wird sich zweifellos auch die Kameratechnik rasch weiterentwickeln«, erklärte er.

Mr. Sinclair, ein hoher britischer Beamter, der in Mombasa den Hafenmeister stellte, lachte. »Dazu wird kaum Zeit sein, Mr. Harper. Der Krieg wird nicht lange dauern. Gegen England und Frankreich haben die Deutschen und die Österreicher keine Chance. Und Russland macht auch mobil. Was denkt sich dieser Kaiser? Warten Sie ab, bis Weihnachten ist das ausgestanden … Ich bin da ganz optimistisch.«

Gerrit schwieg.

Die männlichen Gäste widersprachen Mr. Sinclair zum Teil, zum Teil stimmten sie ihm zu. Die Damen unterhielten sich lieber weiter über Ivys Tiere und die Fotografie. Reggie hatte zu keinem der Themen etwas beizutragen. Missmutig beobachtete er die lebhafte Runde. Er stand erst wieder im Mittelpunkt, als Ivy die Tafel aufhob und die Frauen sich in die Zelte zurückzogen. Jetzt wurden wieder Jagdgeschichten ausgetauscht und Pläne für den nächsten Tag gemacht.

Gerrit Harper verabschiedete sich, nahm jedoch noch einen Drink mit Ivy auf ihrer Terrasse und staunte darüber, wie gut man von dort die Gästezelte und im Hintergrund das Wasserloch sehen konnte. Er hatte die Zeitung vor dem Dinner kurz überflogen und bemerkte, dass die Situation in Europa schon jetzt, nach wenigen Tagen, eskalierte. Ein Land nach dem anderen schaltete sich in den Krieg ein – er war sich sicher, dass ein Weltkrieg drohte.

»Sie werden schließen müssen«, sagte er. »Ihr afrikanischer Butler hat recht: Wenn das ganze Leben zur Jagd wird, verlieren die Menschen die Freude am Schießen. Im Krieg geht niemand auf Safari.«

Die Gäste verließen das Resort nicht nur mit Aufnahmen der stolzen Jäger und ihrer Beute, sondern auch mit Fotografien, die Gerrit Harper von ihren glücklichen Frauen und Kindern beim Spielen mit Ivys Tieren erstellt hatte. Er lichtete die Gäste beim Besuch der Kikuyu- und Massai-Dörfer ab – sie rissen sich um Aufnahmen mit niedlichen kraushaarigen Kindern oder gekleidet in die bunten Stoffe der Einheimischen. Für jeden Abzug nahm er ein kleines Honorar.

Aus eigenem Interesse heraus begleitete der Biologe Ivy auf ihren Beobachtungstouren in den Busch und fotografierte von ihren Verstecken aus die wild lebenden Tiere. Zu seiner Verwunderung verkauften sich auch diese Bilder gut an die zahlenden Gäste. Die Frauen hatten Ivy schließlich ans Wasserloch begleitet und die Tiere von Nahem gesehen. Die Bilder waren für sie ein Beweis dafür, obwohl sie nicht selbst fotografiert hatten und nicht darauf gesehen wurden.

Die politischen Auseinandersetzungen waren in diesen ersten Tagen noch kein großes Thema in Kenia. England hatte Deutschland zwar schon am 4. August den Krieg erklärt, doch bislang war nur die Royal Navy in Alarmzustand versetzt worden. Natürlich gab es Familien mit den verschiedensten europäischen Wurzeln in Afrika, aber die waren ihren Herkunftsländern meist schon lange entfremdet. Lediglich die Mission verfolgte besorgt den Kriegsverlauf, Ivy erfuhr von den verängstigten Schwestern, dass Deutsch-Südwestafrika mobil machte und seine Grenze zu Südafrika sicherte. Die Ordensoberen hatten inzwischen entschieden, die Missionen zwar aufrechtzuerhalten, jedoch die Besetzung zu verkleinern. In der Praxis hieß das, dass die Ordensmitglieder nach eigenem Ermessen in ihre Heimat zurückkehren konnten oder nicht. Die Mehrzahl der Schwestern blieb.

»Der Orden würde unsere Überfahrt nicht bezahlen«, erklärte Margaret, unschlüssig, ob sie geblieben wäre, hätte sie die Wahl gehabt.

Ihre große Familie lebte in Schottland, doch eine Heimreise der Schwestern wäre ohnehin auf eine Unterbringung im holländischen Mutterhaus hinausgelaufen, nicht auf einen Besuch der Verwandten. Engelberta wollte nicht zurück nach Europa, obwohl ihre Familie die Reise sicher bezahlt hätte. Sie fühlte sich in Afrika zu Hause – weit mehr als in Österreich. Zudem hörte man in Kenia bald, dass die Deutschen in Belgien einmarschiert waren. Womöglich würde also auch das Mutterhaus der Schwestern vom Kostbaren Blut gefährdet sein.

»Es wäre nicht klug, wenn ihr dorthin zurückwolltet«, erklärte Ivy. Fassungslos verfolgte sie, wie schnell sich die Konflikte ausweiteten.

Noch im selben Monat erreichte der Krieg Afrika. Die Deutschen verübten Anschläge auf die Schienen der Uganda-Bahn – der Eisenbahnlinie, die von Mombasa nach Kijabe führte – und nahmen eine Grenzstadt in Kenia ein.

Im September schloss Ivy das Jagdresort, neue Gäste waren nicht zu erwarten. Sie entließ auch die beiden Tierpräparatoren, sonderbare Menschen, die ihr immer etwas unheimlich gewesen waren. Reggie murrte zwar, da sie großartige Arbeit geleistet hatten und er annahm, die Durststrecke durch den Krieg würde höchstens ein paar Monate dauern. Ivy schickte jedoch selbst ihn energisch zurück zu seinen Eltern nach Kijabe.

»Ja, ich weiß, der Bwana hat Ihnen die Aufsicht über das Jagdresort überlassen«, erklärte sie, als er protestierte. »Doch die Verhältnisse sind jetzt anders. Wenn der Krieg länger dauert, kann ich Sie nicht mehr bezahlen, und Sie haben hier ja auch nichts mehr zu tun. Wenn ich Unterstützung brauche, habe ich Mr. Harper. Mal ganz abgesehen davon, dass ich praktisch stündlich mit Adrians Heimkehr rechne. Er wird den Krieg doch nicht in Indien verbringen wollen!«

»Vielleicht meldet Reggie sich ja zur Armee und schießt dann mal auf Ziele, die sich wehren«, sagte Ivy zu Sanele, als der junge Jäger endlich davongeritten war.

Sanele war darüber mehr als erleichtert, das wusste sie. Auch Gerrit Harper respektierte ihn nicht, doch der war immerhin nicht von Adrian, seinem eigentlichen Arbeitgeber, autorisiert. Dessen Eintreffen erwartete er wohl auch nicht gerade mit Ungeduld – womöglich würde Adrian ihn entlassen. Zurzeit benötigte die Farm keinen Butler und überhaupt weit weniger Personal, als noch auf der Lohnliste stand. Ivy war allerdings bereit, die Kikuyu weiter zu bezahlen, solange ihre Ersparnisse reichten. Sie regte das Hauspersonal an, sich um den Garten zu kümmern und Gemüse anzubauen, falls es während des Krieges zu Engpässen kommen sollte.

»Haben Sie immer noch nichts von Ihrem Mann gehört, Miss Ivory?«, fragte Sanele jetzt.

»Nein. Ich weiß nicht, warum er nicht schreibt«, erwiderte Ivy. Sie hatte während seiner Abwesenheit nur wenige Briefe von ihrem Mann erhalten, hauptsächlich hatte er kurz nach seinem Eintreffen in Rajasthan geschrieben und von dem Luxus im Palast des Maharadschas berichtet sowie den Vorbereitungen zur Jagd. Der letzte Brief war einen Tag vor Beginn der Safari verfasst worden und zeugte von Aufregung und Begeisterung. Während des Aufenthaltes im Dschungel konnte Adrian natürlich nicht schreiben, und Ivy hatte keine Nachrichten erwartet. Der Kriegsbeginn musste jedoch auch dem Maharadscha zu Ohren gekommen sein. Sie ging davon aus, dass die Jagd abgebrochen oder zumindest abgekürzt worden war, um den Fürsten wieder in die Regierungsverantwortung zu bringen und Adrian die Heimreise zu ermöglichen. Die Lage in Kenia spitzte sich schließlich zu. Die Farm war zwar abgelegen, doch die Einnahme der kleinen Grenzstadt Taveta und die Angriffe auf britische Ansiedlungen am Kilimandscharo gaben Ivy zu denken. Sie würde sich deutlich sicherer fühlen, wenn Adrian da wäre, um die Farm und die Mission im Zweifelsfall zu verteidigen. Obwohl jenseits von Nairobi bisher kein Deutscher gesichtet worden war, führte sie stets ihre Jagdflinte mit, wenn sie Wanderungen oder Ritte in den Busch unternahm.

Und dann traf endlich ein Brief ihres Mannes ein, befördert durch Pater Flint. Der Ordensmann nutzte den Besuch gleich dazu, sich zu verabschieden. Wie viele andere Geistliche hatte er beschlossen, den Krieg in Südafrika abzuwarten, wo sein Orden ein Missionszentrum unterhielt. Viele Schwestern wurden ebenfalls in ihr dortiges Mutterhaus beordert, doch für Engelberta und Margaret sowie zwei weitere Schwestern in der Mission nahe des Massai-Dorfes war keine Aufforderung zum Wechsel erfolgt.

»Wir sollen hier die Stellung halten«, erklärte Elisabeth fast etwas stolz und bemühte sich als Dienstälteste, die gesamte Arbeit der Kikuyu- und der Massai-Mission auf die vier verbliebenen Frauen, sie selbst, Margaret, Engelberta und eine Schwester namens Ann zu verteilen.

Ivy tauschte ein paar Höflichkeitsfloskeln mit Pater Flint, der überzeugt war, der Krieg würde in wenigen Wochen enden, schon weil sein Orden täglich darum betete. Als der Pater sich schließlich verabschiedete, riss sie Adrians Brief auf. Ihr Herz schlug höher, als sie Adrians steile Schrift erkannte und die vertraute Anrede las. In den letzten Wochen hatte sie wenig an die Konflikte gedacht, die in der Zeit vor seiner Abreise zwischen ihnen geschwelt hatten. Vor allem, wenn sie nachts allein im Bett lag, hatte sie ihn sogar vermisst, und seit sie das Resort hatte schließen müssen, fragte sie sich manchmal, ob ihre Verbindung nicht vielleicht doch eine Zukunft hatte. Wenn keine Gäste kamen, konnte Adrian nicht von der Jagd leben. Er würde eine andere Einkommensquelle finden müssen – vielleicht eine, die ihr besser behagte. Wider besseres Wissen hatte sie erneut begonnen, zu träumen.

Liebste Ivy!

Zunächst ein paar Zeilen zu der Tigerjagd, die ich das große Glück hatte, hier in Indien miterleben zu dürfen. Die Tage, in denen wir diesem riesigen Raubtier nachstellten, bis der Maharadscha mir das Vorrecht gewährte, es zu erlegen, waren vielleicht die aufregendste Zeit in meinem Leben. Der Dschungel ist eine Welt für sich, seine Gerüche, seine Laute … Das alles ist unvergleichlich. Der Maharadscha versteht es zudem, eine Jagdgesellschaft zu verwöhnen. Obwohl wir fernab jeglicher Zivilisation jagten, fanden sich am Abend stets bequeme Zelte und erlesene Speisen für uns unter dem Sternenhimmel. Indien ist ein wahres Wunder, und wäre ich nicht schon in Afrika verwurzelt, so könnte ich mir gut vorstellen, mehr Zeit hier zu verbringen und vielleicht sogar gemeinsam mit Dir hier zu leben.

Nach der Rückkehr in den Palast des Maharadschas erhielten wir die Nachricht vom Ausbruch des Krieges in Europa. Schon vorher war unter den britischen Kolonialbeamten davon die Rede gewesen, nur hatte ich es nicht glauben können. Wenn in den letzten Jahrzehnten von Kriegen die Rede war, so doch allenfalls von Aufständen, die von unseren Truppen schnell niedergeschlagen worden waren. Nun jedoch macht die ganze Welt mobil. Kein wahrer Mann wird sich hier ausschließen, jedes Gewehr wird gebraucht. Der Maharadscha beeilte sich, der Britisch-Indischen

Armee gleich einen Großteil seiner Dienerschaft als Soldaten zur
Verfügung zu stellen, und selbstverständlich habe auch ich mich zu
den Truppen gemeldet.

Ivy ließ den Brief sinken. Sie konnte nicht glauben, was sie da las.
Adrian hatte sich bei der Armee gemeldet? Statt zu ihr zurückzukehren, zog er in den Krieg? Und er teilte es ihr so beiläufig mit, als
handelte es sich dabei nur um einen weiteren Jagdausflug?

Ich erhielt sogleich das Kommando über einen Zug einheimischer
Soldaten und den Rang eines Sergeanten. Mein Ruf als
Großwildjäger war mir schließlich vorausgeeilt, ich war
überrascht und erstaunt zu hören, dass mehrere der britischen
Befehlshaber Afrika bereits besucht und zum Teil sogar an von
mir geführten Safaris teilgenommen hatten. Und als hätte ich
es geahnt, sahen wir fast unmittelbar nach meiner Meldung zu
den Truppen unsere kenianische Heimat von den Deutschen
bedroht. Die britische Heerführung hat nach der Einnahme
von Taveta beschlossen, zunächst viertausend Mann aus Indien
nach Mombasa zu überstellen, danach weitere achttausend. Ich
werde mit dem ersten Kontingent reisen und Dir insofern bald
wieder nahe sein. Ich freue mich, gegen die Feinde unserer Heimat
kämpfen zu dürfen, zumal auf vertrautem Terrain.

Es heißt wieder »Auf zur Safari«, geliebte Ivy, doch diesmal
wird es eine noch aufregendere Reise, die es zu bewältigen gilt. Wir
kämpfen für unser Land und unsere Freiheit. Ich hoffe, dass Dich
das ebenso mit Stolz erfüllt wie mich!

Dein Dir stets ergebener Adrian

Ivy musste sich überwinden, den Brief nicht zu zerreißen oder
durch den Salon zu schleudern. Wenn Adrian ausblieb, würden sie,
die Missionsschwestern und der nicht allzu wehrhafte Gerrit Har-

per hier die einzigen Weißen sein. Adrian setzte sie schutzlos eventuellen Invasoren aus, zumal sie nicht die geringste Ahnung hatte, wie die Massai und die Kikuyu zu den Kämpfen standen. Die Europäer in Kenia hatten sich das Verhältnis zu den Einheimischen immer schöngeredet. Doch hatten die Stämme ihnen die Enteignung ihrer Jagdreviere wirklich nicht übel genommen? Genügte es den Massai, ihre Rinder auf Adrians Land zu weiden, oder hätten sie das Kedong Valley gern ganz für sich zurück? Die Deutschen sollten einheimische Kämpfer akquiriert haben, sogenannte Askari. Hatten sie es vielleicht besser gemacht und die Afrikaner auf ihre Seite gezogen? Würden diese in Kenia und den anderen britischen Kolonien womöglich zu ihnen überlaufen?

Plötzlich zitterte sie – vor Angst und vor Zorn. Mit seinem Ausbleiben hatte Adrian den Pakt gebrochen, auf dem ihre Ehe beruhte – er hatte versprochen, ihr niemals Angst zu machen. Und nun saß sie hier und blickte einer sehr unsicheren, vielleicht gefährlichen Zukunft entgegen. Ivy fühlte ihre Liebe zu Adrian endgültig sterben.

Sie bemerkte zunächst nicht, dass Sanele eingetreten war. Er hatte zweifellos geklopft, doch Ivy hatte nicht darauf geachtet, was um sie herum geschah. Sie hielt nur den Brief in der Hand und knüllte ihn zusammen.

»Haben Sie schlechte Nachrichten, Miss Ivory? Möchten Sie mir davon berichten?«, fragte Sanele leise.

Er fragte nicht, ob Adrian geschrieben hatte – wahrscheinlich hatte er die Schrift des Bwana auf dem Umschlag erkannt, als er ihr und dem Pater Tee serviert hatte.

Ivy sah mit leerem Blick zu ihm auf. »Er kommt nicht zurück«, sagte sie. »Für ihn … für ihn ist das Leben nur eine Safari … und er fühlt sich unverwundbar.« Sie erzählte ihm, was Adrian ihr mitgeteilt hatte.

»Das Leben ist für uns alle eine Reise«, sagte Sanele ernst. »Und dieser Krieg … Die Kikuyu reden davon, sich ebenfalls zu melden. Sobald es hier zur Einberufung von Einheimischen kommt. Vielleicht sollte ich das auch tun. Ein Krieg kann viel verändern, vielleicht wird man mich eher akzeptieren, wenn ich mich auszeichne.«

»Was hilft Ihnen die ehrenhafte Erwähnung auf einem Kriegerdenkmal, wenn Sie sterben?«, fragte Ivy. »Lassen Sie mich jetzt nicht im Stich, Sanele,« flüsterte sie. »Ich schaffe es nicht allein.«

Sanele tat, was er noch nie gewagt hatte. Er legte ihr eine Hand auf die Schulter. Ivy griff nach ihr und drückte sie.

»Ich wüsste nicht, was ich tun sollte ohne Sie«, gestand sie.

Sanele ließ seine Hand in ihrer.

»Ebony und Ivory«, sagte er. »Wie damals …«

In seinen Augen stand ein Ausdruck, den sie nicht zu deuten wusste.

Langsam entzog sie ihm ihre Hand. »Afrika«, flüsterte sie. »Wir sind Afrika.«

26

»Willst du nicht nach Mombasa fahren und ihn besuchen, Ivy?«, fragte Gerrit Harper und nahm sich einen Toast.

Sie waren zum Du übergegangen. Ivy fühlte eine besondere Verbundenheit zu dem Fotografen, seit sie wusste, dass Adrian ihr vorerst nicht zur Seite stehen würde. Gerrit war schon sehr früh mit seinem alten Automobil nach Kijabe gefahren und hatte eine Zeitung sowie die Post geholt. Nun frühstückte er mit ihr auf der Terrasse mit Blick auf das Wasserloch und die verwaisten Zelte. Am Wasser herrschte reges Leben, es kamen viele Tiere, seit bei den Zelten keine Feste mehr gefeiert wurden.

Ivy blätterte in der Zeitung. Die indischen Truppen waren in Mombasa eingetroffen, und der Posthalter hatte Gerrit ein Telegramm von Adrian für sie mitgegeben. Sie sollte bitte umgehend sein Pferd, Raven, nach Mombasa schicken lassen.

Ivy verzog das Gesicht. »Du liest es, er fragt nach Raven, nicht nach mir«, bemerkte sie niedergeschlagen. »Wenn er mich sehen wollte, würde er einen Weg finden. Ich nehme nicht das Risiko auf mich, mit einem Eisenbahnwaggon zu entgleisen. Schlimm genug, dass der arme Raven auf die Schienen muss und dann in den Krieg.«

Nach wie vor verübten die Deutschen und ihre Hilfstruppen Anschläge auf die Uganda-Bahn. Wer es eben vermeiden konnte, stieg nicht in den Zug.

»Du bist Adrian wirklich böse«, konstatierte Gerrit und strich Butter auf sein Toast.

Ivy funkelte ihn an. »Und ich habe allen Grund dazu. Wir brauchen ihn hier, Gerrit! Schon um eine Lösung zu finden, wie wir Geld verdienen können, solange der Krieg dauert. Wir haben den Gästen allen Luxus geboten und damit ein kleines Vermögen eingenommen. Adrian hat es jedoch immer wieder in neue Landkäufe investiert, uns gehört das halbe Tal. Das wirft nur kein Geld ab. Soll ich also darauf hoffen, dass er mir etwas von seinem Sold schickt? Wahrscheinlich wird er keinen Herzschlag lang daran denken.«

»Ich bewundere seinen Mut«, bemerkte Gerrit und senkte den Blick. »Und habe ein schlechtes Gewissen, weil ich selbst nichts tue, um Kenia für die Krone zu verteidigen. Eigentlich dachte ich ja, der Krieg geht uns nichts an, aber nun sieht es so aus, als wollte Deutschland sich die britischen Kolonien einverleiben.«

Ivy winkte ab. »Adrian hat sich den Truppen nicht angeschlossen, um Kenia zu verteidigen«, sagte sie desillusioniert. »Dass er hier zum Einsatz kommt, ist reiner Zufall. Von ihm aus hätte es genauso gut die Antarktis sein können. Der Krieg ist für ihn lediglich ein weiteres Abenteuer, das ultimative Abenteuer, denn es geht für ihn selbst um Leben und Tod. Darüber hat er mich vergessen, sein Geschäft, die Kikuyu, die von ihm abhängig sind, seit er sie hierher gelockt hat … Mir reicht es jetzt. Ich laufe ihm ganz sicher nicht nach.«

Gerrit ritt Raven am nächsten Tag zur Bahn. Ivy brachte es nicht übers Herz, den Rappen selbst in einen Waggon zu führen. Raven hatte schon den Burenkrieg mitgemacht, wie musste es ihm jetzt gehen, wenn ihm erneut Kugeln um die Ohren flogen? Das Pferd war zudem nicht mehr jung, Adrian hätte sich auf dem Markt in Mombasa ebenso gut ein anderes kaufen können. Ivy ging allerdings davon aus, dass dort keine Vollblüter feilgehalten wurden. Und seine Einheit auf einem Basuto-Pony in den Kampf zu führen, verbot ihm sicher sein Stolz.

In den folgenden Wochen häuften sich die Hiobsbotschaften von der Front. Die zuerst eingetroffenen britisch-indischen Truppen versuchten, die Eisenbahnlinie zu sichern, doch die Strecke war zu lang, die Landschaft zu unübersichtlich, um damit Erfolg zu haben. Adrian schrieb, dass sie bislang erst ein einziges Mal Feindkontakt gehabt hatten, er wünschte sich aufregendere Einsätze. Das zweite Kontingent indischer Truppen wurde dagegen gleich nach der Landung in Kämpfe verwickelt. In der Schlacht bei Tanga trieben die Deutschen sie zurück auf ihre Schiffe.

Unter Adrians Männern und den anderen auswärtigen Truppen wüteten derweil Tropenkrankheiten. Gerade jetzt in der Regenzeit starben daran Hunderte, die nicht an das Klima in Afrika gewöhnt waren.

Die Deutschen, schrieb Adrian, *kommen damit besser zurecht. Ihre Askari haben keinerlei Probleme.*

Auf Edgecumbe Farm versuchte Ivy, den Alltag zu organisieren und all ihre Schutzbefohlenen zu versorgen. Sie eröffnete den Kikuyu-Arbeitern und Hausangestellten, dass es keine Arbeit mehr für sie gab. Allerdings konnten sie natürlich weiter in ihrem Dorf leben, wenn sie bereit waren, zu ihrer traditionellen Lebensweise zurückzukehren. Von ihren letzten Ersparnissen kaufte Ivy den Massai Vieh ab – Ziegen und Schafe, um Konflikte über die Eigentumsverhältnisse bezüglich der Rinder gar nicht erst aufkommen zu lassen. Zwei Milchkühe erwarb sie in Kijabe, den Kikuyu schärfte sie ein, sie im Auge zu behalten und mit ihrem Besitz nicht zu prahlen. Sie war zudem bereit, ihnen die Jagd im Reservat zu erlauben, sofern es um Nahrungsbeschaffung und nicht um Trophäen ging, und bot dem Stamm großzügig Land zur Rodung und Umwandlung in Ackerland an sowie ihre Ochsen, um es zu bestellen.

Ihre Vorschläge trafen jedoch auf wenig Gegenliebe. Die Männer verweigerten den Ackerbau – Sanele fand heraus, dass diese Arbeit traditionell den Frauen oblag –, und das galt ebenso für die Pflege der Tiere. Genau wie die Massai hätten sie sich allenfalls um ihre Rinder gekümmert. Die Jagd behagte ihnen eher, sie sahen sich weit mehr als Krieger denn als Bauern. Sobald die ersten Rekrutierungsbüros für alle eröffneten, verließen sie die Farm und meldeten sich zur Armee. Ihre Gewehre nahmen sie mit, da sie hofften, nicht nur als Träger, sondern als Kämpfer rekrutiert zu werden. Die Frauen und Kinder blieben schutzlos zurück.

Sanele und Ivy unterwarfen sämtliche Schusswaffen auf der Farm einer Bestandsaufnahme. Dabei stellten sie fest, dass Adrian ausreichend Jagdbüchsen und -flinten für seine Gäste bereitgehalten hatte. Handlich waren die schwerkalibrigen Waffen für die Nashorn- und Elefantenjagd allerdings nicht, allein der Rückstoß hätte zierliche Frauen wie Ivy schon umgeworfen. Sie sortierte kurzerhand alles aus, was zur Verteidigung der Farm und der Mission nicht geeignet war, und bat Sanele, damit nach Kijabe zu fahren, um die Waffen bei den Derringers in Zahlung zu geben.

»Der Bwana wird damit nicht einverstanden sein, Miss Ivory«, gab Sanele zu bedenken. »Wenn der Krieg tatsächlich bald vorbei ist und er wiederkommt …«

»Gerade sieht es eher so aus, als finge der Krieg erst richtig an«, meinte Ivy. »Und hinterher wird es modernere Waffen geben, wenn dann überhaupt noch jemand schießen will!«

In Afrika waren schwere Gefechte bisher weitgehend ausgeblieben. Die Deutschen griffen eher zu einer Art Nadelstichtaktik, um die Truppen der Engländer beschäftigt zu halten. Aus Europa hörte man jedoch jetzt schon von Abertausenden von Toten. Vielleicht macht das ja der Freude am Waffengebrauch ein Ende, dachte Ivy.

Sanele packte die Waffen in Kisten, und Ivy beschloss, Gerrit zu bitten, ihm seinen Wagen auszuleihen. Die Alternative wäre eine

Fahrt mit dem Ochsenkarren gewesen, doch zurzeit war jeden Tag mit dem Beginn der Regenzeit zu rechnen, und wenn es Sanele nicht gelang, vorher zurückzukehren, musste er womöglich in Kijabe bleiben, bis die unbefestigten Straßen wieder befahrbar waren.

Der Fotograf stimmte dem Verleih seines Wagens jedoch nur ungern zu.

»Und was ist, wenn sich der Kerl damit aus dem Staub macht?«, fragte er, als Ivy ihm ihr Anliegen vortrug.

Sie sah ihn verständnislos an. Niemals hätte sie das auch nur in Erwägung gezogen.

»Unsinn, Gerrit. Wo sollte er denn hin?«, fragte sie zurück.

Gerrit Harper murmelte unwillig, ihm fielen da verschiedenste Ziele ein. Erst als auch die Missionsschwestern ihn um Vertrauen baten, da sie sich Spendenpakete aus Europa erhofften, die Sanele dann gleich mitbringen konnte, lenkte er ein. Den Schwestern war ihr Store sehr wichtig. Jetzt, da viele Angebote der Mission auf ein Minimum zurückgefahren worden waren, kamen die Menschen nicht mehr so häufig. Die Kikuyu-Frauen hatten genug damit zu tun, ihre Äcker zu bestellen und sich um das Vieh zu kümmern, um ihre Kinder zu ernähren. An den Massai war der Kriegsausbruch weitgehend vorbeigegangen. Sie hatten ihr traditionelles Leben ja nie wirklich aufgegeben, also kümmerten sich die Männer weiter um ihre Rinder, statt in den Krieg zu ziehen. Größere Anreize, die Mission zu besuchen, gab es jedoch auch für diesen Stamm nicht mehr, nur wenige Familien schickten ihre Kinder weiterhin zur Schule oder nahmen die medizinische Versorgung durch Elisabeth in Anspruch. Bei den Kindern, die immer noch zum Unterricht kamen, handelte es sich zur anfänglichen Verwirrung der Schwestern hauptsächlich um Mädchen. Der Grund dafür war, wie sie bald herausfanden, das Schicksal der jungen Naeku. Die Väter fragten in der Mission an, ob sie ihre Töchter ebenfalls gegen einen solch fürstlichen Brautpreis vermitteln könnten, wenn diese Englisch lernten. Engelberta und Margaret, die Ivy davon erzählten, wussten nicht, ob sie darüber lachen oder weinen sollten.

Sanele machte sich schließlich auf den Weg nach Kijabe, nachdem Gerrit ihm den Umgang mit dem Wagen noch einmal genauestens erklärt hatte. Sanele war bislang selten längere Strecken gefahren, hatte die Handhabung der Fahrzeuge jedoch mit den Automobilen der Gäste gelernt, die sie meist einfach in der Einfahrt stehen gelassen hatten. Sanele oder andere Angestellte hatten sie dann umparken müssen, und da die jungen Kikuyu-Männer dabei gern kleine Umwege durchs Gelände gemacht hatten, um die verschiedenen Automobile zu erproben, war es Saneles Aufgabe geworden.

Ivy rechnete eigentlich schon am selben, spätestens am nächsten Tag mit Saneles Rückkehr, doch tatsächlich war auch dann noch nichts von ihm zu sehen. Gerrit Harper fühlte sich in seinen Unterstellungen bestätigt.

»Den Wagen kann ich wohl abschreiben«, wütete er. »Und damit sitzen wir hier erst mal fest, sofern wir nicht zu Pferd oder mit dem Ochsenkarren in die Stadt wollen.«

Ivy sorgte sich eher um Sanele. Irgendetwas musste passiert sein, das ihn an der Rückfahrt hinderte. »Wenn du Sanele derart misstraust, hättest du ja selbst nach Kijabe fahren können«, erwiderte sie.

Ivy hatte Gerrit das gleich vorgeschlagen, doch das hatte er nicht gewollt. Es ging seiner Ansicht nach zu weit, Adrians Waffen ohne dessen Einwilligung zu verkaufen. Er wollte es sich mit seinem Freund nicht verderben, obwohl ihn Ivys Argumente eigentlich hätten überzeugen müssen. Schließlich beruhten sie ja gerade auf seiner Annahme, der Krieg würde sich länger hinziehen als nur ein paar Wochen.

Zwei Tage später brachte Sanele das Automobil unbeschadet zurück. Gerade rechtzeitig vor Beginn der ersten schweren Regenfälle. Ivy lief ihm entgegen, sie hätte ihn am liebsten umarmt.

»Wo sind Sie nur gewesen, Sanele?«, fragte sie atemlos. »Wir haben uns Sorgen gemacht!«

»Das wird jedenfalls ein Nachspiel haben, Boy!«, donnerte Gerrit. Er kam gerade aus der früheren Werkstatt der Tierpräparatoren, wo er sich eine Dunkelkammer eingerichtet hatte. »Du kannst nicht kommen und gehen, wie es dir gerade passt.«

Sanele, über dessen Gesicht bei Ivys Anblick ein Strahlen geflogen war, blickte ihn ernüchtert an.

»Doch, Mr. Harper, das kann ich«, sagte er kühl. »In Anbetracht dessen, dass mir seit zwei Monaten kein Gehalt mehr gezahlt worden ist, betrachte ich die Gäste des Hauses Edgecumbe nicht mehr als mir gegenüber weisungsberechtigt. Ich nehme nur Anweisungen von Miss Ivory entgegen, und die hat mir beim Verkauf der Waffen und dem Einkauf der bestellten Vorräte freie Hand gegeben.« Er wandte sich von dem sprachlosen Gerrit ab und Ivy zu. »Tut mir sehr leid, Memsahib, dass ich ungebührlich lange ausgeblieben bin und Ihnen damit Verdruss bereitet habe. Ich konnte mir jedoch die Gelegenheit nicht entgehen lassen, mich von einem Spezialisten in den Gebrauch einer Neuerwerbung einweisen zu lassen. Schauen Sie hier, Memsahib: ein Funkgerät!«

Im Wagen fanden sich keine Pakete für die Schwestern – die Spendenfreudigkeit für die Mission hatte seit Kriegsbeginn stark nachgelassen. Neben Säcken mit Maismehl und Hülsenfrüchten hatte Sanele einen großen braunen Kasten mit vielen Schrauben und Knöpfen eingehandelt, dessen Bedienung sicher Fachkenntnisse erforderte. Peter Derringer hatte Sanele das Gerät im Tausch gegen zwei Gewehre überlassen.

»Ein Funkgerät?« Ivy konnte es nicht fassen. »Was sollen wir damit anfangen?«

»Mr. Derringer sagte, er habe gleich an uns gedacht, als er es einhandelte, so weltabgeschieden, wie wir seien. Ein Funkgerät bietet uns die Möglichkeit, über den Kriegsverlauf informiert zu bleiben sowie um Hilfe zu rufen, falls jemandem etwas zustößt oder es zu einem Angriff kommt. Der Posthalter von Kijabe, der sich auf die Bedienung der Maschine versteht, hatte die Freundlichkeit, mich im Gebrauch des Geräts zu schulen. Das hat eine Weile gedauert, deshalb meine verspätete Rückkehr. Wenn Sie erlauben, Memsahib, werde ich es gleich aufstellen, anschließen und einen ersten Funkspruch absenden.«

Sanele machte Anstalten, den braunen Kasten abzuladen, und Ivy sah erleichtert, dass Gerrit Harper ihm dabei half, wenn auch kleinlaut. Ein Funkgerät anzuschaffen war tatsächlich eine großartige Idee, um mit Kijabe oder gar Nairobi in Verbindung zu bleiben – viel besser als seine gelegentlichen Fahrten in die Stadt zum Kauf einer Zeitung. Gerade er, der sich sehr für Technik interessierte, hätte selbst auf den Gedanken kommen können. Nun schaute er gespannt zu, wie Sanele in einem Nebenraum der Empfangshalle Antennen anschloss und Kopfhörer. Die Farm verfügte über einen Generator zur Stromerzeugung, der nun ebenfalls mit dem Funkgerät verbunden werden musste. Sanele hatte sich dazu mannigfaltige Notizen gemacht und ging sie gelassen nacheinander durch. Schließlich zog er einen Plan zurate, der das Morsealphabet erklärte – er konnte es noch nicht auswendig –, und versuchte seinen ersten Funkspruch an den Posthalter von Kijabe zu senden. Beim zweiten Versuch gelang es, und Ivy jubelte, als Kijabe antwortete.

»Das ist fantastisch, ich will es auch lernen!«, forderte sie.

Sanele lächelte, er freute sich erkennbar über das Lob.

»Es spart zudem Benzin«, bemerkte er, an Gerrit gewandt, und berichtete dann, dass Benzin in Kijabe langsam knapp wurde. »Ich habe mir erlaubt, zwei Ersatzkanister zu kaufen und gefüllt mitzubringen. Das wird Ihnen vielleicht nicht durch den ganzen Krieg helfen, Mr. Harper, doch immerhin haben wir damit einen Vorrat. Zumal Mr. Derringer einen weiteren Einfall hatte, der vor allem Sie betrifft.«

Dem umtriebigen Peter Derringer war aufgefallen, dass in allen Familien, die einen Sohn in den Krieg schickten, der Wunsch bestand, den jungen Mann vorher, möglichst in Uniform, ablichten zu lassen. In Kijabe gab es bislang kein Fotostudio, er war deshalb gern bereit, dem Fotografen Räumlichkeiten zur Verfügung zu stellen, falls er ab und zu in die Stadt kommen und einen entsprechenden Dienst anbieten wollte.

»Hast du dafür genügend Material?«, fragte Ivy.

Sie begeisterte sich für Gerrits Tierfotografie und hätte es ungern gesehen, wenn er diese Arbeit völlig aufgegeben hätte.

Gerrit Harper konnte sie beruhigen. Er hatte Hunderte von Rollfilmen mitgebracht, und soweit er wusste, konnte man sie immer noch nachbestellen. Also nahm er gleich in der folgenden Woche die Arbeit in Kijabe auf und verdiente damit recht gut.

Sanele fiel auf, dass die Afrikaner unter den zukünftigen Soldaten seltener sich selbst abbilden ließen. Häufiger fragten sie Gerrit nach Fotos von Löwen, Leoparden oder Elefanten. Wawira verriet ihm schließlich, dass eine Zauberin daraus Amulette erstellte, die sie den Männern als Glücksbringer verkaufte.

»Das können wir auch«, sagte Ivy zum Entsetzen von Margaret und Engelberta.

Sie bezahlte einige Kikuyu-Frauen, damit sie Ebenholzplättchen erstellten, versah sie mit Fotografien und manchmal etwas Haar der verschiedensten Tiere und rief zu einer feierlichen Zeremonie bei Vollmond zusammen, in der sie, die Mama wa Wanyama, die Geister des Wildes beschwor und den Männern zuteilte.

»Maina, du wirst schnell sein wie eine Antilope, wenn du den

Feind verfolgst«, erklärte sie einem der früheren Fährtensucher und hängte ihm feierlich ein Amulett mit dem Bild des Tieres um den Hals.

»Und in dich, Wangari, wird die Kraft des Löwen fahren, wenn du im Kampf bestehen musst …«

Anderen verlieh sie die Gewandtheit des Leoparden, die Weisheit und Stärke des Elefanten und die Weitsicht der Giraffe.

»Natürlich können die Männer auch zwei haben, wenn sie das für sicherer halten«, versprach sie, als Sanele auf Anweisung nachfragte. »Der Segen, den die Geister der Tiere spenden, ist unbegrenzt.«

»Aber nicht umsonst.« Sanele zählte das eingenommene Geld. »Ich glaube kaum, dass einer von uns in diesem Krieg Hunger leiden muss.«

»Und wenn es doch knapp wird mit dem Lebensunterhalt, wird uns etwas Neues einfallen. Vielleicht Segenssprüche für die Frauen. Emsig wie eine Biene oder stark wie ein Skarabäus? Oder sicher wie eine Schildkröte in ihrem Haus?«

Die Ordensschwestern bekreuzigten sich, wann immer Ivy ein Feuer entzünden ließ, würzige Kräuter verbrannte und die Geister sprechen ließ. Die Nahrungs- und Gebrauchsgüter, die sie mit dem damit verdienten Geld einhandelte, nahmen sie jedoch gern als Spenden an.

27

Der Krieg ging ins zweite Jahr, und ein Ende war nicht abzusehen. Was Ostafrika anging, so bekämpften sich die Deutschen und die Briten 1915 hauptsächlich auf See – mit wechselnden Erfolgen. An Land sah es für die Deutschen weiterhin besser aus als für die Engländer und ihre Verbündeten, doch am Victoriasee im Osten Afrikas gelang den Briten die Einnahme der Stadt Bukoba.

Adrian war beteiligt und konnte sich auszeichnen. Stolz berichtete er Ivy per Brief von verschiedenen Beförderungen. Ivy schrieb zurück und beglückwünschte ihn leidenschaftslos. Über das Leben auf der Farm berichtete sie nicht viel, ging sie doch davon aus, dass es ihn nicht sonderlich interessierte. Auf die Schilderung ihrer Sorgen, der Krieg könnte sie auf Edgecumbe Farm erreichen, hatte er nur mit ein paar knappen, ermutigenden Phrasen reagiert. Adrian antwortete auch nur kurz auf ihre Fragen nach Raven. Das Pferd sei weiterhin wohlauf und verrichte seinen Dienst. Den Schwerpunkt seiner Briefe bildeten Beschreibungen lebhafter Kampfszenen – von der Jagd hatte er ja ebenso packend zu berichten gewusst. Nur selten wurde er dabei persönlich, und dann fuhr es Ivy meist kalt den Rücken herunter.

… Du wirst dich erinnern, wie wir einmal über die Jagd sprachen – das Erkennen der Beute, das Gefühl, wenn man sie in seinen Bann gezogen hat, schrieb er einmal, *und schließlich die Entscheidung über Leben und Tod. Hier im Krieg erlebe ich das noch intensiver. Ich bin jetzt ja nicht mehr nur Jäger, sondern auch Gejagter, muss den ande-*

ren in den Bann ziehen und gleichzeitig vermeiden, dass ich in den seinen gerate. Das Töten wird von der Entscheidung zur Notwendigkeit zwecks Erhaltung des eigenen Lebens. Der Krieger fühlt sich wie neugeboren, wenn der Feind auf der anderen Seite fällt ...

»Wie kommt er nur auf solche Gedanken?«, fragte Ivy Gerrit, mit dem sie in einer Winternacht im August am Kamin saß.

Sie hatte ihm Adrians Brief vorgelesen. Gerrit zog selbstvergessen an seiner Pfeife und nippte an einem Brandy.

»Er war schon immer ein Philosoph«, bemerkte er dann. »Er wollte allem einen Sinn abringen ... der Jagd ... jetzt dem Krieg. Vielleicht auch der Liebe, Ivy. Du müsstest das wissen.«

Ivy mochte solche vertrauten Gespräche mit Gerrit. Sie fühlte sich ihm oft näher, als sie sich Adrian je gefühlt hatte.

»Ich weiß es nicht«, erwiderte sie. »Ich weiß ja nicht mal, ob er weiß, was Liebe ist. Ich glaube, er hält sie für eine Abart der Jagd. Ich habe ... ich habe oft das Gefühl, als sei ich nur eine Trophäe für ihn gewesen.«

Gerrit lächelte. »Ich denke, du bist das Beste, was ihm je widerfahren ist«, sagte er, und sie fühlte sich gewärmt durch seine Worte.

Sanele hatte sich zu einem geschickten Funker entwickelt und hielt Kontakt zu verschiedenen anderen Funkstationen in ganz Afrika. Oft erfuhr er schneller als die Zeitungsredaktion in Kijabe, was sich an den verschiedenen Kriegsschauplätzen tat. Auch Ivy und Gerrit hörten so von Winterschlachten in den Masuren und den Karpaten, von großen Verlusten auf Seiten der Deutschen, Österreicher und Russen, den Grabenkämpfen in Belgien und Frankreich, schließlich vom Einsatz von Giftgas. Man sprach längst von einem Weltkrieg.

Immerhin konnte Sanele melden, dass die Deutschen in Südwestafrika besiegt worden waren. »Sie haben vor den vereinigten Truppen der Südafrikanischen Union sowie Portugiesisch-Westafrika kapituliert«, sagte er.

»Hier werden wir sie auch bezwingen«, erklärte Gerrit und befand, man solle zur Feier des Tages Champagner ausschenken.

Dabei sah er Sanele fordernd an, der sich sofort von seinem Platz erhob, die Kopfhörer abnahm und eine Flasche aus dem Kühlkeller holte. An diesem Abend hatten sich auch Engelberta und Margaret vor dem Funkgerät eingefunden. Die Schwestern hörten eigentlich nur über Ivy und Gerrit von den Vorgängen im fernen Europa. Ihr Orden schien sie vergessen zu haben.

»Was mich daran erinnert, dass ihr schon wieder nicht zu den Schießübungen gekommen seid, Margaret und Engelberta«, sagte Ivy tadelnd.

Sie hatte gleich nach dem Abzug der Missionarinnen und der Patres sowie der meisten männlichen Kikuyu Gewehre an die Ordensfrauen und die Afrikanerinnen ausgegeben und hielt regelmäßige Übungen am Schießstand der Farm ab. Die Kikuyu-Frauen kamen immer, Ivy hatte einige von ihnen schon zu sehr guten Schützinnen ausbilden können. Von den Schwestern zeigte lediglich Ann, die jüngste der im Kedong Valley verbliebenen Nonnen, einen gewissen Eifer. Die anderen legten ihre Sicherheit nur zu gern in Gottes Hand. Ivy fand das fahrlässig.

»Glaubt ihr im Ernst, die Massai verteidigen im Zweifelsfall eure Mission?«, fragte sie, als Elisabeth sie darauf hinwies, dass sie schließlich nah am *enkang* des Stammes lebten. »Sie werden im Dorf bleiben und auf ihre Rinder aufpassen. Wenn es zu einem Angriff kommt, seid ihr auf euch allein gestellt.«

Sie glaubte nicht wirklich, dass es den Schwestern gelingen würde, einen Angriff der Deutschen abzuwehren. Elisabeth und Ann lebten allein mit drei Waisenkindern in der Mission. Falls etwas passierte, konnten sie allenfalls einen der älteren Jungen zur Farm schicken und um Hilfe bitten.

»Zurzeit sind die Massai unterwegs«, erklärte Engelberta.

Das Hirtenvolk war mal wieder für einige Monate auf Wanderschaft gegangen, damit sich die heimischen Weidegründe ihrer Rinder erholen konnten. Vor dem Krieg hatten sich die Schwestern und Patres dann vermehrt um die Kikuyu gekümmert oder sich ihrerseits zu Exerzitien zurückgezogen. Manchmal wurden auch Schwestern zur Weiterbildung nach Mariannhill in Südafrika geschickt. Margaret hatte ein Jahr zuvor eine Grundausbildung in Geburtshilfe erhalten.

»Dann seid ihr ja ganz allein!«, rief Ivy. »Sagt Elisabeth und Ann, sie sollen herkommen. In der Mission sind sie nicht mehr sicher.«

Letztlich waren es dann jedoch Ivy und Gerrit, die vom Krieg eingeholt wurden – mitten im Busch, auf einer ihrer Touren zum Zwecke der Wildfotografie. Ein Stück von der Farm entfernt beobachteten sie eine Gruppe Antilopen. Zwei Böcke rangen miteinander, um den anwesenden Weibchen zu imponieren. Sie waren so sehr mit sich selbst beschäftigt, dass sie gar nicht bemerkten, wie Ivy und Gerrit sich immer näher an sie heranschlichen, sodass Gerrit aus nächster Nähe fotografieren konnte.

Doch auch die Anwesenheit anderer, weniger friedlicher Zuschauer war den Tieren entgangen. Ivy konnte einen Aufschrei kaum unterdrücken, als plötzlich einer der Böcke von einem Speer durchbohrt wurde und fiel. Sie griff nach ihrem Gewehr, aber bevor sie die Waffe zu fassen bekam, wurde sie gepackt, und jemand hielt ihr ein Messer an die Kehle. Entsetzt sah sie, dass Gerrit die Kamera aus den Händen fiel, auch er befand sich im Klammergriff eines großen Afrikaners. Die Antilopen flohen, hinter dem getroffenen Tier kamen zwei weitere Männer aus dem Busch. Ivy musterte ihre Gesichter, die weder den Massai noch den Kikuyu glichen.

»Wer seid ihr?«, fragte sie mit erstickter Stimme.

Die Männer starrten sie an. Ivy fiel jetzt auf, dass sie eine Art Uniform trugen, es war keine britische. Sie antworteten nicht, sondern wechselten ein paar Worte in einer ihr unbekannten Sprache. Ihrer Gestik war zu entnehmen, dass sie darüber diskutierten, ob sie ihre Gefangenen töten sollten oder nicht.

»Englisch?«, fragte einer von ihnen.

Gerrit bejahte.

Die Männer begannen lautstark zu diskutieren und zu gestikulieren. Gerrit nutzte die Situation für einen Gegenangriff. In einer schnellen Bewegung befreite er sich und wandte sich um, doch sein Gegner zog nun ebenfalls ein Messer. Als er ausholte, knallte ein Schuss. Das Messer traf Gerrit in die Seite, er schrie vor Schmerzen auf. Ivy sah entsetzt, wie er schwankte und zusammenbrach. Und dann ertönten weitere Schüsse.

Die Männer, die keine Feuerwaffen besaßen, ließen ihre Messer fallen und wandten sich zur Flucht, doch Ivy griff geistesgegenwärtig nach ihrem Gewehr und feuerte in die Luft. Die Männer warfen sich zu Boden.

In diesem Moment trat Sanele aus dem Buschwerk. »Sind Sie verletzt, Memsahib?«, fragte er besorgt. »Ich hoffe, ich habe niemanden getroffen.«

»Mir geht es gut, Mr. Harper wurde verwundet«, rief sie. Sanele hielt die Waffe auf die vier auf dem Boden kauernden Afrikaner gerichtet, und sie lief zu Gerrit. »Ist es schlimm, Gerrit? Hast du Schmerzen? Kannst du aufstehen?«

Gerrits Wunde blutete heftig. Er stöhnte.

»Tut höllisch weh«, sagte er. »Aber es ist wohl nur eine Fleischwunde. Holst du das Verbandszeug?«

Verbandszeug gehörte zur Grundausrüstung bei jedem Ausflug in den Busch. Ivy half Gerrit, sich aufzusetzen und sein Hemd auszuziehen, und versuchte, ihn behelfsmäßig zu verbinden.

»Wer seid ihr, und wo kommt ihr her?«, fragte Sanele in der Sprache der Kikuyu die vier Männer. Zu Ivys Verwunderung wurde er verstanden. Einer der Männer antwortete. Ivy hoffte auf

Saneles Übersetzung. »Es sind Sukuma«, erklärte er schließlich. »Der Stamm siedelt am Südufer des Victoriasees. Und ihre Sprache ist dem Suaheli verwandt. Wenn wir langsam sprechen, können wir uns verständigen.«

Ivy half Gerrit aufzustehen. Er wurde von Schwindel erfasst. »Und was haben sie hier im Osten verloren?«, rief er aufgebracht. »Auf dem privaten Land der Edgecumbes? Sie haben uns aufgelauert. Sie wollten uns umbringen.«

Einer der Sukuma sagte etwas, und Ivy verstand das Wort Askari. Ein anderer schien ihm zu widersprechen. Sanele übersetzte.

»Die vier gehörten zur deutschen Schutztruppe, also zu den Einheiten, die Bahntrassen zerstören und Farmen angreifen. Der Erste meinte, sie seien Askari, gehörten also zu den Kämpfenden. Der andere hielt dagegen, sie seien nur Träger gewesen. Von den Deutschen zwangsrekrutiert in ihrem Dorf. Dahin wollten sie jetzt zurück.«

»Mit anderen Worten, sie sind desertiert«, bemerkte Gerrit.

Ein Mann schien das zu verstehen. Aufgeregt redete er auf Sanele ein.

»Er sagt, als Träger seien sie keine richtigen Soldaten. Sie könnten nicht desertieren, nur weglaufen. Er bittet um Gnade«, übersetzte Sanele und fuhr fort, mit den Sukuma zu reden. »Sie haben Ihnen auch nicht aufgelauert«, wandte er sich schließlich an Gerrit. »Im Gegenteil, sie wollten von niemandem gesehen werden, haben sich immer versteckt. Sie haben die Antilope nur getötet, weil sie Hunger haben. Es tut ihnen sehr leid. Sie wollten niemandem etwas tun, nur nach Hause.«

»Sie wollten uns nichts tun? Sie hätten uns beinahe umgebracht!«, erwiderte Ivy aufgebracht.

»Es erschien ihnen die einzige Chance, nicht entdeckt und gejagt zu werden. Sie wussten zudem nicht, ob das Gebiet hier britisch ist oder schon von den Deutschen eingenommen. Letztere hätten sie als Deserteure gehängt.« Er hielt kurz inne, bevor er noch etwas hinzufügte. »Und wenn ich mir eine Meinungsäußerung erlauben darf: Es war nur einer von ihnen, der Sie töten wollte. Die Sukuma sind keine Krieger. Sie sind Landwirte und Hirten. Deshalb rekrutiert man sie auch nicht als Askari. Die werben die Deutschen aus kriegerischen Stämmen an.«

»Was machen wir nun also mit ihnen?«, fragte Ivy. »Ich würde sie ja einfach laufen lassen, aber wenn so etwas noch mal passiert ...«

»Wir nehmen sie natürlich mit«, erklärte Gerrit. »Wir setzen sie fest und alarmieren die Obrigkeit. Die Gendarmerie in Kijabe wird wissen, was sie mit ihnen anstellt. Wilderei und versuchter Mord ... Das kann man nicht einfach ungestraft lassen.«

Ivy hegte andere Überlegungen. »Wir könnten sie zur Strafe arbeiten lassen. Auf den Feldern der Kikuyu-Frauen. Woher sie kommen, müsste außerhalb der Farm niemand wissen ...«

Gerrit lachte zynisch auf. »Und wer soll sie bewachen?«, fragte er. »Die sind doch nach einem Tag weg.«

Sanele wandte sich an die Männer, er schien ihnen die Möglichkeiten aufzuzeigen, die sich ihnen boten. Der Gedanke, der Obrigkeit ausgeliefert zu werden, ließ sie geradezu in Panik ausbrechen. In ihrer Sprache wandten sie sich an Ivy und machten bittende Gesten. Sanele bemühte sich, sie zu beruhigen.

»Jetzt müssen wir erst mal zur Farm kommen«, erklärte Ivy mit Blick auf Gerrit, der sehr blass war und sichtlich unter Schmerzen litt. »Ich kann Gerrit stützen, Sie bewachen die Männer.«

Sie kamen keine halbe Meile weit. Ivy erwies sich als nicht kräftig genug, Gerrit zu helfen, der zwar tapfer versuchte, auf den Beinen zu bleiben, das jedoch kaum schaffte. Er verlor weiter Blut.

Sanele schlug vor zu tauschen, als zwei der Sukuma-Männer Ivy bedeuteten, helfen zu wollen. Sie nahmen Gerrit schließlich zwischen sich und trugen ihn mehr, als sie ihn stützten. Ivy war ihnen dankbar für die Hilfe.

Trotz der tatkräftigen Unterstützung gestaltete sich der Rückweg für Gerrit zu einer Tortur. Er brach zusammen, als sie die Farm endlich erreichten. Ivy wies Wawira sofort an, jemanden zu schicken, um Elisabeth zu holen, die bei einer Patientin im Dorf war. Sanele sperrte die vier Sukuma in die Werkstatt der Tierpräparatoren, dann machte er sich mit einem Ochsenkarren und zwei halbwüchsigen Kikuyu-Jungen auf den Weg zurück, um die tödlich getroffene Antilope zu holen.

»Das Fleisch müssen ja nicht die Löwen fressen«, meinte er. »Im Dorf wird es morgen ein Festmahl geben.«

Elisabeth war nicht gleich zu finden, aber Margaret kam sofort zu Ivy, als sie der Notlage gewahr wurde. Sie halfen Gerrit, sich in seinem Zimmer aufs Bett zu legen. Seine Hosen behielt er an, obwohl sie blutdurchtränkt waren. Er wollte sich weder vor Ivy noch vor der jungen Schwester halb nackt zeigen.

Ivy berichtete Margaret von den Geschehnissen, während sie die Wunde mit heißem Wasser und Kernseife reinigten. Gerrit verzog erneut das Gesicht, sichtlich bemüht, keine Schmerzenslaute von sich zu geben.

»Wusstet ihr, dass Sanele uns gefolgt ist?«, stellte Ivy schließlich die Frage, die ihr unter den Nägeln brannte.

Sie hatte Sanele selbst fragen wollen, doch vor Gerrit und den Sukuma war ihr das nicht ratsam erschienen.

Margaret nickte. »Er geht immer mit«, erklärte sie. »Jedes Mal, wenn du in den Busch gehst, oder doch fast immer, wenn es nichts Dringendes anderes zu tun gibt. Schon früher, als Mr. Adrian noch da war, hat er dich, sofern er konnte, nicht aus den Augen gelassen. Damals war allerdings kaum Zeit dazu. Er sorgt sich um dich.«

Ivy wurde rot. Sie hatte sich während ihrer Ausflüge nie beobachtet gefühlt. »Er ist ein Engel«, erwiderte sie. »Heute hat er uns das Leben gerettet.«

Margaret nickte erneut. »Die Afrikaner können sehr treu sein«, bemerkte sie. »Das hört man immer wieder. Unsere Kikuyu-Jungen sind auch oft ganz rührend.«

Die Kikuyu-Kinder mussten nun ebenfalls auf den Feldern helfen, doch zumindest zur Sonntagsschule kamen sie. Dann hielt Engelberta eine Andacht, Margaret erzählte biblische Geschichten. Es wurde gesungen, und ein oder zwei Stunden unterrichteten die Schwestern Englisch, Schreiben und Lesen. Die jüngeren Kinder erschienen auch während der Woche und halfen den Schwestern im Garten. Das dort gezogene Gemüse trug viel dazu bei, die Menschen im Haus und im Kikuyu-Dorf zu ernähren, bis die neu angelegten Felder Früchte trugen.

Elisabeth kam kurz darauf mit ihrer Arzttasche auf die Farm. Die resolute Frau war nicht nur Hebamme, sondern eine erfahrene Krankenschwester, die im Busch schon oft ohne einen Arzt die Stellung gehalten hatte. Sie schickte Ivy und Margaret hinaus, um Gerrit, der kaum noch bei Bewusstsein war, die blutgetränkten Beinkleider und sein Unterzeug auszuziehen und ihn zu waschen, bevor sie ihm ein Nachthemd anzog. Danach durften die jüngeren Frauen wieder ins Krankenzimmer. Ivy fragte sich, was sie zur Wahrung ihrer Unschuld gemacht hätte, wäre das Messer etwas tiefer in Gerrits Körper eingedrungen. Jetzt erklärte sie Ivy, dass ihre Einschätzung ganz richtig gewesen war.

»Es ist kein lebenswichtiges Organ verletzt, und es sind keine größeren Blutgefäße getroffen, nur Muskel- und Fettgewebe. Nichtsdestotrotz ist es eine recht tiefe, klaffende Wunde, und er hat viel Blut verloren ...«

»Er wird doch nicht sterben?«, fragte Ivy ängstlich.

»An der Verletzung direkt nicht«, antwortete die Schwester. »Allerdings kann es zu einer Infektion kommen. Er wird mit ziemlicher Sicherheit Fieber bekommen. Das kann schlimm enden, doch davon wollen wir nicht ausgehen. Ich werde die Wunde jetzt nähen und damit die Blutung stillen, wobei Sie mir helfen können. Vielleicht muss ihn auch jemand festhalten, aber es sieht aus, als läge er in gnädiger Ohnmacht …«

Elisabeth packte ihre Tasche aus, schickte Ivy in die Küche, um einen Weidenrindenaufguss machen zu lassen, und wies Margaret an, Wundhaken zu halten, um die Wunde vor dem Nähen noch einmal zu spülen. Schließlich verschloss sie sie mit Nadel und Faden.

Margaret war fast so blass wie der Verletzte, als sie ihm einen Verband anlegte.

»Das wäre nichts für mich«, gestand sie Ivy, während die couragierte Schwester ihre Instrumente reinigte und einpackte. »Bei dem Kurs in Geburtshilfe war mir auch dauernd schlecht.«

Elisabeth sah sie strafend an. »Was Gott uns auferlegt, Schwester Margaret, dem sind wir gewachsen! Sie werden mir demnächst häufiger im Hospital assistieren. Eine solche Empfindsamkeit ist einer Missionsschwester nicht würdig.«

Ivy und Margaret atmeten auf, als Elisabeth sich schließlich in die Küche zurückzog, um sich mit einem Tee zu stärken, bevor sie sich auf den Weg zum nächsten Patienten machte. Ivy hoffte, dass Wawira ihr einen ordentlichen Schluck Whiskey oder Brandy in die Tasse gab sowie reichlich Zucker.

Ivy freute sich, als sie Sanele mit dem Ochsenkarren zurückkommen sah. Die Kikuyu hießen das Fleisch der Antilope laut willkommen und begannen sofort, das Tier zu zerlegen. Ivy beschloss, den Schwestern ein großes Stück Fleisch zu überlassen.

28

Gerrit Harper schlief gut in dieser Nacht, doch wie Elisabeth vorausgesagt hatte, erwachte er mit leichtem Fieber.

Ivy wollte ihm erneut Weidenrindentee aufdrängen, was jedoch nicht auf Gegenliebe stieß. Gerrit behauptete, sich wohlzufühlen, und bestand auf seinem gewohnten Earl Grey. Gegen Mittag war das Fieber dann so weit gestiegen, dass er die Fleischbrühe, die Wawira für ihn zubereitete, nicht mehr trinken wollte. Schon von dem Geruch, so meinte er, würde ihm übel. Engelberta, die weniger zart besaitet war als ihre Mitschwester, inspizierte die Wunde und fand sie trocken, die Wundränder waren jedoch angeschwollen. Sie strich die Salbe auf, die Elisabeth dagelassen hatte, und verband sie neu.

»Das wird schlimmer, bevor es besser werden kann«, unkte sie und behielt damit recht.

Gerrit dämmerte den Nachmittag über dahin und ließ sich dann ohne Widerstand den fiebersenkenden Tee einflößen. In der Nacht schlief er unruhig, am Morgen war das Fieber weiter gestiegen.

»Man kann da nicht viel machen«, erklärte Elisabeth, die Ivy besorgt um einen weiteren Besuch gebeten hatte. »Der Körper muss mit der Entzündung fertigwerden. Chinin wäre gut, aber wir haben keins mehr. Ein paar andere Tabletten kann ich Ihnen allerdings dalassen. Acetylsalicylsäure, Aspirin. Kommt aus Deutschland ...«

Ivy blickte das Tablettenröhrchen skeptisch an. »Und Sie meinen, das kann man trotzdem unbesorgt verwenden?«

»Wir haben's ja nicht von Militärärzten«, antwortete die Schwester spitz. »Wobei ich auch denen nicht unterstellen würde, die ganze Welt vergiften zu wollen. Ich hab's schon ein paarmal angewandt. Es hilft recht gut gegen Fieber und Schmerzen.«

Ivy löste die Tablette in Wasser auf und flößte Gerrit die Mischung ein. Er war nicht mehr ansprechbar und schien sich mit wirren Träumen herumzuplagen. Ivy und die Schwestern befanden, dass man ihn nachts nicht allein lassen konnte, und teilten die Nachtwache auf.

Margaret, die als Erste bei ihm blieb, berichtete danach voller Rührung, der Fiebernde habe die ganze Zeit mit seiner verstorbenen Frau gesprochen.

»Es müssen schöne Träume gewesen sein«, sagte sie. »Er sprach so liebevoll zu ihr, versprach ihr, dass er sie mitnehmen würde nach Afrika. Und wie sehr sie das Land lieben würde … Er muss ein wunderbarer Mann sein. Wenn jemand so zärtlich lieben kann …«

Ihr Gesicht nahm einen schwärmerischen Ausdruck an. Ivy war froh, dass Engelberta oder gar Elisabeth das nicht mitbekamen. Sie selbst ahnte Schlimmes, was Gerrits Träume anging, und musste es während ihrer Wache auch erfahren. Gerrit durchlebte im Fiebertraum noch einmal seine Geschichte mit Leonie, dem zarten Geschöpf, das, wie Adrian es ausgedrückt hatte, nicht für Afrika geschaffen gewesen war.

Ivy hielt seine Hand, als er sie krank in ihrem Haus in Afrika liegen sah und ihr versprach, sie zurück nach England zu bringen, wovon sie zunächst nichts wissen wollte. Sie hörte zu, wie er sie erneut anflehte, auf die Ärzte zu hören. »Ich liebe dich, meine Schöne, ich liebe dich doch so sehr …«

Ivy wusste, dass die Worte nicht ihr galten, sie rührten sie dennoch. Gerrit Harper wusste, was Liebe war. Und er hatte Opfer für sie bringen wollen. Er hätte seine Frau niemals allein gelassen.

Leonie Harper musste schließlich nachgegeben haben, und Gerrit durchlebte die Seereise mit ihr im Fiebertraum ein weiteres Mal, ihr Leiden und seine Hilflosigkeit, als sich ihr Zustand in England kaum besserte und sie starb. Gerrit warf sich unruhig auf seinem Lager umher, weinte und flehte und verfluchte sich selbst. Er hatte Leonie nach Afrika gebracht, er war für ihren Tod verantwortlich. Ivy sprach beruhigend auf ihn ein und nahm ihn in die Arme.

»Liebste, meine Liebste, geh nicht, meine Liebste …«

Ivy wischte ihm den Schweiß von der Stirn, als er seine Abschiedsworte an Leonie richtete und nur noch leise weinte. Sie gab ihm erneut zwei Aspirintabletten, bevor sie die Nachtwache an Engelberta übergab.

Gerrit schlief erschöpft ein und erwachte erst am nächsten Tag gegen Mittag, als wieder Margaret an seinem Bett saß. Die junge Frau, die ihn in tiefer Ohnmacht wähnte, hatte ihren Schleier abgenommen. Kurz vor dem Krieg hatte die Ordenskongregation den Schwestern eine neue Tracht vorgeschrieben. Der unkonventionelle rote Rock und das bequeme Häubchen waren einem weißen Habit gewichen, der an die Tracht anderer Orden angepasst war. Dazu gehörte ein Schleier, der das Haar vollständig bedeckte. Er schränkte auch das Gesichtsfeld der Schwestern massiv ein, Margaret hasste ihn. Nun, da sie sich unbeobachtet wähnte, fiel ihr langes rotes Haar ungebändigt über ihre Schultern. Sie las in ihrem Brevier und sah nicht, dass der Kranke die Augen öffnete.

»Bin ich … im Himmel?«, fragte Gerrit. Margaret sah auf und beeilte sich, den Schleier wieder anzulegen. Es gelang nicht so schnell, ein paar Haarsträhnen stahlen sich heraus. »Sie … Sie müssen ein Engel sein.«

Margaret errötete und bemühte sich um ein Lächeln. »Nein, ich bin Schwester Margaret. Sie kennen mich doch. Ich bin Missionsschwester und unterrichte die Kikuyu.« Sie wandte sich ihm jetzt offen zu und griff nach der Schnabeltasse mit Tee, die auf seinem Nachttisch stand. »Möchten Sie etwas trinken, Mr. Harper? Sie müssen durstig sein. Und ich muss Ihr Fieber messen …«

Hastig wollte sie aufstehen.

Gerrit griff nach ihrer Hand. »So warten Sie doch … Lassen Sie mich … erst einmal zu mir kommen. Mir war … mir war, als wäre ich gestorben, als hätte ich ins Reich der Toten geblickt … Haben Sie mich hinausgeführt? Wie Orpheus einst Eurydike?«

Margaret runzelte die Stirn. Sie hatte nie eine Geschichte gehört, in dem ein Paar namens Orpheus und Eurydike vorkam.

»Versündigen Sie sich nicht, Mr. Harper. Niemand außer unserem Heiland kann die Toten wiedererwecken. Sie haben nur geträumt, Sie hatten hohes Fieber.«

»Nun träume ich nicht mehr«, sagte er mit sanfter Stimme. »Zumindest glaube ich das. Kann ich jetzt etwas Tee haben, Schwester Margaret?«

Margaret führte die Schnabeltasse an seinen Mund. Sie hatte das nachts schon getan, doch jetzt fühlte sie sich befangen. Sie war froh, als Ivy gleich darauf den Raum betrat, gefolgt von Elisabeth.

»Wie sehen Sie denn aus, Schwester Margaret?«, rügte die ältere Ordensfrau sofort. »Legen Sie auf der Stelle Ihren Schleier wieder richtig an. Sie sollten auch nicht allein im Beisein eines Mannes sein, zumal Mr. Harper … Es scheint Ihnen besser zu gehen, Sir.«

Margaret floh so schnell sie konnte aus dem Zimmer.

Elisabeth war sehr zufrieden mit dem Patienten.

»Ich habe Ihnen doch gesagt, dieses deutsche Mittel hilft«, tat sie Ivy gegenüber kund. »Wir brauchten nur viel mehr davon. Dieser unselige Krieg …«

Ivy beeilte sich, ihr zuzustimmen, wollte sich dann jedoch lieber um Gerrit kümmern. Sie fragte sich, ob er sich noch an seinen Traum erinnerte.

»Danke, Schwester«, sagte Gerrit, als Elisabeth seine Wunde inspiziert und neu verbunden hatte. Sie sah viel besser aus als am Tag zuvor.

»Danken Sie nicht mir, sondern Mrs. Edgecumbe und meinen Mitschwestern, die sich aufopferungsvoll um Sie gekümmert haben«, erwiderte die Nonne spröde. »Vielleicht ein bisschen zu hingebungsvoll … Mrs. Edgecumbe, ich werde Schwester Margaret gleich mit anderen Aufgaben betrauen. Ihnen, Mr. Harper, schicke ich Schwester Ann. Sie erscheint mir fester im Glauben.«

Ann war tatkräftig und klug und verstand sich auf Krankenpflege. Sie übernahm die Versorgung des nun recht schnell genesenden Gerrit Harper, und sie musste es auch gewesen sein, die für ihn eine kleine gravierte Goldmünze in Auftrag gegeben hatte, die ein Bote nach ein paar Tagen brachte und Sanele überreichte.

Dem treuen Diener, las Sanele. »Eine kleine Anerkennung des Herrn für seinen beflissenen Knecht. Was meinen Sie, Miss Ivy, wie viel sie wert ist?«

Ivy warf einen kurzen prüfenden Blick auf die Münze.

»Sie ist aus Katzengold«, urteilte sie dann. »Das ehrt ihn nicht gerade.«

Sanele winkte ab. »Ich weiß, was er von mir hält«, erwiderte er. »Wie habe ich mich denn jetzt angemessen zu bedanken?«

Ivy lächelte, öffnete dann eine Schublade ihres Sekretärs in dem kleinen Raum neben der Empfangshalle, den sie sich als Büro eingerichtet hatte, und zog eine Schachtel mit feinstem Büttenpapier heraus, eine Feder und Tinte.

»Sie schreiben ihm einen formvollendeten Dankesbrief«, erwiderte sie. »In der schönsten Schrift und so triefend vor Schmeicheleien, dass selbst ihm auffällt, wie unpassend seine Geste war. Ich mag ihn sehr gern, Sanele, aber was Afrikaner angeht, ist er verbohrt. Er sieht sie einfach nicht als gleichwertig.«

»Er sieht uns nicht als Menschen«, bemerkte Sanele. »Sie haben recht, Miss Ivory. Ich werde antworten, als hätte er mir das Victoria-Kreuz verliehen. Das ist sicherlich aus Echtgold.«

Gerrit errötete, als er Saneles Brief in Ivys Anwesenheit las. Ivy hatte ihn mit dem Kommentar übergeben, Mr. Zulu wünsche sich für das überaus großzügige Geschenk zu bedanken.

Von den Sukuma-Männern, die ihr eine große Hilfe waren, erzählte sie dem noch geschwächten Freund vorerst nichts. Sanele hatte ihnen nicht nur vor Augen geführt, dass sie Ivy ihre Freiheit verdankten und insofern Dankbarkeit zeigen sollten. Er hatte weiterhin erwähnt, dass sie, sollte es ihnen wirklich gelingen, ihr Heimatdorf zu erreichen, zudem Gefahr liefen, beim nächsten Einsatz zur Zwangsrekrutierung erneut von den Deutschen gefangen genommen zu werden. Die Männer fürchteten sich davor mehr als vor allem anderen. Als Sanele ihnen die Maisfelder, Bananenpflanzungen und Gemüsegärten der Kikuyu zeigte, waren sie sofort bereit, sich dort nützlich zu machen. Lediglich einer von ihnen verschwand am zweiten Tag. Sanele ließ ihn ziehen, ohne nach ihm zu suchen.

»Er hätte ohnehin nur Unruhe gestiftet«, bemerkte er Ivy gegenüber, als er ihr von seiner Flucht erzählte.

Ivy nickte. »Er muss wissen, was er riskiert«, sagte sie. »Ich habe Ihnen übrigens noch gar nicht richtig gedankt ... Für ... Ihren Einsatz als Schutzengel. Schwester Margaret sagte, Sie seien mir schon früher gefolgt auf meinen Streifzügen in die Natur?«

»Ich bin Ihnen nicht gefolgt, weil ...« Sanele schien sich rechtfertigen zu wollen. »Ich wollte nur ... Ich wollte sicher sein, dass Ihnen nichts zustößt.« Er schluckte. »Ich ... ich meine ... diese

Farm braucht Sie. Wir alle hier brauchen Sie.« Er lächelte. »Und Sie sind die Mutter der Tiere.«

Ivy sah ihn ernst an. »Ich danke Ihnen«, sagte sie. »Für alles. Und ich will, dass Sie etwas wissen: Auch wenn Adrian zurückkommt, werden Sie immer einen Platz auf dieser Farm haben. Er wird nicht alles gutheißen, was wir gemacht haben. Die Waffen … das Land für die Kikuyu-Frauen … unsere Amulette …« Sie lächelte. »Aber er wird es nicht an Ihnen auslassen, das verspreche ich, Sanele.«

In Saneles Gesicht stand wieder der seltsame Ausdruck, den er gezeigt hatte, als sie ihm von Adrians Brief erzählt hatte.

»Ich danke Ihnen«, sagte er. »Und jetzt werde ich hören, was es Neues gibt in der Welt. Herausfinden, wann Ihr Mann vielleicht wiederkommt …«

29

Die britisch-indischen Truppen kämpften an der Grenze zu Deutsch-Ostafrika. Es ging ihnen hauptsächlich darum, die Deutschen unter Kontrolle zu halten und an Angriffen auf die eigenen Gebiete zu hindern. Zu massiver Feindberührung oder gar schweren Schlachten kam es allerdings nicht.

Adrian schrieb, dass seinen Leuten das Lagerleben nicht guttue, zumal das Klima im Grenzbereich unerfreulich sei.

> ... *Wir verlieren nach wie vor mehr Leute durch Tropenkrankheiten als im Kampf. Die Männer sterben an Malaria, am Dengue-Fieber und Parasitenbefall. Es wäre besser gewesen, wir hätten gezielt Afrikaner angeworben und geschult. Ob sich hier noch etwas tut, ist fraglich, doch ich hörte, es käme in Kenia vermehrt zu Rekrutierungen von Einheimischen ...*

Was darunter zu verstehen war, mussten die Massai zu Beginn des Jahres 1916 schmerzhaft erfahren. Sie waren von ihrer Wanderung zurückgekehrt, Elisabeth und ihre unglückliche Mitschwester Margaret befanden sich in ihrem Dorf, um erneut Schulstunden und medizinische Betreuung anzubieten. Elisabeth zog Margaret nun ständig hinzu, wenn es Verletzungen zu versorgen gab, sie hielt sie unter strenger Kontrolle. Seit dem Morgen, als sie bei ihm gewacht hatte, hatte sie kein Wort mehr mit Gerrit Harper gewechselt.

Ivy war an diesem Vormittag ebenfalls im *enkang*, sie war auf

Tango hingeritten, denn sie brauchte wieder mal Ziegenmilch. Seit die Tiere im Resort nicht mehr bejagt wurden, gab es weniger vierbeinige Waisen, doch an diesem Morgen hatte Sanele zwei winzige Buschbabys unter einem verwüsteten Blätternest gefunden. Ein Raubtier musste sich darüber hergemacht und die Mutter getötet haben. Ivy wollte die Aufzucht der Winzlinge wenigstens versuchen. Die Ziegen der Kikuyu waren jedoch bereits gemolken und die Milch zur Fermentierung angesetzt. Die meisten Menschen vertrugen sie nicht, die Frauen stellten deshalb zum eigenen Verzehr ein säuerliches Getränk her, indem sie der Milch Molke hinzufügten und sie dann luftdicht verschlossen lagerten. Für die Buschbabys eignete sich das nicht.

Als Ivy gerade versuchte, dies den Massai-Frauen zu erklären, fuhren drei Transportwagen auf den Dorfplatz. Sie sahen aus, als dienten sie zum Viehtransport, heraus sprangen aber bewaffnete britische Soldaten und Polizisten. Die Bewohner des *enkang* blickten ihnen verwirrt entgegen. Sie hatten wenig Kontakt zu Briten und waren nie in kriegerische Auseinandersetzungen mit ihnen verwickelt gewesen. Das Gehabe der Männer, die sich rund um ihren offensichtlichen Befehlshaber, einen vierschrötigen Sergeanten, scharten, war ihnen unverständlich, machte ihnen jedoch keine Angst. Die Schwestern waren dagegen mehr als beunruhigt. Als der Mann sich auf dem Dorfplatz aufbaute und zu einer Rede ansetzte, wandte Ivy sich an eine der jungen Frauen, mit denen sie gerade versucht hatte, sich zu verständigen.

»Lauf zur Farm«, sagte sie eindringlich. »Zur Farm, verstehst du? Sanele, Mr. Harper ...«

Die junge Frau nickte, wirkte jedoch verunsichert. Margaret, die wusste, was Ivy vorhatte, schrieb rasch die Worte *Massai-Dorf* und *Hilfe*! auf eine Schiefertafel und drückte sie der jungen Frau in die Hand. Sie bewies genug Geistesgegenwart, um sich langsam und unauffällig aus dem Dorf zu schleichen, bevor sie losrannte.

»Männer!«, wandte sich der Sergeant an die Massai, die gelassen ihren alltäglichen Geschäften nachgingen, wie immer nach Geschlechtern getrennt. »Euer Vaterland braucht euch! Kenia wird vom Feind bedroht, wir müssen die Deutschen und ihre Helfershelfer in ihre angestammten Gebiete und möglichst ganz aus Afrika herausdrängen. Doch dafür brauchen wir Unterstützung. Wir suchen kräftige Einheimische, die uns helfen, Material und Verpflegung zu den Truppen zu bringen. Träger vereinfacht gesagt. Ihr benötigt keine weiteren Kenntnisse. Etwas Sold wird natürlich dabei herausspringen. Also, Männer! Wer schließt sich uns an?«

Keiner der Massai antwortete. Sie hatten von der Ansprache sicher kaum ein Wort verstanden. Einige Mütter flüsterten mit ihren Kindern, die bei den Missionsschwestern Englisch gelernt hatten, um sich wenigstens einen Teil der Worte des Sergeanten übersetzen zu lassen.

Der Sergeant wartete ein paar Sekunden, dann wandte er sich an einen der Massai-Jungen.

»Du! Du siehst kräftig aus. Wie wär's? Mal raus aus dem Kral hier und was erleben!«

Der junge Mann wollte sich zurückziehen, doch da hatten ihn schon zwei der Uniformierten gepackt. Sie zerrten ihn auf einen der Transportwagen, obwohl er sich heftig wehrte.

Der Sergeant lachte. »Und weiter so! Sieht aus, als müssten wir euch ein wenig zu eurem Glück zwingen …«

»Sehen Sie nicht, dass die Männer nicht wollen?« Elisabeth stellte sich den Engländern couragiert entgegen. »Die haben ja noch nicht mal verstanden, was Sie von ihnen verlangen.«

Der Sergeant runzelte die Stirn. »Das sollten sie aber, wenn Sie hier anständig missioniert hätten«, bemerkte er. »Wollten Sie sie nicht taufen und ihnen die Zivilisation näherbringen? Männer, diese Zivilisation ist jetzt bedroht! Es wird Zeit, dass sich alle zum Kampf stellen. Oder jedenfalls zum Lasten schleppen.«

Seine Männer machten Anstalten, weitere Massai zu packen.

»Lassen Sie mich wenigstens übersetzen«, drängte Elisabeth.

Die Afrikaner waren inzwischen so aufgeregt, dass eine ruhige Ansprache kaum noch etwas bringen würde, doch Ivy wusste, dass Elisabeth Zeit schinden wollte. Sie versuchte umständlich, den Massai das Anliegen der Rekrutenwerber verständlich zu machen. Ihre vereinfachte Frage: Wollt ihr kämpfen im Krieg?, wurde allgemein verneint. Lediglich zwei Jungen von vielleicht fünfzehn oder sechzehn Jahren, die ein bisschen Englisch sprachen und ein Abenteuer zu wittern schienen, stellten weitere Fragen.

»Du geben uns Gewehr?«, erkundigte sich einer von ihnen hoffnungsvoll.

Der Sergeant zögerte. Er brauchte Freiwillige.

»Gewehre, Geld … Und ihr werdet euch um euer Vaterland verdient machen«, erklärte er großspurig.

Die beiden Jungen wirkten nicht abgeneigt, was einen Disput zwischen ihnen und ihren Vätern zur Folge hatte. Überhaupt redeten alle durcheinander, da einer dem anderen zu erklären versuchte, was er oder sie von der Rede des Sergeanten und Elisabeths Übersetzung verstanden hatte. Ivy gab ihrerseits eine Erklärung. Ihr Massai war besser als das der Schwestern, doch über den Krieg hatte sie nie mit den Menschen gesprochen. Hier fehlten ihr einfach die Vokabeln.

Irgendwann wurde das dem Sergeanten zu viel. »Jetzt reicht's, Männer!«, rief er in die Menge. »Auf geht's, da gibt es nichts mehr zu diskutieren. Alle wehrfähigen Männer auf die Wagen! Schnell!«

Natürlich stieg keiner der Afrikaner freiwillig auf, es begannen also wilde Rangeleien zwischen den Massai und den Engländern. Einige Afrikaner trugen Gewehre bei sich, sie hatten jedoch erkennbar Skrupel, sie gegen die Weißen einzusetzen. Das galt auch für Ivy. Ihr Gewehr hing an Tangos Sattel, sie konnte es schnell holen, aber es würde zu einem Blutbad kommen, wenn jemand zu schießen begann, und das wollte sie nicht riskieren.

Machtlos sah sie mit an, wie immer mehr lamentierende, schreiende Männer auf den ersten Wagen gestoßen wurden. Der Motor wurde angelassen, und langsam setzte sich das Gefährt in Bewegung. Panisch sah sie sich um. Wann kam endlich Hilfe?

In diesem Moment fuhr Gerrit Harper vor. Er, Sanele und die jungen Sukuma-Männer sprangen aus dem Automobil. Die drei wirkten aufgebracht. Kein Wunder, der erste Transportwagen mit den zwangsrekrutierten Männern musste ihnen eben begegnet sein und hatte sie an eigene Erfahrungen erinnert. Sie redeten wild gestikulierend auf Sanele ein, dem anzusehen war, dass er kaum glaubte, etwas ausrichten zu können.

Gerrit Harper überraschte allerdings alle. »Was ist hier los?«, donnerte er über den Platz. Ivy hatte ihn noch nie derart wütend erlebt. »Dürfte ich die Herren um eine Erklärung bitten?«

Der Sergeant grinste ihn an. »Na, wonach sieht's denn aus, Sir?«, fragte er provokant. »Wir rekrutieren hier Freiwillige für die Armee. Es werden Träger gebraucht. Und was geht Sie das überhaupt an? Haben Sie irgendwelche Ansprüche, was die Kerle hier betrifft?«

Gerrit baute sich unerschrocken vor ihm auf. »Dieses Dorf«, behauptete er, »steht auf dem Grund und Boden von Mr. Adrian Edgecumbe, der Ihnen vielleicht ein Begriff ist …«

»Der Großwildjäger?«, fragte der Sergeant – plötzlich respektvoll.

»Und eben in den Offiziersrang erhoben. Er befehligt ein indisch-britisches Bataillon an der Grenze zu Deutsch-Südwestafrika. Es wird ihm zweifellos nicht gefallen, dass Sie seine Viehhirten entführen und damit das Geschäft mit seinen Rindern behindern. Sie dienen zurzeit übrigens hauptsächlich der Fleischversorgung der britischen Truppen. Es könnte also Ihretwegen zu Engpässen kommen. Sind Sie sich dieser Verantwortung bewusst?«

Der Sergeant rieb sich die Stirn. »Das ... äh ... hat mir keiner gesagt ...«, stammelte er.

»Ich sage es Ihnen jetzt«, erklärte Gerrit. »Mein Name ist Gerrit Harper, ich verwalte das Gut für Mr. Edgecumbe. Und ich gedenke, offiziell bei der Heeresführung gegen Sie Beschwerde einzulegen. Ihren Namen und Dienstgrad, bitte!«

Der Sergeant schien zu schrumpfen. »Wir ... meinen Sie nicht, wir könnten das auch so bereinigen? Ich kann meine Leute einfach abziehen und Ihnen die Afrikaner zurückschicken, die wir schon abtransportiert haben. Sofern diese das wollen ...«

»Sehr freiwillig haben sie auf mich nicht gewirkt, als uns der Transport entgegenkam«, höhnte Gerrit. »Also schön, Sergeant. Ich erwarte, dass die Männer spätestens morgen Abend wieder hier sind. Sie können sie einfach laufen lassen, sie finden schon zurück. Ich verlasse mich auf Sie. Haben wir uns verstanden?«

Ivy und Margaret konnten es kaum glauben, doch der eingeschüchterte Rekrutenwerber rief seine Schergen tatsächlich zurück, ließ die Massai-Männer, die schon auf dem nächsten Transportwagen saßen, heruntersteigen und rief seine Leute zum Aufbruch. Kurze Zeit später waren die Wagen außer Sicht.

»Das war großartig«, rief Ivy. Sie stürzte zu den Männern und umarmte Gerrit stürmisch.

Auch Sanele war die Bewunderung anzusehen. Er machte keinen Hehl daraus, dass er Gerrit Harper nicht mochte, doch an diesem Morgen hatte er ihm imponiert.

Gerrit winkte ab. »Es war klar, dass der Sergeant sich nicht auf Auseinandersetzungen mit Großgrundbesitzern einlässt, die die Schwarzen zum Arbeiten brauchen. Bestimmt sucht er die Kaffee- und Bananenplantagen gar nicht erst auf. Es gibt genügend Einheimische im Busch, auf die keiner Anspruch erhebt. Er fährt jetzt weiter zum nächsten Dorf ...«

Die Massai diskutierten aufgeregt miteinander und baten Ivy

um Übersetzung. Sie konnten kaum erwarten zu erfahren, wie es dem weißen Mann gelungen war, sie mit ein paar Worten zu retten.

Ivy beschloss, etwas für die Mission zu tun. »Er hat gesagt, der Gott der Mamas ... will, dass es euren Rindern gut geht. Deshalb müsst ihr bleiben und euch um sie kümmern. Die Weißen haben großen Respekt vor ihrem Gott.«

Sie bat die Schwestern, ein Loblied anzustimmen.

Gleich darauf intonierten Margaret mit ihrer schönen Stimme und Elisabeth, bei der es eher ein Brummen war, *Großer Gott wir loben dich*. Ivy und Gerrit fielen ein.

Die Sukuma verstanden nicht, worum es ging, doch als die Massai begannen, zu trommeln und zu tanzen, machten sie fröhlich mit. In dem anschließenden allgemeinen Durcheinander aus Beten, Singen und Trommeln näherte sich Margaret schüchtern Gerrit Harper.

»Vielen Dank«, sagte sie. »Das war sehr tapfer.«

»Heute bist du der Held«, fügte Ivy lachend hinzu.

Gerrit nickte ihnen zu. Länger verharrte sein Blick jedoch auf Margaret.

30

Ein Ende des Krieges war auch in den folgenden Wochen nicht abzusehen. In Afrika wendete sich jedoch das Blatt zugunsten der Alliierten, die sich anschickten, die deutschen Kolonien von allen Seiten zu attackieren. Von Kenia aus griffen die britischen, indischen und südafrikanischen Truppen an, von Nyasaland aus afrikanische Bataillone. Zudem waren belgische und portugiesische Truppen im Einsatz. Sie waren den deutschen Schutztruppen und ihren Askari zahlenmäßig weit überlegen, doch die Deutschen führten ihren Partisanenkrieg fort, und es kam selten zu großen Schlachten.

Im März hörte Sanele von der Einnahme der wichtigen Stadt Moshi. Ivy hatte aus Adrians Briefen erfahren, dass er sich und seine Truppen dort auf den Angriff vorbereitete, und rechnete bald mit neuen euphorischen Berichten von Beförderungen und Auszeichnungen. Sie blieben jedoch aus. Tatsächlich hörte sie bis weit in den Mai hinein nichts von Adrian.

Und dann rollte eines Tages Peter Derringers Auburn auf den Hof der Farm. Susan war mitgekommen.

Ivy begrüßte die beiden erfreut. »Das ist ja lange her!«, rief sie. »Schön, dass Sie wieder mal vorbeikommen. Auch wenn hier im Moment niemand Jagdwaffen kauft.«

Ungewöhnlich ernst sah Peter Derringer sie an. »Ivy, wir haben leider keine guten Nachrichten, zumindest nehmen wir das an. Wir haben einen Brief an Sie von der Heeresleitung. Natürlich haben wir ihn nicht geöffnet, aber von offiziellen Stellen kommt derzeit selten etwas Erfreuliches. Deshalb meinte der Posthalter auch, wir sollten Ihnen den Brief lieber persönlich bringen.«

»Es ist doch alles leichter, wenn man Freunde um sich hat«, fügte Susan sanft hinzu.

Ivy sah die beiden verwirrt an. »Vielleicht kommen Sie erst mal herein«, sagte sie.

Susan nickte. »Das ist sicher besser. Hier … hier ist der Brief …« Sie überreichte Ivy ein offiziell wirkendes Schreiben.

Ivy drehte es unsicher in der Hand.

Susan führte sie ins Haus, wo Sanele sich gerade in der Empfangshalle zu schaffen machte. Das Silber musste poliert werden, und er hatte Ivy angeboten, das zu übernehmen, da die Hausmädchen entlassen worden waren. Nur Wawira, die Köchin, arbeitete immer noch für Ivy, sie führte mit Sanele das Haus.

»Boy!« Peter rief Sanele an. »Hol uns mal den Brandy. Kann sein, dass deine Missus nachher einen guten Schluck nötig hat. Und ich würde auch nicht Nein sagen …«

Ivy sah, dass Saneles Blick auf den Brief in ihrer Hand fiel.

»Ich sollte vielleicht Mr. Harper rufen«, bot er an.

Ivy nickte. Sie setzte sich auf eins der Sofas, die Derringers nahmen auf zwei Sesseln Platz. Kurz entschlossen riss sie den Brief auf und überflog das Schreiben.

»Vermisst«, sagte sie tonlos. »Sie schreiben, Adrian sei vermisst. Nach der Einnahme von Moshi habe man nichts mehr von ihm gehört.« Sie schwieg ein paar Herzschläge lang. »Was bedeutet das, er ist vermisst?«, fragte sie dann, ohne jemanden anzusehen.

»Kindchen …« Susan stand auf und setzte sich neben sie. Peter ging zum Barschrank und bediente sich selbst. Für sie und Susan füllte er ebenfalls Gläser mit Brandy. Susan legte den Arm um sie. »Vermisst, das heißt, dass sie ihn nicht finden«, erklärte sie. »Er ist … verschollen sozusagen. Aber das heißt nicht zwangsläufig, dass er tot ist …«

»Was ist denn mit Raven?«, fragte Ivy. »Ist der auch … verschollen?«

Susan runzelte die Stirn. »Raven?«

»Adrians Pferd«, erklärte Peter. »Da sollten wir nachfragen …«

Im nächsten Moment betrat Gerrit den Raum, gefolgt von Sanele.

»Ist etwas mit Adrian?«, fragte er, als er Ivy erstarrt auf dem Sofa sitzen sah. Ihren Brandy hatte sie noch nicht angerührt. »Ist er … gefallen?«

Peter schüttelte den Kopf. »Vermisst. Es gibt immerhin noch Hoffnung.«

Gerrit nickte und setzte sich an Ivys andere Seite. »Es ist nicht so leicht, einen Adrian Edgecumbe umzubringen«, bemerkte er.

Ivy hatte das Gefühl, dass alle jetzt von ihr erwarteten, in Tränen auszubrechen. Dabei waren ihre Augen völlig trocken. Es war eher ein Gefühl der Leere, das sich in ihr ausbreitete.

Susan reichte ihr das Glas, und sie nahm nun doch einen Schluck.

»Wo kann er denn sein?«, fragte sie, ohne jemanden anzusehen.

»Nun …« Gerrit zögerte. »Er könnte … gefangen genommen worden sein. Oder verletzt. Oder beides. Vielleicht … ein Kopfschuss. Dann irrt er womöglich irgendwo herum …«

»Adrian?«, fragte Ivy.

Sie konnte sich nicht vorstellen, dass ihr Mann nicht mehr Herr seiner Sinne sein sollte.

»Moshi wurde eingenommen«, erinnerte Peter. »Die Stadt ist in britischer Hand. Man hätte ihn gefunden.«

»Nicht, wenn ihn die Deutschen mitgenommen haben«, beharrte Gerrit. »Ivy, du musst jetzt ganz fest glauben, dass er zurückkommt! Es ist hier ja nicht wie in den Schützengräben in Europa, wo ständig Bomben fallen, und die Leichen …« Er brach ab.

Ivy wollte erwidern, dass es in Afrika keiner Granaten bedurfte, um tote Körper verschwinden zu lassen. Sie dachte an Geier, an Hyänen, Schakale ... Dann schwieg sie jedoch lieber. Sie wusste nichts von Moshi und der Umgebung der Stadt – sie fühlte sich müde.

Susan drängte ihr einen weiteren Schluck Brandy auf.

»Was ... wird denn jetzt?«, fragte Ivy, eigentlich mehr, um etwas zu sagen, als weil es sie wirklich interessierte. »Können wir irgendwas tun? Ihn ... suchen lassen?«

Peter seufzte. »Ich denke, das müssen wir dem Militär überlassen. Sie haben sicher alles getan ...«

»Ich kann versuchen, etwas über den Verbleib des Pferdes herauszufinden«, bot Sanele an. »Wenn Sie es gestatten, Memsahib. Ich stehe in Funkkontakt mit diversen Stationen, auch mit der in Moshi. Sofern es Ihnen also helfen würde ...«

Gerrit und Peter hatten beide schon wieder auffahren wollen, weil der Hausdiener es wagte, in ihrer Runde die Stimme zu erheben. Dann schienen sie jedoch zu spüren, dass sein Angebot Ivy tröstete.

»Er war ja unzertrennlich mit dem Pferd verbunden«, merkte Peter an. »Es wäre zumindest ein Indiz, wenn es ...«

Er sprach nicht weiter, und Ivy fragte sich, ob Ravens Tod oder sein Überleben für ihn auf eine Rettung Adrians schließen ließe.

Sanele entschuldigte sich und verließ den Salon.

»Wir können jetzt nur warten«, bemerkte Gerrit. »Ich bin natürlich für dich da, Ivy ...«

»Wir ebenso«, fügte Susan hinzu. »Vielleicht können Sie nach dem Krieg neu anfangen. Reggie würde sicher wieder für Sie arbeiten. Wenn ... wenn ihm nicht auch noch was passiert.« Sie schniefte.

Reggie hatte sich ebenfalls freiwillig gemeldet und war dazu eingeteilt worden, eine Truppe der King's African Rifles – ein in Britisch-Ostafrika von der Kolonialmacht gebildetes Infanterieregiment – an der Waffe zu schulen, Afrikaner, die sich wirklich freiwillig gemeldet hatten. Sie wurden nun nach dem Vorbild der Askari ausgebildet. Einige der Kikuyu von der Edgecumbe Farm waren darunter und machten sich angeblich recht gut. Den Briten war es wichtig, in Afrika bald einheimische Truppen in den Kampf schicken zu können, die mit dem Klima und der Umgebung besser vertraut waren.

Ivy äußerte sich nicht zu Susans Vorschlag. Ohne Adrian würde sie sicherlich kein Jagdresort mehr führen. Ihr musste etwas anderes einfallen, um nach dem Krieg zu überleben.

»Manche Familien veranstalten ein … Gedenkfest«, bemerkte Susan. »Weil sie nach einer solchen Nachricht nicht einfach weiterleben können, als wäre nichts geschehen …«

Ivy schüttelte den Kopf. An so etwas konnte sie jetzt nicht denken.

»Adrian wird zurückkommen«, beharrte Gerrit. »Trinken wir auf seine glückliche Heimkehr!« Er hob betont optimistisch sein Glas.

Die anderen stimmten erleichtert zu. Ivy wäre am liebsten in ihr Schlafzimmer gegangen und hätte sich in ihrem Bett vergraben – in ihrem gemeinsamen Bett hätte sie noch am ehesten an Adrian denken und vielleicht um ihn trauern können.

Nach kurzem Schweigen kam Sanele aus dem Nebenraum, in dem das Funkgerät stand.

»Das Pferd lebt«, sagte er. »Es war an dem Tag, an dem der Bwana als … vermisst gemeldet wurde, gar nicht in die Kämpfe verwickelt. Die Einnahme von Moshi war ein Häuserkampf, erfuhr ich. Was auch immer man darunter versteht. Jedenfalls stehen sich dabei keine Kavallerieeinheiten gegenüber, der Bwana hat seinen Trupp zu Fuß geführt.«

Ivy empfand plötzlich Erleichterung. »Können wir … können wir Raven nach Hause holen?«, fragte sie leise.

Sanele nickte. »Ich habe es schon veranlasst, Memsahib.«

Ivy blickte ihn dankbar an. »Ich würde mich jetzt gern zurückziehen«, erklärte sie. »Seien Sie mir nicht böse, Susan und Peter, aber das ... das ist alles zu viel für mich, ich muss ...«

Susan blickte ihr mitfühlend nach, als sie aufstand.

»Diese englischen Adligen ...«, murmelte sie. »Sie sind dazu erzogen, keine Gefühle zu zeigen. Das arme Kind wird in Ruhe weinen wollen.«

Ivy ging wie in Trance in ihr Zimmer, setzte sich aufs Bett und schloss kurz die Augen. Sie konnte nicht wirklich glauben, dass Adrian tot war. Er war in den letzten Monaten nicht mehr präsent gewesen in ihrem Leben, sie hatte kaum je an ihn gedacht, doch nun konnte sie keinen Schlussstrich ziehen. Vermisst bedeutete nicht gefallen, das wusste sie, trotzdem hatte sie das Gefühl, etwas tun zu müssen.

Langsam stand sie auf, ging zu dem Gemälde mit der Jagdszene, das Adrian kurz vor ihrer Hochzeit in Nairobi erstanden hatte, und nahm es ab. Sie wollte das tote Tier nicht mehr vor Augen haben. Sollte Adrian zurückkommen, konnte sie es ja wieder aufhängen. Sie nahm sich vor, auch den Kopf der Antilope zu entfernen, die Adrian an ihrer statt geschossen hatte.

Vor ihrem Fenster bewegte sich etwas, und sie musste lächeln, als sie das Kickern erkannte, mit dem Kurti gewöhnlich auf sich aufmerksam machte. Eigentlich wurde das Äffchen am Abend eingesperrt. Ob Sanele es vergessen hatte? Jetzt ließ sie das Tier ein. Kurti schmiegte sich tröstend an sie.

Die Mutter der Tiere schlief bald tief und traumlos.

31

Im August waren die Deutschen so weit zurückgedrängt, dass für die Bahnlinie keine Gefahr mehr bestand. Die deutsche Schutztruppe mit ihren Askari verschanzte sich im Südosten. Erneute Kämpfe in Kenia waren nicht zu erwarten.

Engelberta und Ann berichteten erfreut, dass weitere Schwestern und Patres in die Mission zurückkehren würden. Sie hofften erneut auf Spenden. Elisabeth und Margaret waren wieder ins Missionshaus gezogen. Die ältere Nonne ließ ihre junge Mitschwester weiterhin nicht aus den Augen, was unter den Schwestern zu Unstimmigkeiten führte. Ann hätte lieber bei den Massai missioniert, deren Sprache sie annehmbar sprach, während Margaret nur radebrechte. Margaret ihrerseits wäre lieber bei den Kikuyu geblieben, doch Elisabeth ließ sie nicht mehr allein in die Nähe von Gerrit Harper.

»Die Massai machen große Fortschritte in Bezug auf die Christianisierung«, meinte Engelberta erfreut. »Schwester Margaret und Schwester Elisabeth kommen kaum mit dem Unterricht nach. Schön, wenn wir Unterstützung bekommen.«

»Wenn wieder mehr Schwestern auf der Station sind, wird es eine Oberin geben«, fügte Ivy hinzu. »Die wird diese Sache zwischen Margaret und Elisabeth regeln.«

»Womöglich, indem sie Margaret versetzen lässt«, unkte Engelberta. »Sie und ich sind schon lange in Maria Kedong. Der Orden wird in absehbarer Zeit eine neue Verwendung für uns finden.«

Tatsächlich blieben die Missionsschwestern selten mehr als ein paar Jahre an einer Wirkungsstätte, eine Politik des Ordens, die Ivy nicht ganz nachvollziehen konnte. Wahrscheinlich zielte es darauf, sie nicht zu stark an einen Ort oder die Menschen eines Stammes und eines Klosters zu binden. Obwohl sie schwerpunktmäßig soziale Arbeit leisteten, also viel mit Menschen zu tun hatten, sollten sie nur mit ihrem Gott völlig vertraut sein.

Auf Edgecumbe Farm ging das Leben fast genauso weiter wie vor der Nachricht von Adrians wahrscheinlichem Tod. Eines Tages traf sein Pferd tatsächlich ein. Raven stolperte müde und abgemagert aus dem Bahnwaggon, das Fell so stumpf wie seine Augen. Ivy war mit Sanele zum Bahnhof in Kijabe gefahren – froh, dass er der Einzige war, der sie weinen sah. Bislang hatte sie in Gesellschaft anderer keine Träne vergossen, doch jetzt umarmte sie schluchzend das Pferd.

»Stellen wir ihn hier noch eine Nacht unter, oder bringen wir ihn gleich nach Hause?«, fragte Sanele.

Ivy hatte eigentlich vorgehabt, Raven zur Farm zu reiten, doch jetzt war ihnen beiden klar, dass jemand bis zur Farm würde wandern müssen. Das Pferd war zu erschöpft, um einen Reiter zu tragen.

Ivy rieb sich die Augen. »Ich führe ihn«, erklärte sie. »Bis heute Abend sollte ich es schaffen, Sie brauchen nicht auf mich zu warten.«

Sanele schüttelte den Kopf. »Ich fahre nebenher«, sagte er. »Mit dem schwachen Tier mitten durch den Busch … Da könnte ein Löwe oder Leopard auf dumme Gedanken kommen.«

Früher war die Straße zwischen der Stadt und der Farm viel genutzt worden, doch im Krieg hatte sie sich der Busch zum Teil zurückgeholt. Auf der Hinfahrt hatten sie viele grasende Tiere gesehen.

Ivy widersprach nicht. Sie redete liebevoll auf Raven ein und machte sich auf den Weg, Sanele blieb mit dem verbeulten Franklin, den Peter Derringer auf ihre Bitte hin für die Farm aufgetrieben hatte, dicht hinter oder neben ihr. Sie war stolz auf das Automobil, das bereits einige Jahre auf dem Buckel hatte und von seinen Vorbesitzern nicht sehr pfleglich behandelt worden war, doch im Krieg in Afrika ein verkäufliches motorisiertes Fahrzeug zu finden, war nicht einfach gewesen. Ivy hatte weitere Waffen dafür in Zahlung gegeben. Peter Derringer nahm sie gern, denn sein Geschäft lief gerade wieder an, und mit der Lieferung neuer Ware war es schwierig. Die Käufer der Jagdflinten waren jetzt keine Safariteilnehmer mehr, sondern Leute aus dem Ort. Man schoss nicht mehr zum Vergnügen, sondern eher, um mal ein Stück Fleisch im Topf zu haben. Seit Beginn des dritten Kriegsjahres waren Lebensmittel knapp.

»Es ist nicht so, als … als wäre mir das Pferd wichtiger als Adrian«, meinte Ivy sich für ihre Tränen entschuldigen zu müssen, als sie schließlich unterwegs waren.

Es half ihr, dass sie Sanele dabei nicht ansehen musste. Sie meinte trotzdem, sein Lächeln zu spüren.

»Sie haben Ihre Tränen zweifellos im Verborgenen geweint, Miss Ivory«, bemerkte er. »Aber ich weiß auch, dass Sie nicht allzu sehr um den Bwana trauern. Vergessen Sie nur eines nicht: Vermisst ist nicht gleich tot. Wie Mr. Harper schon sagte.«

»Sie glauben, er könnte zurückkommen?«, fragte sie.

»Ich hätte seine Jagdtrophäe jedenfalls nicht aus dem Haus geschafft«, meinte er.

»Sie haben es gemerkt?«, fragte Ivy.

»Der leere Platz an der Wand in der Eingangshalle wäre nicht nur mir aufgefallen«, sagte er. »Wie Sie sicher gesehen haben, habe ich mir erlaubt, die letzte Trophäe des Bwana dort anzubringen. Mr. Derringer war ganz ergriffen.«

An der Wand in der Eingangshalle hing seit dem Tag der Vermisstennachricht ein gewaltiger Tigerkopf. Der Maharadscha hatte ihn nach Afrika schicken lassen, nachdem Adrian sich der Armee angeschlossen hatte, doch Ivy hatte die schaurige Trophäe nicht einmal aus der Kiste genommen. Nun mussten alle davon ausgehen, dass Ivy diese letzte Erinnerung an ihren Gatten nah bei sich haben wollte.

»Was werden Sie tun, wenn er wirklich nicht zurückkommt?«, fragte Sanele jetzt. »Das Land und die Farm gehören dann Ihnen. Werden Sie verkaufen?«

Ivy schüttelte den Kopf. »Nein, nein, bestimmt nicht … es würde doch nur wieder jemand ein Jagdresort daraus machen. Mir muss etwas anderes einfallen …«

»Sie meinen, es kämen wieder Jagdgäste?« Sanele schien daran zu zweifeln.

Ivy zuckte mit den Schultern. »Wenn der Krieg vorbei ist, wer weiß … Vorerst habe ich Zweifel, ob er überhaupt jemals endet. Warten wir's ab.« Sie lächelte müde. »Wir können immer noch Rinder züchten«, versuchte sie zu scherzen. »Wo die Massai sich doch jetzt alle taufen lassen und folglich keinen Anspruch mehr auf jede Kuh erheben.«

Sanele runzelte die Stirn. »Ich fürchte, das ist nicht die Lösung«, sagte er steif und stellte dann eine Frage, die ihm ganz offensichtlich am Herzen lag. »Was ist mit Mr. Harper? Haben Sie … ihn betreffend Pläne?«

Ivy errötete. »Mein Mann ist gerade mal ein paar Wochen verschollen«, antwortete sie ausweichend. »Ich … denke vorerst nicht an eine neue Verbindung.«

Sie kämpfte das Gefühl nieder, dass Sanele ihr nicht glaubte. Und wusste, dass sie auch sich selbst gegenüber nicht ehrlich war.

32

In Europa tobte der Krieg mit voller Härte auch im weiteren Verlauf des Jahres 1916, in Afrika beschränkten sich die Kämpfe auf den Südosten der deutschen Kolonien. Reggie, der dort mit seinem Bataillon der King's African Rifles eingesetzt war, schrieb, dass sie die Deutschen immer mehr zurückdrängten. In absehbarer Zeit würden sie sich ergeben müssen. So lange wurden jedoch in ganz Ostafrika Träger für die Truppen zwangsrekrutiert, auf jeden Soldaten kamen um die vier Männer, die Proviant, Zelte und Kriegsmaterial schleppten. Inzwischen fehlte es in fast jedem afrikanischen Dorf an Männern. Für Ivys Farm und das Kikuyu-Dorf erwiesen sich die drei Sukuma-Männer als Gottesgeschenk. Sie hätten jederzeit unbehelligt in ihr Dorf am Victoriasee zurückkehren können, doch sie blieben freiwillig. Ivy nahm an, dass sie sich Hoffnungen auf die hübschen Kikuyu-Mädchen machten.

Die Massai bei der Mission waren nach Gerrits beherztem Eingreifen ungeschoren geblieben. Bis auf drei junge Männer, die sich aus dem Staub gemacht und sich freiwillig gemeldet hatten, um der Enge der Stammesgesellschaft zu entkommen, hüteten sie noch sämtlich in Ruhe ihre Rinder. Die Patres der Mission – es herrschte tatsächlich wieder Leben in Maria Kedong – führten den Frieden wortreich darauf zurück, dass Gott die Hand über den Stamm hielt, wofür man ihm nicht genug danken könne. Der Gottesdienst war deshalb gut besucht, die Hirten wollten kein Risiko eingehen.

Zu Ivys Verwunderung machte sich auch Gerrit Harper jeden Sonntag auf den Weg zur Mission, um die Messe zu hören.

»Bis du eigentlich katholisch?«, fragte sie, was er verneinte.

»Anglikaner«, erklärte er. »Gläubiger Anglikaner. Da sich hier jedoch nicht die Möglichkeit ergibt, eine unserer Kirchen aufzusuchen ...«

»Du könntest nach Kijabe fahren«, regte Ivy an. Es gab dort eine gut besuchte anglikanische Kirche, und dank Peter Derringer hatten sie genügend Benzin. Er kaufte stets so viel auf, wie möglich war, und teilte es mit ihnen. »Ich würde sogar mitkommen. Ich gehöre ja ebenfalls der anglikanischen Kirche an.«

Sie hatte seit Jahren keine Messe mehr besucht – die Andachten mit den Missionsschwestern hielt sie für ausreichend –, doch die Aussicht auf einen Ausflug mit Gerrit reizte sie. Seit dem Vorfall mit den Sukuma hatten sie ihre gemeinsamen Exkursionen nicht wieder aufgenommen, selbst als keine Gefahr mehr bestand. Ivy ritt manchmal allein in den Busch und inspizierte die Lieblingsorte ihrer Tiere, Gerrit zog es vor, nur noch am Wasserloch nahe der Farm zu fotografieren. Ivy war darüber etwas traurig, denn sie erlaubte sich inzwischen immer mal wieder, verstohlen über die Möglichkeit einer engeren Verbindung zu Gerrit Harper nachzudenken. Solange Adrian nicht offiziell für tot erklärt wurde, war daran natürlich nicht zu denken, doch gegen eine gelegentliche gemeinsame Unternehmung sprach bestimmt nichts.

Gerrit wirkte allerdings nicht begeistert. »Irgendwann können wir das sicher mal machen«, räumte er ein. »Aber jeden Sonntag ... Eigentlich habe ich genug von der ständigen Fahrerei.«

Ivy fand auch das befremdlich. Zu Anfang des Krieges hatte starker Andrang in Gerrits improvisiertem Fotostudio geherrscht, mit der Zeit war die Nachfrage gesunken. Die Soldaten waren im Feld, Hochzeiten fanden praktisch nicht statt. Allenfalls ließen Mütter ihre Kinder ablichten, um die Fotografien den Männern an die Front zu schicken. Ivys und Saneles Geschäft mit den Amuletten lief ebenfalls nur noch schleppend. Ivy machte sich bereits Sorgen über den Mangel an Bargeld. Mehr als einmal wöchentlich brauchte Gerrit jedenfalls nicht mehr nach Kijabe, und die wenigen Fototermine hätten sich mit dem Gottesdienstbesuch verbinden lassen.

»Wir machen das gleich kommenden Sonntag«, bestimmte Ivy.

Natürlich stand Gerrit am Sonntag ganz Gentleman, pünktlich und im hellen Anzug bereit, sie in die Kirche zu begleiten. Ivy hatte sich schöngemacht und eins ihrer guten Vorkriegskleider angezogen. Sie freute sich an Gerrits bewundernden Blicken – und wich Saneles fragenden aus. Auch er war, wie sie wusste, anglikanisch getauft. Sie hätte ihm anbieten können, mit zur Kirche zu fahren, und sicher machte er sich einen Reim darauf, warum sie es nicht tat.

Ivy genoss den Ausflug dennoch. Gerrit war äußerst zuvorkommend und der Gottesdienst feierlich. Als der Geistliche sie erkannte, ließ es sich nicht nehmen, Adrian zu erwähnen und für das prominente Mitglied der Gemeinde ein Gebet zu sprechen. Er hatte die Kirche zwar nie betreten, doch der Geistliche wollte Ivy offensichtlich Trost spenden. Sie fand das sehr freundlich und suchte nach dem Gottesdienst ein kurzes Gespräch mit ihm. Er schlug vor, eine Gedenkfeier für Adrian abzuhalten, aber Ivy wollte noch warten, wofür der Reverend Verständnis aufbrachte.

»Glaube, Hoffnung, Liebe …«, gab er ihr mit auf den Weg. »Zweifeln wir niemals an der Güte des Herrn! Seine Wege sind unergründlich.«

Auch andere Bürger von Kijabe sprachen Ivy auf die Vermisstennachricht an und äußerten ihr Bedauern. Sie hatte gar nicht gewusst, wie bekannt und beliebt ihr Gatte im Ort gewesen war. Als Großwildjäger hatte er Berühmtheit in ganz Afrika genossen, und viele Männer fragten nun nach seiner letzten Jagd in Indien. Ivy gab höflich Auskunft und verbrachte insofern nicht so viel Zeit allein mit Gerrit, wie sie gehofft hatte.

Sie war nicht böse, als er am nächsten Sonntag wieder die Messe in der Mission besuchte.

»Ich kann Sie gern nach Kijabe fahren, wenn Sie möchten«, bot dagegen Sanele an. »Es war mir nicht klar, dass Sie den Kirchgang vermisst haben …«

Ivy winkte ab. »Fahren Sie mich lieber ans westliche Wasserloch«, meinte sie. »Mal sehen, was die Tiere machen.«

Sanele hatte begonnen, sich vermehrt mit dem Automobil im Resort zu bewegen, und Fahrspuren freigeschlagen, um besser durch den Busch zu kommen. Für Ivys Exkursionen empfand er das Fahrzeug als sicherer denn ein Pferd, und schneller voran ging es auch. Ivys Befürchtung, die Tiere könnten davor scheuen, hatte sich nicht bestätigt. Selbst Löwen und Leoparden gewöhnten sich schnell an das Automobil und die Geräusche, die damit verbunden waren. Um das zu erhalten, verbot sie den heranwachsenden Kikuyu-Jungen, sich das motorisierte Fahrzeug zu borgen, wenn sie mitunter eine Antilope schießen durften, um Fleisch für das Dorf zu haben.

Insgesamt hatte sich der Wildbestand enorm erholt, seitdem das Resort keine Jagdausflüge mehr anbot. Mitunter meinte Ivy, es würden zu viele Tiere für das beschränkte Gebiet, doch das mochte daran liegen, dass die Sichtungen zunahmen. Elefantenherden wanderten ruhig weiter über Land, während das Automobil vorbeiklapperte, und die Antilopen, Gazellen und Zebras hoben kaum die Köpfe vom Gras.

»Es ist schön, motorisiert zu sein«, bemerkte Ivy an diesem Morgen, an dem sie den Kirchgang zugunsten des Busches schwänzte. In der ersten halben Stunde hatte ein wenig Spannung zwischen ihnen geherrscht – sie hatte die Ironie in Saneles Frage nach dem

Kirchgang registriert. Dann berauschten sie sich jedoch beide an den Tieren und der Schönheit der Landschaft, die sich ihnen vom Automobil aus so mühelos erschloss. »So eine Rundfahrt müsste eigentlich auch den Gästen aus Übersee gefallen«, überlegte sie.

Sanele hob die Schultern. »Es gäbe dann bloß keine Trophäen. Nichts, was die Leute sich hinterher an die Wand hängen könnten.«

»Doch!«, widersprach Ivy. »Fotografien von den Tieren, die sie gesehen haben. Ja, ich weiß, jemandem wie meinem Vater würde das nicht genügen, er ist ja durch und durch ein Jäger. Es mag jedoch Menschen geben, die nicht jagen, sondern Afrika im Einklang mit seinen Tieren erleben möchten.«

Sanele schien das nicht für sehr wahrscheinlich zu halten, doch auch er war hingerissen, als sie am westlichen Wasserloch eine Gruppe von Löwinnen trafen, die ihre Jungen anscheinend spazieren führten. Die Tiere liefen in nächster Nähe am Automobil vorbei, ohne es zu beachten. Sie registrierten offenbar nicht, dass Menschen in dem Vehikel saßen. Sanele erzählte, dass ein junger Elefant neulich sogar Anstalten gemacht hatte, den Wagen spielerisch anzugreifen.

Ivy war noch ganz erfüllt von ihrem Erlebnis mit den Löwen, als sie zur Farm zurückfuhren. Am Abend erzählte sie Gerrit von ihrer Idee für ein neues Geschäftskonzept.

»Safari ins Paradies«, entwarf sie aus dem Stehgreif einen Werbespruch. »Die Gäste könnten ganz bequem im Automobil sitzen und den Tieren zuschauen. Ich war einem wild lebenden Löwen noch nie so nah wie heute! Es war wundervoll.«

Gerrit sah sie skeptisch an. »Ich weiß nicht, ob Adrian das gefallen hätte«, meinte er.

Ivy warf den Kopf zurück. »Darauf«, sagte sie, »kann ich ehrlich gesagt keine Rücksicht nehmen, Gerrit. Sollte ich hier noch einmal Gäste bewirten, dann heiße ich sie willkommen in meiner Welt. In meinem Afrika!«

33

Das Jahr 1917 bedeutete weitere Entbehrungen für die Menschen in Ostafrika. Der Krieg war zwar zurückgedrängt – die Deutschen kämpften sich verzweifelt nach Portugiesisch-Ostafrika durch, um den alliierten Truppen zu entkommen, aber die Wirtschaft kam nicht in Gang. Kaffee und andere Produkte der großen Plantagen konnten nicht geerntet werden, weil Arbeitskräfte fehlten, die Anwerber der mehr oder weniger freiwilligen Rekruten hatten ganze Arbeit geleistet. Die Aus- und Einfuhr von Waren wurde zudem durch Blockaden gestört.

Die Menschen auf Edgecumbe Farm litten immerhin keinen Hunger. Die Felder der Kikuyu trugen Früchte – ein Teil der Ernte ließ sich sogar verkaufen. Die Nutztiere vermehrten sich, und im Zweifelsfall blieb immer noch die Jagd, um Fleisch zu beschaffen. Oft kamen nun sogar Leute aus der Stadt, Freunde und mehr oder weniger flüchtige Bekannte Adrians, um Lebensmittel einzukaufen oder geschenkt zu erhalten. Im Resort wurden Wilderer zum Problem, wobei Ivy sie duldete, wenn wirklich nur mal eine Antilope geschossen wurde. Das öffnete leider die Türen für skrupellosere Jäger, die Vorräte an Elfenbein anschaffen wollten, um es sich nach dem Krieg teuer bezahlen zu lassen. Nachdem eine ganze Herde Elefanten abgeschossen worden war, warben Ivy und Sanele halbwüchsige Massai- und Kikuyu-Jungen an und schickten sie bewaffnet auf Streife.

Gerrit arbeitete an einem Fotobuch über die Tiere auf der Farm.

Er las Ivy am Abend am Kamin oder auf der Terrasse die Texte vor, die er dazu schrieb, sie war sehr angetan von seinem lebendigen Erzählstil. Und er hielt sich oft in der Mission auf. Er hatte Freunde und Schachpartner unter den Missionaren gefunden.

Die neuen Ordensoberen in der Mission bestanden darauf, dass alle Schwestern dort wohnten – es gab auch für Margaret und Engelberta keine Ausnahme mehr. Die Patres besaßen inzwischen ein Automobil, die Straße zwischen Mission und Kikuyu-Dorf war gut ausgefahren, und es war kein Problem mehr für die Schwestern, am Morgen zu ihrer Wirkungsstätte zu gelangen und abends zurückzukehren.

Engelberta begrüßte das, da sie nun wieder täglich die Messe hören und ihren Glauben damit festigen konnten. Man sprach auch wieder von einer Feier der Ewigen Profess, sobald der Krieg zu Ende wäre. Ebenso wie Margaret vermisste sie jedoch das Zusammensein mit Ivy und die durch das Funkgerät möglichen regelmäßigen Nachrichten über den Kriegsverlauf. Die Patres erfuhren davon in Kijabe, sie gaben aber nur wenige Bröckchen Wissen an die Schwestern weiter.

»Oh doch, es geht zu Ende, Schwester«, tröstete Sanele, der an einem heißen Sommertag im Januar 1918 mit Ivy zum Kikuyu-Dorf gekommen und die Schwestern dort angetroffen hatte. Margaret hatte mutlos vermerkt, dass der Krieg wohl immer weitergehen und sie nie wieder etwas von ihrer Familie in Irland hören würde. »In den Zeitungen schreiben sie ja nur von Siegen und Niederlagen, und das hält sich wohl immer noch manchmal die Waage. Aber wenn man mit den Funkern spricht, erfährt man, wie kriegsmüde sie in Europa sind.« Über die Jahre hatte Sanele Freundschaften mit privaten und Militärfunkern in aller Welt geschlossen. »Die Soldaten hungern, die Menschen in den Heimatländern auch. Es herrschen Seuchen, die Männer desertieren, in den Fabriken wird gestreikt, viele Regierungen stürzen oder werden abgesetzt. So ganz verstehe ich das nicht, doch es wird bald enden. Noch einen Kriegswinter halten sie in Europa nicht durch.«

Immer öfter war nun auch von verlorenen Schlachten der Deutschen die Rede. Der Kriegseintritt der Vereinigten Staaten 1917 hatte das Blatt endgültig gewendet.

Und dann, am 11. November 1918, während der Kleinen Regenzeit im kenianischen Frühjahr, nahm Sanele mitten in einem Austausch per Funk die Kopfhörer ab. Ivy und Gerrit, die auf Nachrichten gewartet hatten, schauten ihn verblüfft an, sein Gesicht trug einen Ausdruck zwischen Freude und Unglauben, den sie nie an ihm gesehen hatten.

»Es ist vorbei«, sagte Sanele. »In einem Ort namens Com-pi-è-gne …« Mühsam buchstabierte er den ihm unbekannten Namen.

»Compiègne«, berichtigte Ivy mechanisch.

»… haben sie Waffenstillstand geschlossen. Deutschland, Frankreich und England …« Saneles Stimme war fast tonlos. »Es ist vorbei!«

»Die Deutschen sind geschlagen?«, vergewisserte sich Gerrit.

Sanele nickte. »Sie haben kapituliert. Es werden nun alle Soldaten nach Hause kommen.«

»Alle, die überlebt haben«, berichtigte Ivy und fühlte vages Mitleid für die Männer, die noch in den letzten Tagen und Stunden vor dem Waffenstillstand ihr Leben gelassen hatten. Für ihre Familien musste es furchtbar sein, von ihrem Tod so kurz vor dem Kriegsende zu hören.

Alle schwiegen ein paar Herzschläge lang. Dann erhob Ivy sich.

»Wir sollten das feiern«, schlug sie vor. »Ich habe noch eine Flasche Champagner.« »Wir … wir trinken sie auf Adrians Wohl«, fügte sie hinzu, als Gerrit nicht gleich antwortete.

Gerrit schüttelte den Kopf. »Wir müssen den Leuten in der Mission Bescheid sagen«, meinte er. »Ich fahre hin.«

Ivy runzelte die Stirn. »Hat das nicht Zeit bis morgen?«, fragte sie. »Vorerst ändert sich doch nichts.«

»Aber so eine Nachricht«, rief Gerrit, »die können wir doch nicht für uns behalten! Sie werden einen Dankgottesdienst feiern wollen!«

»Mitten in der Nacht?«, fragte Ivy. Es war halb zehn abends. »Na ja, zuzutrauen wär's ihnen …« Sie wusste, dass der Tag der Patres und Schwestern spät mit einer Abendandacht endete und vor Tau und Tag mit einer Messe begann.

»Ich fahre jedenfalls hin«, beharrte Gerrit und war hinaus, bevor Ivy noch etwas sagen konnte.

Sie sah ihm verständnislos nach.

»Na schön«, erklärte sie dann. »Feiern wir eben allein, Sanele! Rufen Sie Wawira dazu, sie ist noch in der Küche. Und sie wird sich freuen zu hören, dass ihre Söhne außer Gefahr sind.«

Wawiras Söhne dienten bei den King's African Rifles.

Sanele lächelte. »Sie wollen mit der Dienerschaft anstoßen?«, fragte er. »Was würde Mr. Harper dazu sagen?«

»Wir haben den Krieg gemeinsam durchgestanden, wir werden den Frieden nun gemeinsam feiern«, erwiderte sie.

Wawira trank zum ersten Mal Champagner und wunderte sich über das Prickeln auf der Zunge. Sanele und Ivy lächelten einander zu.

»Sobald sich die Lage etwas beruhigt, werden wir das Resort wieder eröffnen!«, erklärte Ivy. »Allerdings nicht für Jäger. Ich habe mir alles genau überlegt. Wenn er will, werde ich Gerrit fest anstellen. Er kann Vorträge vor den Gästen halten, über die Tiere sprechen und die Natur in Afrika. Anstelle von Aufnahmen mit der Jagdbeute wird es Fotografien mit lebenden Tieren im Hintergrund geben. Das muss sich organisieren lassen, selbst wenn wir ein zweites Automobil anschaffen müssen, von dem aus er die Gäste in dem anderen aufnehmen kann, während Löwen daran vorbeischleichen. Es wird eine neue Zeit sein, das Töten soll ein Ende haben.«

»Hosianna!«, ließ sich Wawira vernehmen. »*Wolf und Lamm sollen weiden zugleich, der Löwe wird Stroh essen wie ein Rind, und die Schlange soll Erde essen. Sie werden nicht schaden noch verderben auf meinem ganzen heiligen Berge, spricht der Herr.*«

Die Köchin war gläubige Christin und schien Teile der Bibel auswendig zu kennen.

»So ungefähr ...«, murmelte Ivy.

Sanele lächelte und hob sein Glas. »Auf den Frieden!«

Ivy blieb nicht auf, bis Gerrit zurückkam, und traf ihn auch nicht am nächsten Morgen. Sanele hatte in aller Frühe die ersten Funksprüche gehört, und sie besprachen die Neuigkeiten jetzt mit den Leuten im Kikuyu-Dorf. Tatsächlich waren die Afrikaner an der Front noch nicht gänzlich außer Gefahr. Es waren zwar Kradfahrer unterwegs, um den Truppen in Nordrhodesien die Nachricht vom Kriegsende zu bringen, doch bislang kam es immer noch zu Feindberührung mit Soldaten der deutschen Schutztruppe.

»Hoffen wir mal, dass unseren Freunden nicht im letzten Moment noch etwas passiert«, sagte Ivy zu Gerrit, als sie sich schließlich beim Mittagessen sahen. »Haben sie sich gefreut in der Mission?«

Gerrit nickte. »Natürlich, unbändig. Ich habe darauf bestanden, dass alle geweckt wurden, die Schwestern schliefen zum Teil schon. Und der Dankgottesdienst war sehr erhebend.«

»Heute Nachmittag erlebst du noch einen«, erklärte Ivy. »In Kijabe organisieren sie Siegesfeiern. Zuerst gibt es Gottesdienste in den verschiedenen Kirchen, dann Musik und Tanz und Garküchen in den Straßen und Freibier ... Der Posthalter sagt, alle sind ganz außer sich. Wir müssen unbedingt hinfahren!«

»Wir sollen Freibier trinken?«, fragte Gerrit zweifelnd.

Ivy schüttelte den Kopf. »Nein. Aber feiern! Und Kontakte erneuern. Unsere Freunde treffen wie die Derringers und unsere früheren Lieferanten. Ich will das Resort sobald wie möglich wieder eröffnen. Das Leben wird endlich weitergehen, Gerrit. Hast du ... hast du eigentlich schon etwas geplant, was du tun willst, jetzt nach dem Krieg?«

Gerrit schüttelte den Kopf. »Mein Buch herausbringen«, erwiderte er. »Vielleicht Vorträge über die afrikanische Tierwelt an Universitäten anbieten ...« Es klang nicht, als begeisterte ihn die Vorstellung.

Ivy lächelte. »Da hätte ich vielleicht eine bessere Idee ...«

Gerrit wirkte glücklich und erleichtert, als sie ihm das Angebot machte, in Zukunft für sie zu arbeiten, und er sagte sofort zu. Gegen Abend fuhr er mit ihr nach Kijabe, wo die Menschen schon vor den Gottesdiensten in den Straßen tanzten. Die Trommeln der Afrikaner mischten sich mit Dudelsackmusik – Ivy hatte nicht gewusst, dass so viele Schotten in der Stadt ansässig waren – und fröhlichen Gesängen.

In der Kirche wurde es natürlich wieder ernst. Mit Gebeten und Lobgesängen dankte der anglikanische Reverend Gott für den Frieden. Er erinnerte jedoch auch an die Verluste an Menschenleben, die der Krieg gefordert hatte, und las die Namen der Gefallenen seiner Gemeinde vor. Wieder bat er die Menschen, besonders für die Vermissten zu beten, außer Adrian waren noch drei weitere Männer aus der Stadt nach verschiedenen Schlachten verschollen.

»Sollten sie noch leben, besteht jetzt die Chance, dass sie nach Hause kommen«, bemerkte Peter Derringer nach der Messe.

Er trank Bier, Susan und Ivy hatten sich für Apfelwein entschieden. Gerrit wollte keines der Freigetränke.

»Warum denn gerade jetzt?«, wunderte sich Ivy über Peters Bemerkung.

Gerrit fuhr auf. »Sie wollen Adrian Edgecumbe doch nicht unterstellen, dass er desertiert ist, Mr. Derringer?«

Der Waffenhändler hob begütigend die Hand. »Natürlich nicht. Aber es kommt vor, dass Soldaten während der Kriegswirren irgendwo eingeschlossen werden, in einem Gebiet, das sie zwar erbittert verteidigen, das jedoch von den Hauptkriegsschauplätzen abgeschlossen ist. Oder sie geraten auf Feindgebiet und müssen sich verstecken … Sie werden gefangen genommen, aber aus irgendwelchen Gründen nicht in den Gefangenenlagern registriert. So etwas hat es schon gegeben. Also verlieren Sie nicht die Hoffnung, Ivy …«

Ivy schluckte. Wahrscheinlich war es besser, mit der Umgestaltung des Jagdresorts noch etwas zu warten.

34

In den nächsten Monaten kamen die Soldaten nach und nach zurück in ihre Heimat. Die Kikuyu-Männer erschienen als Erste wieder bei ihren Familien. Sie hatten die offizielle Entlassung nicht abgewartet, sondern sich sofort auf den Weg gemacht, als die Waffen niedergelegt wurden. Die Deutschen und ihre Askari waren militärisch ungeschlagen und entsprechend stolz. Die Soldaten kehrten nach einigen Wochen der Internierung nach Deutschland zurück. Die Askari zerstreuten sich in alle Winde.

Die Frauen auf Edgecumbe Farm feierten die Rückkehr ihrer Helden, mussten jedoch auch manchen Verlust betrauern. Dabei gab es keine Gefallenen unter ihren Männern. Einige hatten es allerdings vorgezogen, nach Nairobi oder Mombasa zu gehen und anderswo ihr Glück zu suchen als im alten Stammesverband. Ihre Frauen klagten, obwohl ihnen Ivy umgehend eine erneute Anstellung in ihrem Haushalt und im Servicebereich versprach. Die Männer sollten ebenfalls wieder Arbeit bekommen – Ivy bat nur alle um Geduld. Von einem Tag auf den anderen würden keine Gäste kommen, und bevor der Betrieb nicht anlief, hatte sie kein Geld, um Löhne zu zahlen. Sie atmete auf, als die Leute Loyalität zeigten und sogar Vorausleistungen erbrachten. Das Resort musste renoviert, die Zelte wieder hergerichtet und der verwilderte Garten bearbeitet werden. Sie dachte daran, einen Kredit aufzunehmen, doch solange Adrians Verbleib nicht geklärt war, machte sie sich keine großen Hoffnungen auf ein Entgegenkommen der Bank.

Gerrit stellte sein Buch endgültig fertig und informierte sich über neueste Techniken der Fotografie. Von dem Vorschuss für den Bildband, den er schließlich von einem angesehenen britischen Verlag erhielt, erstand er eine neue Kameraausrüstung – noch flexibler als seine vorherige. Wieder zog er begeistert mit Ivy in den Busch, um die Tiere zu fotografieren, und machte zudem Aufnahmen von den renovierten Zelten, dem Garten der Farm und dem Haus. Ivy plante, eine Broschüre herauszugeben, die Interessenten einen ersten Eindruck von Edgecumbe Farm vermitteln sollte.

Sanele schulte das Hauspersonal – nach vier Jahren Krieg mussten die Kenntnisse der Diener und Hausmädchen aufgefrischt werden. Zudem machte er Listen von allem, was vor einer Neueröffnung gebraucht wurde. Beim Anblick der Summen, die das erfordern würde, wurde Ivy schwindlig. Sie begann, mit ihren früheren Lieferanten über Kredite zu verhandeln.

Im März, vier Monate nach Kriegsende und kurz vor Beginn der Großen Regenzeit, änderte sich dann alles. Wieder mal fuhr ein Automobil auf den Hof, ein viertüriger Cadillac, dem zunächst ein Chauffeur entstieg. Die Angestellten der Farm ließen ihre Arbeiten liegen und kamen neugierig näher. Ein so elegantes Gefährt hatten sie nicht mehr gesehen, seit betuchte Jagdgäste im Resort vorgefahren waren.

Der Chauffeur half zunächst einer Dame, die etwa Mitte vierzig sein musste, aus dem Wagen, danach einem kräftigen Mann, der sich nur mithilfe einer Krücke fortbewegen konnte.

Sanele eilte herbei, um die Herrschaften nach ihren Wünschen zu fragen. Er war zwar nicht förmlich gekleidet wie sonst, wenn er Gäste begrüßte, doch das konnte er ja nicht so schnell ändern. Zu seinem Erstaunen erkannte er die beiden als ehemalige Jagdgäste.

»Mr. Wiltshire, Sir! Und Mrs. Wiltshire! Es war uns immer eine besondere Ehre, Mylady, Sie zu unseren Gästen zu zählen.«

Mrs. Wiltshire schien geschmeichelt und obendrein sehr angetan vom Erscheinungsbild von Garten und Farm. Ihr Mann hielt
es jedoch für überflüssig, mit dem Personal Höflichkeitsfloskeln zu
tauschen.

»Major Wiltshire«, verbesserte er in tadelndem Ton, als hätte
Sanele ihm den wohl neu erworbenen militärischen Rang am Gesicht ansehen sollen. »Wir wollen zu Mrs. Edgecumbe. Sie lebt
doch noch hier, oder?«

Sanele verbeugte sich leicht. »Selbstverständlich, Major, Sir, ich
werde sie gleich von Ihrem Besuch in Kenntnis setzen. Aber kommen Sie doch zunächst herein und nehmen Sie eine Erfrischung.«

Die Wiltshires folgten ihm ins Haus, wobei Mr. Wiltshire sich
nur mühsam bewegte. Die Hilfe seiner Frau wehrte er jedoch
brüsk ab. Sanele wies eine junge Kikuyu-Frau, die gerade in der
Empfangshalle den Boden wischte, an, den Herrschaften Tee zu
servieren – und hoffte, dass sie sich an die entsprechenden Hand-
griffe erinnern würde. Dann suchte er Ivy. Sie war eben von einem
Ritt zurückgekommen und trug noch ihren alten Reitrock.

»Sie haben Besuch!«, rief er ihr zu. »Major Wiltshire aus Mombasa und seine Frau. Ich weiß nicht, was sie herführt, aber es geht
sicher um Geschäftliches, und das ist gut.«

Ivy erinnerte sich ebenfalls an den vierschrötigen Besitzer einer Kaffeeplantage, der mehrmals mit Adrian gejagt hatte. Adrian hatte
Major Wiltshire stets persönlich betreut, er war ein leidenschaftli-
cher Jäger und sehr reich. Seine Frau hatte sich derweil entspannt
und mit ihr Tee getrunken. Ivy hatte freundliche Erinnerungen an
sie. Nun zog sie sich in Windeseile um, einen dunklen Rock und
eine weiße Bluse, brachte ihr Haar so gut wie möglich in Ordnung
und eilte dann in die Empfangshalle. Sanele war bereits dort. Er
hatte ein Jackett über sein Arbeitshemd und seine Leinenhose gezogen und servierte Major Wiltshire eben einen Brandy.

Ivy begrüßte ihre Besucher herzlich. »Was für eine Überraschung!«, wandte sie sich an Mrs. Wiltshire. »Hätten Sie sich doch angemeldet, wir haben noch nicht wieder geöffnet, aber für Sie hätten wir selbstverständlich etwas vorbereitet.«

Der Major winkte ab. »Nicht nötig, Mrs. Edgecumbe. Ich hatte in Kijabe zu tun ... und ... Ich hörte, Ihr Gatte sei vermisst gemeldet. Da wollte ich Ihnen persönlich ...«

»Nun setzen Sie sich doch erst mal zu uns, Mrs. Edgecumbe«, unterbrach ihn seine Frau.

Sanele brachte Tee und servierte formvollendet.

»Also ich wollte ihnen per... persönlich ... sozusagen ...« Der Major stammelte plötzlich, er schien nicht recht zu wissen, wie er Ivy mitteilen sollte, was ihm ganz offensichtlich auf der Seele lag. »Mein Beileid«, sagte er schließlich, »ich möchte Ihnen mein Beileid aussprechen.«

Ivy blickte ihn verständnislos an.

»Was mein Mann sagen möchte«, übernahm seine Frau, »ist, dass man Sie falsch informiert hat. Es tut ihm unendlich leid, doch er kann bezeugen, dass Ihr Gatte in einem Gefecht bei Moshi den Tod gefunden hat. Er wurde allerdings selbst schwer verletzt, lag im Lazarett und war tagelang nicht ansprechbar. Gleich nach dem Krieg sind wir nach England gefahren, um ihn dort weiterbehandeln zu lassen. So konnte sein Bein gerettet werden. Als wir nun nach Afrika zurückkehrten, berichteten ihm andere Veteranen über das Schicksal seiner Kameraden in dieser Schlacht, und er hörte, dass Mr. Edgecumbes Leiche nicht gefunden wurde und er deshalb als vermisst gilt. Er beschloss, das richtigzustellen.«

Ivy nahm einen Schluck Tee und schloss die eiskalten Hände um die Tasse. Sie meinte, den Tag noch einmal zu erleben, an dem sie die Nachricht erreicht hatte, Adrian sei vermisst. Doch nun schien es keine Hoffnung mehr zu geben.

»Bitte erzählen Sie«, sagte sie leise.

Der Major räusperte sich. »Nun ja, Adrian Edgecumbe und ich waren gemeinsam im Feld. Ich war sein Vorgesetzter, aber darum scherten wir uns nicht groß, wir befehligten zusammengewürfelte Einheiten aus Indern und Afrikanern, und wir verfolgten eine Heeresgruppe von Askari. Ich weiß nicht, ob die uns ablenken sollten oder was die Strategie war, sie lockten uns jedenfalls von der Stadt weg, in der sich die Verteidiger verschanzt hatten, in den Busch. Schließlich saßen sie in einer Art Wald mit viel Gestrüpp und schlechter Sicht. Wir beschlossen, sie rauszutreiben, also griffen wir an. Und Sie wissen, wie … Adrian war: Er stürmte seiner Truppe vorweg wie immer. Mit ihm als Zugführer hatten die gemeinen Soldaten gar keine Chance, sich feige zurückzuhalten, er zog sie einfach mit. Stieß einen Schlachtruf aus und rannte los, sprang in das Gebüsch …« Major Wiltshire nahm einen großen Schluck von seinem Brandy und fuhr dann fort. »Nun, wir konnten nicht ahnen, dass dies ein Hinterhalt war, ein Maschinengewehrnest. Die Askari hatten uns in die Falle gelockt. Und so leid es mir tut … ich sah Adrian fallen. Er war getroffen wie viele andere, stürzte ins Buschwerk … Wir konnten uns nicht um die Leichen und eventuelle Verwundete kümmern. Ich befahl erst mal den raschen Rückzug. Später wurde der Wald mit Granaten beschossen, aber da lag ich schon im Lazarett. Ich hatte den Hinterhalt gemeldet und wurde dann mit meinen Leuten in den Straßenkampf um Moshi geschickt. Dabei wurde ich verwundet.«

»Hat man denn später nicht versucht, die Leichen zu bergen?«, fragte Ivy.

Der Major zuckte mit den Schultern. »Wie gesagt, man hat Minenwerfer eingesetzt, um die Kerle in dem Waldstück auszuräuchern. Dabei … kommt es zu beträchtlichen Zerstörungen, oft auch Bränden. Wenn da überhaupt Leichen gefunden wurden, dann waren die sicher kaum noch zu identifizieren.«

Ivy rieb sich die Stirn. »Es war … es ist sehr aufmerksam von

Ihnen, Major Wiltshire, dass Sie den Weg hierher auf sich genommen haben, um mich … mich persönlich darüber in Kenntnis zu setzen …«

Der Major wehrte ab. »Nicht doch. Wir waren Kameraden, bei der Jagd und im Feld. Ich habe Adrian größte Hochachtung entgegengebracht. Da ist es ja wohl das Mindeste, seiner Gattin mein Beileid auszusprechen. Ich bedaure, dass Sie ihn nicht auf seiner Farm beisetzen können. Dieses Land hier … und Sie, Miss Ivory, waren sein Ein und Alles.«

Ivy wusste nicht recht, was sie antworten sollte. »Ich … ich habe ihn auch sehr geliebt«, erwiderte sie schließlich. Es war nicht gelogen. Nur lange her …

»Sie sagten, Sie hätten noch nicht wieder geöffnet. Das bedeutet, dass Sie die Farm behalten«, sagte Mrs. Wiltshire herzlich. »Das freut mich. Sie ist doch voller Erinnerungen …«

Sie blickte auf die Trophäen an der Wand. Bei einem früheren Besuch hatte sie Ivy gestanden, das Jagdzimmer ihres Mannes einfach nur furchtbar zu finden. In den Familienräumen hatte sie ihm nicht gestattet, seine Trophäen auszustellen. Ivy fuhr die Frage durch den Kopf, ob Mrs. Wiltshire das Jagdzimmer ausräumen würde, sollte ihr Mann sterben, oder ob die Trophäen ihr etwas bedeuteten, wenn sie zu Erinnerungen wurden.

»Das ist sie«, bestätigte Ivy. »Aber seien Sie mir nun bitte nicht böse … ich muss … ich muss etwas allein sein. Ich würde mich jedoch sehr freuen, Sie bald wieder als Safarigäste auf Edgecumbe Farm begrüßen zu dürfen.« Sie stand auf und führte die beiden nach draußen.

»Meine Tage als Jäger sind wohl vorbei …« Major Wiltshire seufzte, als er ihr zum Abschied die Hand reichte. »Mit diesem Bein …«

»Ich werde die Angebote des Resorts ausweiten, Major. Ihre Tage als Jäger mögen vorbei sein, doch der Busch ist damit nicht für Sie verloren. Sie hören dann von mir, wenn es so weit ist. Ich danke Ihnen noch einmal herzlich für Ihr Mitgefühl, Major. Sanele … bitte schicken Sie Mr. Harper zu mir, wenn er aus der Mission zurückkommt.«

Sanele hatte während Ivys Gespräch mit den Wiltshires in der Eingangshalle gewartet und blieb dort, bis Ivy die Gäste endgültig verabschiedet hatte.

»Ihr Mann ist tot?«, fragte er, als sie wieder hereinkam.

Von den Worten, die er mitgehört hatte, während er die Gäste bedient hatte, hatte er wohl darauf schließen können. Er bedeutete ihr mit einer Geste, sich in einen der Sessel zu setzen. Sicher war sie blass, sie fühlte sich ganz schwach.

Ivy nickte und gab die Erzählung des Majors wieder. »Es klingt glaubwürdig«, meinte sie. »Ich werde mich mit den Behörden in Verbindung setzen und veranlassen, dass Adrian für tot erklärt wird.«

»Ich weiß nicht, was ich sagen soll …«, bemerkte Sanele. »Ich möchte Ihnen mein Beileid aussprechen, aber …«

Sie sah ihn an. »Es tut trotz allem weh«, erklärte sie. »Es … es ist ja nicht so, als wäre er mir ein schlechter Mann gewesen … Dass wir nicht richtig glücklich wurden, das lag an mir.«

Saneles drückte kurz ihre Hand. »Sie waren ihm eine sehr gute Frau«, erklärte er. »Es gibt nichts, was Sie bedauern müssten.«

Gerrit war von der endgültigen Todesnachricht sehr betroffen. Er hatte wohl wirklich an Adrian Edgecumbes Unsterblichkeit geglaubt.

»Ich bin jedenfalls für dich da«, wiederholte er das Versprechen, das er schon mal gegeben hatte. »Ich werde dir beim Neuanfang zur Seite stehen. Dies war Adrians Lebenswerk. Wir werden es wiederauferstehen und wachsen lassen und …«

»Fahr morgen bitte mit mir in die Stadt«, unterbrach ihn Ivy. »Ich muss beim Reverend vorsprechen wegen eines Gedenkgottesdienstes und bei den Behörden wegen der Sterbeurkunde. Vielleicht auch gleich bei der Bank ...«

Ivy hatte wenig Sinn für pathetische Reden, sie mochte auch keine Erinnerungen austauschen, was Gerrit wohl gern getan hätte. Er begann, ihr zu erzählen, wie er Adrian kennengelernt hatte, wollte über die Safaris sprechen, die er gemeinsam mit ihm begleitet hatte, und von seiner Hilfsbereitschaft, als es darum ging, eine schnelle Reise nach England für ihn und seine Frau zu organisieren.

»Er hat dich wirklich sehr geliebt«, behauptete er, obwohl er sie beide nie zusammen erlebt hatte.

Zu ihrer Hochzeit war er zwar eingeladen gewesen, hatte jedoch gerade eine Expedition in den Busch begleitet.

Ivy verzichtete darauf, ihn darauf hinzuweisen. Sie war inzwischen davon überzeugt, für Adrian immer nur eine seiner Trophäen gewesen zu sein, es hatte ihm gefallen, Macht über sie zu auszüben. Er mochte das für Liebe gehalten haben – wie er ja auch behauptet hatte, die Tiere zu lieben und zu respektieren, die er erlegte. Für ihre wirklichen Wünsche und Bedürfnisse hatte er sich jedoch nie interessiert.

In den nächsten Tagen fuhr Ivy mehrmals nach Kijabe, um alle Formalitäten zu erledigen. Sie hatte vor einiger Zeit das Fahren mit dem Automobil erlernt und war sehr froh über die neu gewonnene Selbstständigkeit. In Susan Derringers Begleitung erstand sie Trauergarderobe. Das war zwar teuer, doch Susan erinnerte sie daran, dass ihre künftigen Gäste erwarten würden, dass sie sich in der Zeit der Trauer schwarz gewandete.

Beim Gedenkgottesdienst war sie froh, dem Rat der älteren Freundin gefolgt zu sein. Sie trug ein schlichtes, sehr elegantes schwarzes Kleid und versteckte ihr Gesicht hinter einem schwarzen

Schleier. Der Reverend hielt eine ergreifende Trauerrede, in der er an Adrian und seine Verdienste um Afrika erinnerte – von seinen Anfängen als Abenteurer bis zu seinem Tod im Feld. Er erwähnte die junge Witwe, die er hinterließ und die nun tapfer genug war, sein Andenken zu erhalten, indem sie die Farm weiterführte. Ivy war ihm dankbar dafür, denn zum Gottesdienst war die halbe Stadt erschienen, auch Zulieferer und Handwerker, deren Hilfe sie bei der Wiedereröffnung des Resorts brauchte. Sogar Weggefährten aus Nairobi waren angereist, Newland und die Tarlton-Brüder sowie die Jäger Bingham und O'Toole. Victor Newland hielt bei dem anschließenden Empfang, dem Ivy an der Seite von Gerrit vorstand, eine kaum weniger mitreißende Ansprache. Mit Adrian sei ein großer Mann gestorben, dessen in Afrika immer gedacht werden würde.

Ivy schoss die Erinnerung an Margarets Lied durch den Kopf: *Du aber wirst einen Jäger heiraten. Ein sehr guter Jäger wird er sein …* Der seinen Ruhm damit festigte, den Selkie zu töten, den eigentlichen Herrscher des Landes, in dem er jagte. Dabei fiel ihr auf, dass sie weder in der Kirche noch jetzt, beim Empfang in einem Club der Stadt, ein dunkles Gesicht gesehen hatte. Natürlich bedienten Afrikaner, doch zu den Gästen gehörten sie nicht.

Gerrit, dem sie diese Beobachtung mitteilte, fand das völlig normal. »Wir werden für das Personal eine eigene Trauerfeier auf der Farm abhalten«, meinte er. »Und in der Mission ist ebenfalls ein Gedenkgottesdienst geplant, an dem die Kikuyu und die Massai teilnehmen werden. Adrian war schließlich ein großer Förderer und Gönner der Mission.«

Die Missionare und Schwestern gestalteten den Gottesdienst wirklich sehr schön. Hier wurden weniger Reden gehalten als gesungen und gebetet. Der Chor der Schwestern – mit Margaret als Vorsängerin – rührte Ivy zu Tränen, und der Kinderchor ließ sie lächeln.

Trotzdem blieb ein schaler Nachgeschmack. Wenn Adrian so wichtig für Afrika gewesen war, warum konnten Schwarz und Weiß ihn nicht gemeinsam betrauern?

Am Tag nach der Gedenkfeier in der Mission hätte Ivy eigentlich wegen des Bankkredits nach Kijabe fahren sollen, doch dann überlegte sie es sich anders. Sie nahm zwar das Automobil, lenkte es aber nicht in die Stadt, sondern in den Busch. Sie nahm das Land in Besitz, das jetzt ihr gehörte. Über die von Sanele ausgefahrenen Spuren erreichte sie das Wasserloch, an dem sie damals von den Sukuma angegriffen worden waren. Seltsamerweise dachte sie nicht an die Angst, die sie damals ausgestanden hatte, sondern nur an all die Tiere, die in diesem Teil des Resorts lebten. Sie ließ das Automobil stehen und suchte ihre bevorzugten Verstecke auf, von denen aus sie eine Löwenmutter mit ihren Jungen ruhen sah und eine Elefantenherde beim Abäsen eines Wäldchens. Die Äste brachen, umfasst von den Rüsseln der Tiere, wie dünne Zweige, und die Elefanten schoben sich geschickt das Laub ins Maul. An anderer Stelle beobachtete sie einen Zebrahengst, der eine Stute umwarb, und ihr Fohlen, das ihm ängstlich auswich. Eine große Herde Gnus weidete unbeeindruckt vom Liebesspiel, und dann zog eine Gruppe Giraffen vorbei – halbwüchsige Männchen, die sich spielerisch anrempelten und jagten.

Schließlich fuhr sie weiter in die Savanne und entdeckte eine große Gruppe Nashörner und Büffel. Die Nashörner, weibliche Tiere mit ihren Jungen, lagen faul in der Sonne. Die Büffel grasten, ein großes männliches Tier scheuerte sich an einer Baumwurzel und riss sie dabei halb aus dem Boden. Ivy wurde beim Anblick der Tiere von großer Liebe und Ruhe erfüllt. Von nun an würden sie in Frieden leben können, das Resort würde ihnen Schutz bieten. Sie ließ sich im Schatten einer Schirmakazie nieder und betrachtete das friedliche Bild einer Gruppe äsender Giraffen. Dabei empfand sie selbst das Gefühl, beschützt zu sein. Sie konnte Sanele nicht sehen, doch seit sie wusste, dass er ihr bei ihren Ausflügen in den Busch meist folgte, spürte sie seiner Anwesenheit nach.

Im nächsten Moment schalt sie sich ihrer verrückten Gedanken wegen. Adrian hatte ihr einst zu vermitteln versucht, dass er eine geistige Verbindung zu seiner Jagdbeute aufgebaut hatte, doch sie glaubte längst nicht mehr daran. Das war nur eine gute Geschichte gewesen, um sie für sich zu gewinnen. Und eine Entschuldigung für seine Freude am Töten – sowie an der Macht.

35

Die Bank vertröstete Ivy zunächst damit, dass die Sterbeurkunde vorliegen müsse, bevor über Kredite verhandelt werden könne. Als Ivy sie beibrachte, führte der Bankdirektor an, ihr neues Konzept der unblutigen Safari wiche doch sehr von der Geschäftsführung ihres Mannes ab, und es habe die Direktion seines Bankhauses nicht überzeugt. Ivy brachte das ernstlich in finanzielle Schwierigkeiten. Mit der Gedenkfeier für Adrian und dem Kauf ihrer neuen Garderobe hatte sie ihre letzten Ersparnisse aufgebraucht. Unglücklich berichtete sie Gerrit, dass sie wohl Land würde verkaufen müssen, doch der winkte ab.

»Das wäre ja noch schöner, Ivy, wenn du Adrians Land an irgendjemanden verscherbeln müsstest, nur weil dieser Bankdirektor es nicht schafft, in die Zukunft zu denken. Ich fahre da morgen noch mal mit dir hin.«

Verärgert ließ er die Zeitung sinken, die er gerade las. Neuerdings konnten auch die weiter von der Stadt entfernt lebenden Farmer die Zeitung abonnieren, und Ivy erreichte die Derringers und andere Freunde mittels eines Telefons. Saneles Funkanlage war damit veraltet, auch wenn er darüber noch Kontakt mit ein paar Freunden hielt. Der große braune Kasten war aus dem Nebenraum der Empfangshalle in den Schuppen gebracht worden, in dem früher die Missionsschwestern gelebt hatten. Mit Ivys Erlaubnis hatte Sanele ihn bezogen. Unter Adrian hatte er in einer Hütte im Kikuyu-Dorf geschlafen.

»Warum rufen Sie Ihre Freunde nicht einfach an?«, fragte Ivy, als Sanele nach einer Funksitzung schließlich ins Haus zurückkehrte.

Für sie und Gerrit hatten die wieder eingestellten Hausdiener ein Feuer im Kamin entzündet, und Sanele nutzte nun die Chance, sich aufzuwärmen, indem er fragte, ob die Herrschaften noch etwas bräuchten. Auf Ivys Frage hin sah er zu Boden.

»Ich … ich fürchte, sie könnten es an meiner Stimme hören«, sagte er.

Ivy runzelte die Stirn. »Was denn?«, fragte sie verwundert.

Sie hätte ihm zum Aufwärmen gern einen Brandy angeboten, doch Gerrit hätte das missbilligt.

»Dass ich schwarz bin, Memsahib.«

Saneles Stimme war fast unhörbar. Gerrit hatte es trotzdem vernommen.

»Du hast dich als Weißer ausgegeben?«, fragte er tadelnd.

Sanele schüttelte den Kopf. »Ich wurde nie gefragt, Sir«, verteidigte er sich. »Und jetzt …«

»Es ist schon in Ordnung, Sanele«, erklärte Ivy, bevor Gerrit sich weiter aufregen konnte. »Das Funkgerät ist Ihre Domäne, wir reden Ihnen da nicht hinein.«

Sanele lief zurück in seinen Schuppen, und Gerrit begann gleich, diverse Einwände anzuführen. »Wahrhaftigkeit ist doch wirklich das Mindeste, was wir von der Dienerschaft erwarten können! Wer weiß, was er noch alles anstellt, wenn du ihm erlaubst, in deinem Namen Bestellungen anzunehmen oder Anmeldungen zu verwalten.«

Ivy seufzte. »Er tut all das schon sehr lange«, erklärte sie. »Und er hat mich nie betrogen. Auch jetzt hat er nicht gelogen, er hat allenfalls etwas verschwiegen. Und wenn es so wäre, wie du meinst, Gerrit, wenn es wirklich einen Unterschied gäbe zwischen Weißen und Schwarzen, dann hätten die anderen Funker sicher gemerkt, dass er anders ist, oder?« Sie schloss kurz die Augen. »Ich gehe jetzt schlafen, das Gespräch mit dem Bankdirektor hat mich ermüdet. Du willst da wirklich noch einen Vorstoß wagen?«

Gerrit nickte gelassen. »Ich regle das für dich, mach dir keine Sorgen.«

Ivy ließ ihn allein mit seinem Brandy und der Zeitung und schaute nur noch kurz in der Küche vorbei, wo die beiden Kikuyu-Hausmädchen, die sie neuerdings in einem Nebenraum der Küche schlafen ließ, das Frühstück für den nächsten Morgen vorbereiteten. Sie bat eines von ihnen, eine Kanne Tee zu kochen und zu Sanele hinüberzubringen.

»Und füg einen guten Schluck Rum hinzu«, erklärte sie. »Das wärmt von innen. Wir müssen unbedingt für eine Heizung in diesem Schuppen sorgen ...«

Ivy war verblüfft, doch in Begleitung von Gerrit gestaltete sich der Besuch der Bank völlig anders, als sie ihn zweimal erlebt hatte. Der Direktor hörte sich das geschilderte Geschäftskonzept in Ruhe an, stellte Fragen zu der Rolle, die Gerrits Fotografie dabei spielen sollte, und erkundigte sich, ob er sicher in den kommenden Jahren auf der Farm bleiben wollte. Schließlich genehmigte er den Kredit mit großer Freude, wie er behauptete, und gratulierte Ivy zu ihrem fähigen neuen Geschäftsführer. Sie war zu perplex, um richtigzustellen, dass Gerrit eigentlich nur als Biologe und Safaribegleiter angestellt worden war. Die Geschäftsführung gedachte sie in ihren eigenen Händen zu behalten.

Als sie ihn später fragte, warum er nicht widersprochen habe, erwiderte er: »Wichtig ist, dass du den Kredit bekommst. Ob der Mann dir zutraut, ein Geschäft zu führen, ist dabei völlig irrelevant.«

»So langsam verstehe ich, wie Sie sich manchmal fühlen«, sagte Ivy zu Sanele, als sich Auftritte wie der in der Bank wiederholten. Zulieferer, die Edgecumbe Farm jahrelang mit Wein und Champagner beliefert hatten, Spezialitätengeschäfte, von denen sie Pasteten und edle Brände bezogen hatten, neigten dazu, Ivys telefonische Bestellungen einfach zu ignorieren. Wenn Gerrit dann nachhakte, wurde das Gewünschte schnell geliefert. »Dieses Verhalten macht einen einfach wütend!«

Sanele lächelte. »Man gewöhnt sich daran«, behauptete er. »Und wenn Sie Gewinne machen, werden die Leute schon anfangen, Sie zu respektieren. Spätestens sobald Sie drohen, sich andere Lieferanten zu suchen. Meine Stellung wird sich dagegen nie ändern, ganz gleich, was ich leiste. Es macht mich nicht mehr wütend. Es ist nur ... ermüdend. Man wird mich auch noch ›Boy‹ rufen, wenn ich achtzig bin.«

Ivy legte ihm kurz die Hand auf die Schulter – eine Geste, die klein genug war, um von niemandem registriert zu werden, sie wurde jedoch von ihnen beiden als tröstlich empfunden.

»Nicht hier. Für meine Gäste sind Sie nach der Neueröffnung Mr. Zulu, zuständig für alles rund um die Leitung des Resorts. Daran müssen sie sich gewöhnen.«

Immerhin stieg Gerrit die Achtung, die ihm von Ivys Geschäftspartnern entgegengebracht wurde, nicht zu Kopf. Er pflegte sich als ihr Vertreter vorzustellen, wenn er wieder einmal irgendwo anrief, um Lieferungen anzumahnen. Wurde er direkt nach seiner Arbeit im Resort gefragt, so nannte er nur Fotograf und Safariführer, und er versuchte nie, Ivy in ihre Pläne hineinzureden oder auf eigenen Vorstellungen zu beharren. Ivy fand es sehr angenehm, dass sie mit Gerrit offenbar keinen Machtmenschen vor sich hatte wie Adrian. Gerrit war zwar fest überzeugt von der Überlegenheit der Europäer gegenüber den Afrikanern und ließ die Angestellten das auch spüren. Ihm lag jedoch nichts daran, sie zu schikanieren, wie Reggie das manchmal getan hatte, und er bestand nicht auf der Anrede Bwana wie Adrian. Abgesehen davon, dass er sich von ihnen bedienen ließ, gab er sich mit den Einheimischen einfach nicht ab.

Schließlich nahte der Termin der Wiedereröffnung des Resorts, und Ivy setzte große Hoffnungen auf die Anzeigen, die sie in den größeren Zeitungen von Nairobi und Mombasa schaltete.

Eine Reise ins Paradies! Besuchen Sie die Tiere Afrikas in ihrem natürlichen Lebensraum! Die Safari-Lodge Edgecumbe Farm ermöglicht Ausflüge in eine Welt, die Sie bisher nur durch den Sucher eines Jagdgewehrs gesehen haben. Doch wer braucht noch Jagdtrophäen, wenn seine Besuche bei Löwen, Leoparden, Nashörnern und Elefanten fotografisch festgehalten werden?

Beobachten Sie das Wild auf seinen Wanderungen und bei der Futteraufnahme, freuen Sie sich an Jungtieren beim Spiel! Unser Biologe und Fotograf Gerrit Harper – bekannt als Begleiter diverser wissenschaftlicher Expeditionen in den Busch – wird Ihnen die Tierwelt unterhaltsam und gefahrlos nahebringen. Ihre Gastgeberin Ivory Edgecumbe empfängt Sie zu glanzvollen Dinners unter dem Sternenhimmel und ermöglicht Ihnen den Zauber von Übernachtungen in komfortablen Safarizelten.

Wiedereröffnung am 1. September 1919.
Auf zur Safari!

Sie war sehr gespannt auf die Reaktionen – bislang hatten sich die Menschen, denen sie von ihren Plänen erzählt hatte, eher skeptisch geäußert. Peter und Susan Derringer hielten unblutige Safaris für eine völlig unsinnige Idee, Reggie natürlich erst recht. Er war unversehrt aus dem Krieg zurückgekehrt, hatte jetzt jedoch vorerst genug von Abenteuern mit ungewissem Ausgang. Liebend gern hätte er seine Stellung auf Edgecumbe Farm wiedergehabt, er war überzeugt davon, Adrian in den letzten Monaten vor dem Krieg hervorragend vertreten zu haben.

Ivys Eltern, zu denen sie endlich wieder regelmäßigen Briefkontakt hatte, nachdem im Krieg nur gelegentlich Post gekommen war, trauten ihrer Geschäftsidee ebenfalls nicht.

Ich verstehe ja nicht viel davon, schrieb ihre Mutter, *doch ich denke, wer nach Afrika fährt und eine Safari bucht, der will auch jagen! Dein Vater ist davon überzeugt. Das Unternehmen ist zu kostspielig, um sich einfach nur umzusehen und Tiere zu beobachten, die es auch in London im Zoologischen Garten gibt. Man will ja etwas mitnehmen von solch einer Reise …*

»Wenn das grundsätzlich so wäre, würde wohl auch niemand zu den Niagarafällen reisen«, bemerkte Gerrit, als Ivy ihm besorgt den Brief vorlas. »Oder allenfalls dann, wenn er da angeln könnte. Von den berühmten Geysiren in Island und Neuseeland, die bei jeder Weltreise besucht werden, kann man höchstens Bilder mitnehmen, und Saharasand packt sich wohl ebenfalls niemand ein.«

Ivys Schwester Rosamond äußerte ganz andere Überlegungen. Ihr Gatte war aus dem Krieg zurückgekehrt – körperlich bis auf kleine Verletzungen unversehrt, doch seelisch schwer getroffen. Seine Vorstellungen von Heldentum waren in Frankreichs Schützengräben in Schlamm und Blut versunken. Er hatte seinen Abschied vom Militär genommen und suchte nun eine Beschäftigung auf den Gütern seiner Familie oder im Kaffee- und Teeimportgeschäft seines Schwiegervaters. Leider lag ihm all das nicht besonders, und Rosamond suchte nun nach Alternativen – möglicherweise auf Edgecumbe Farm.

Sie schrieb: *Du könntest das Jagdresort sicher als solches halten, wenn du nur einen fähigen Geschäftsführer hättest. Mein Jeffrey würde sich anbieten, er ist ja ein passionierter Jäger, verfügt über ausgezeichnete Umgangsformen und würde das einheimische Personal zweifellos unter Kontrolle halten ...*

Gerrit lachte über diese Überlegungen, doch Ivy war vor allem enttäuscht. Eigentlich hätte Rosamond wissen müssen, dass die Umgestaltung des Resorts für sie eine Herzenssache war, keine Frage eines Ersatzes für Adrian als Jagdherrn.

Nach Erscheinen der Anzeigen warteten Ivy, Gerrit und Sanele gleichermaßen aufgeregt auf das Klingeln des Telefons und das Herannahen des Postwagens. Neuerdings musste die Post nicht mehr in Kijabe abgeholt werden, sondern wurde per Automobil gebracht. Zu ihrer Freude wurden sie nicht enttäuscht. Wie zuzeiten des Jagdresorts waren es hauptsächlich Geschäftsleute oder Beamte aus Mombasa und Nairobi, die sich ein paar Tage Erholung im Busch gönnten. Einige von ihnen waren schon zu Adrians Zeiten auf Edgecumbe Farm gewesen, und der Familienvorstand hatte dann natürlich an den Jagdausflügen teilgenommen. Jetzt ging die Buchung meist auf die Initiative ihrer Frauen zurück, die den Aufenthalt angenehm in Erinnerung hatten.

Die meisten Männer brachten ihre Flinten mit, weil sie es kaum glauben konnten, dass wirklich nicht mehr gejagt wurde. Dann begeisterten sie sich jedoch schnell für die Fahrten in Ivys neuem, offenem Geländefahrzeug über Stock und Stein. Im Krieg hatten sich bei allen Armeen geländegängige Automobile durchgesetzt, die sich auch für Safarifahrten hervorragend eigneten. Gerrit fuhr meistens nicht selbst, sondern ließ einen jungen Kikuyu chauffieren, der sich einen Spaß daraus machte, schon die Automobilfahrt zu einem Erlebnis zu machen. Wenn der Wagen dann hielt und die Tiere sich näherten, kamen die Gäste aus dem Staunen nicht mehr heraus. Manchmal stießen sie Schreie aus, was selbst Löwen und Leoparden vertrieb. Oft äußerten sich die Männer verwundert, dass die Tiere wegliefen, statt anzugreifen. Gerrit erklärte dann, das sei auch zu Jagdzeiten schon so gewesen.

»Das Wort ›jagen‹, meine Herrschaften, bedeutet doch, dass einer wegläuft und der andere ihm nachsetzt. Nur sehr selten muss man sich gegen wilde Tiere verteidigen, zur Vorsicht bewegen wir uns hier deshalb unter dem Schutz bewaffneter Wachen. Aber wenn die Tiere nicht gereizt werden oder sich in die Ecke getrieben fühlen, sind sie friedlich. Besondere Vorsicht ist geboten, wenn sie Junge haben. Also bitte bleiben Sie ruhig, wenn wir später eine Löwin besuchen und heimlich Einblick in ihre Kinderstube nehmen …«

Wie schon vor dem Krieg begeisterten sich vor allem die weiblichen Gäste sehr für Ivys kleinen zoologischen Garten, der jedoch stark zusammengeschrumpft war. Während des Krieges hatte sie die meisten ihrer Tiere ausgewildert, Kurti, der Pavian, war allerdings immer noch da, ebenso Bori, die Elefantenkuh, und ein Zebra, das lahmte. Die Buschbabys waren zwar frei, hatten sich jedoch auf der Farm Bäume gesucht, die sie bevorzugt aufsuchten. Bei Einbruch der Nacht konnte Ivy sie ihren Gästen vorstellen.

Neben den Safarifahrten und Gerrits naturkundlichen Vorträgen organisierte Ivy erneut Abende im Kikuyu-Dorf und bei den Massai. Die Frauen der Gäste besuchten gern die florierende Mission und ließen sich mit den Kindern aus der Schule fotografieren. Als einer der Massai einem weißen Besucher grinsend seinen Speer in die Hand drückte, wollten auch die anderen als »Krieger« abgelichtet werden und posierten mit kindlicher Freude in Stammestrachten.

Nach wie vor gab es den abendlichen Aperitif zum Sonnenuntergang mit Blick auf das Wasserloch, festliche Dinner unter dem Sternenhimmel und einmal in der Woche ein Picknick im Busch – die Fährtensucher schwärmten vorher aus, um Plätze zu finden, die nicht von Raubtieren frequentiert wurden, und patrouillierten ungesehen rund um die Picknickplätze, um neugierige Löwen oder Nashörner zu vertreiben.

Am Ende ihres Aufenthaltes erhielten alle Gäste ein Fotoalbum, in dem die schönsten Momente ihrer Tage auf Edgecumbe Farm festgehalten waren.

Zu Beginn des Jahres 1920 wich Ivys vorsichtiger Optimismus der Gewissheit, dass ihr neues Geschäftskonzept funktionierte. Immer häufiger begrüßte sie Zeitungsreporter aus aller Welt, die über die unblutigen Safaris in Kenia berichten wollten und Ivy als Mutter der Tiere herausstellten. Stets wurde dabei die interessante Küche der Safari-Lodge erwähnt – Ivy hatte entschieden, nicht erneut einen europäischen Koch anzustellen. Stattdessen hatte sie die Rezepte ihrer Kikuyu-Köchin gemeinsam mit ihr modifiziert. Wawira hatte dem früheren Koch genug abgeschaut, um einfache europäische Rezepte nachkochen zu können. So konnten selbst Gäste zufriedengestellt werden, die so gar nichts Fremdländisches probieren wollten. Kindern servierte die Köchin gern Fisch und geröstete Kartoffeln.

Natürlich kam es vor, dass Gäste die Warnung, die Farm nicht allein und schutzlos zu verlassen, nicht ernst nahmen. Sobald jemand vermisst wurde, setzte hektische Betriebsamkeit vonseiten der Belegschaft ein. Mitunter mussten die Leute auch daran gehindert werden, das Safarifahrzeug einfach zu verlassen, um ein Tier zu streicheln, das gerade vorbeiwanderte. Die Tatsache, dass die Tiere als schützenswerte Mitgeschöpfe gezeigt wurden, ließ manche Gäste vermuten, die Natur wäre nichts als freundlich. Sanele überraschte einmal eine Frau, die seelenruhig zuschaute, wie eine

Giftschlange über den Boden ihres Zeltes glitt. Sie hielt die Zeichnung des Tieres als Skizze in ihrem Reisetagebuch fest und fand nichts dabei. Ivy ließ schließlich Nachtwachen aufstellen und Feuer rund um die Zelte entzünden, um die Gäste zu schützen. In den Jahren des Krieges waren die Tiere zutraulicher geworden, und oft waren Gazellen oder Kojoten dort gesehen worden. Vor allem die angriffslustigen Paviane machten ihnen zu schaffen. Die Gäste wurden ermahnt, sie auf keinen Fall aus der Hand zu füttern, und nachdem eine Frau gebissen worden war, begann Gerrit wieder, die Affen durch Schüsse zu verjagen.

»Ist dir eigentlich aufgefallen, dass wir immer mehr allein reisende Frauen unter den Gästen haben?«, fragte Gerrit bei einer der regelmäßigen Besprechungen.

Auch Wawira und Sanele waren anwesend, dennoch pflegte er stets nur Ivy anzusprechen und die Afrikaner kaum zu beachten.

»Selbstverständlich, Mr. Harper, Sir«, antwortete der junge Afrikaner nun, wie immer mit eiserner Höflichkeit. »Die Damen kommen ohne männliche Begleitung, jedoch meistens mit einer engen Freundin oder ihren Kindern.«

»Wir heißen Familien ja ausdrücklich willkommen«, fügte Ivy hinzu. Gerrit nahm Kinder zwar ungern mit auf Safarifahrten, aber wenn eine Familie das wünschte, so fuhr Ivy mit und achtete darauf, dass der Nachwuchs nichts anstellte, während seine Eltern nur Augen für Elefanten oder Nashörner hatten. »Und da das Resort unter der Leitung einer Frau steht, haben die Ehemänner auch nichts dagegen, wenn die Damen in Gesellschaft einer Freundin verreisen.«

»Wobei das Vertrauen, das Sie in sie setzen, mitunter leider nicht gänzlich berechtigt ist«, bemerkte Sanele. »Unser Wachpersonal beobachtet in der letzten Zeit erneut häufige Besuche von Massai-Tänzern im Bereich der Zelte …«

Gerrit blickte Ivy verständnislos an. Sie klärte ihn auf.

»Aber die heimlichen Treffen mit den Mädchen haben sich nicht wiederholt?«, fragte sie Sanele.

Er schüttelte den Kopf. »Das hätte ich Memsahib sofort gemeldet. Sie hatten ja ausdrücklich gewünscht, es zu unterbinden.«

Gerrit griff sich an die Stirn. »Und ich habe mich gewundert, warum sich die Damen so gern mit den Massai-Kriegern fotografieren lassen ... Das sind dann wohl Trophäen der besonderen Art.«

»Lassen wir es zu?«, fragte Sanele. »Oder sollen wir Maßnahmen ergreifen, um die Tänzer nach der Vorstellung von den Gästen fernzuhalten?«

Ivy überlegte kurz. »Solange es sich um erwachsene Frauen handelt und um erwachsene Männer, sehe ich keinen Grund einzugreifen«, erwiderte sie dann. »Wir sind ja keine Tugendwächter. Natürlich wäre es mir nicht recht, wenn wir dafür bekannt würden, aber ich wüsste auch nicht, wie wir es eindämmen sollten, ohne jemanden zu brüskieren.«

»Also bemerken wir es einfach nicht?«, fragte Gerrit.

Ivy lächelte. »Üben wir uns in Diskretion.«

36

Ivy war noch nie so erfüllt und glücklich gewesen wie in dieser ersten Zeit, in der sie das Resort ihr Eigen nennen konnte. Sie hatte ihre Tiere, empfing interessante Gäste und sie arbeitete hervorragend mit Gerrit zusammen. Natürlich hatte jeder von ihnen viel zu tun, doch sie trafen sich an fast jedem Abend mit den Gästen beim Dinner. Mitunter lud Gerrit sie ein, ihn auf einer Safarifahrt zu begleiten, meist wenn er einen versteckten Ort, an dem eine Leopardin ihre Jungen zur Welt gebracht hatte, entdeckte oder ein Straußenpaar mit seinen bezaubernden Küken. Er erfreute sich sichtlich an ihrer anhaltenden Begeisterung und schenkte ihr wieder die warmen Blicke, die sie schon auf der gemeinsamen Schiffsreise beim Beobachten der Delfine bemerkt hatte.

Als der Gedenkgottesdienst für Adrian sich gejährt hatte, trafen häufig Einladungen von Bekannten aus Kijabe und sogar aus Nairobi ein. Ivys Ruf als erfolgreiche Leiterin ihres Resorts machte sie interessant. Meistens richteten sich die Einladungen diskret an die Geschäftsleitung von Edgecumbe Farm, und die Gastgeber gingen davon aus, dass Ivy und Gerrit gemeinsam erscheinen würden. Zusammen besuchten sie Weihnachtsbälle, Vernissagen und Charity-Dinner, wobei Gerrit sich untadelig verhielt und keine über die Begleitung hinausgehenden Absichten erkennen ließ.

Ivy fand das anfänglich angemessen, hätte sich im Laufe der Zeit allerdings mehr Zuwendung von ihm gewünscht. Sie war über Adrian hinweg, bereit für eine neue Liebe, und sie begann, für Gerrit Gefühle zu hegen, die Freundschaft und Sympathie überstiegen. Es wäre zudem eine mehr als passende Verbindung, sie leiteten das Resort ja jetzt schon gemeinsam. Sogar ihre Mutter hatte sie in ihrem letzten Brief vorsichtig darauf angesprochen, ob sich da nicht etwas zwischen ihr und dem Biologen entwickelte.

Du bist nicht mehr jung, Liebes, schrieb sie dezent, *immerhin schon achtundzwanzig Jahre alt, und so langsam wäre es an der Zeit, an eine Schwangerschaft zu denken. Ich weiß, wie traurig du darüber warst, dass deine Ehe mit Adrian nicht mit Kindern gesegnet wurde. Vielleicht sieht das mit einem anderen Mann ja besser aus.*

Ivy verzichtete darauf, Gerrit diesen Brief vorzulesen, wie sie es sonst meist tat, wenn sie von ihrer Familie hörte. Sie antwortete auch nicht direkt, doch sie konnte ihrer Mutter nur recht geben. Wenn sie Kinder wollte, dann sollte sie bald welche bekommen, und Gerrit erschien ihr als ein geeigneter Vater. Mitunter beobachtete sie ihn im Kikuyu-Dorf, wenn Margaret dort Schule hielt; er war stets freundlich zu den Kindern. Wenn Margaret ihm vom Unterricht erzählte, sah Ivy oft ein Leuchten in seinen Augen, das sie sonst nur bemerkte, wenn er ein interessantes Fotomotiv entdeckte oder ein seltenes Tier identifizierte.

Gerrit hielt sich ihr gegenüber jedoch weiter zurück, und Ivy fragte sich nach dem Grund dafür. Wollte er nicht den Eindruck erwecken, über sie in den Besitz des Resorts und des Landes kommen zu wollen? Respektierte er das Andenken an Adrian, oder hielt ihn nach wie vor die Trauer um seine vor langer Zeit verstorbene Frau davon ab, sich anderweitig zu orientieren?

Auch Sanele ließ in der letzten Zeit Fragen in ihr aufkommen. Ihr langjähriger Wegbegleiter schien in eine Art Schwermut zu verfallen. Er redete nur noch das Nötigste, zeigte weniger Interesse an seinen Aufgaben und ging sowohl ihr als auch Gerrit aus dem Weg. Mitunter wirkte er gereizt, manchmal traurig – und sichtlich missmutig, wenn sie mit Gerrit zu einer Einladung aufbrach. Natürlich musste es ihn treffen, dass er für die Gastgeber nicht zur Geschäftsleitung gehörte, obwohl ihm ein großer Teil des Gästebetriebs unterstand. Vielleicht würde er auch gern mal wieder einer Theatervorstellung oder Vernissage beiwohnen – ihre Tante hatte er als Kind zu solchen Anlässen begleitet, er konnte Gefallen daran gefunden haben, und nun fehlte es ihm. Zudem mochte er einsam sein. Ivy hatte ihn nie mit einer jungen Frau aus den Stämmen der Kikuyu oder Massai zusammen gesehen. Zweifellos waren sie ihm in Bezug auf Bildung und Erziehung nicht ebenbürtig, doch einige der Mädchen besuchten die Missionsschule seit Jahren, und zwei hatten die Schwestern nach dem Krieg in eine weiterführende Schule nach Nairobi geschickt. Sanele hatte jedoch nie Interesse an einer von ihnen gezeigt. Manchmal dachte sie daran, mit ihm darüber zu sprechen, dann sagte sie sich, dass es sie nichts anging. Auf keinen Fall sollte er denken, sie betrachtete ihn als einen unmündigen Schützling.

»Die Männer in meiner Umgebung sind seltsam«, klagte sie eines Morgens Engelberta in der Mission. Gerrit hatte dort etwas zu erledigen, und sie hatte sich ihm angeschlossen, einfach, um etwas Zeit mit ihm zu verbringen. Sie versuchte ihn jetzt vorsichtig zu ermutigen, indem sie sich hübsch anzog und sich auch mal die Lippen nachzog oder ein wenig Rouge auflegte, wenn sie etwas gemeinsam unternahmen – selbst wenn es sich nur um einen Ausflug in den Busch handelte. »Keiner scheint sich für Frauen zu interessieren. Ich könnte genauso gut unter Mönchen leben.«

Engelberta lächelte. Sie war nun meistens strahlender Laune. Statt auf Ivys Anmerkung einzugehen, teilte sie ihr freudig mit, dass ihre Ewige Profess nun kurz bevorstehe und sie ihrem großen Tag entgegenfiebere.

»Wir werden nach Südafrika reisen«, erklärte sie aufgeregt. »In unser Mutterhaus nach Mariannhill. Es wird ein großes Fest. Im

Krieg stand ja alles still, jetzt sind es so viele Schwestern, die sich endlich ewig binden wollen.«

»Und hinterher kommt ihr wirklich nicht hierher zurück?«, fragte Ivy traurig.

Margaret hatte von dieser Möglichkeit gesprochen, und schien darüber betrübt zu sein.

»Eher nicht«, meinte Engelberta. »Schwester Margaret und ich und auch Schwester Ann und Schwester Elisabeth sind schon zu lange hier. Es kann sein, dass Schwester Elisabeth bleibt. Sie hat die Ewige Profess ja längst abgelegt. Und sie spricht sehr gut Massai. Hat die Krankenstation in Maria Kedong so gut im Griff, dass manchmal tatsächlich Massai-Frauen kommen ... Vielleicht lässt man sie hier. Aber auf uns warten neue Aufgaben. Was ja schön ist, selbst wenn der Abschied schwer wird. Hierher kommen andere Schwestern.«

Ivy seufzte. Für die Mission mochte das belebend sein, doch sie würde nie wieder eine so enge Freundschaft mit einer Ordensfrau schließen wie mit Margaret und Engelberta.

Aus dem Laden in der Station war Lachen zu hören. Gerrit fotografierte dort Massai-Frauen, die sich von Margaret beraten ließen, sie wollten europäische Kleider eintauschen. Die Spendenlieferungen waren endlich wieder angelaufen.

»Schwester Margaret wird sich schwer trennen«, bemerkte Engelberta. »Die Kinder hier sind ihr zu sehr ans Herz gewachsen und alles andere auch. Doch es wird zweifellos gut für sie sein, wenn sie versetzt wird. Gerade für sie ...«

Ivy wollte nachfragen, was sie damit meinte, aber nun kam Gerrit mit einer Massai-Frau aus dem Laden. Sie trug einen Zylinder zu einem europäischen Abendkleid.

»Schön?«, fragte sie Ivy und Engelberta. »Hochzeit von Tochter. Ich schön!«

Ivy lächelte. »Den Hut solltest du deinem Mann geben«, sagte sie auf Massai. »Das Kleid steht dir sehr gut. Man könnte sogar meinen, du wärest die Braut.«

Engelberta seufzte. »Jung genug wäre sie noch«, bemerkte sie. »Die Tochter ist erst dreizehn ... und bestimmt tauscht man sie wieder gegen eine ganze Menge Rinder. Dabei ist die ganze Familie getauft, sie sollte es besser wissen. Es ist eben Tradition. Es ändert sich nie ...«

»Ja, die Traditionen ...«, sinnierte Ivy. »Wie habt ihr das eigentlich mit den Mädchen gemacht, die ihr nach Nairobi in die Schule geschickt habt? Haben die Eltern da mitgespielt?«

Über Engelbertas breites Gesicht flog leichte Röte. »Ich ... habe etwas Geld geerbt ... in Österreich. Und natürlich durfte ich es nicht behalten, wir geloben ja Armut. Aber ich konnte es unserer Mission spenden. Und ... na ja ...«

»Sag nicht, ihr habt Rinder gekauft?« Ivy lachte.

Die Ordensfrau nickte beschämt. »Pater Franz kommt vom Bauernhof. Er hat ganz prachtvolle Exemplare gefunden, auf dem Markt in Kijabe ...«

»Es war zweifellos Gott wohlgefällig ...« Ivy lächelte gerührt. »Seine Wege sind bekanntlich unergründlich.«

In den nächsten Wochen versuchte sie weiter, all ihren Charme einzusetzen, um Gerrit für sich zu interessieren. Gleichzeitig bemühte sie sich, Sanele freundlicher zu stimmen. Letztlich blieb sie bei beiden Männern ohne Erfolg.

Schließlich fragte sie Wawira, die oft sehr weise Dinge sagte, was nach ihrer Ansicht mit Sanele nicht stimmte. Seine Schwermut beunruhigte sie mehr als Gerrits Gleichmut, sie fürchtete, ihr langjähriger Freund würde sich irgendwann eine andere Stellung suchen. Kenia war in diesem Jahr zur britischen Kronkolonie erklärt worden. Vielleicht bot das ja gute Möglichkeiten für Afrikaner, sich im Rahmen der Verwaltung einzubringen.

Wawira konnte jedoch nur den Kopf schütteln. »Er ist traurig«, sagte sie. »Und wütend … Schwierig. Vielleicht eifersüchtig? Mein Sohn hat sich mal mit einem Jungen um ein Mädchen gestritten. Der Vater hat sie an den anderen verheiratet. Da hat mein Kiano sich ähnlich aufgeführt. Aber Sanele hat ja kein Mädchen …«

Ivy ließ sie wieder allein in der Küche werkeln und grübelte weiter auf dem Weg zu den Gästezelten. Sie hoffte, dass Gerrit mit seiner Gruppe von der Tierbeobachtung zurück war. Dann konnte sie mit den Gästen einen Imbiss nehmen und ein bisschen mit Gerrit plaudern …

37

Gegen Ende des Jahres 1920 war es so weit. Engelberta und Margaret besuchten Ivy auf der Farm, um sich zu verabschieden. Engelberta erklärte überglücklich, sie würden den Zug nach Nairobi nehmen und von dort aus weiterreisen. Am nächsten Sonntag war dann das große Fest in Mariannhill geplant.

Ivy bat die Schwestern in die Empfangshalle und bat eines der Hausmädchen, Tee und Gebäck zu bringen. Sie freute sich, als Sanele mit dem Tablett erschien.

»Haben Sie schon gehört, Sanele?«, fragte sie. »Schwester Engelberta und Schwester Margaret verlassen uns. Nach all der Zeit ... es ist zu traurig! Kommen Sie, setzen Sie sich zu uns und hören Sie sich an, was sie vorhaben.«

Sanele blickte die Schwestern an, antwortete jedoch steif. »Ich bedaure Ihren Weggang sehr, Schwester Engelberta und Schwester Margaret. Sicher werden Sie auch im Dorf der Kikuyu vermisst. Leider habe ich keine Zeit, mit Ihnen Tee zu trinken, wir erwarten eine Weinlieferung ...«

»Wir werden Sie natürlich auch vermissen und all die Kikuyu, vor allem die Kinder«, bemerkte Engelberta. »In unsere Gebete werden wir Sie weiterhin einschließen! Doch wir gehen nun einen Schritt weiter auf Gottes Pfad, der immer mit Freude erfüllt ist.«

Margaret, die sich bislang ungewöhnlich ruhig verhalten und nur an ihrem Tee genippt hatte, richtete sich plötzlich auf.

»Ich ... ich fahre nicht mit«, gestand sie leise und erntete damit allgemeine Verblüffung. Engelberta starrte sie an, als wäre sie von Sinnen.

»Aber Schwester Margaret …« Engelberta wollte etwas einwenden, doch Margaret sprach bereits weiter.

»Es tut mir leid, Schwester Engelberta, dass du es so erfährst … ich hatte einfach nicht den Mut, es dir zu sagen. Ich werde die Ewige Profess nicht ablegen. Ich werde den Orden verlassen.«

Ihre Stimme wurde fester, je länger sie sprach. Dabei zupfte sie an ihrem Schleier, als gedächte sie, ihn abzuziehen.

»Du hast dich verpflichtet«, begehrte Engelberta auf. »Du hast dich Gott geschenkt. Wenn du deine Gelübde brichst, wirst du in die Hölle kommen …«

»Ich habe mich immer wieder für drei Jahre verpflichtet«, erklärte Margaret. »Die Zeit läuft bald aus.« Sie war seit insgesamt fünfzehn Jahren im Orden. Es war sehr selten, dass eine Schwester nach so vielen Jahren noch austrat. »Ich hoffe, dass ich solange auf einer der größeren Missionsstationen arbeiten kann«, sprach Margaret weiter. »Oder weiter hier, wenn die Oberen Verständnis haben. Ich werde mit dir nach Nairobi fahren und mich ihnen erklären …« Margaret ließ keinen Zweifel an ihrer Entschlossenheit.

Engelberta legte die Hände an die Schläfen. Sie schien das soeben Gehörte nicht wahrhaben zu wollen.

»Und dann?«, fragte Ivy. »Was willst du anschließend machen?«

Sie konnte sich keinen Betätigungsbereich für eine abtrünnige Ordensschwester vorstellen. Zumindest nicht in Afrika.

Margaret, die den Kopf während ihres Geständnisses gesenkt gehalten hatte, blickte stolz auf. »Ich werde heiraten«, erklärte sie. »Ich … ich liebe einen Mann. Ich kann keine Nonne mehr sein.«

Ivy dachte fieberhaft darüber nach, in welchen Mann sich Margaret verliebt haben könnte. Abgesehen von den Geistlichen und Patres war Gerrit Harper der einzige Weiße, der in der Mission ein und aus ging …

Engelberta hatte sich wieder gefangen. »Ich wusste es!«, rief sie. »Und Schwester Elisabeth hat es schon vor langer Zeit geahnt. Sie hatte recht. Mr. Harper hat dir den Kopf verdreht. Ich hätte das unterbinden müssen. Meinen Verdacht den Patres melden oder der Oberin. Ich war dir eine schlechte Mitschwester. Hast du deine Gelübde bereits gebrochen?«

Margaret schüttelte den Kopf.

Ivy nahm erleichtert wahr, dass die beiden Ordensfrauen ein Streitgespräch begannen. So merkte hoffentlich niemand, dass sich die Welt um sie herum drehte. Gerrit und Margaret ... Das Leuchten in seinen Augen hatte immer nur der Ordensschwester gegolten, nicht ihr, Ivy. Und er hatte sich über die Anstellung auf der Farm nicht ihretwegen gefreut, sondern vor allem, um Margaret nahe zu bleiben und um sie zu werben. All die Fahrten zur Mission, all die katholischen Messen, die er über sich hatte ergehen lassen ...

Ivy fühlte sich verraten. Verraten und enttäuscht, ein Gefühl, das sie nur zu gut kannte.

Wie durch einen Nebel hörte sie, dass Margaret der Unterstellung ihrer Mitschwester widersprach. »Ich halte meine Versprechen«, sagte sie würdevoll. »Ich werde meinen Gott nicht enttäuschen, und Er hat auch mich nicht enttäuscht. Im Gegenteil. Sieh es doch so, Schwester Engelberta: Er führte mich nach Afrika, um meiner Bestimmung zu begegnen. Gerrit und ich werden Ihm immer dafür dankbar sein. Und wir werden hierbleiben. Wir werden weiterhin in Seinem Sinne tätig sein, um die Heiden zum Licht zu führen.«

Sie lächelte überirdisch.

Ivys Herz schmerzte. Die beiden sahen ihre Zukunft also in der Mission – Gerrit würde Margaret auch dahingehend entgegenkommen. Er schien zumindest nicht vorzuhaben, mit seiner jungen Frau auf Edgecumbe Farm zu leben.

»Dann … dann wünsche ich euch viel Glück«, sagte Ivy bemüht. »Euch beiden …«

Sie hoffte, dass die Schwestern jetzt gehen würden. Sie wollte nur noch allein sein. Sanele hatte sich während des Streits diskret entfernt. Wahrscheinlich hatte er es als taktlos empfunden, Zeuge der Auseinandersetzung zu sein.

Nachdem die Tür sich endlich hinter den Nonnen geschlossen hatte, rannte Ivy auf die Terrasse hinaus, den Hang hinunter und an den Gästezelten vorbei zum Wasserloch, wo sie sich an ihrem Lieblingsplatz im Schilf verbarg, den sie den Gästen nicht zu zeigen pflegte. Von hier aus hatte man einen wunderbaren Blick auf die Tiere, die zum Trinken kamen. In den Jahren ihrer Ehe hatte sie viele Stunden hier verbracht – versteckt vor Adrian und den Jägern, manchmal mit einem Buch, manchmal einfach nur versunken in die Schönheit Afrikas. An diesem Tag hatte sie jedoch keinen Blick für die Herde Zebras und die Gruppe Elefanten, die eben zum Wasser schritten. Sie hockte sich einfach nur hin, lehnte sich gegen den Affenbrotbaum, der den Platz überschattete, und brach in Tränen aus.

Weinte sie vor Enttäuschung? Um ihre zerstörten Hoffnungen? Sie wusste es selbst nicht.

Auf einmal hörte sie ein Rascheln im Schilf, und sie blickte sich um. Sanele. Er setzte sich zu ihr wie sonst, wenn sie gemeinsam Tiere beobachteten, und sah sie an. Aber er hielt Distanz.

»Vergießen Sie jetzt die Tränen, die Sie um Ihren Mann nicht weinen konnten?«, fragte er. »Oder sind Sie enttäuscht, dass Mr. Harper sich in eine andere Frau verliebt hat?«

Ivy erschrak. »Meinen Sie, ich habe nicht genug Trauer um den Bwana gezeigt?«, fragte sie besorgt. »Und ich hätte Gerrit zeigen müssen, dass ich …?«

Sanele schüttelte den Kopf. »Miss Ivory …« Wie immer sprach

er ihren Namen weich aus und gab jeder Silbe einen besonderen Ausdruck. »Es geht nicht um das, was Sie zeigen, sondern um das, was Sie fühlen.«

Ivy richtete ihren Blick in die Ferne. Sie dachte nach. Über ihre Gefühle für Adrian, für Gerrit, für Afrika …

»Ich fühle immer falsch«, befand sie schließlich. »Erst habe ich Liebe für einen Mann empfunden, für den ich nicht mehr war als eine Jagdtrophäe. Und über seinen Tod konnte ich … nein, ich konnte nicht trauern. Eher hat es mich mit Hoffnung erfüllt auf ein Leben mit Mr. Harper … Gerrit … einem Mann, der eine andere liebt und der mir gegenüber nur Fürsorge zeigte, um ihr unauffällig nahe sein zu können. Ich täusche mich immer wieder in meinen Gefühlen, Sanele. Ich habe vielleicht gar keine tiefen Gefühle. Ich habe ja auch keine Angst. Ich fürchte mich nicht vor Löwen, ich …«

»Sie fürchten sich vor dem schwarzen Mann«, sagte Sanele.

Ivy sah entrüstet zu ihm auf. »Das stimmt nicht! Ich habe mich nie vor den Kikuyu gefürchtet oder den Massai. Ich bin immer gern mit Afrikanern zusammen, besonders mit Ihnen …«

»Und haben Sie sich jemals gefragt, was ich fühle?«, fragte Sanele. »Oder was Sie für mich empfinden? Empfinden Sie etwas für mich, Miss Ivory?«

Ivy runzelte die Stirn. In ihrem Kopf überschlugen sich die Gedanken, zeigte sich eine Szene nach der anderen, in der sie mit Sanele auf die Pirsch gegangen, mit ihm in fast andächtiges Staunen versunken war, wenn sie eine besondere Begegnung mit Tieren gehabt hatten. Sie erinnerte sich an unzählige Male, in denen sie miteinander gelacht, Geheimnisse geteilt, sich mit einem einzigen Blick über irgendetwas verständigt hatten, das sich nicht aussprechen ließ. Mit Sanele verband sie mehr, als je mit Adrian – und auch mehr als mit Gerrit. Er war immer da gewesen, immer verlässlich, ihr immer zugewandt. Er hatte sie niemals verraten.

Ivy holte tief Luft. »Sie sind …«, begann sie leise, »… du … du bist mein Seelenverwandter. Da war immer etwas zwischen uns … schon damals in England. Ebony und Ivory … Ebenholz und Elfenbein.«

Sanele rückte ein wenig näher und sah ihr in die Augen. »Ich weiß nicht genau, was Seelenverwandter heißt. Doch auch ich meinte immer, Sie … dich zu kennen. Du warst mein Stern, Ivory, dem ich unweigerlich folgte. Und das alles könnte man einfacher sagen: Ich liebe dich, Ivory. Was sicher ungehörig ist. Aber ich kann es nicht ändern. Und nein, es ist nicht die Liebe eines Dieners zu seiner Herrin. Ich liebe dich wie ein Mann. Und du musst jetzt entscheiden: Bin ich ein Schwarzer für dich, dem du Zuneigung entgegenbringst, weil er zu Afrika gehört wie ein Löwe oder eine Gazelle? Oder bin ich ein Mann, der Mann, den du lieben könntest?«

Damit stand er auf und wandte sich zum Gehen.

Ivy blieb aufgewühlt zurück. Das Wort Liebe war ihr nie eingefallen, wenn sie an Sanele dachte. Aber musste man Gefühlen immer einen Namen geben?

38

Ivy meinte, an nichts anderes mehr denken zu können als an Saneles Liebeserklärung und Gerrits Verrat. Sie wartete, bis Engelberta
und Margaret nach Nairobi abgereist waren, dann stellte sie Gerrit
zur Rede.

»Ich hörte, du willst heiraten?«, fragte sie.

Sie wollte ruhig bleiben, konnte den provozierenden Unterton
in ihrer Stimme jedoch nicht unterdrücken.

Gerrit stand das Schuldbewusstsein im Gesicht geschrieben,
er war Ivy während der vergangenen Tage aus dem Weg gegangen.
Anscheinend hatte Margaret ihm von ihrem Geständnis berichtet.

»Ivy, es … es tut mir leid. Ich hätte es dir längst sagen müssen …
Ich wollte es dir auch sagen, aber …«

Sie standen auf der Terrasse, und er wusste anscheinend nicht,
ob er sich setzen oder sich die Möglichkeit offenlassen sollte, so
schnell wie möglich zu fliehen.

»Es ging da gar nicht nur um mich, Gerrit«, sagte Ivy. »Es ging
auch um die Gesellschaft in Kijabe und Nairobi. Du bist monatelang mit mir als Paar aufgetreten. Du hast mit mir getanzt, warst
an meiner Seite. Wenn du jetzt eine andere heiratest, dann sieht es
so aus, als hätten wir uns gestritten. Als hättest du mich verlassen,
Gerrit. Ist dir das klar?«

»Ich habe nie den Eindruck erwecken wollen, dass da … dass
da mehr zwischen uns ist …« Gerrit entschloss sich zu bleiben.

Er nahm den Brandy aus der offenen Bar und füllte sich ein Glas. »Möchtest du … auch?«, fragte er Ivy.

Ivy blitzte ihn an. »Du wolltest das vielleicht nicht, doch du hast es getan!«, rief sie, ohne auf sein Angebot einzugehen. »Und du musst gespürt haben, dass du mir mehr wurdest als ein Freund. Warum also hast du mir nichts von Margaret erzählt? Wolltest du dir alle Optionen offenhalten, falls sie doch im Orden bleibt? Wäre ich die zweite Wahl gewesen, Gerrit?«

Gerrit schüttelte den Kopf, aber sein Erröten verriet ihn. »Du … du hast es verdient, die erste Wahl zu sein, Ivy«, rettete er sich in ein Kompliment und trank einen Schluck. »Margaret wollte auch nicht, dass ich irgendjemandem etwas sage«, versuchte er es mit einer anderen Strategie. »Sie hatte Angst …«

Ivy sah ihn voller Empörung an. »Vor mir? Margaret hatte Angst vor mir? Das glaube ich nicht. Ich glaube nicht, dass sie irgendetwas von der Beziehung zwischen mir und dir wusste. Sie vertraute mir, deshalb hat sie ihre Pläne auch hier auf der Farm enthüllt. Wenn sie vor jemandem Angst hatte, dann vor ihren Mitschwestern. Engelberta hätte sie vielleicht verraten, um ihre Seele zu retten. Aber ich? Du glaubst nicht wirklich, dass ich zu ihren Ordensoberen gelaufen wäre und sie angeklagt hätte …«

Gerrit lächelte schief. »Ich weiß nicht. Wärest du nicht eifersüchtig gewesen? Du hättest sie anschwärzen können und mich entlassen. Man hätte sie zweifellos versetzt, und ob ich sie dann je wiedergefunden hätte?«

Für Ivy brach die Welt vollends zusammen. Das hatte er ihr also zugetraut trotz all der Freundschaft, die sie meinte, mit ihm geteilt zu haben, der Hilfe, die sie sich gegenseitig geleistet hatten? Sie hatte ihm während des Krieges Obdach geboten, er hatte ihr geholfen, ihr Geschäft aufzubauen. Und dennoch sah er in ihr nur eine eifersüchtige Frau, die nach Rache dürstete?

»Dann entlässt du dich lieber gleich selbst«, konstatierte sie.

»Wohin wollt ihr, Margaret und du, denn gehen, um den Heiden das Licht zu bringen? Ich wusste gar nicht, dass du dich zum Missionar berufen fühlst.«

Gerrit wand sich. »Wir dachten an eine Missionsschule. Eine der größeren mit angeschlossener weiterführender Schule. Ich könnte Biologie unterrichten … Und Margaret ist eine erfahrene Lehrerin und Musikerin. Hier kann sie das nicht ausleben, in einer größeren Schule wäre sie als Musiklehrerin ein Gewinn.«

Ivy verzog das Gesicht. »Das habt ihr euch ja sehr schön ausgedacht. Und wer soll hier die Safaris führen? Wo soll ich einen Ersatz für dich finden?«

Gerrit hob die Hände. »Ich bitte dich, Ivy, ich bin nicht der einzige Mensch auf der Welt, der die Fähigkeit dazu besitzt. Und du brauchst nicht zwingend einen Fachmann. Selbst die Fahrer können meine Vorträge längst genauso gut halten wie ich. Und dein geliebter Sanele weiß mehr über Afrika, die Natur und die Tiere als wir alle …«

Ivy fühlte sich plötzlich nur noch müde. Dieses Gespräch brachte sie nicht weiter.

»Wenn es so ist, dann solltest du wirklich gehen«, sagte sie. »Nein, ich werfe dich nicht raus, behalte deinen Job, solange du willst. Und für die Zeit, die du noch bleibst, brauchst du dir auch keine neue Bleibe zu suchen. Aber komm nicht mehr auf meine Terrasse und trink meinen Brandy! Ich will dich nicht mehr um mich haben, Gerrit. Ich kann nur hoffen, dass du wenigstens Margaret glücklich machst.«

Margaret kehrte zwei Wochen nach ihrer und Engelbertas Abfahrt nach Nairobi zurück, zwei Wochen, die sich für Ivy kalt und einsam gestalteten. Sanele ging ihr aus dem Weg, er hatte plötzlich sehr viel in Kijabe zu tun, und Gerrit zog sich zurück, wenn er sie nur sah. Doch sie hatte die Zelte voller Gäste und musste sich folglich zwingen, freundlich und verbindlich zu sein. Für Sanele sprangen andere Bedienstete ein, Gerrit musste sie selbst ersetzen. Die Safaritouren begleitete er zwar, zog sich dann jedoch in sein Zimmer zurück und überließ ihr die Unterhaltung der Gäste.

Das war jedoch nichts gegen das, was offenbar Margaret widerfahren war. Die junge Frau hatte verweinte Augen, ihre Ordenstracht war derangiert, und der Schleier saß schief – diesmal womöglich aus Trotz. Ivy begegnete ihr, als einer der Patres sie am Kikuyu-Dorf absetzte, wo sie anscheinend weiter Schule halten sollte. Bei ihrem Anblick vergaß sie alle Vorwürfe, die sie ihr vielleicht hätte machen können. Margaret wirkte einfach nur verängstigt und verstört.

»Lass heute mal die Kikuyu«, sagte Ivy sanft und legte den Arm um sie. »Sie kommen einen Tag ohne dich aus. Wir machen uns einen Tee, und du erzählst mir, wie es gelaufen ist.«

Margaret brach in Tränen aus. »Bist du mir denn nicht böse?«, fragte sie. »Gerrit meinte, du wärest böse auf uns.« Ihr Blick war wie der eines Kindes, das sein Vertrauen in die Welt verloren hatte.

Ivy schüttelte den Kopf. »Über dich habe ich mich nicht geärgert. Nur über Gerrit. Er hätte mir eher etwas sagen müssen. Jetzt stellt er mich bloß, wenn er geht. Ganz Kijabe glaubt, wir wären ein Paar, und man wird darüber tuscheln, warum er mich verlassen hat.«

»Das hab ich nicht gewusst«, beteuerte Margaret, »das mit dir und Gerrit. Ich hab nur an mich selbst gedacht und an den Orden … Das hat mir die Oberin in Nairobi auch gesagt. In Mariannhill, dahin musste ich Engelberta dann doch begleiten, wussten sie nicht recht, was sie mit mir anfangen sollten. Sie hielten mir vor, ich sei selbstsüchtig, mir fehle es an Demut, ich verdiene es nicht, so lange in Gottes Gnade gelebt zu haben …« Sie schluchzte.

Ivy zog sie an sich, wiegte sie sanft und brachte sie dann endlich dazu, mit ihr zur Farm zu kommen. Es mussten ja nicht alle Kikuyu Zeugen ihres Zusammenbruchs werden.

Margaret berichtete schließlich von endlosen Gesprächen mit immer neuen Ordensoberen, von stundenlangen Gebeten, der Beichte, die man ihr abgenommen hatte und in der sie den Geistlichen nicht davon überzeugen konnte, dass sie bislang nicht mit Gerrit das Bett geteilt hatte.

»Durftest du denn wenigstens an Engelbertas Feier teilnehmen?«, fragte Ivy. »Wenn du nun schon da warst.«

Margaret nickte und versuchte ein Lächeln. »Oh ja, das hätte mich ja umstimmen können. Es war wirklich sehr beeindruckend. Schwester Engelberta und die anderen Schwestern waren so glücklich – sie strahlten mit den Kerzen um die Wette. Und schön waren sie in ihren weißen Kleidern. Brautkleidern ... Man konnte fast meinen, Christus wandelte unter ihnen und nähme ihr Leben und ihre Liebe an wie ... wie ein kostbares Geschenk. Ich könnte das nie so tief empfinden. Im Grunde hat es das Gegenteil dessen bewirkt, was unsere Oberen gehofft haben: Mein Entschluss, den Orden zu verlassen, stand vorher schon fest, aber nach der Feier hatte ich das Gefühl, Gott wird mich mit seinem Segen ziehen lassen ...«

»Und wohin wird es Engelberta jetzt verschlagen?«, bemühte sich Ivy um einen Themenwechsel.

Wenn Margaret in religiöse Schwärmereien geriet, fiel es Ivy schwer, ihre Gefühle nachzuvollziehen. Kein Wunder, dass die Freundin geglaubt hatte, berufen zu sein. Tatsächlich war sie wohl einfach etwas verträumt und zu schnell zu begeistern. Wie Ivy aus Erfahrung wusste, waren das auch für eine Ehe nicht die besten Voraussetzungen.

»Nach Tansania«, gab Margaret Auskunft. »Man wird ihr und zwei weiteren Schwestern eine Neugründung anvertrauen. Sie freut sich schon sehr. Der dortige Stamm gehört zu den Sukuma, also eine Sprache, die der der Kikuyu verwandt ist. Sie wird sich bestimmt schnell nützlich machen können.«

Engelberta war gleich nach dem Fest der Ewigen Profess abgereist, Margaret hatte sich nicht einmal richtig von ihr verabschieden können. Sie selbst hatte man noch in Mariannhill behalten. Sie hatte zehn Tage schweigend allein in einer Zelle verbringen müssen.

»Exerzitien. Ich habe gefastet und sehr viel gebetet«, berichtete sie. »Und geweint.«

Am Ende hatte der Orden Margaret gehen lassen oder würde es tun, wenn die Zeit ihrer letzten Verpflichtung ablief. Diese wenigen Monate sollte sie in Maria Kedong verbringen.

»Natürlich unter strenger Aufsicht«, erklärte sie. »Alle Schwestern und Brüder werden ein Auge auf mich haben. Und Gerrit darf ich solange nicht sehen. Ich solle mich noch einmal prüfen, wurde mir aufgetragen, auf Gottes Wort hören und auf Christus, den ich mir doch einmal als Bräutigam erwählt habe und den ich nun verlassen wolle. Dabei habe er mir doch all seine Liebe geschenkt, ein Geschenk, dessen ich nicht würdig war.« Sie seufzte, hatte sich jedoch so weit gefangen, dass sie nicht mehr weinen musste. »Ach, Ivy ...«, endete Margaret schließlich. »Was ist nur so schlimm daran, einen Menschen zu lieben? Einen Mann, der lebt und atmet und nicht nur im Kopf zu einem spricht? Der einem Glück und Nähe schenkt ... eine Umarmung ... Küsse ...«

Ivy rieb sich die Augen. Margarets Worte sprachen etwas in ihr an.

»Und wenn dieser Mann ... wenn dieser Mann, den man liebt, nun gänzlich anders ist?«, fragte Ivy. »Wenn ihn nicht nur die Kirche missbilligt, sondern ... sondern alle es tun? Wenn man sich sogar selbst ein bisschen vor dieser Liebe fürchtet? Wenn man eine Grenze überschreiten müsste, die ...« Sie brach ab.

Margaret sah sie verständnislos an. »Was sollte das denn für ein Mann sein?«, fragte sie. Dann flog ein Lächeln über ihr Gesicht. »Vielleicht ein Selkie? Dieses Zwitterwesen, das an Land ein Mensch und im Meer ein Seehund ist?«

Ivy schüttelte den Kopf. »Nein! Ich … ich kann es dir nicht erklären. Aber ich wünschte, du würdest mich ernst nehmen.«

Margaret überlegte. »Wenn du den Mann liebst, wer immer er ist, dann solltest du nicht zögern. Grenzen sind von Menschen gemacht, man kann sie aufheben. Du musst dann nur aufpassen. Auf dich und auf ihn. Damit ihn kein Jäger erschießt …«

Als Ivy ein paar Tage später in Begleitung zweier Gäste aus Nairobi das Dorf besuchte, um den Damen die Schnitzarbeiten des Stammes zu zeigen, hörte sie Margaret Lieder singen, die Geschichten erzählten. Balladen, Liebeslieder und Märchen aus ihrer Heimat. Sie begleitete sich auf ihrer Lyre. Ivy und ihre Gäste lauschten ebenso bezaubert wie die Frauen und Kinder der Kikuyu. Margaret entführte sie vom staubigen Dorfplatz und aus der flirrenden Hitze Afrikas in die raue Bergwelt Schottlands und zu den Geheimnissen von Fabelwesen. Statt in den Hütten der Kikuyu wähnte man sich in den Schlössern der Könige oder den Katen der Fischer.

»Das war wunderschön«, bemerkte eine der Damen schließlich. »Diese Sängerin sollte sich nicht in einem Orden vergraben, sondern auftreten. Ich habe selten etwas so Anrührendes gehört.«

»Besteht nicht die Möglichkeit, dass sie einmal auf der Farm singt?«, erkundigte sich die andere. »Die anderen Gäste wären sicher ebenso begeistert.«

»Ich glaube nicht, dass ihre Ordensoberen das gutheißen würden«, erwiderte Ivy. »Fragen kann ich sie natürlich. Sie haben recht, ein Konzert in unserer Empfangshalle wäre wunderschön …«

»Wie sollte das gehen?«, fragte Margaret, als Ivy sie am nächsten Tag darauf ansprach. »Nie und nimmer lassen die Patres mich vor Publikum singen. Wir Schwestern sollen demütig und bescheiden dienen – dazu passt es nicht, öffentlich aufzutreten. Wenn es noch gottgefällige Musik wäre ... Aber heidnisches Liedgut? Auf gar keinen Fall. Die Spätmesse würde ich auch versäumen.«

»Ich dachte gar nicht an eine Abendveranstaltung«, meinte Ivy. Sie hatte schon überlegt, wie sich ein Konzert organisieren ließe. »Abends ist es jetzt ja auch lange hell, da fahren wir meistens mit den Gästen raus, um die Tiere zu sehen. Aber wie wäre es zur Teestunde? Da kannst du noch etwas bei den Kikuyu zu tun haben. Es würde gar nicht auffallen. Und anschließend könntest du zu Spenden für die Mission aufrufen. Wenn etwas Geld hereinkommt, freut das die Patres doch immer.«

»Wäre ... wäre Gerrit wohl da?«, fragte Margaret. »Ich ... ich brauchte ja gar nicht mit ihm zu reden. Wenn ich ihn nur sehen dürfte ... Ich verzehre mich nach ihm. Und er ... Ich sehe ihn oft vorbeifahren mit den Gästen, aber er weiß, dass er nicht anhalten darf. Es ist ...«

Ivy sprang über ihren Schatten. Eigentlich wollte sie Gerrit nicht mehr in der Empfangshalle sehen. Aber das war es wert.

»Gerrit wird da sein«, sagte sie.

39

»Mein Habit ist schmutzig.«

Margaret sah unglücklich an sich hinunter. Sie hatte sich tatsächlich kurz vor der festlichen Teestunde, die Ivy einmal in der Woche für die Gäste organisierte, auf der Farm eingefunden, vorher jedoch im Kikuyu-Dorf gearbeitet wie jeden Tag. Ihre unpraktische weiße Ordenstracht wies Spuren von Kinderfingern und bunter Tafelkreide auf.

Ivy hatte das noch nicht registriert, eine große Teestunde erforderte einige Vorbereitungen, und sowohl sie als auch Sanele waren den ganzen Tag damit beschäftigt gewesen. Dabei hatte es nicht zur Vereinfachung der Arbeitsabläufe beigetragen, dass sie nur das Nötigste miteinander sprachen. Ivy fragte sich, ob Sanele sich dafür schämte, ihr seine Liebe gestanden zu haben. Sie selbst schämte sich dafür, ihm bislang keine Antwort gegeben zu haben. Darauf, ob er der Mann war, den sie lieben konnte. Sie konnte sich nicht dazu durchringen, den Schritt in diese Beziehung zu wagen, wusste nicht, ob ihre Liebe groß genug sein würde, um die gesellschaftliche Ächtung zu ertragen, die ihr zweifellos drohte, wenn sie sich zu ihm bekannte. Das Einzige, was sie sicher wusste, war, wie sehr er ihr fehlte. Die Gespräche mit ihm, die selbstverständliche Zusammenarbeit, die Art, wie er manchmal mit ihr lachte …

Über Gerrit war sie dagegen überraschend schnell hinweggekommen. Es war schön gewesen, als sie noch zusammen gefrühstückt und abends bei einem Glas Wein oder Brandy beieinandergesessen hatten. Doch schon wenige Tage nach ihrem Streitgespräch hatte sie nichts mehr vermisst. Sie las die Zeitung einfach selbst, statt sie sich von ihm vorlesen zu lassen, und sie beantwortete ihre Briefe, ohne die Geschichten ihrer Familie mit ihm zu teilen. Er hatte kein Mitglied dieser Familie werden wollen, also ging es ihn auch nichts an.

»Hast du … hast du vielleicht ein Kleid für mich?«

Margarets Stimme riss sie aus ihren Gedanken. In der letzten Zeit passierte es ihr viel zu oft, dass sie sich in Grübeleien und Vorstellungen davon verlor, wie alles sein könnte, wenn sie ihrer Liebe zu Sanele nachgab. Wenn es überhaupt Liebe war … Ihre Gedanken drehten sich im Kreis. Dabei musste sie sich jetzt um Margaret kümmern, der die Frage sicher nicht leichtgefallen war. Ein unerlaubtes Konzert war eine Sache, das Ablegen des Habits aus Gründen der Hoffart würde strenge Sanktionen nach sich ziehen.

»Komm mit in mein Ankleidezimmer, wir finden schon etwas«, lud sie Margaret schließlich ein. »Du bist größer als ich, ganz einfach wird es nicht werden. Aber man trägt die Kleider ja jetzt kürzer.«

Noch immer trug Ivy Schwarz. Sie war einfach noch nicht bereit, sich in hellere Farben zu kleiden. Für Margaret wählte sie jetzt ein schlichtes schwarzes Seidenkleid, zu dem eine Jacke mit Kimonoärmeln gehörte. Sie waren dezent mit dunkelgrauen Blütenranken bestickt. In der Taille wurden Jacke und Kleid durch einen breiten Gürtel verbunden. Der Rock war vielleicht ein wenig zu kurz, doch schwarze Strümpfe ließen das weniger auffallen.

»Die Leute gucken sowieso nur auf die Harfe«, behauptete Ivy, ohne das wirklich zu glauben.

Die Zuschauer würden die Sängerin anschauen, ihr schönes blasses Gesicht, die faszinierenden Bernsteinaugen. Mit dem Schleier, den die Schwester noch nicht abgelegt hatte, sah sie aus wie eine Novizin.

»Die Lyre ist keine Harfe«, korrigierte Margaret, »sie gehört zur Familie der Zittern …«

Ivy hörte gar nicht richtig hin, sie konnte den Blick nicht von Margarets Schleier nehmen. Entschlossen nahm sie ihn ab. Margarets prächtiges, volles Haar war teils aufgesteckt, teils geflochten. Es war ein Kunststück, es unter dem Schleier zu verbergen, ohne dass sich erkennen ließ, dass die Trägerin sich nicht davon hatte trennen können. Die meisten Schwestern trugen unter dem Schleier einen Kurzhaarschnitt.

Ivy löste nun die Flechten und bürstete Margarets Haar aus. Es fiel ihr weit über den Rücken, leicht wellig und glänzend.

»Du bist wunderschön«, stellte Ivy fest. »Hat … Gerrit dich schon einmal so gesehen?«

Margaret errötete. »Ich … ich hab den Schleier ein paarmal für ihn abgenommen. Und dann natürlich auch damals, als er verletzt war und ich stundenlang an seinem Krankenbett gesessen habe. Da … da hat er mich einen Engel genannt.«

Ivy lächelte. »Wahrscheinlich hatte er da noch Fieber«, neckte sie die Freundin. »Aber nun komm, ich denke, es wird bereits serviert. Die Teekuchen musst du probieren, Wawira backt sie nach den Rezepten unserer Köchin in London. Oder bist du zu aufgeregt, um etwas zu essen?«

Margaret zuckte mit den Schultern. »Vor dem Singen habe ich keine Angst. Nur ohne Habit rauszugehen … Ein bisschen schlecht ist mir schon …«

Ivy legte ihr den Arm um die Schulter und schob sie sanft in Richtung Ausgang. »Dann trink erst ein Glas Champagner mit deinem Gerrit, bevor du singst. Er wird stolz auf dich sein.«

Wie Ivy nicht anders erwartet hatte, wurde Margarets Konzert ein großer Erfolg. Schon ihr Auftritt an Gerrits Arm erregte Aufsehen, obwohl sie schüchtern zu Boden sah und nur an dem Champagner nippte, den er für sie von dem Tablett nahm, auf dem Sanele ihn kredenzte. Die Gäste hatten ihre Plätze an den mit feinstem Porzellan gedeckten Tischen noch nicht eingenommen, sondern standen in Grüppchen beisammen, unterhielten sich und tranken. Gerrit stellte Margaret als seine Verlobte vor, was ihr zunächst sichtlich Angst machte. Sie musste befürchten, von den Gästen erkannt und auf ihre Stellung als Missionsschwester angesprochen zu werden.

Tatsächlich war das jedoch nicht der Fall. Schließlich hatten sie bislang nur die beiden Damen im Habit gesehen, die ein paar Tage zuvor ihrem Gesang gelauscht hatten. Die meisten Gäste waren zudem nicht katholisch, wahrscheinlich wussten sie gar nicht, welche Regelverstöße Margaret da gerade beging. Ivy und Gerrit waren zudem übereingekommen, sie mit ihrem weltlichen Namen Fiona Cullum vorzustellen. Margaret hatte allerdings noch Schwierigkeiten damit, sich angesprochen zu fühlen, wenn jemand Miss Cullum zu ihr sagte.

»Bald wirst du dich daran gewöhnen müssen, dass die Leute Mrs. Harper sagen«, neckte Gerrit sie.

Er lotste sie charmant von einem Gast zum anderen, alle fanden ihre Schüchternheit reizend. Als Sanele die Lyre für sie auspackte und an ihren Platz auf einem kleinen Podium legte, wollten die Gäste alles über das seltsame Instrument wissen. Margaret nahm das die Befangenheit, sie sprach gern über ihre Musik, und als sie schließlich nach der Lyre griff und zu spielen begann, hatte sie längst Vertrauen zu den Menschen gewonnen, die gekommen waren, um sie zu hören. Ihre hohe, klare Stimme entführte die Zuhörerinnen in fremde Welten. Sie ließ sie an Glück und Trauer der Menschen teilhaben, deren Geschichten die Lieder erzählten.

Die Gäste rührten ihre Teetassen und die auf Etageren fein arrangierten Sandwiches und Teekuchen kaum an. Sie blickten nur auf die schöne rothaarige Frau mit dem außergewöhnlichen Saiteninstrument, die aussah, als wäre sie einem alten Gemälde entstiegen.

Ivy stand ganz hinten im Saal, ebenso Sanele. Falls ein Gast einen Wunsch hatte, konnten sie sich um ihn kümmern. Doch zunächst hatten auch sie nur Augen und Ohren für Margarets Spiel. Sie hörten von Liebenden, die sich noch im Tod umarmten, die einander suchten, sich nacheinander sehnten. Sieben Jahre wartete ein Mädchen auf seinen Liebsten … In Saneles Augen stand die Sehnsucht und Treue, die Margarets Lied beschwor. Eine stolze junge Frau wies den Mann, den sie liebte, ab und erkannte erst, als er starb, was sie für ihn fühlte.

Ivy traf das Lied bis ins Herz. Vergeudete nicht auch sie ihr Leben und das Saneles? Sie ließ sich von der Musik tragen und spürte noch einmal ihrer Vergangenheit nach … Zwei Kinder, Hand in Hand, zwei Menschen, die sich wiedererkannten, so viele Jahre nach ihrer ersten Begegnung, ein Mann und eine Frau, die Freunde wurden, Vertraute. Endlich wusste sie, dass sie Sanele liebte. Ganz anders als Adrian, der sie betört hatte, und Gerrit, bei dem sie Sicherheit gesucht hatte. Tatsächlich war es so, wie er es einmal gesagt hatte – er war immer in ihrer Nähe.

Warum hatte sie nicht früher gemerkt, dass diese Nähe Liebe war?

Sie lächelte ihm zu – und diesmal sah er nicht weg, wie so oft in den letzten Tagen, wenn ihr Blick auf ihn fiel. Er wollte seine Hand nach ihr ausstrecken – erinnerte sich jedoch wohl im letzten Moment daran, dass Elfenbein und Ebenholz sich nicht vor aller Welt verbinden sollten.

Schließlich erklang das Lied vom Selkie, und Margaret und sie sahen sich kurz an.

»Das ist mein Lied«, sagte Ivy zu Sanele in den Applaus der Gäste hinein, sodass niemand es hörte. »Weil ich auch einen Jäger geheiratet habe, der dann meine Träume zerstörte.«

Es sah liebevoll zu ihr. »Ich würde sie gern wieder zurück in dein Leben rufen«, antwortete er.

Sie erwiderte den Blick. »Morgen«, sagte sie. »Wirst du zu mir kommen?«

»Um … um zu reden?«, fragte er.

Sie schüttelte den Kopf. »Wir haben genug geredet.«

»Ich komme«, erklärte er, »sobald du mich rufst.«

40

Margaret war aufgeregt, glücklich und vielleicht auch ein wenig beschwipst, nachdem sie schließlich doch ein Glas Champagner getrunken hatte. Nach dem Konzert hatten die Gäste noch einmal mit ihr reden wollen, hatten gefragt nach ihrer Gesangsausbildung und nach den Liedern, die sie spielte. Am Ende sang sie das Selkie-Lied noch einmal auf Gälisch – und schien selbst erstaunt darüber, dass sie der Sprache noch mächtig war.

Ivy, selbst aufgewühlt, vergaß völlig, dass Margaret ins Kikuyu-Dorf zurückmusste. Der Wagen der Mission würde kommen, um die Schwester abzuholen. Sanele stieß sie verstohlen an, um sie daran zu erinnern.

»Miss Cullum sollte sich dringend umziehen und zu den Kikuyu rübergehen. Nicht auszudenken, dass die Patres sie suchen und die Kinder sagen, sie wäre schon am Nachmittag gegangen.«

Tatsächlich war es gar nicht so einfach für Margaret, sich von ihren Bewunderern zu verabschieden. Rasch half Ivy ihr dann in ihrem Ankleidezimmer aus dem schwarzen Kleid und erneut in den Habit.

»Es ist ja nicht mehr für lange«, tröstete sie, als Margaret traurig vor dem Spiegel ihren Schleier richtete. »Bald wirst du für immer Fiona sein.«

Margaret umarmte sie. »Ich möchte es jetzt schon! Oh, du glaubst nicht, wie sehr ich es möchte.«

Ivy suchte hektisch nach einem Pfefferminzbonbon – sie roch

den Alkohol in Margarets Atem, hoffte jedoch, dass der Fahrer des Missionswagens nicht nahe genug an sie herankommen würde, um das zu bemerken.

»Sollte jemand bemerken, wo du warst und dass du etwas getrunken hast, sagst du einfach, ich hätte dich auf die Farm geholt, um dir die Spenden der Gäste für die Mission zu geben, und man hätte dir ein Glas Wein aufgedrängt«, riet Ivy. »Das wäre sowieso das Beste, wenn ich es mir richtig überlege. Warte, ich komme mit dir, dann erzählen wir es zusammen.«

Bei der Sammlung nach dem Konzert war eine erkleckliche Summe an Spenden zusammengekommen. Margarets Ordensobere sollten sich freuen.

Margaret schloss kurz die Augen und lächelte, sie spürte dem Nachmittag noch einmal nach. »Schwester Margaret lügt ja nicht«, sagte sie spitzbübisch, »Fiona schon …« Sie kicherte.

Ivy seufzte dankbar, als Sanele sie an der Hintertür erwartete und einen Mokka bereithielt. Er dachte einfach an alles.

»Unsere Freundin schien mir etwas Ernüchterndes zu brauchen«, erklärte er Ivy. »Möchtest … möchten Sie auch einen, Memsahib?«

Ivy lächelte ihm zu. Sie würden ihr Geheimnis noch eine Weile für sich behalten.

»Nein, ich möchte heute nicht ernüchtert werden«, erwiderte sie. »Ich möchte ewig an meinem Rausch festhalten.« Als Margaret vorauseilte, fügte sie leise hinzu: »Der mit dem Champagner im Übrigen nichts zu tun hat. Ich bin berauscht von dir!«

Ivy fieberte dem nächsten Abend entgegen. Es fiel ihr schwer, niemanden merken zu lassen, was sich zwischen ihr und Sanele verändert hatte oder verändern würde. Stundenlang plante sie ihr erstes Zusammensein, das etwas ganz Besonderes werden sollte. Sie hatte eigentlich vor, ihn in ihrem Schlafzimmer zu empfangen. Nein, sie würden zunächst einen Champagner in ihrem Salon einnehmen oder auf der Terrasse, wenn das Wetter es zuließ – die Regenzeit war eben zu Ende. Danach konnten sie ins Haus gehen. Sie mussten nur aufpassen, dass sie die Kikuyu-Mädchen nicht aufweckten. Sie dachte an das Negligé, das sie unter ihrem seidenen Morgenmantel tragen würde ... Oder sollte sie zunächst eins ihrer schönsten Kleider anlegen und es sich von ihm ausziehen lassen? Er mochte Freude daran finden, sie zu entkleiden ...

Schon ihre Fantasien ließen Ivys Herz höherschlagen. Sie schwebte nur so durch den Tag. Mit Sanele konnte sie diese Vorfreude nicht teilen – er war wegen einer Warenlieferung nach Kijabe gefahren und wurde erst gegen Abend zurückerwartet. Ivy nahm jedoch an, dass er genauso intensiv von ihr träumte wie sie von ihm.

Am späten Nachmittag erschien dann Margaret, was Ivy wunderte. Eigentlich wäre es Zeit für sie gewesen, in die Mission zurückzukehren. Sie wirkte aufgewühlt.

»Es hat ganz schön Ärger gegeben«, berichtete sie vom Abend zuvor. »Sie glauben, dass ich mit Gerrit zusammen war bei der Teegesellschaft. Ich hätte unbedingt fragen müssen und mich nicht von dir einladen lassen dürfen, um Spenden anzunehmen und mit den Gästen zu reden. Sie hätten eine Schwester zu dir geschickt, die fester im Glauben ist als ich ...«

Ivy hatte Pater Flint erzählt, sie hätte die Idee gehabt, dass sich die Gäste vielleicht für die Mission und ihre Arbeit interessieren könnten. Deshalb hätte sie Margaret gebeten, beim Tee zugegen zu sein und Fragen zu beantworten.

»Jedenfalls musste ich wieder den Patres und den älteren Schwestern Rede und Antwort stehen und beichten«, fuhr Margaret fort.

»Du hast gebeichtet?«, fragte Ivy erschrocken. Sie wusste, dass es bei den Schwestern als schwere Sünde galt, im Beichtstuhl zu lügen.

Margaret blickte sie spitzbübisch an. »Schwester Margaret hat gebeichtet«, erklärte sie. »Fiona hat keiner gefragt. Und heute wird Fiona ihrerseits niemanden fragen. Schwester Margaret hat Pater Flint gerade weggeschickt. Sie bleibt bei zwei kranken Kindern im Kikuyu-Dorf. Die beiden könnten etwas Ansteckendes haben. Schwester Elisabeth hat erzählt, dass in einem Dorf bei Nairobi die Cholera umgeht. Und die möchte Schwester Margaret auf keinen Fall mit in die Mission bringen ...«

»Margaret!«

Ivy kannte ihre Freundin kaum wieder. Sie wusste nicht, was sie zu der plötzlichen Verwandlung sagen sollte.

»Fiona wird heute Nacht bei Gerrit bleiben«, verkündete Margaret jetzt. »Leihst du mir noch mal ein Kleid?«

Ivy lieh ihr gern ein Kleid, sah jedoch schwarz für ihre eigenen Planungen. Auf keinen Fall konnte sie Sanele mit in ihr Schlafzimmer nehmen, wenn Fiona drei Räume weiter das Bett mit Gerrit teilte. Nicht auszudenken, wenn sie einander in die Arme liefen oder sich beim Frühstück begegneten. Sie wollte sich zu Sanele bekennen, aber Gerrit musste nicht unbedingt der Erste sein, der es erfuhr.

Sie dachte über eine Alternative zu ihrem Plan nach, während sie Margaret bei der Auswahl eines Kleides und eines Spitzennegligés beriet. Schnell kam sie auf die naheliegendste Lösung. An diesem Tag waren mehrere Safarigäste abgereist. Drei der Zelte standen leer. Warum also sollten sie und Sanele sich nicht einmal den Luxus gönnen, für den sie sonst so hart arbeiteten? Nichts konnte romantischer sein als eine Nacht in einem Safarizelt.

Ivy machte sich gleich an die Vorbereitung und ließ das schönste der Zelte herrichten wie für den Empfang eines Hochzeitspaares. Sie stellte Champagner bereit, bat die wissend lächelnde Wawira darum, kleine Appetithappen vorzubereiten, und konnte sich vor Vorfreude kaum halten. Bevor sie sich schließlich ein Bad einlaufen ließ, bat sie einen Laufburschen, Sanele zu suchen und ihm zu sagen, dass sie ihn in einer Stunde im abgelegensten der Safarizelte erwarte.

Gleich darauf lag sie in einem Schaumbad, genoss den Rosenduft und stellte sich die Zärtlichkeiten vor, die sie später tauschen würden. Sie würden eine traumhafte Nacht erleben und sich dann gemeinsam der Welt entgegenstellen.

Ivy Edgecumbe und Sanele Zulu würden am Morgen ein Paar sein, und jeder sollte das dann erfahren.

41

Ivy war eben fertig geworden, als sie Sanele zu den Zelten kommen hörte. Ihre Haut und ihr Haar dufteten nach Rosen. Sie hatte ihre Locken gelöst, und wie immer bauschten sie sich um ihr Gesicht. Sie trug ihr schönstes Negligé – eines, das sie nie zuvor getragen hatte. Sie hatte es in Kijabe gekauft, damals noch in der Hoffnung, dass Gerrit sich ihr bald erklären würde. Rasch tupfte sie ein wenig von einem der Duftöle, die Gerrit damals in Aden für sie hatte besorgen lassen, auf das seidene Bettzeug. Ivy fühlte sich schön, und freute sich auf das Leuchten in Saneles Augen, auf seinen Körper und seine Küsse. Sie erwartete ihn auf dem Bett im Hochzeitszelt sitzend und hielt gefüllte Champagnerflöten bereit, als die Plane geöffnet wurde. Im nächsten Augenblick fuhr ihr der Schreck durch alle Glieder.

Sie hatte Sanele nie in der Stammestracht der Zulu gesehen. Sein Oberkörper war frei, eine Art Lederschurz verbarg seine Scham und sein Gesäß, er reichte ihm bis zu den Oberschenkeln. Um seine Arme und Fußgelenke hatte er Bänder gewunden, die wirkten, als wären sie aus Kuhschwanzhaar, und um den Kopf ein Band aus Leopardenfell.

Das war nicht der Sanele, an den Ivy gewöhnt war! Er schien verwandelt und sein Gesichtsausdruck war ernst. Nichtsdestotrotz lächelte sie ihm zu.

»Möchtest du Champagner?«, fragte sie nervös. »Du ... du siehst aus wie ein Krieger.«

»Wolltest du das nicht?«, fragte er ungewohnt steif. »Gefalle ich dir nicht?«

Ivy verstand nicht, warum Sanele so abweisend war.

»Natürlich gefällst du mir«, sagte sie. »Du gefällst mir immer. Hast mir immer gefallen. Ich hab dich nur …«, sie lachte bemüht, »… noch nie im Lendenschurz gesehen.«

»Ich kann ihn ablegen«, sagte er, doch ohne jede Wärme, und kam zu ihr ans Bett. »Du wirst mich schließlich sehen wollen, wie Gott mich schuf.«

Ivy versuchte es erneut mit einem Lächeln. »Ich hätte nichts dagegen«, sagte sie sanft.

Sie nahm wahr, dass es sich etwas geziert anhörte. Konnte es sein, dass er ein Spiel mit ihr spielen wollte? Ihr Negligé verbarg fast nichts. Die Spitze umspielte ihre Brüste, sie wäre mit einem Zug an einem Seidenband zu lösen gewesen.

Sanele befreite sich mit einer Bewegung von dem Schurz. Ivy fragte sich, ob es vielleicht zu den Ritualen der Zulu gehörte, in der Hochzeitsnacht einen solchen zu tragen. Er warf auch die Armbänder ab, den Beinschmuck und das Kopfband. Nach wie vor verzog er keine Miene.

Sosehr Ivy das befremdete, stockte ihr dennoch der Atem, als er nackt vor ihr stand. Adrian hatte sich ihr nie so ohne jede Scham präsentiert. Natürlich hatte sie ihn nackt gesehen, aber es waren doch nur flüchtige Blicke gewesen, während Sanele ihr Zeit gab, seinen Körper in Ruhe zu betrachten. Es war fast, als stellte er sich zur Schau.

»Du bist … sehr schön …«, sagte sie heiser.

Er nickte – mit einem seltsamen Ausdruck im Gesicht, den sie nicht deuten konnte. Und er machte keine Anstalten, sich zu rühren oder das Kompliment zu erwidern.

»Warum kommst du nicht?«, fragte sie und schlug die leichte Bettdecke auf, bereit mit ihm darunterzuschlüpfen. »Ich dachte, wir …«

»Wie es dir beliebt«, sagte er. »Möchtest du, dass ich dich küsse? Du weißt, wir küssen uns nicht bei den Stämmen …«

Ivy stand auf. Sie überlegte, ihn zu fragen, was ihn so unnahbar machte, weshalb er sich gerade an diesem Tag so anders, fast abweisend zeigte. Doch dann hob sie nur ihren Kopf und bot ihm ihre Lippen. Es gab kein Halten mehr, als sie sich berührten, Sanele wusste sehr gut, wie sich die Weißen küssten – er hatte es oft genug gesehen und sicherlich davon geträumt. Und nun schmiegte Ivy ihren Körper an den seinen, ließ sich von ihm aufheben und aufs Bett legen, erschauerte unter seinen Berührungen und explodierte fast schon vor Lust, als er sie nun überall streichelte. Sie vergaß, dass sie je einen anderen Mann geliebt hatte, und sie glaubte, dass Sanele alle Demütigungen und Zurückweisungen vergaß, unter denen er je gelitten hatte. Die Nacht ließ alle Grenzen zwischen ihnen fallen.

Ivy erwachte, als Sanele sich erhob und seine Sachen zusammensuchte.

»Willst du schon gehen?«, fragte sie verwundert. »Du kannst doch noch bleiben. Hier kommt heute niemand her, dafür habe ich gesorgt, das weißt du. Ich dachte, wir könnten Tee trinken, gemeinsam frühstücken und …«

Und reden, wollte sie sagen. Sie mussten schließlich entscheiden, wie es weitergehen sollte. Ivy wollte nicht mehr ohne Sanele leben, und das durfte jetzt auch jeder wissen. Dennoch mussten sie überlegen, wie sich ihr Zusammensein gestalten sollte. Ob eine Heirat …?

»Es ist nicht nötig, Miss Ivory, dass Sie sich die Mühe machen«, sagte Sanele kalt. »Sie hatten den schwarzen Mann in Ihrem Bett, die tiefste Erfahrung von Afrika. In einem Safarizelt fast wie in der Wildnis, mit all den Lauten der Tiere um Sie herum, mit allen Düften des Orients … Ich bin sicher, Sie haben es genossen. Und Sie brauchen nicht mal etwas dafür zu zahlen, Miss Ivory. Ich habe es gern getan.«

Ivy sah verständnislos zu, wie er den Lendenschurz wieder anlegte, und dann endlich begriff sie, woran ihn ihre so liebevoll geplante gemeinsame Nacht erinnert hatte! Auch die Massai-Männer, die sich anboten, die weiblichen Safarigäste für Geld zu befriedigen, erschienen dazu in Stammestracht. Die vollendete Erfahrung von Afrika … Eine der Damen hatte das mal in ihr Gästebuch geschrieben, natürlich ohne genauer zu erläutern, worum es da ging. Sanele und sie hatten gewusst, was das bedeutet hatte, und darüber den Kopf geschüttelt und gelacht. Und nun glaubte er …

Ivy ging rasch zu ihm hin. »Sanele, das ist ein Missverständnis. Ich wollte doch nur … Sanele!«

Er wandte sich um. »Also nicht Afrika? War ich dann das Fabelwesen für Sie, das jederzeit beseitigt werden kann, wenn Sie einen Mann Ihrer Art finden?«

Ivy blickte verletzt zu ihm auf. »Sanele, das glaubst du doch selbst nicht. Ich liebe dich. Ich habe dich immer geliebt, ich …«

Er hörte nicht zu. Ivy musste hilflos zusehen, wie er das Zelt verließ, einen Ausdruck im Gesicht, den man als Verachtung deuten konnte.

Oder als Verzweiflung?

Sie wollte hinterherlaufen und alles richtigstellen – aber sie konnte das Zelt in ihrem offenen Spitzennegligé nicht verlassen. Unglücklich ließ Ivy ihn gehen und zog sich an. Sie würde später mit Sanele reden müssen. Vielleicht beruhigte er sich ja. Wenn er ein bisschen nachdachte, wenn er sich die Wunder dieser Nacht noch einmal vor Augen führte, dann konnte er nicht glauben, dass sie ihn benutzt hatte. Er kannte sie doch!

Oder nicht? Auch er hatte sich all die Jahre innerhalb der Grenzen bewegt, vielleicht war sie nicht die Einzige, die lange nicht an Liebe hatte denken können. Und nun misstraute er dem Mut zu seiner eigenen Courage, konnte nicht glauben, dass sie wirklich das Gleiche empfand wie er. Irgendwie würde sie es ihm beweisen müssen. Sie räumte das Zelt flüchtig auf und ging dann zurück zum Haus. Später würde sie Sanele zu sich bitten und noch einmal in Ruhe mit ihm reden. Es konnte jetzt nicht alles vorbei sein – jetzt, wo es gerade begonnen hatte!

Ivy versuchte, ruhig zu bleiben – und sah sich bei der Ankunft im Haus gleich neuen Problemen gegenüber. Gerrit und Fiona waren in der Empfangshalle, rührten den Tee und den Toast jedoch nicht an, den ihnen die verständnislose Wawira serviert hatte. Ivy schaute Gerrit tadelnd an, als sie sah, dass Fiona weinte.

»War es nicht schön für sie?«, fragte sie anklagend. »Du wusstest, dass sie …«

Gerrit hob die Hände. »Himmel, natürlich wusste ich das. Ich war der geduldigste und sanfteste Liebhaber auf der ganzen Welt. Wenn du mich fragst, war es wunderschön. Für uns beide … Aber jetzt hat sie sich irgendwie wieder in Schwester Margaret verwandelt und hadert mit ihrem Gelübde.«

Margaret nickte unter Tränen. »Es war sehr schön«, bestätigte sie. »Es war wie im Himmel. Trotzdem hätte ich es nicht tun sollen. Nicht jetzt schon. Und nicht vor der Hochzeit. Die Patres haben recht. Ich bin eine Sünderin.«

»Geh jetzt auf keinen Fall beichten!«, fuhr Ivy sie an. »Sonst verbringst du die letzten drei Monate deiner Ordenszugehörigkeit auf den Knien. Und du, Gerrit … es wird nicht einfach für mich, aber ich gebe dich vor Ablauf deines Vertrages frei. Die Idee, euch zu trennen, bis ihr mit dem Segen aller Beteiligten zusammen sein könnt, war vielleicht gar nicht so schlecht. Also pack deine Sachen und fahr los – nach Nairobi oder Mombasa. Mach dich schon mal auf die Suche nach einem neuen Job. Es muss ja keine Mission sein …«

Gerrit wollte etwas erwidern, ließ es jedoch, als Ivy ihn anblitzte. Das Letzte, wonach ihr jetzt der Sinn stand, war, seine und Margarets Probleme zu lösen. Wenn sie sich trotzdem um die beiden kümmerte, statt sich einfach in eine Ecke zu setzen und zu weinen, dann sollte er sich wenigstens an ihre Anweisungen halten!

»Komm jetzt mit, Margaret, wir gehen zu den Kikuyu und hoffen, dass bis jetzt keine deiner Mitschwestern oder ein Pater dort erschienen ist.« Sie sah auf die Standuhr in der Halle. Zum Glück war es noch früh. In der Mission feierte man erst die Morgenmesse. »Du kümmerst dich um die Kinder. Sie sind doch wirklich krank, oder? Wir müssen jetzt nicht noch die zugehörigen Mütter einweihen?«

Margaret schüttelte den Kopf. »Nein, ich hab ihnen gesagt, ich wäre auf der Farm. Falls es den Kindern schlechter geht, könnten sie mich rufen. Aber es ist eine Magenverstimmung. Keine Cholera. Ich bin mir da ziemlich sicher.«

»Gut«, sagte Ivy. »Dann setz deinen Schleier ordentlich auf, und wir werden tun, als wäre nichts geschehen …«

Sie hoffte, dass Sanele sie nicht weiter behandeln würde, als wären sie Fremde. Am liebsten hätte sie gleich nach ihm gesucht – ihr Gefühl sagte ihr, dass es dringlich war. Er war ihr Seelenverwandter … Spürte sie, dass er im Begriff war, etwas zu tun, das er später vielleicht bereuen würde?

42

Ivy begleitete Margaret ins Dorf der Kikuyu, wo sie die erkrankten Kinder in nur wenig besserem Zustand antrafen als am Tag zuvor. Außerdem zeigte ein drittes die gleichen Symptome. Bei allem Mitleid für die kleinen Jungen war Ivy erleichtert, dass ihre Erkrankung schwer genug zu sein schien, um Margarets Verbleiben im Dorf zu rechtfertigen. Ihre Freundin wirkte zudem so erschöpft und beunruhigt, dass man ihr die Nachtwache am Krankenbett glaubte. Ein vierter Junge, der gerade anfing, sich zu übergeben, beichtete den Erwachsenen dann, dass sie alle zusammen zwei Tage zuvor am Wasserloch gewesen waren – angeblich, um Tiere zu beobachten, vielleicht auch im Rahmen einer Mutprobe oder um mit ihren Schleudern auf Vögel zu schießen. Auf jeden Fall hatten sie Durst bekommen und ihn direkt an der Tränke der Tiere mit dem verschmutzten Wasser gestillt. Die Ursache der Übelkeit und der Diarrhö war also klar – und Elisabeth, die bald gemeinsam mit Pater Flint im Dorf erschien, wusste, wie man die Symptome behandelte.

»Hoffen wir mal, dass ihr jetzt nicht auch noch Würmer bekommt!«, erklärte sie den Jungen und ihren Eltern gewohnt bärbeißig. »Wenn ich den Doktor in Kijabe das nächste Mal sehe, bitte ich ihn um eine Medizin dagegen, die ihr vorsichtshalber schluckt. Bereitet euch schon mal darauf vor, dass sie sehr bitter ist! Und dass ihr dann noch mal Bauchschmerzen bekommt!«

»Es geschieht euch jedenfalls recht!«, fügte der Pater hinzu.

»Schämen solltet ihr euch, dass ihr das Geschenk unseres verstorbenen Wohltäters Adrian Edgecumbe nicht ausreichend würdigt!«

Adrian hatte dafür gesorgt, dass die Kikuyu Zugang zu ebenso sauberem Wasser hatten wie sein Resort.

Elisabeth und Pater Flint nötigten die Jungen, ein Gebet für den Verstorbenen zu sprechen und ihm für seine Großmut zu danken. Außerdem musste Gott darum gebeten werden, sie schnell genesen zu lassen. Dabei waren ihre kleinen Gesichter ohnehin schon wieder blass, zwei der Jungen mussten sich gleich wieder übergeben.

»Konnten Sie ihnen nicht einfach Kohletabletten geben?«, fragte Ivy. Sie fand die Ordensleute zu streng, die Jungen waren mit ihrer Übelkeit schließlich genug bestraft.

»Sie müssen lernen, dass Ungehorsam sowohl göttliche als auch weltliche Strafen nach sich zieht«, erklärte der Pater steif.

Margaret erblasste nun ebenfalls, aber das fiel zum Glück niemandem auf. Elisabeth forderte sie auf, mit den gesunden Kindern wie gewohnt Schule zu halten. Sie selbst würde sich um die Kranken kümmern und dann am Abend mit ihr in die Mission zurückkehren.

Ivy wurde nicht mehr gebraucht und ging zurück zur Farm, wo um die Mittagszeit neue Gäste erwartet wurden. Sie vergewisserte sich, dass die Zelte bereits hergerichtet waren – auch das, in dem sie mit Sanele die Nacht verbracht hatte – und dass dort kleine Häppchen und Obst als Snack nach der Ankunft bereitstanden. Schließlich bereitete sie sich selbst auf die Begrüßung vor, indem sie in Khakikleidung schlüpfte. Die Gäste sollten das Gefühl bekommen, Teil einer echten Safari zu werden. In der Empfangshalle warf sie einen Blick auf das Begrüßungskomitee – Gepäckträger und Hausdiener, um die Gäste in ihre Zelte zu führen. Zu ihrer Verwunderung fehlte Sanele, er pflegte ein Tablett mit Fruchtcocktails und Champagner bereitzuhalten. Statt seiner stand ein junger Afrikaner, den er seit einiger Zeit ausbildete, der Gruppe der dienstbaren Geister

vor. Er wirkte etwas deplatziert, aber sehr stolz in seiner Butleruni-
form.

»Wo ist denn Sanele, Thabo?«, fragte sie verwundert.

Der junge Mann deutete eine Verbeugung an. »Das weiß ich
nicht, Memsahib. Er hat mich angewiesen, ihn hier zu vertreten.«

»Und er hat nicht gesagt, wo er so plötzlich hinmusste?«, erkundigte sich Ivy. »Er war doch erst gestern in Kijabe.«

Thabo schüttelte den Kopf. »Nein, Memsahib. Ich habe ihn gar
nicht gesprochen. Es liegt eine Liste in der Küche aus, mit Anweisungen für den gesamten Nachmittag und Abend. Ich bin als Ser-
viceleitung eingeteilt. Stimmt etwas nicht, Memsahib?«

Er schien ihr ihre Verwirrung und Sorge anzusehen. Sie bemühte sich um Beherrschung.

»Nein, nein, Thabo. Ich denke, er will euch einfach mal eine
Chance geben, die Begrüßung allein zu schaffen. Viel Glück dabei.
Du siehst sehr elegant aus!«

Ivy verließ die Männer, als sie einen zur Farm gehörenden kleinen Bus sowie ein Privatautomobil mit den Gästen kommen sah.
Nachdem die Koffer ausgeladen waren und alle sich in der Empfangshalle versammelt hatten, hob sie zu ihrer Rede an. Jeder hielt
ein Glas Champagner oder Fruchtcocktail in der Hand. Ivy regis-
trierte ein Freundinnenpaar, zwei Ehepaare und den halbwüchsigen
Sohn des einen Paares.

»Ich bin Ivory Edgecumbe, und ich freue mich so sehr, dass
Sie mein Resort gewählt haben, um die Flora und Fauna Kenias
kennenzulernen. Ich werden Ihnen meine Welt zeigen, mein Afrika, das wild ist und doch so friedlich. Gefährlich und doch voller
Liebe und Zärtlichkeit. Sie sollen die Tiere mit ihren Jungen erleben, in ihrem Miteinander, sollen begreifen, dass sie mehr sind als
Jagdtrophäen, mehr zu bieten haben als ihr Fell oder ihr Geweih
oder ihre Stoßzähne. Die Tiere können Sie zum Lachen und Weinen bringen, und sie werden ein Glücksgefühl in Ihnen auslösen,

wie Sie es vorher vielleicht nie verspürt haben. Sie kommen nicht als Jäger in die Welt unserer Tiere, sondern als Besucher. Seien Sie herzlich willkommen!«

Ivy strahlte ihre Gäste an, sie sprach wie immer mit viel Gefühl und freute sich, wenn sie ihre Zuhörer mitriss. An diesem Tag jedoch fehlte etwas. Ihr wurde jetzt erst gewahr, dass Sanele bislang jedes Mal, wenn sie ihre Rede gehalten hatte, neben der Tür gestanden und ihr zugehört hatte. Sie hatte das Leuchten in seinem Gesicht nie bewusst wahrgenommen, jetzt erinnerte sie sich. Jetzt, da er fehlte.

Während die neuen Gäste sich in den Zelten einrichteten, vergewisserte sich Ivy, dass auch Gerrit gegangen war. Sie fühlte sich sehr allein, als sie einen Blick in seine verlassenen Räumlichkeiten warf, und erst jetzt fiel ihr ein, dass sie auch Saneles Reich inspizieren könnte, um Aufschluss über seinen Verbleib zu erhalten. Sie ging also in den Schuppen, den vormals die Schwestern bewohnt hatten, und fand ihn aufgeräumt, gefegt und vollständig leer. Sanele war weg. Fortgegangen. Er hatte seine sämtlichen Besitztümer mitgenommen und keine Nachricht für sie hinterlassen.

Ivy fühlte nichts mehr außer Kälte – ähnlich wie nach Adrians Tod. Doch im Gegensatz zu damals stieg ein Schmerz in ihr auf, der die Leere in ihrem Herzen sehr bald füllen würde. Wie in Trance ging sie in die alten Räume der Tierpräparatoren, wo sie Adrians Trophäen untergebracht hatte, nachdem er für tot erklärt worden war. Hier war sie sicher allein, auch wenn es sich anfühlte, als ob all die Tiere sie anstarrten. Sie sah den Tiger und dachte an die Maharani im goldenen Käfig, sah den Impalabock und dachte an Betrug. Schließlich weinte sie, weinte und weinte. Der einzige Mann, der sie nicht verraten hatte, der einzige, den sie wirklich liebte, fühlte sich verletzt und von ihr ausgenutzt. Er hatte die Konsequenzen gezogen und war gegangen. Und sie wusste nicht, wo sie ihn suchen sollte.

43

Ivy konnte ihren Verlust kaum ertragen, doch natürlich ging das Leben weiter. Sie musste die Gäste beim Willkommensdinner unterhalten und am nächsten Tag die Safarifahrten übernehmen. Es war keinesfalls so, dass man sie einfach den Kikuyu-Fährtensuchern überlassen konnte. Die waren zwar sehr gut darin, die Tiere aufzuspüren, doch erheblich zu schüchtern, um das Wort an die Gäste zu richten und etwas zu erklären. Oft haperte es auch am Englisch – und daran, dass sie den Weißen misstrauten. Das beruhte auf Gegenseitigkeit. Die Engländer, die in Afrika lebten, sahen auf ihre einheimischen Nachbarn herab, die Europäer auf Safaribesuch starrten sie an, als gehörten sie zur heimischen Tierwelt oder doch wenigstens zur Kulisse der Safari. Ivy suchte also nach Ersatz für Gerrit und möglichst auch für Sanele. Die Hautfarbe war ihr gleich, allerdings musste ein Guide fließend Englisch sprechen und Kenntnisse über Flora und Fauna des Landes nachweisen können. Um solche Leute rissen sich die Safariveranstalter – und viele waren obendrein Jäger, die eine Anstellung in einem Jagdresort oder gleich bei Newland, Tarlton & Co. der Arbeit für Ivy vorziehen würden.

Nach einem Monat ohne erfahrenen Serviceleiter und ohne Guide war sie so erschöpft, dass sie in Erwägung zog, das Angebot ihrer Schwester anzunehmen und es mit ihrem Gatten Jeffrey als Verwalter zu versuchen. Rosamond, Jeffrey und ihre Kinder waren auf dem Weg nach Afrika. Über Verwandte war Jeffrey eine Stellung in der britischen Verwaltung angeboten worden. Wenn es ihm in Nairobi gefiel, wollte er sie annehmen, doch zunächst gedachte er, ein paar Monate mit der Familie auf Edgecumbe Farm zu verbringen, um Land und Leute kennenzulernen. Ivy freute sich auf ihren Besuch.

Als sie ankamen, brachte Ivy sie nicht in einem der Zelte unter, sondern in Gerrits Räumen, und natürlich brachten die Kinder, es waren mittlerweile drei, Leben ins Haus. Ivy fand die beiden Jungen ziemlich verwildert, das kleine Mädchen, es war das jüngste der Kinder, sehr schüchtern. Madeleine hatte Angst vor ihrem Vater, er musste sie immer wieder durch Strenge oder durch seltsames Verhalten erschreckt haben. Ivy war Rosamonds Mann von Anfang an nicht sehr sympathisch. Er trat herrisch auf – Kasernenhofton, sagte Rosamond entschuldigend. Jedenfalls hatte er keine Skrupel, die Dienstboten anzufahren, die so ein Verhalten nicht gewohnt waren und erschrocken zusammenzuckten.

Jeffrey, das merkte Ivy schon am folgenden Tag, brachte nicht viel zustande, obwohl er sich großspurig alles zutraute. Als sie ihn bat, ihren Safariwagen zu fahren, weil ihr Fahrer unpässlich war, hätte er ihn beinahe eine Klippe hinuntergelenkt. Später gab er zu, vorher noch nie ein Automobil gefahren zu haben. Er hatte das einfach nicht für besonders schwierig gehalten – und war auch danach überzeugt davon, seine Sache gut gemacht zu haben.

Rosamond wirkte nicht sehr glücklich. Das Verhalten ihres Mannes war ihr oft peinlich, und die Kinder überforderten sie. Gleich an einem der ersten Tage auf Edgecumbe Farm bat sie Ivy um eine schwarze Nanny und regte sich dann auf, dass die junge Makena, getauft und der englischen Sprache recht gut mächtig, Madeleine nackt auszog und im Schlamm spielen ließ. Die Kleine amüsierte sich wunderbar gemeinsam mit zwei afrikanischen Kindern, die ihr zeigten, wie man Ameisen fing und zu Rosamonds Entsetzen aß.

In den Wochen auf Edgecumbe Farm wechselte Rosamond dreimal die Nanny. Ihre Söhne freundeten sich derweil mit den vier kleinen Rabauken an, die sich am Wasserloch den Magen verdorben hatten. Die Gebete hatten sie nicht geläutert – nach wie vor machten sie eine Menge Unsinn. Ivy sorgte sich, da sie offenbar versuchten, vor der Zeit erwachsen zu werden, und sie hoffte, dass sie dabei nicht so weit gingen, sich auf Löwenjagd zu begeben.

Ivy und Rosamond brauchten etwas Zeit, um miteinander warm zu werden, sprachen dann jedoch recht vertraut miteinander. Zumindest von Adrian und Gerrit konnte Ivy ihrer Schwester erzählen. In Bezug auf Sanele machte sie allenfalls Andeutungen. Rosamond gehörte zu den weißen Frauen, die sich vor Afrikanern fürchteten. Sie wäre schockiert gewesen, hätte sie von Ivys Liebe erfahren.

Ivy gab sich alle Mühe, das Resort gut zu führen, aber die meiste Kraft investierte sie in den Versuch, Sanele zu finden. Sie fragte frühere Gäste, ob er sich vielleicht als Butler beworben hatte, erkundigte sich bei Newland, Tarlton & Co. sowie anderen Safariveranstaltern. Sanele war jedoch wie vom Erdboden verschluckt.

»Vielleicht hat er sich ja zum Militär gemeldet«, überlegte Margaret. Seit Gerrits Abreise verlief ihr Leben im Orden wieder ruhiger. Sie war bei den Kikuyu als Lehrerin tätig und sollte eine junge Schwester, Maria Antonia, beim Stamm einführen. Sie würde nach Margarets Ordensaustritt ihre Arbeit im Dorf übernehmen, sprach bislang allerdings kaum Kikuyu.

»Der Krieg ist vorbei«, bemerkte Ivy. »Soweit ich weiß, hat man die Truppen weitgehend demobilisiert. Es sind gerade noch rund dreitausend Offiziere und sonstige Spezialisten dabei. Neueinstellungen halte ich für unwahrscheinlich.«

»Irgendwo gibt es immer Krieg«, bemerkte Margaret. »Vielleicht ist er in Südafrika, wieder bei den Zulu …«

Ivy hob die Schultern. »Das ist es ja. Er kann überall sein. Und er ist nicht mittellos, er hat bei uns gut verdient und kaum etwas ausgegeben. Er könnte sogar nach Europa gegangen sein.«

»Und wenn du es mit einem Privatdetektiv versuchst?«

Margaret hatte eine Schwäche für Kriminalromane. Seit Jahren durchforstete sie Ivys Bibliothek und las in jeder freien Minute.

»Kennst du einen?«, fragte Ivy. »Also in Kijabe, Nairobi und Mombasa wüsste ich niemanden. In London natürlich ... oder Amerika. Pinkerton ...« Sie lachte nervös. »Ich denke, ich muss einfach warten. Vielleicht ...«

Margaret sah sie prüfend an. Sie schien sich etwas überwinden zu müssen, ihr die folgende Frage zu stellen.

»Du hast wirklich keine Ahnung, warum er so plötzlich weg ist?«

Ivy hatte darüber nachgedacht, offen mit Margaret zu sprechen, den Gedanken dann jedoch verworfen. Eigentlich wollte sie allein mit dem fertigwerden, was zwischen ihr und Sanele gewesen war. Doch die letzten Wochen hatten sie zermürbt. Sie fühlte sich oft müde und erschöpft und befürchtete schon, eine Krankheit auszubrüten. Zurzeit hatte sie zwar nicht allzu viele Gäste auf der Farm, aber Rosamonds Familie genügte ihr, und an Regentagen, die zu Beginn der Großen Regenzeit häufig waren, wurde ihre Geduld stark strapaziert. Sie wurde reizbarer und empfindlich. Auch jetzt war sie wieder den Tränen nahe.

»Doch«, flüsterte sie schließlich. »Ich kann's nur nicht sagen. Es ist so, dass ich ihn ... dass ich ihn verletzt habe. Ohne es zu beabsichtigen. Und nun kann ich nur hoffen, dass er mir irgendwann verzeiht.«

Margaret legte den Arm um sie und drückte sie an sich. »Das wird er«, versprach sie. »Ihr habt euch immer so gut verstanden. Ihr wart euch so ähnlich im Denken und im Wesen. Er wird zurückkommen.«

Ivy überließ sich ihrer Umarmung und fühlte sich zumindest

ein bisschen getröstet. Margaret hatte die besondere Beziehung zwischen ihr und Sanele also auch gespürt. Sie konnte kein so plötzliches Ende haben!

Zunächst kam dann Gerrit zurück – bereits nach zweieinhalb Monaten und damit erheblich früher als erwartet. Margaret würde ihren Orden erst in weiteren acht Wochen verlassen können.

»Ich hab's nicht mehr ausgehalten«, erklärte er, als Ivy ihn zur Begrüßung umarmte – trotz ihres Zerwürfnisses freute sie sich zu ihrer eigenen Verwunderung ehrlich, ihn wiederzusehen. »Ich musste Fiona wiedersehen. Zumal ich gute Nachrichten habe.«

Ivy rief ein Hausmädchen, das Tee servieren sollte. Gerrit sah sie fragend an. »Wo ist denn dein Lieblingsafrikaner?«, fragte er.

Ivy spürte sofort wieder Unmut in sich aufsteigen. »Sanele hat uns verlassen«, sagte sie ohne jede weitere Erklärung. »Und wenn du erneut anfängst zu sticheln, kannst du direkt wieder gehen. Deine Anwesenheit wird Margaret das Leben nicht leichter machen.«

»Für mich ist sie längst Fiona«, sagte Gerrit verträumt. »Und ich habe eine Überraschung. Ich bin ein bisschen in Afrika umhergereist und habe erfahren, dass das Naturkundemuseum in Daressalam einen Kurator braucht. Ich habe dort vorgesprochen, und ich wurde genommen. Fiona und ich werden in Tansania leben.«

»Hast du ihr nicht eine Mission versprochen?«, fragte Ivy, obwohl sie sich ziemlich sicher war, dass dies für Margaret keine große Rolle mehr spielte. Nach dem, wie der Orden sich ihr gegenüber verhalten hatte, wollte sie eher Abstand zwischen sich und eine Missionsstation legen.

Gerrit winkte ab. »Sie kann sich ja irgendwo ehrenamtlich engagieren. Daressalam ist eine große Stadt, da wird es genug Organisationen geben, die Kindern helfen – getauften und nicht getauften. Was meinst du, wann ich sie sehen kann?«

Ivy berichtete ihm von Antonia, die jetzt ständig mit Margaret zusammen war, und Gerrit machte ein enttäuschtes Gesicht. Dann begann er, Pläne zu schmieden.

Rosamonds Eintreten unterbrach ihn. Sie wirkte verärgert, wollte sich wohl über irgendetwas beschweren, doch Ivy lenkte sie ab, indem sie Gerrit vorstellte.

»Sie sind das also«, bemerkte ihre Schwester wenig höflich. »Wollen Sie sich wieder hier einnisten?«

Gerrit blickte sie indigniert an und Ivy verärgert.

»Rosamond, wo bleiben deine guten Manieren?«, rügte sie ihre Schwester. »Sicher befürchtest du, dass ihr jetzt ausziehen müsst, doch keine Sorge, ihr könnt bleiben. Gerrit kann selbstverständlich trotzdem wieder hier wohnen.« Sie sah Gerrit an. »Die Familie meiner Schwester bewohnt vorübergehend deine früheren Räumlichkeiten, Gerrit. Würdest du mit Saneles Wohnstatt vorliebnehmen? Es ist natürlich nur ein Schuppen …«

Über Gerrits Gesicht fuhr wider Erwarten ein Strahlen. Schließlich hatten auch Engelberta und Margaret den Schuppen einmal bewohnt, und der Gedanke daran regte zweifellos seine Fantasie an. Sicher dachte er daran, dass es einfacher war, Margaret zu einem Besuch im Schuppen zu überreden, als erneut in Ivys Haus die Nacht zu verbringen.

Ivy beschloss, sich um die beiden nicht weiter zu kümmern. Weder wollte sie für Gerrit und Fiona die Kupplerin spielen noch den Moralapostel. Fionas letzte Wochen als Margaret würden unweigerlich vorübergehen, und die Patres und Mitschwestern hatten inzwischen sicher aufgegeben, sie im Orden halten zu wollen.

44

Margaret schien zwischen Glück und Besorgnis zu schwanken, als Ivy ihr von Gerrits Rückkehr und seinem Aufenthalt in ihrer früheren Wohnstatt berichtete. Sie hatte sie unter einem Vorwand in ihr Haus gebeten, Antonia sollte solange den Unterricht der Kinder übernehmen. Sie war damit ausreichend abgelenkt. Besonders die kleinen Jungen nahmen die sehr junge Schwester nicht ernst und nutzten ihre ungenügenden Sprachkenntnisse schamlos aus, um Späße mit ihr zu treiben.

»Ich … ich hatte nicht geglaubt, dass er zurückkommt«, gestand Margaret jetzt mit leiser Stimme.

Ivy wunderte sich. »Wieso denn das? Es war doch klar, dass er wiederkommt. Er ist sogar viel früher als geplant zurück.«

Margaret senkte den Kopf. »Ich dachte, Gott straft mich. Und ihn … und … und dich.«

»Mich?« Ivy begann, am Verstand ihrer Freundin zu zweifeln. »Was soll ich denn getan haben?«

Margaret sah sie jetzt an, wirkte jedoch sehr verlegen. »Du … du siehst schlecht aus«, erklärte sie. »Schwester Elisabeth sagt das auch. Du …«

Ivy seufzte. »Ein bisschen überarbeitet. Aber jetzt wird Gerrit mir die Gäste ja wieder abnehmen. Zumindest bis du mit ihm weggehen kannst. Und bis dahin finde ich hoffentlich einen Ersatz. Mein Schwager eignet sich leider nicht. Ach ja, Gerrit schmiedet schon Pläne, wie du ihn bei Nacht im Schuppen besuchen kannst. Wenn du dich das traust … Ich werde jedenfalls nichts bemerken.«

Margaret schüttelte heftig den Kopf. »Nein!«, erklärte sie. »Ich werde nicht erneut mit ihm sündigen. Nicht, bis ich nicht sicher weiß, dass … dass er mich nicht betrogen hat.«

Bevor Ivy nachfragen konnte, drehte sie sich um und rannte zurück in Richtung Kikuyu-Dorf, ohne an die Kekse für die Kinder zu denken, die Wawira gebacken hatte und die Ivy als Grund gedient hatten, Margaret ins Haus einzuladen und mit ihr zu reden.

In den nächsten Wochen gab nicht nur Margarets Verhalten Ivy Rätsel auf. Auch ihre Schwester und ihr Schwager benahmen sich seltsam. Es war für Ivy keine Überraschung, dass sich die beiden schwierig zeigten. Innerhalb der Familie wurde schon mal geschrien und geschimpft, Außenstehenden gegenüber hatten sie sich jedoch immer untadelig höflich gezeigt. Beide hatten exzellente Umgangsformen und hielten ihre Kinder mehr oder weniger erfolgreich zu gutem Benehmen an. Gerrit gegenüber zeigten sich Rosamond und Jeffrey jedoch ablehnend, wenn nicht gar offen feindselig.

»Was habe ich ihnen eigentlich getan?«, fragte er, nachdem ein gemeinsamer Abend äußerst unerfreulich verlaufen war.

Dabei hatte Gerrit sehr anschaulich von Daressalam erzählt und von seinen Heiratsplänen. Er schwankte zwischen einer katholischen Kirche, um Fiona eine Freude zu machen, und einer anglikanischen, was ihm eher behagen würde. »Den Namen Fiona verwenden Sie für die kleine Nonne, der Sie derart Hoffnung gemacht haben, dass sie aus ihrem Kloster fliehen will, ja?«, hatte Rosamond spitz angemerkt. Gerrit, der zurzeit einfach von nichts lieber sprach als von Margaret, hatte die komplizierte Sache mit dem bürgerlichen Namen und dem Ordensnamen erklärt. Woraufhin

Jeffrey ihn streng angeblickt und bemerkt hatte, er müsse vielleicht einmal von Mann zu Mann mit ihm sprechen.

Ivy hätte ihren Schwager spätestens an dieser Stelle energisch zur Rede gestellt, doch Gerrit war harmoniesüchtig. Er stritt sich nicht gern – sicher ebenfalls ein Grund dafür, dass er Ivy nicht sehr viel früher reinen Wein darüber eingeschenkt hatte, dass er nicht sie, sondern Margaret liebte. Er hatte Jeffrey also nur freundlich gesagt, er sei selbstverständlich jederzeit zu einem Gespräch bereit, doch dann hatte Rosamond das Thema gewechselt, um ihren mitunter jähzornigen Gatten zu unterbrechen. Schließlich hatten die beiden sich zurückgezogen – mit dem bedeutsamen Hinweis Rosamonds, Ivy und Gerrit hätten sicher noch eine Menge zu besprechen.

»Das weiß ich nicht«, antwortete Ivy. »Na ja, vielleicht … Ich habe Rosamond erzählt, dass ich … dass ich eine Zeit lang in dich verliebt war und dass du mir Hoffnung gemacht hast. Und dass ich deswegen zornig auf dich war …«

»Aber dann müsstest du unhöflich zu mir sein und nicht Rosamond«, wandte Gerrit ein. »Und dieser Jeffrey hat doch nun gar nichts damit zu tun. Ausgesprochen seltsam, wenn du mich fragst.«

Ivy hatte längst genug von Rosamond und ihrer Familie. Vor allem Jeffrey schien die Hoffnung noch nicht aufgegeben zu haben, sich auf der Farm einbringen zu können, wie er es nannte. Er fand die Hausangestellten undiszipliniert, die Unterbringung der Gäste in Safarizelten primitiv und hörte nicht auf zu betonen, es wäre doch sehr viel gewinnbringender, die Lodge wieder in ein Jagdresort umzuwandeln. Bei der Stellung in Nairobi, die ihm angeboten worden war, handelte es sich wohl eher um eine untergeordnete, und er hätte lieber auf der Farm den Jagdherrn gespielt. Mit Ivy stieß er deshalb oft aneinander – er schien nicht wahrhaben zu wollen, dass sie es war, die über das Geschäftliche bestimmte.

Inzwischen war es Anfang Juni, und Rosamond klagte über die Hitze. Sie mochte ihrer Schwester nicht glauben, dass eigentlich Winter in Afrika war und dass von Dezember bis Februar noch mit weitaus höheren Temperaturen gerechnet wurde. Jetzt, da die Regenzeit vorbei war, nahm die Anzahl der Safarigäste wieder zu. Ivy hatte keine Zeit, sich um ihre Schwester zu kümmern, was Rosamond ihr übel nahm. Schließlich verkündeten die Olden-Carmichaels, in der folgenden Woche nach Nairobi abreisen zu wollen.

»Jeffrey wird die Arbeit in der Verwaltung annehmen«, erklärte Rosamond. »Du weißt seine Erfahrung ja offensichtlich nicht zu schätzen. Und ich werde mich auf die Suche nach einem angemessenen Haus machen. So lange werden wir in einem Hotel unterkommen. Wenn Gerrit und du euer Verhältnis legalisieren wollt, wovon ich selbstverständlich trotz allem ausgehe, seid ihr uns jederzeit willkommen. Aber du hättest dich mir wirklich anvertrauen sollen. Ich bin deine Schwester. Zwischen uns sind Geheimnisse nicht angebracht.«

Ivy beteuerte ihre Verständnislosigkeit und fühlte zudem Besorgnis in sich aufsteigen. Hatte ihre Schwester irgendetwas von ihrer Beziehung zu Sanele erfahren oder erahnt? Damals bei Adrian war sie schließlich auch sehr hellsichtig gewesen. Diesmal war Rosamond jedoch nicht bereit, sich weiter zu äußern.

»Du weißt genau, was ich meine«, behauptete sie nur.

Ivy dankte dem Himmel, als die Olden-Carmichaels endlich weg waren, und nutzte die gewonnene Zeit, sich wieder vermehrt den Tieren im Resort zu widmen. Solange Gerrit fort gewesen war, hatte sie zwar fast alle Safaris geführt, doch es war eine Sache, den Teilnehmern das Wild zu erklären, und eine ganz andere, sich den Wasserstellen und Lieblingsplätzen der Vierbeiner allein zu nähern, das Leben im Busch zu spüren, auf seine Laute zu hören und eins mit ihm zu werden. Jetzt, nach der Regenzeit, war die Savanne grün, viele Pflanzen blühten, und ihr Duft erfüllte die Luft. Die meisten Tiere führten jetzt Junge, Ivy entdeckte zwei Löwinnen und eine Leopardin, die wahrscheinlich zum ersten Mal geworfen hatten und deshalb sehr besorgt um ihre Welpen waren. Mit ihren Gästen hätte sie sich ihnen nicht genähert, doch allein hatte sie längst gelernt, mit dem Busch zu verschmelzen wie ein Kikuyu-Fährtensucher.

Wenn sie im Schilf saß und die Elefanten beim Bad oder die Nashörner beim Trinken beobachtete, fühlte sie sich Sanele sehr nah. Wie oft war er ihr auf ihren einsamen Erkundungen des Resorts gefolgt, ohne sich zu erkennen zu geben! Sie konnte sich vorstellen, dass er auch jetzt da war – immer in ihrer Nähe, ob sie ihn sehen konnte oder nicht.

Ivy genoss den afrikanischen Winter, in dem die erträglichsten Temperaturen des Jahres herrschten, und langsam begann sie, sich besser zu fühlen. Sie nahm an Gewicht zu, sah blühend aus und fühlte sich zwar nicht glücklich, doch auch nicht mehr so grauenhaft leer und allein wie direkt nach Saneles Flucht. Sie begann, ihren Frieden damit zu machen, ihre Liebe verloren zu haben, und tröstete sich mit dem, was Sanele ihr in einer ihrer dunkelsten Stunden gesagt hatte – Afrika würde ihr bleiben.

Diese ruhige Zeit endete, als Gerrit eines Abends völlig aufgelöst in ihren Salon gestürmt kam. Ivy hatte am Kamin gesessen und in einem Buch gelesen.

»Sie will mich nicht heiraten!«, brach es aus ihm heraus. »Sie hat es mir eben gesagt. Sie will weg von der Mission, aber ohne mich. Sie ...«

»Fiona?«, fragte Ivy verblüfft. Sie versuchte gerade, sich daran zu gewöhnen, an die Freundin mit ihrem bürgerlichen Namen zu denken. Es gelang ihr nicht wirklich. »Warum das denn? Habt ihr euch gestritten?«

Gerrit ging zur Bar und schenkte sich einen Brandy ein.

»Nein. Kein bisschen. Es kam aus heiterem Himmel. Sie sagte, sie wolle mich nicht heiraten, um dich nicht unglücklich zu machen. Stattdessen solle ich dich heiraten, und ich wüsste schon, weshalb. Hast du da eine Vorstellung?« Er trank das Glas in einem Zug leer.

Ivy schüttelte den Kopf. »Nein«, sagte sie. »Aber mir gegenüber hat sie auch schon mal komische Andeutungen gemacht. Das ist allerdings länger her, in der letzten Zeit habe ich sie kaum gesehen ...«

Die Schwestern und Patres machten Margaret immer wieder Exerzitien, Gespräche und besondere Gebete zur Pflicht.

»Gestern warst du jedenfalls in der Mission«, wusste Gerrit. »Da muss irgendwas vorgefallen sein.«

Ivy dachte nach. »Eigentlich nicht«, meinte sie. »Ich hab Spenden von unseren Gästen hingebracht. Schwester Ann hat hier einen Vortrag über die Mission gehalten, ist dann jedoch gleich gegangen, bevor ich den Hut später habe herumgehen lassen. Nach ein paar Drinks ist die Spendenfreudigkeit größer. Es ist gut was zusammengekommen. Sie werden im September wieder zwei Mädchen nach Nairobi zur Schule schicken können ...« Gewöhnlich hätte sie Gerrit mit dieser Bemerkung erheitert – bedeutete es doch, dass die rührigen Nonnen wieder ohne Hinzuziehung des Mutterhauses eine Anzahl von Rindern zu erstehen gedachten. Früher hatte das Engelberta geregelt, jetzt übernahmen es Ann und Antonia. Diesmal stahl sich jedoch nicht mal der Anflug eines Lächelns auf das Gesicht ihres Freundes. Ivy fiel noch etwas ein. »Margaret habe ich gar nicht gesehen. Sie war in der Kirche zum Beten, meinte Schwester Elisabeth. Und mir stünde das auch gut an. Das fand ich etwas seltsam, aber dieser Drachen im Habit ist ja immer gut für eine Ermahnung.«

»Ich verstehe es einfach nicht.«

Gerrit vergrub das Gesicht in den Händen. Ivy schenkte ihm

nach. Sie selbst mochte zurzeit überhaupt keinen Alkohol, nicht einmal ihr geliebter Portwein wollte ihr richtig schmecken – und morgens musste sie sich übergeben, wenn Kaffeeduft aus der Küche drang. Sonst verspürte sie allerdings einen guten Appetit. Langsam würde sie sich mit dem Essen zurückhalten müssen, sie hatte zugenommen.

»Ich kläre es morgen auf«, versprach sie. »Ich fahre zur Mission und rede mit Margaret. Wenn es sein muss, auch mit Schwester Elisabeth. Wir werden herausfinden, worum es geht.«

45

Gerrit schlief seinen gewaltigen Rausch aus, während Ivy eines der Farmautomobile gleich am Morgen in Richtung Mission lenkte. Sie würde direkt nach der Frühmesse da sein und darauf bestehen, allein mit Margaret zu sprechen. Jetzt im Winter war es um diese Zeit noch dämmerig, und sie sah die Tiere schemenhaft in ihren Weidegründen. Diesmal schaffte es jedoch nicht mal ein neugeborenes Zebra, ihre Aufmerksamkeit auf sich zu ziehen. Sie suchte fieberhaft nach einer Erklärung zu Fionas Entscheidung.

Die Mission schien verwaist, als sie ankam, die Ordensleute befanden sich in der Kirche, und die Massai oder Kikuyu, die hier arbeiteten oder zur Schule gingen, waren noch nicht da. Ivy setzte sich unter die wunderschöne Schirmakazie, die den Platz schon beherrscht hatte, als die Missionsgebäude noch in Planung waren. Inzwischen waren etliche Werkstätten und Wirtschaftsgebäude sowie eine mit europäischen Spendengeldern finanzierte, schmucke kleine Kirche hinzugekommen. Ivy horchte auf den Gesang der Patres und Ordensschwestern und genoss die Ruhe auf einer kleinen Bank unter einem Baum. Beinahe wäre sie eingenickt. Zurzeit hatte sie mitunter das Gefühl, den ganzen Tag schlafen zu können.

Dann öffnete sich jedoch die Kirchentür, und die Gläubigen kamen heraus. Um diese Zeit waren es fast nur Ordensleute. Um sieben Uhr rafften sich auch bekehrte Einheimische ungern zum Kirchgang auf. Ivy ging beherzt auf Pater Flint zu und sprach ihn auf Margaret an.

»Ich muss unbedingt mit ihr reden!«, erklärte sie.

Der Pater musterte sie mit strengem Blick. »Hat Schwester Margaret ihre Meinung geändert? Sie schien mir in den letzten Tagen schwer erschüttert. Der Mann, den sie zu heiraten gedachte, hat sie wohl tief enttäuscht. Ich werde nicht zulassen, dass Sie versuchen, sie umzustimmen, Mrs. Edgecumbe.«

Ivy atmete auf, als Margaret sich näherte. Sie wirkte übernächtigt, ihr Gesicht war verweint, doch sie schien entschlossen.

»Niemand wird mich umstimmen, Pater. Ich werde den Orden verlassen. Und ich werde mit Mrs. Edgecumbe sprechen. Mit oder ohne Ihre Erlaubnis. Schließlich geht es um das Glück meiner Freundin, die Gott gesegnet hat – im Gegensatz zu mir. Also lassen Sie uns jetzt einfach irgendwohin gehen, wo wir unsere Ruhe haben.«

Entschieden hakte sie sich bei Ivy unter und zog sie in Richtung Massai-Dorf. Im Schatten der dornigen Umzäunung blieben sie stehen.

»Ich kann mir nicht vorstellen, dass du es noch nicht weißt, Ivy«, begann sie das Gespräch. »Ich hatte schon vor einem Monat etwas vermutet, und Schwester Elisabeth hat es auf den ersten Blick gesehen. Du musst doch festgestellt haben, wie eng deine Kleider sitzen …«

Ivy nickte. »Ich habe zugenommen«, erklärte sie. »Ich habe schon zwei neue Kleider in Auftrag gegeben. Was soll daran besonders sein?«

Margaret errötete. »Wann … wann hast du zum letzten Mal geblutet?«, fragte sie dann. »Also … also …« Es fiel ihr deutlich schwer, über Frauendinge zu reden.

»Wann ich meine letzte Periode hatte?«

Ivy dachte nach – und stellte fest, dass sie sich nicht erinnern konnte. Tatsächlich hatte sie keine Safarifahrt wegen Regelschmerzen absagen müssen. Sie hatte in den letzten Wochen zwar alle möglichen Beschwerden gehabt, doch das Unwohlsein, das sie von Jugend an mit ihrer Monatsregel verbunden hatte, war nicht dabei gewesen. Ivy schoss das Blut in den Kopf, als sie daran dachte, was das bedeuten konnte. Sie erschrak und empfand Schuldgefühle. Es war schlimm genug, dass sie im Zusammenhang mit Sanele nie an Liebe gedacht hatte – doch sie hatte auch die Möglichkeit einer Empfängnis vollständig ausgeblendet. Sanele hatte recht: Tief in ihrem Inneren war sie nach wie vor nicht fähig gewesen, ihn ganz und gar als Mann – als ihren Mann – anzunehmen.

Margaret missdeutete ihr Erröten. »Ihr habt es also getan. Gerrit hat mir nicht die Wahrheit gesagt. Ich kann ihn nicht heiraten. Er muss bei dir bleiben und dem Kind ein Vater sein!« Erneut kamen ihr die Tränen.

Ivy sah sie verständnislos an – und begriff dann ihr Verhalten, genau wie das von Rosamond und ihrem Gatten. Die dreifache Mutter Rosamond musste Anzeichen der Schwangerschaft an ihr entdeckt haben und hielt nun Gerrit für ihren Verführer, der nicht zu ihr stehen wollte.

»So war es nicht!«, rief Ivy. »Gerrit hat nichts damit zu tun.«

Margaret runzelte die Stirn. »Er ist der einzige Mann, der infrage kommt, wenn sich nicht einer der Patres vergessen hat …«

Ivy schüttelte den Kopf. »Der einzige weiße Mann«, sagte sie niedergeschlagen.

Und dann brach die ganze Geschichte aus ihr heraus. Lediglich den Anlass zu Saneles Liebeserklärung, ihre Trauer um Gerrits Verlust, ließ sie aus.

Margaret schien es zunächst nicht glauben zu können. »Sanele? Du trägst Saneles Kind unter dem Herzen? Ein … ein schwarzes Kind?«

Ivy blitzte sie an. Sie wusste erst seit ein paar Augenblicken von dem kleinen Wesen, das da höchstwahrscheinlich in ihr wuchs, doch sie war schon bereit, es wie eine Löwin zu verteidigen.

»So wie du es sagst, klingt es wie ein schwarzes Schaf oder ein schwarzes Herz! Dabei wird es sicher ein schönes Kind. Ich glaube, Sanele würde sich freuen, wenn er davon wüsste.«

Margaret blickte sie skeptisch an. »Sanele weiß, wie schwer es ein Kind haben wird, das von einer Weißen und einem Schwarzen gezeugt wurde. Als Christin sollte ich das nicht sagen, aber ... nicht jedes Kind ist ein Grund zur Freude.« Sie verhielt kurz, sprach ihre Gedanken dann jedoch aus. »Wenn du es nicht bekommen willst, Ivy ... Ich bin sicher, in Nairobi fänden sich Möglichkeiten ...«

Ivy verneinte energisch. »Wenn Sanele nicht wiederkommt, dann wird unser Kind das Einzige sein, was ich von ihm habe«, sagte sie fest. »Und es wird es auch nicht schwer haben. Es wird hier aufwachsen, auf meinem Land, in meiner Welt. Ich werde es lieben und schützen. Niemand wird es wagen, ein Wort gegen mein Kind zu sagen!«

Margaret war nicht überzeugt. »Irgendwann wird es groß sein«, mahnte sie. »Und deine Welt verlassen müssen. Glaubst du, die restliche Welt wird sich bis dahin ändern?«

46

Ivy war wie in Trance, als sie wieder in ihren Wagen stieg. Sie konnte jetzt nicht zur Farm zurückkehren, sondern fuhr einfach quer durch ihr Resort, die friedliche Welt, für deren Erhaltung sie unermüdlich arbeitete. Am Rand der Wege grasten Giraffen, Warzenschweine ergriffen die Flucht, Antilopen und Zebras schauten ihrem Wagen neugierig nach. Mit jeder Meile, die sie zurücklegte, schwand ihre Verwirrung und wuchs ihre Freude. Sie hatte sich immer ein Kind gewünscht – und nun war sie gleich in der ersten Nacht schwanger geworden, die sie mit dem Mann verbracht hatte, den sie wirklich liebte. Ivy war bereit, dies als Zeichen zu sehen. Vielleicht sogar dafür, dass Sanele noch nicht gänzlich für sie verloren war.

Erst gegen Abend näherte sie sich wieder der Farm und fand dort alle in heller Aufregung vor. Nach dem Gespräch mit ihr hatte Margaret sich nicht weiter um die Meinung ihrer Vorgesetzten geschert und war direkt zur Farm gelaufen, um bei Gerrit Abbitte zu leisten. Natürlich hatte sie sich gewundert, dass Ivy nicht vor ihr eingetroffen war, und als sie Stunden später noch immer nicht heimgekommen war, hatten sowohl sie als auch Gerrit sich Sorgen gemacht. Die Fährtensucher der Kikuyu waren fast alle ausgeschwärmt, um sie zu suchen.

»Wir dachten, du hättest dir etwas angetan«, sagte Gerrit in einem Tonfall zwischen Vorwurf und Erleichterung. »So eine Nachricht …«

Ivy schüttelte den Kopf. »Also für mich ist ein Kind eine gute Nachricht«, erwiderte sie trotzig. »Und ich hatte das Bedürfnis, meine Freude mit Geschöpfen zu teilen, die sich auch nicht fragen, ob das Fell ihres Partners längs oder quergestreift ist! Jeder Mensch und jedes Tier ist etwas Besonderes, und mein Kind wird einfach wunderbar sein. Wenn ihr das anders seht, kann ich es nicht ändern.«

Margaret nahm sie in die Arme. »Wir sehen es nicht anders, Ivy, wir freuen uns mit dir. Nur dass wir auch die Schwierigkeiten sehen, die damit einhergehen. Groll uns bitte nicht, Ivy. Wir werden das Kleine ganz sicher nicht ablehnen. Darf ich seine Patin sein?«

Ivy erwiderte die Umarmung. »Ich könnte mir keine bessere wünschen«, sagte sie. »Und nun muss ich einen Brief schreiben, um Gerrit bei Rosamond und Jeffrey zu rehabilitieren …«

Rosamond, die gleich in Nairobi ein Haus gefunden hatte, antwortete postwendend und war entsetzt.

Wir sind ja einiges von dir gewöhnt, Ivory, schrieb sie förmlich. *Doch eine Affäre mit einem Dienstboten, noch dazu einem einheimischen? Für einen zivilisierten Menschen ist das unbegreiflich, und du wirst natürlich verstehen, dass wir deinen kleinen Bastard nicht in unserem Haus begrüßen können. Wir verkehren inzwischen mit der besseren Gesellschaft von Nairobi – nicht auszudenken, wie sich dieser Skandal auf uns und unsere Kinder auswirken kann. Wir können nur versuchen, so weit wie möglich den Mantel des Schweigens darüber zu breiten …*

»Ob sie wirklich nicht mehr weiß, wie durchdringend Kinder schreien können?«, fragte Ivy Gerrit.

Sie hatte die Gewohnheit, ihm ihre Briefe vorzulesen, wieder aufgenommen. Jetzt grinste er, wenn auch etwas verhalten. Gerrit konnte ihre Aliance nicht so einfach hinnehmen wie seine künftige Frau. Er hätte wohl eher Rosamond zugestimmt. Eine Liebe zwischen Elfenbein und Ebenholz erschien ihm undenkbar. Peter und Susan Derringer reagierten ähnlich schockiert, obwohl sie Ivy nicht gleich die Freundschaft kündigten.

Wir befanden Ihr Verhältnis zu diesem Zulu immer als etwas zu eng, schrieb Susan. Ivy hatte es für sinnvoll gehalten, auch ihnen die Nachricht schriftlich mitzuteilen. *Wobei ich Ihr Interesse an ihm nachvollziehen kann. Er ist ja sehr gut aussehend für einen Mann seines Volkes, was erregend wirken kann, zudem erstaunlich gebildet für einen Afrikaner. Ihre Tante hat ihn aufgezogen, nicht wahr? Nun kann man eine solche Befriedigung der in uns allen vorhandenen Triebe sehr viel diskreter handhaben. Vor allem sollte man den Folgen vorbeugen … Doch was immer geschehen ist: Sie können selbstverständlich auf uns zählen. Wir könnten uns zum Beispiel nach einer Pflegestelle umschauen. Wenn eine Afrikanerin einen Bastard füttert, kümmert das eigentlich niemanden. Auf jeden Fall sollten Sie Ihren Plan, das unglückliche kleine Wesen selbst aufzuziehen, noch einmal überdenken. Es wäre zweifellos geschäftsschädigend und gesellschaftlich gesehen Selbstmord. Aber ich weiß aus eigener Erfahrung, dass wir Frauen nicht immer ganz bei uns sind, wenn wir gesegneten Leibes sind. Sie werden klarer denken, wenn Sie erst entbunden haben.*

»Vielleicht kannst du es ja als Wawiras Bastard ausgeben«, schlug Gerrit vor, dem Susans Idee erkennbar gefiel. »Dann hättest du es um dich, ohne dich zu kompromittieren …«

Ivy warf ihm einen erbosten Blick zu. »Ihr tut alle so, als wäre es ein fremdartiges Geschöpf …«

Sie verstummte und dachte an Fionas Lied und Saneles Anschuldigung, sie hätte keinen Menschen in ihm gesehen. Damals hatte sie das sehr verletzt, doch langsam bekam sie einen Eindruck davon, wie er sich in einer Gesellschaft fühlte, der er anzugehören meinte, weil er klug und tüchtig war, und die ihn aufgrund seiner Hautfarbe kaum besser behandelte als ein Tier. Er musste so verbittert sein. Sie konnte seine Reaktion immer besser verstehen.

Als ihre Mutter endlich schrieb, war Ivy schon so demoralisiert, dass sie den Brief kaum öffnen mochte. Tatsächlich enthielt er ähnliche Vorwürfe wie der Rosamonds – und ein in einen Extraumschlag gestecktes Kärtchen von ihrem Vater.

Lass dich nicht entmutigen!, schrieb er. *Ein gutes Pferd hat keine Farbe!*

Ivy wusste nicht, ob sie lachen oder weinen sollte, entschied sich dann jedoch, die alte Weisheit der Pferdezüchter, dass Schimmel, Rappen, Füchse oder Braune gleich edle Pferde sein konnten, als Ermutigung zu nehmen. Sie war zweifellos als solche gedacht.

Schließlich näherte sich Margarets letzter Tag als Ordensschwester, sie würde bald für immer Fiona sein und beharrte jetzt auch endgültig darauf, dass Ivy sie so ansprach. Gerrit und sie planten ihre Hochzeit und den Umzug nach Daressalam. Fiona war glücklich über seine Anstellung im Naturkundemuseum. Der Traum vom gemeinsamen Heidenbekehren war wohl ausgeträumt, was Ivy für ihren alten Freund freute. Sie hatte in Gerrit nie einen potenziellen Missionar gesehen.

Wenige Tage vor ihrem endgültigen Austritt aus dem Orden erschien Fiona aufgeregt bei Ivy auf der Farm. Sie inspizierte gerade eben das Zelt, in dem sie ihre Nacht mit Sanele verbracht hatte. Es war bereit für die nächsten Gäste – und Ivy kämpfte immer noch mit den Tränen, wenn sie an die Worte dachte, die er ihr hier entgegengeschleudert hatte. Sie wischte sich rasch über die Augen, als ihre Freundin eintrat.

»Er ist wieder da«, sagte Fiona, ohne sich mit Vorreden aufzuhalten. »Sanele. Er ist gestern Abend plötzlich bei uns aufgetaucht und hat um Unterkunft in der Mission gebeten. Zum Ausgleich will er sich nützlich machen. Er ist ja nicht nur ein guter Übersetzer, sondern könnte unsere Jugendlichen zu Hausdienern ausbilden …«

Ivys Herz klopfte heftig. Sie legte die Hand auf ihren Bauch, der sich inzwischen zwar rundete, mit weiten Kleidern jedoch noch einigermaßen zu verbergen war.

»Wie geht es ihm denn?«, brach es aus ihr heraus. »Wie sieht er aus? Wo war er? Und warum … warum ist er nicht hierhergekommen?«

Fiona spielte mit ihrem Schleier. »Er wirkt traurig«, sagte sie leise. »Verletzt und hoffnungslos. Und er war wohl die ganze Zeit in Afrika …«

»Du hast mit ihm gesprochen?«, unterbrach Ivy sie aufgeregt.

Fiona schüttelte den Kopf. »Nicht direkt, aber ich war dabei, als er mit Pater Flint gesprochen hat. Vor der Abendmesse. Und heute Morgen, nach der Frühmesse, habe ich ihm im Vorbeigehen gesagt, du müsstest ihn dringend sprechen. Er hat nicht darauf reagiert.«

»Und was war mit dem Pater?« Ivy konnte es nicht schnell genug gehen. »Hat Sanele ihm gesagt, was er gemacht hat, wo er war und warum?«

»Der Pater hat ihn erst mal gerügt, weil er seine Arbeitsstelle einfach so verlassen hat. Du hattest ja damals überall herumgefragt, es war bekannt, dass er einfach verschwunden ist. Und Sanele hat ihm daraufhin gesagt, er habe gehen müssen, um sich eine Frau zu suchen. Er habe sich in die Frau eines anderen verliebt, und um nicht zu sündigen, habe er gehen und eine andere finden müssen, die frei für ihn sei. Damit konnte der Pater ihn nicht wirklich verdammen …« Ivy hätte fast gelacht. Das war Sanele, wie sie ihn kannte. Wie oft hatten sie beide an Lösungen getüftelt, um sich in irgendeiner Sache herauszureden … »Jedenfalls ist er herumgereist und hat sich die Mädchen bei jedem Kikuyu-Stamm angesehen und wohl auch bei anderen Stämmen. Sogar bei den Zulu hat er sich umgeschaut, in Südafrika. Er habe Geld gespart, sagte er, und dass er einer Frau ein gutes Leben bieten könne, eine kleine Farm oder ein Haus in Nairobi oder Mombasa. Eine Arbeit hätte er da schon gefunden. Es hat ihm nur keine einzige Frau gefallen. Was der Pater wiederum nicht glauben konnte. Er hat ihm versprochen, ihm in der nächsten Zeit einige getaufte Mädchen aus den Stämmen der Massai und Kikuyu vorzustellen. Ich glaube, er denkt an die Mädchen, die wir in Nairobi zur Schule geschickt haben. Die würden ja am besten zu ihm passen. Sanele hat genickt. Damit hat er erst mal einen Schlafplatz. Was wirst du jetzt tun?«

»Ich denke, ich warte ab«, erwiderte Ivy. »Ein paar Tage zumindest, bis er vielleicht von selbst kommt. Und sonst gehe ich zu ihm und … und versuche, alles richtigzustellen. Er muss mir glauben, Fiona. Er muss mir glauben, dass ich ihn liebe. Und er muss sich mit mir auf das Kind freuen.«

Fiona nickte. »Ich hoffe das sehr für dich … für euch. Aber denk daran, dass ich nur noch wenige Tage in der Mission bin. Nächsten Mittwoch setzen sie mich vor die Tür. Wahrscheinlich ohne Abschiedsgottesdienst. Ich habe ihrer Sache ja auch nur fünfzehn Jahre gedient …« Es klang verbittert.

Ivy versuchte ein aufmunterndes Lächeln. »In einem Kontor stünde dir nach so langer Zeit vermutlich eine goldene Uhr zu. Frag Gerrit, ob er dir eine zur Hochzeit schenkt. Die Hochzeit ist am Samstag?«

Fiona nickte und strahlte. Sie und Gerrit hatten beschlossen, in der anglikanischen Kirche in Kijabe zu heiraten, bevor sie nach Daressalam zogen. Die gemeinsame Reise konnte Fiona dann nicht mehr kompromittieren, und der Reverend war freundlich und aufgeschlossen. Als gute christliche Ehefrau könne Fiona Gott genauso gut dienen wie als Ordensschwester, hatte er ihr versichert. Gott wolle all seine Kinder glücklich sehen, und wenn sie nun den Orden verließ, so sei es sicher Gottes Hand, die sie führe. Ivy würde ihre Trauzeugin sein, und für Gerrit kam Leslie Tarlton aus Nairobi, sein früherer Arbeitgeber. Nachdem Victor Newland und die Tarltons damals Gerrits Tragödie mit seiner ersten Frau miterlebt hatten, freuten sie sich ehrlich über sein neues Glück.

»Ich wünschte, es würde eine Doppelhochzeit«, sinnierte Fiona. »Gerrit und ich und Sanele und du.«

Ivy seufzte. »Das wäre zu schön, um wahr zu sein«, erwiderte sie und wusste genau, was Gerrit dazu sagen würde.

Sie war sich auch keineswegs sicher, ob der Reverend ein gemischtes Paar trauen würde. Er war gutmütig, doch zweifellos hatte seine Toleranz Grenzen. In seiner Kirche hatte sie jedenfalls nie einen Afrikaner gesehen.

47

Ivy wartete, doch Sanele erschien nicht auf der Farm. Langsam kam sie zu dem Schluss, dass sie tatsächlich ihn würde aufsuchen müssen, um zu reden. Wobei sie nicht wusste, ob Vorwürfe oder Entschuldigungen angebracht waren. In der Zeit seiner Abwesenheit war sie bereit gewesen, alle Schuld an ihrem Zerwürfnis auf sich zu nehmen, aber nun begann sie sich etwas zu ärgern. Warum kam er zurück, wenn er sie nicht sehen wollte? Was war das für eine Idee gewesen, eine andere Frau als Ersatz für sie zu suchen? Verzweiflung oder ein Anflug der Arroganz des Jägers, die Ivy nur zu gut kannte?

Verbissen ging sie ihrer gewohnten Arbeit nach, begrüßte neue Gäste und bereitete Fionas und Gerrits Hochzeit vor. Sie würde die Aussprache nicht ewig aufschieben können, vielleicht wartete er ja genauso ungeduldig auf ein Zeichen von ihr. In dem Fall würde sie ihn besser noch ein bisschen zappeln lassen. So, wie er es mit ihr getan hatte.

Dann kam es jedoch anders. Es war mitten in der Nacht, seit Stunden regnete es anhaltend, obwohl die Regenzeit längst vorbei war. Ivy hatte sich von der Musik der auf ihr Dach prasselnden Tropfen in den Schlaf singen lassen, doch nun klopfte jemand so energisch an die Haustür, dass sie fast aus dem Bett gefallen wäre. Kurti, der in einer Hängematte auf der Terrasse schlief, war schon alarmiert. Er unterstützte den Lärm mit lautem Geschrei. Die Hunde der Farm, bei diesem Wetter im Stall eingeschlossen, bellten.

Ivy warf sich einen Morgenmantel über und traf in der Empfangshalle auf die beiden Kikuyu-Hausmädchen, die aus dem Nebenraum der Küche geeilt waren. Sie wirkten verängstigt. Gerrit, der wohl noch lange am Kamin gesessen hatte, lief ebenfalls herbei.

»Kann das ein Geist sein, Memsahib?«, fragte Makena, eine Tochter Wawiras, und klammerte sich an ihre Freundin.

»Unwahrscheinlich«, erklärte Ivy und suchte nach dem Schlüssel, während Gerrit die junge Frau eindringlich daran erinnerte, dass sie getauft war und somit nicht mehr an Geister zu glauben hatte.

Ivy riss die Tür auf und fand sich überrascht Fiona gegenüber. Sie trug ihre Ordenstracht, die fleckig und blutverschmiert war, und wirkte blass und mitgenommen. Hinter ihr stand Sanele, ebenso durchnässt wie sie und gleichermaßen aufgewühlt. Ivy erkannte mit einem Blick, dass er schmaler geworden war und dass sich in seinem Gesicht Falten zeigten, die sie vorher nie wahrgenommen hatte. Fiona hielt ein in eine Decke gewickeltes Baby im Arm, das sie Ivy entgegenstreckte, kaum dass sie geöffnet hatte.

»Du musst sie nehmen, hier ist sie in Sicherheit«, brach es aus ihr heraus. »Oh Gott, Ivy, es war furchtbar. Sie wollten es umbringen. Ein Neugeborenes! Und die Mutter hat nur geschrien, ihr Mädchen sei verhext worden, und sie wolle das Zauberding nicht … Man solle es töten. Und dabei ist es doch nur ein kleines Kind …«

Ivy zitterte, als sie die Decke jetzt von dem Gesichtchen des Kindes zog. Da es draußen dunkel war und Fiona immer noch auf der Türschwelle stand, sah Ivy nicht viel. Das Baby schien allerdings nicht verunstaltet zu sein.

»Nun kommt erst mal herein«, sagte Ivy, nahm Fiona das Kind ab und ließ beide eintreten. Gerrit, der hinter ihr gestanden hatte, warf nun auch einen Blick auf das Baby. Gleichermaßen die Hausmädchen. Makena schrie auf und bekreuzigte sich. Ihre Freundin wirkte ebenso verstört wie fluchtbereit. Auch sie gab einen Schreckenslaut von sich.

»Oh nein!« Sogar Gerrit seufzte. »Nicht noch einmal! Tu dir das nicht an, Ivy. Ich habe das schon mal erlebt, in Nairobi. Eine Schwarze dort bekam ein solches Kind. Sie wollte es beschützen. Newland ließ sie in einem Schuppen beim Hauptquartier wohnen, er dachte, da seien sie sicher. Aber es ging nicht lange gut. Das ist hoffnungslos, Fiona. Ihr hättet es dalassen sollen. So leid es mir tut ...«

»Was stimmt denn mit ihm nicht?«, fragte Ivy, nahm das Bündel, trug es ins Haus und entzündete mehr Licht.

Dann sah sie das schlafende kleine Mädchen in ihrem Arm verblüfft an. Es war niedlich, noch etwas verschrumpelt – wenn sie Fiona richtig verstanden hatte, war es ja gerade erst geboren. Es trug die Züge der Massai – und es war hellhäutig! Jetzt noch eher rosa, doch die Hautfarbe war die eines europäischen Babys.

»Das ist ...« Sie suchte nach Worten.

»Ein Albino«, erläuterte Gerrit. »Du kennst das aus der Tierwelt. Die Haut bildet keine oder stark verminderte Farbstoffe. Die Tiere sind dann weiß mit blauen Augen, vereinzelt auch roten.«

Wie auf ein Stichwort öffnete das kleine Mädchen die Augen. Sie waren blau wie bei allen weißen Neugeborenen.

»Und was ist daran jetzt so schlimm?«, erkundigte sich Ivy. »Vielleicht ist die Haut ein bisschen empfindlich ...« Das war bei ihrer eigenen auch der Fall. Sosehr Ivy die Sonne liebte, sie musste sich doch stets vor ihr schützen.

»Es ist verzaubert«, ließ sich Nyambura vernehmen.

»Von bösen Geistern besessen. Die machen es so hell ...«, fügte ihre Freundin Vanya hinzu.

»Du hörst es«, bemerkte Gerrit. »Die Afrikaner halten diese Kinder für verflucht. Und was noch schlimmer ist: Sie schreiben ihren Körperteilen heilende Kräfte zu. Medizinmänner bezahlen ein kleines Vermögen für so ein Kind, um es ... Tut mir leid, Fiona, Ivy ... Sie pflegen diese Kinder zu töten, zu zerlegen und die Körperteile einzeln zu kochen oder irgendwas daraus zu extrahieren, das dann gegen Krankheiten eingesetzt wird.«

Ivy blickte entsetzt abwechselnd auf ihn und auf das kleine Mädchen. »Und die Mutter wollte das zulassen?«, fragte sie fassungslos.

Fiona und Sanele nickten.

»Die Eltern sind meist froh, wenn sie die Kinder loswerden. Sie gelten ja als verflucht. Die Mutter in Nairobi damals war eine Ausnahme«, erklärte Gerrit. »Wie seid ihr überhaupt an das Kind gekommen?«

»Ein Mädchen kam zur Mission«, berichtete Fiona. »Es wollte Schwester Elisabeth holen, die Geburt war wohl sehr schwer. Aber du kennst Elisabeth, sie hat ihre Grundsätze. Wenn sie hört, dass die Laiboni, die schwarzen Zauberer, bei der Mutter sind und die Familie nicht getauft ist, dann geht sie nur hin, wenn der Vater selbst sie um Hilfe bittet und allen anderen das Haus verbietet. Das Mädchen, das uns geholt hat, war aber nur aus der Nachbarschaft, eine fleißige Kirchgängerin, die völlig verängstigt war, weil sie nebenan Geister beschworen.«

»Und da bist du hingegangen?«, fragten Ivy und Gerrit – Ivy verständnisvoll, Gerrit bestürzt.

»Wusstest du nicht, dass du dich damit vielleicht in Gefahr begibst?«, fügte er hinzu.

»Doch«, erklärte Fiona. »Deshalb hab ich ja Sanele geweckt, und er hat sich ein Gewehr genommen und ist mitgekommen.«

Sanele richtete seinen Blick auf Ivy. Sie erwiderte ihn nervös. »Als wir kamen, war das Kind gerade geboren«, nahm er jetzt das Wort. »Die Mutter wollte es gar nicht erst anfassen, sie schrie nur, dass es verflucht sei und sie selbst ebenso, weil sie es geboren habe.

Der Vater war drauf und dran, es dem Laiboni zu übergeben. Dem Brauch entsprechend.«

»Dem Brauch?«, brach es aus Ivy heraus. »Du willst doch nicht sagen, dass du das unterstützt? Es womöglich selbst glaubst, dass das Kind verflucht ist?« Saneles Blick umwölkte sich, doch er sah sie weiter an. Ivy verbesserte sich schuldbewusst. »Ich weiß natürlich, dass du nicht daran glaubst«, erklärte sie. »Tut mir leid. Aber was habt ihr dann gemacht? Hast du die Leute mit der Waffe bedroht, bis sie euch das Baby herausgegeben haben?«

Sie konnte das kaum glauben. Die Massai besaßen ebenfalls Gewehre. Allein hätte sich Sanele kaum gegen ein ganzes Dorf durchsetzen können, das den Zauberer und den Vater des Kindes sicher unterstützte.

»Auf Dauer werden wir es jedenfalls nicht schützen können«, meinte Gerrit pessimistisch.

Sanele schob sich selbstbewusst vor. »Doch, das werden wir. Der Laiboni wird es nicht wagen, sich mit mir anzulegen«, sagte er mit fester Stimme.

Gerrit lachte. »Hast du neuerdings Zauberkräfte? Dass sich dir sogar ein Laiboni unterordnet? Warte es nur ab, Boy. Das Kind damals in Nairobi haben sie im Beisein der Mutter aus der Wiege gezerrt und in Stücke gehackt. Newland hat den Mord zur Anzeige gebracht, aber was die Einheimischen unter sich so machen, interessiert die Gerichte ja herzlich wenig.«

Sanele warf ihm nur einen kurzen verächtlichen Blick zu und wandte sich dann an Ivy.

»Ich habe es weder geraubt, noch habe ich irgendwen verzaubert. Ich habe das Kind einfach gekauft. Der Vater war bereit, es dem Meistbietenden zu geben, und ich habe ihm deutlich mehr geboten, als der Medizinmann zahlen wollte. Der hat geflucht und Verwünschungen ausgesprochen, aber Schwester Margaret …«

»Fiona«, verbesserte sie.

»Miss Fiona hat geschickt gehandelt und das Kind sofort getauft. Damit, sagte sie, gehöre es ihrem Gott, und die Magie des Laiboni habe keine Wirkung mehr. Außerdem bot sie dem Mann und seiner Frau auch gleich die Taufe an, sodass kein Fluch sie mehr treffen konnte. Sie sind sofort darauf eingegangen. Sie hatten furchtbare Angst, aber die Geldgier war größer.«

Die beiden Hausmädchen bekreuzigten sich. Sie betrachteten das Baby zwar immer noch skeptisch, doch mit weniger Furcht.

»Und so hast du an deinem letzten Tag im Orden noch drei Seelen für deinen Gott gerettet«, wandte sich Ivy mit schiefem Lächeln an Fiona. »Pater Flint sollte eigentlich mit dir zufrieden sein.«

»Jedenfalls glaube ich nicht, dass jemand wagen wird, das Kind zu stehlen«, sprach Sanele weiter. »Nicht wenn die weiße Missus es bei sich hat.«

Er blickte Ivy an, und wie so oft verständigten sie sich ohne Worte. Dieses Kind würde die Wunden heilen, die sie einander geschlagen hatten.

»Du hast es gekauft, um es in meine Obhut zu geben?«, fragte Ivy mit erstickter Stimme.

Sanele schüttelte den Kopf. »Nein, nein, ich hätte es auf jeden Fall getan. Das Kind tat mir leid. Ich konnte nicht zulassen, dass sie es Schwester Margaret … Miss Fiona … aus den Armen reißen und …«

»Aber du hast es von dem Geld gekauft, das du gespart hattest, um … um zu heiraten?« Ivy sah ihn fragend an. »Fiona hat mir von deiner Reise erzählt.«

Sanele lächelte verlegen. »Nun, ich habe niemanden gefunden zum Heiraten«, sagte er leise. »Ich hab's versucht, Ivory … Ivy … wirklich. Ich wollte dich vergessen, eine Frau finden, die besser zu mir passt. Doch es gab keine, die so lachte wie du, die so klug war und in deren Augen so viel Liebe stand. Auch wenn sie nicht mir galt, sondern nur den Tieren, die ich dir brachte …«

Gerrit brauste auf. »Die afrikanischen Frauen waren dir alle nicht gut genug, Boy? Du hast sie mit Mrs. Edgecumbe verglichen? Ich glaub dir dein Mitleid nicht, Zulu! Du willst das Albinokind aufziehen, um in ein paar Jahren eine weiße Frau zu haben!«

Sanele sah aus, als wollte er sich auf ihn stürzen, doch Ivy schob sich energisch zwischen die Männer, das Kind immer noch in den Armen.

»Er hat schon eine weiße Frau«, sagte sie zu Gerrit. Sie sprach laut gegen den aufs Dach prasselnden Regen, der immer heftiger wurde, an. »Er hat mich! Ich liebe ihn. Es gab Missverständnisse zwischen uns, aber jetzt, da er wieder da ist …« Sie lächelte. »Jetzt, da wir ein Kind haben … Wenn Sanele es wünscht, werden wir heiraten.«

»Was?« Gerrit sah Ivy fassungslos an.

Er schien so schnell keine Worte zu finden. Bevor er weitersprechen konnte, blitzte Fiona ihn an.

»Du bist jetzt mal still!«, erklärte sie entschlossen. »Schließlich hast du mir selbst gesagt, dass nichts, kein Glaube, kein Gelübde, kein Geld und keine Familie einer Liebe im Weg stehen darf. Warum also die Farbe der Haut? Wünsch den beiden nun Glück, ihnen und ihren Kindern!«

Ivy hatte Gerrits Einwurf gar nicht wahrgenommen. Sie wandte sich nun allein an Sanele.

»Dieses Kind wird doch zu uns gehören?«, begann sie und sah Sanele fragend an. »Zu uns beiden?«

»Eigentlich wollte ich es in der Mission lassen«, gestand Sanele und sah ihr ernst in die Augen. »Ich wollte nicht zurück zu dir. Aber dann … dann fiel mir ein, dass dieses Kind so ist wie wir. Es ist schwarz, und es ist weiß, und es ist ein Teil von Afrika. Es ist etwas Besonderes, auch wenn die anderen es ablehnen. Vielleicht haben die Götter es uns geschickt, um … um unsere Liebe zu segnen.« Er senkte verschämt den Blick.

Ivy ging auf ihn zu und schmiegte sich mit dem Kind an ihn. »Danke«, sagte sie leise. »Danke, dass du mir meine Fehler verzeihst. Und was die Götter angeht: Sie sind großzügig mit ihrem Segen. Du hast mir heute eine Tochter geschenkt, und ich werde dir in einigen Monaten vielleicht einen Sohn schenken. Ich weiß nicht, welche Farbe das Kind haben wird, das ich unter dem Herzen trage. Aber es wird ein Stück von dir sein und ein Stück von mir. Und ein Teil von Afrika ...«

Ein Strahlen ging über Saneles Gesicht, als Ivy ihre Schwangerschaft offenbarte. Er küsste sie vorsichtig auf die Stirn, um das kleine Mädchen nicht zu erdrücken. Dann lächelten sie einander an. Sie würden noch viel Zeit haben, einander zu küssen und miteinander eins zu werden.

In diesem verzauberten Moment versprachen sie einander ihr ganzes Leben.

Historischer Hintergrund

Anfang des 20. Jahrhunderts waren Jagdsafaris eine prestigeträchtige Mode unter reichen Engländern und Amerikanern. Die Kenia-Einwanderer Victor Newland und die Gebrüder Tarlton – ihre Agentur besteht übrigens bis heute – machten sich das zunutze und begannen, luxuriöse Jagdreisen zu organisieren. Wahlweise boten sie auch wissenschaftliche Exkursionen oder Kombinationen von beidem an, die von Jägern und Biologen geführt wurden. Pro Teilnehmer rechnete man tatsächlich dreißig einheimische Träger. Köche und Tierpräparatoren waren selbstverständlich mit von der Partie. Die Smithsonian Roosevelt African Expedition von 1909/10 gilt als legendär. Die Zahl der geschossenen Tiere ist nachzulesen – vierzig Kisten mit Trophäen pro Jäger waren realistisch. Die Werbung in Londoner Herrenclubs und das Büro am Piccadilly Circus hat es ebenfalls gegeben.

Mein Adrian Edgecumbe ist dem Großwildjäger Richard John Cuninghame nachempfunden, der zeitweise für Newland, Tarlton & Co. arbeitete. Er schloss sich im Ersten Weltkrieg tatsächlich der britischen Armee an, kam jedoch nicht um, sondern erwarb etliche Orden und Beförderungen. Letztlich starb er hochbetagt in Schottland.

Natürlich ist die charakterliche Darstellung meines Großwildjägers völlig fiktiv. Die Geschichte von Adrians Heirat mit einer Safariteilnehmerin sowie die Eröffnung des Privatjagdresorts im Kedong Valley ist erfunden, tatsächlich konnte ich gar nicht ermitteln, wer das erste private Reservat wann gegründet hat. Ich könnte mir vorstellen, dass man das damals auch nicht publizierte. Welcher Jäger wollte schließlich zugeben, dass er seine Trophäen »gekauft« hatte? Authentisch ist die Geschichte um die Scheinabschüsse der Jagdgäste. Versierte Jagdführer verstanden sich tatsächlich darauf, im selben Augenblick mit den Gästen zu schießen und sie in dem Glauben zu lassen, sie hätten das Wild selbst erlegt.

Fotosafaris kamen erst in den Fünfzigerjahren des 20. Jahrhunderts auf – hingegen wären Fotos, wie Gerrit auf Edgecumbe Farm macht, mit der damaligen Kameratechnik kein Problem gewesen. Und warum sollte es keinen Markt dafür gegeben haben? Inzwischen machen Fotosafaris den weitaus größeren Teil des Tourismus in Afrika aus – sowohl in privaten Wildreservaten als auch in Nationalparks. Veranstalter, die auch Jäger willkommen heißen und ihnen gegen ein entsprechendes Entgelt Abschüsse garantieren, gibt es trotzdem noch.

Die Missionsschwestern vom Kostbaren Blut waren in der fraglichen Zeit tatsächlich in Kenia tätig, ihr Vorgehen bei der Gründung neuer Missionsstationen entsprach dem im Buch geschilderten. Die Station Maria Kedong ist allerdings fiktiv.

Es gibt den Orden bis heute, doch die bunte Ordenskleidung wurde ziemlich bald abgeschafft und durch ein weißes Habit ersetzt. Inzwischen tragen die Schwestern schwarz-weiß wie die meisten anderen Orden. Inwieweit es Berufung oder Abenteuerlust war, die junge Mädchen Anfang des 20. Jahrhunderts zu den Missionsschwestern zog, lässt sich heute schwer sagen. Oft waren sie aus kinderreichen Familien, die sie nicht verheiraten konnten und deshalb ins Kloster gaben. Missionsorden mochten attraktiver gewesen sein als ein Leben in strenger Klausur. Gerade die Schwestern vom Kostbaren Blut waren keineswegs weltabgewandt. Meine Großtante Franziska gehörte dem Orden an, arbeitete in Afrika und besuchte uns mehrmals in Deutschland. Sie war ausgesprochen humorvoll und liebte Krimis.

In der Zeit kurz nach Gründung des Ordens war es den Schwestern tatsächlich noch nicht sofort erlaubt, die Ewige Profess abzulegen. Sie hatten ihre Bindung an den Orden nach jeweils drei Jahren zu erneuern. Damals galten die ersten Jahre vor allem als Probezeit für die Tropentauglichkeit der Schwestern. Wer erkrankte oder an übermäßigem Heimweh litt, konnte zurück nach Europa geschickt werden. Wieweit die Reisekosten übernommen wurden, falls sich eine junge Frau von sich aus entschied, den Orden zu verlassen, weiß ich nicht. Zeitgenössischen Veröffentlichungen zufolge kam das nicht vor, doch hier handelt es sich um kirchliche Quellen.

Heute trennen sich viele Missionsschwestern auch noch nach Jahren der Zugehörigkeit und nach Ablegung der Ewigen Profess unter Protest der Oberen von der Ordensgemeinschaft. Die engagierten Missionarinnen hadern oft damit, dass das kirchliche Verhütungsverbot für den tausendfachen Tod ihrer Schützlinge verantwortlich sei.

Weltweit ist etwa einer von zwanzigtausend Menschen von Albinismus betroffen. Es handelt sich um eine genetisch bedingte Stoffwechselstörung, in deren Folge der körpereigene Farbstoff Melanin nicht oder nicht ausreichend produziert wird. Die Menschen fallen durch sehr helle Haut, Haare und Augen auf, sie sind besonders lichtempfindlich, haben ein höheres Hautkrebsrisiko und neigen zu Sehstörungen.

In Gesellschaften mit allgemein stärkerer Pigmentierung ist Albinismus natürlich auffälliger als etwa im Norden, und es ist leider bis heute eine traurige Tatsache, dass Menschen mit Albinismus in Afrika ihres Lebens oftmals nicht sicher sind. Der Aberglaube, aus ihren Körperteilen könne man Zauber- und Heiltränke herstellen, hält sich teilweise beharrlich. Wollen die Eltern ihre Kinder retten, müssen sie versteckt und vor möglichen Mördern geschützt werden. Laut Under the same Sun, einer Schutzorganisation für Menschen mit Albinismus, liegt die Lebenserwartung von achtundneunzig Prozent der in Afrika geborenen von Albinismus Betroffenen unter vierzig Jahren.

Das heutige Kenia ist ein Land mit knapp 48 Millionen Einwohner:innen und mehr als vierzig verschiedenen Volksgruppen. Neben großen Kaffee- und Kakaoplantagen ist der Tourismus – speziell der Safaritourismus – ein bedeutendes wirtschaftliches Standbein. Etliche Nationalparks und private Reservate, denen zum Teil traumhafte Hotels angeschlossen sind, laden Menschen aus aller Welt ein, den einzigartigen Zauber dieses wunderschönen Landes zu erfahren. Ich freue mich darauf, meine Leserinnen und Leser im Folgeband wieder dorthin mitzunehmen.

Fortsetzung folgt …